DEUSES RENASCIDOS

SYLVAIN
NEUVEL

DEUSES RENASCIDOS

LIVRO 2 DOS ARQUIVOS TÊMIS

TRADUÇÃO MATEUS DUQUE ERTHAL

SUMA de letras

Grafia atualizada segundo o Acordo Ortográfico da Língua Portuguesa de 1990, que entrou em vigor no Brasil em 2009.

Título original
Waking Gods

Capa
Lee Gibbons

Fotos de capa
Gruizza/ Getty Images
Shutterstock
Lee Gibbons

Preparação
Gustavo de Azambuja Feix

Revisão
Luciane Gomide
Carmen T. S. Costa

Dados Internacionais de Catalogação na Publicação (CIP)
(Câmara Brasileira do Livro, SP, Brasil)

Neuvel, Sylvain
Deuses renascidos: Livro 2 dos arquivos Têmis / Sylvain Neuvel; tradução Mateus Duque Erthal. – 1ª ed. – Rio de Janeiro : Suma de Letras, 2017.

Título original: Waking Gods.
ISBN 978-85-5651-041-9

1. Ficção científica 2. Ficção norte-americana
I. Título.

17-05282 CDD-813

Índice para catálogo sistemático:
1. Ficção : Literatura norte-americana 813

[2017]

EDITORA SCHWARCZ S.A.
Praça Floriano, 19 – Sala 3001 – Cinelândia
20031-050 – Rio de Janeiro – RJ
Telefone: (21) 3993-7510
www.companhiadasletras.com.br
www.blogdacompanhia.com.br
facebook.com/sumadeletrasbr
instagram.com/sumadeletras_br
twitter.com/Suma_BR

Para Barbara e Han Solo.
Veja bem, Bara, você é meu porto seguro,
é tudo para mim, mas o Han morreu!
Você não se importa em dividir isso com ele, se importa?

PRÓLOGO

DIÁRIO DE EVA REYES

Melissa tirou sarro da minha cara hoje na escola. Ela só pensa em garotos agora. Enzo e os amigos dele começaram a me chamar de "Evita Loca" de novo, e ela entrou na brincadeira e disse: "Olha lá, a Eva Doida está quase chorando!". Eu odeio ela.

Melissa era a última amiga que eu tinha. Angie foi estudar na Baldwin e a gente quase não se fala mais. Já Essie se mudou pra Bayamón, em Porto Rico. Elas eram as únicas que eu encontrava fora da escola. Minha mãe vive dizendo que eu deveria sair mais, mas não tenho ninguém para brincar. A gente costumava procurar umas pedras perto do rio Piedras. Essie adora pedras, principalmente as azuis, que se não me engano se chamam cianitas. Um dia desses, fui até o rio sozinha mesmo e encontrei várias delas. Falei para Essie que levaria algumas das pedras quando eu fosse até a casa dela, mas não sei quando minha mãe vai deixar. Ela diz que eu preciso melhorar primeiro.

Tenho outra consulta com o psiquiatra hoje à noite. Ele acha que eu sou maluca… Todo mundo acha isso. As pessoas vivem me dizendo que é normal ter pesadelos. Mas eu sei que não são só pesadelos. Agora passei também a sonhar acordada. Hoje na escola vi tudo de novo e comecei a gritar. Tenho esse mesmo pesadelo há meses. Todo mundo está morto. Todo mundo... Milhares de mortos nas ruas, corpos espalhados pela cidade inteira. Eu vejo meus pais dentro de casa, deitados no meio de uma poça de sangue. Essa parte eu ainda não contei a eles. Hoje tinha uma coisa diferente no sonho. Eu vi um robô, parecido com a Têmis: uma mulher de metal caindo nas nuvens.

PARTE 1

PARENTES E AMIGOS

ARQUIVO Nº 1398

COBERTURA JORNALÍSTICA — JACOB LAWSON, REPÓRTER, *BBC LONDRES*

Local: Regent's Park, Londres, Inglaterra

Uma figura metálica da altura de um prédio de vinte andares surgiu esta manhã no meio do Regent's Park, em Londres. Funcionários do zoológico foram os primeiros a notar o gigante, por volta das quatro da manhã. A figura, um robô, está de pé no centro de um dos campos de futebol do Hub, local destinado a práticas esportivas na parte norte do parque. Ele lembra muito, tanto em tamanho quanto em formato, o robô da ONU que agora conhecemos como Têmis. No entanto, o novo gigante parece ser do sexo masculino, ou pelo menos foi construído à imagem e semelhança de um homem, digamos assim. É bem mais musculoso que a titã da ONU, que esteve exposta em Londres há menos de um ano, e talvez seja mais alto. A cor também é diferente: o cinza do corpo metálico é um pouco mais claro que o de Têmis, e as luzes dos entalhes são amarelo-claras, como estrias, diferentes das veias turquesa de Têmis.

De acordo com testemunhas, o robô surgiu do nada, bem no meio do parque. "Ele não estava lá e, num piscar de olhos, apareceu", comentou um dos funcionários do zoológico. Por sorte, no momento não havia ninguém nos campos de futebol e não existem relatos de vítimas. Naturalmente, as intenções por trás do surgimento do gigante ainda são desconhecidas. Além disso, ninguém sabe de onde veio o robô ou quem enviou o ilustre visitante até aqui. Se esse veículo for realmente semelhante a Têmis e for controlado da mesma maneira, é possível que haja pilotos a bordo. Nesse caso, de onde teriam vindo? Da Rússia, do Japão, da China? Ou serão de um lugar completamente diferente? Por enquanto, tudo o que nos resta é especular. Existe até a possibilidade de que não haja ninguém no interior da enorme estrutura. Nas últimas quatro horas, o robô não fez nada além de ficar no mesmo local, de pé, completamente imóvel.

O Corpo de Defesa da Terra (CDT) ainda não se pronunciou oficialmente a respeito do fato. A dra. Rose Franklin, chefe da divisão científica da organização, se encontra neste momento em Genebra, onde fará um discurso no final da manhã. Ela preferiu não levantar hipóteses a respeito da origem desse segundo robô, mas garantiu que não se trata de uma manobra do sistema de defesa planetário da ONU. Se isso for verdade, restam duas possibilidades: ou um segundo robô alienígena foi descoberto na Terra, depois de ter sido mantido em segredo da população, ou o novo gigante veio de algum lugar fora do planeta. Em Nova York, o CDT já marcou uma entrevista coletiva para as três da tarde de hoje, horário de Londres.

Criado pela ONU há nove anos, logo após a descoberta do robô Têmis pelos Estados Unidos, o Corpo de Defesa da Terra se dedica a desenvolver novas tecnologias a partir do artefato alienígena, visando não só ao bem de toda a humanidade, mas também à proteção do planeta contra qualquer ameaça extraterrestre. Só o tempo dirá se os acontecimentos de hoje representam de fato algum perigo.

Também não houve qualquer comunicado por parte do Gabinete Real. Ainda que o rei não tenha se pronunciado sobre o assunto, fontes indicam que o primeiro-ministro em breve falará à nação. A oposição, no entanto, decidiu não fazer o povo britânico esperar tanto: a bancada agiu depressa e emitiu um comunicado oficial ainda na manhã de hoje, exigindo um pronunciamento do primeiro-ministro e garantias de que a situação está sob controle. Amanda Webb, ex-secretária de Relações Exteriores e líder da oposição, tomou a dianteira há cerca de uma hora: "Há um artefato alienígena potencialmente devastador parado no meio de Londres e tudo o que o primeiro-ministro fez até agora foi limitar o acesso a um dos parques municipais. Será que ele pode garantir a segurança dos treze milhões de habitantes da região metropolitana de Londres? Se pode, ele no mínimo deve explicações ao povo britânico. Se não pode, eu sou a primeira a querer saber por que ainda não estamos conversando sobre um plano de evacuação da cidade". A sra. Webb foi além, sugerindo que o centro de Londres deveria ser evacuado primeiro, algo que, de acordo com seus cálculos, poderia ser feito de maneira ordenada em menos de 48 horas.

Porém, os londrinos não parecem estar com muita pressa de deixar a cidade. Tão surpreendente quanto o surgimento do robô talvez seja a total indiferença com que a população vem lidando com o fato. Como é possível enxergar o gigantesco artefato da maior parte da cidade, era de se esperar tumultos entre os civis ou até uma debandada significativa dos moradores. No entanto, a maioria dos londrinos simplesmente seguiu cuidando da própria vida, e muitos até se dirigiram ao parque para dar uma olhada de perto no titã. A polícia limitou o acesso à área entre a Prince Albert Road, ao norte, e a A501, ao sul, e entre a A41 e a Albany Street, mas alguns curiosos conseguiram entrar no parque sem chamar a atenção das autoridades. A força policial ainda precisou evacuar uma família que fazia um piquenique a apenas alguns passos de distância dos enormes pés de metal do invasor.

É natural que os habitantes da cidade não vejam como ameaça uma criatura tão parecida com a velha conhecida Têmis, sobretudo depois de ouvirem que uma raça alienígena a deixou na Terra para a proteção de nosso planeta. Vale lembrar que imagens do rosto de metal e das pernas ao contrário de Têmis foram vistas praticamente todos os dias nos canais de televisão britânicos, dominando ainda as manchetes de todos os tabloides por quase uma década. Em cada esquina há lojas que vendem camisetas com estampas do robô, e todo londrino cresceu brincando com os bonequinhos de Têmis, que é uma celebridade. Sua exposição em outro dos parques reais de Londres há um ano mais parecia um show de rock do que o primeiro contato com uma estrutura vinda de outro planeta.

Este é um momento decisivo na ainda breve vida do CDT. Fruto de uma coalizão extremamente frágil, a organização de defesa já foi acusada por seus opositores de não passar de "mera fachada de relações públicas".

Muitos argumentam que o planeta jamais poderia ser defendido contra invasores extraterrestres por um único robô, por mais poderoso que seja. Acrescentar mais um desses artefatos a seu arsenal, ou até mesmo firmar uma aliança com alguma raça alienígena, poderia ajudar o CDT a silenciar alguns desses críticos.

ARQUIVO Nº 1399

ENTRADA DE DIÁRIO — DRA. ROSE FRANKLIN, CHEFE DA DIVISÃO CIENTÍFICA, CORPO DE DEFESA DA TERRA

Eu tinha uma gata. Por alguma razão, ninguém lembra que eu tive uma gata. Consigo imaginar minha gatinha enrolada no chão da cozinha, morrendo de fome, esperando minha volta. Sempre esqueço que Rose Franklin voltou, sim, para casa naquela noite. Esqueço que ela — outra versão de mim — nunca saiu. Fico feliz em pensar que minha gata não morreu de fome, mas ao mesmo tempo eu gostaria que ela tivesse esperado por *mim*, ali perto da porta. Sinto falta da minha gatinha. Meu apartamento parece vazio sem sua pequena presença.

Talvez ela tenha morrido, afinal, embora não fosse tão velha assim. Talvez eu tenha me livrado dela quando o trabalho se tornou pesado demais. Talvez ela não tenha reconhecido a pessoa que entrou em casa naquela noite, tomando meu lugar, e tenha resolvido fugir por isso. Espero que sim. Ela provavelmente ficaria com medo de mim se continuasse por lá. Se existe uma Rose Franklin "de verdade", com certeza não sou *eu*.

Há treze anos me envolvi em um acidente de trânsito, a caminho do trabalho. Estranhos me tiraram do carro, e acordei à beira da estrada, na Irlanda, quatro anos depois. Eu não tinha envelhecido um dia sequer.

Como isso foi possível? Será que viajei para o futuro? Será que fui... congelada, mantida viva criogenicamente por quatro anos? É bem provável que eu nunca fique sabendo o que realmente aconteceu. Tudo bem, posso viver com isso, até porque o mais difícil de entender nessa história é que eu não sumi de verdade nesses quatro anos. Eu — quer dizer, uma pessoa parecida comigo — estava lá. Rose Franklin foi trabalhar no dia seguinte ao do acidente. Ela fez várias coisas nesses quatro anos. De alguma forma, acabou estudando a mão gigante de metal em que eu caí quando ainda era uma criança. Essa Rose se convenceu de que as outras partes de um corpo gigante estavam espalhadas pelo planeta e desenvolveu um método para achá-las. Antes de morrer, encontrou todas e montou um robô alienígena gigante, chamado de Têmis.

Foram quatro anos bem agitados.

Eu não me lembro de nada disso, é claro. Eu não estava presente. A pessoa que fez todas aquelas coisas, seja lá quem for, morreu. Se eu tenho certeza de uma coisa é de que eu não era *eu*. Rose Franklin tinha vinte e oito anos quando assumiu o comando da equipe de pesquisa encarregada de estudar a mão gigante. Ela morreu aos trinta. Um ano depois, eles me encontraram. Eu estava com vinte e sete.

Têmis foi parar nas Nações Unidas. A ONU criou uma divisão de defesa planetária, o CDT, e o robô se tornou seu principal ativo. Eu também não estava presente quando isso aconteceu. Umas das minhas versões tinha morrido. A outra ainda não tinha sido encontrada. Fui colocada no comando da equipe de pesquisa do CDT um mês depois de reaparecer. Eles deviam gostar bastante da outra Rose, já que eu provavelmente era a pessoa mais desqualificada do mundo para assumir a função. Eu nunca tinha visto a Têmis *na vida*. Até onde me lembro, tinha vislumbrado apenas uma parte dela uma vez, no meu aniversário de onze anos. Aparentemente, eles não se importaram muito com isso. Aliás, eu também não. Eu realmente queria aquele trabalho. Agora, estou no comando há nove anos. Nove anos. Dá para pensar que seria tempo suficiente para entender o que aconteceu comigo. Não foi. Havia uma lacuna de quatro anos na minha vida e eu precisava correr atrás desse tempo perdido. Até que o trabalho e as preocupações do dia a dia ocuparam minha cabeça por um tempo, mas, assim que me acostumei com certa rotina e com essa nova vida, acabei me tornando cada vez mais obcecada com quem — ou com *o quê* — eu sou de verdade.

Se eu fiz mesmo uma viagem no tempo, sei que provavelmente não tenho os conhecimentos necessários para entender a experiência por inteiro. De qualquer forma, não deveria haver duas de mim por aí. Se você apanha um objeto qualquer e move de um ponto A até um ponto B, diz a lógica que esse objeto não poderá mais ser encontrado no ponto A. Será que eu sou um clone? Uma cópia? Posso viver sem saber o que aconteceu comigo, mas preciso saber se eu sou... *eu*. É horrível viver com uma dúvida dessas.

Sei que não me encaixo aqui no momento, que estou... fora de sincronia. Pensando bem, essa já é uma sensação familiar para mim. De tempos em tempos, talvez duas ou três vezes por ano, costumo ter uma dessas crises de ansiedade. Eu geralmente fico exausta, tomo muito café e então... começo a me sentir... nunca soube descrever direito a sensação. Lembra alguém passando as unhas em um quadro-negro. Essas crises normalmente duram um minuto ou dois, mas é como se você estivesse fora de sincronia com o universo inteiro, só um pouquinho, talvez meio segundo ou algo assim. Como nunca consegui explicar ao certo o que sinto nessas ocasiões, não sei se sou a única a ter esse tipo de sentimento. Imagino que não, mas agora venho me sentindo assim vinte e quatro horas por dia, e esse meio segundo fora de sincronia tem se tornado cada vez mais longo.

Eu não tenho amigos nem relacionamentos de verdade. Os poucos que tenho vêm de experiências que eu não vivi. Os que eu tinha e perdi foram desfeitos quando eu não estava presente. Minha mãe continua me ligando noite sim, noite não. Ela ainda não consegue entender por que estávamos sem nos falar por um ano quando eu voltei. Como ela poderia entender? Minha mãe estava ligando para aquela outra pessoa, para alguém que ainda não tinha lidado com a perda do pai. O pai de que todos gostavam. O pai que morreu. Ainda não falei com nenhum dos meus antigos amigos da escola. Eles foram ao meu funeral. Esse é um final tão perfeito para qualquer tipo de relacionamento que resolvi não estragá-lo.

Agora, o mais próximo que tenho de amizade é minha relação com Kara e Vincent, mas, mesmo depois de nove anos, eu me sinto... envergonhada, em certa medida. Sou uma impostora. O carinho que eles sentem por mim é baseado em mentiras. Os dois me contaram tudo o que teoricamente vivemos juntos, e fazemos de conta que as coisas teriam acontecido da mesma forma se aquela versão de mim mesma estivesse aqui, ainda que as circunstâncias fossem diferentes. Continuamos fingindo que sou aquela outra pessoa, e eles gostam de mim por isso.

Não sei bem o que eu sou, mas sei que não sou... ela. Tento não ser ela. Desesperadamente. Sei que, se eu pudesse simplesmente ser aquela pessoa, tudo ficaria bem. Só que eu não a conheço. Já li cada página das anotações dela mil vezes, e ainda assim não consigo enxergar o mundo da mesma maneira que ela. Até consigo enxergar um pouquinho de mim em alguns trechos daquele diário, mas essas pequenas passagens não são suficientes para me aproximar da outra Rose. Ela era inteligente. Não tenho certeza se hoje eu conseguiria fazer o que ela fez, caso precisasse procurar partes gigantes de um robô. Ela pode ter tido acesso a algum tipo de pesquisa desconhecido para mim, provavelmente algo que tenha sido publicado enquanto eu estava "fora". Talvez eu não passe de uma cópia defeituosa. Talvez ela apenas fosse mais esperta do que eu.

Ela sem dúvida era mais otimista. Acreditava... não, tinha certeza de que Têmis fora deixada na Terra como um presente para a humanidade, e que nós seríamos capazes de fazer a descoberta com o tempo. Uma espécie de presente deixado por um pai bondoso a uma raça adolescente, que seria encontrado quando essa raça atingisse certa idade. Apesar disso, as partes estavam enterradas nos quatro cantos do planeta, nos lugares mais remotos, até mesmo sob o gelo. Eu até consigo imaginar certa empolgação por uma caça ao tesouro dessas, mas não compreendo por que colocar tantos obstáculos no meio do caminho. Tenho a sensação de que essas coisas estavam escondidas para... Bom, só isso: estavam escondidas e ponto final. Não deveriam ter sido encontradas.

Mais do que isso: não consigo entender por que alguém, por mais avançado que seja, deixaria um robô como este para trás, sendo que nós muito provavelmente não seríamos capazes de fazer uso dele. Alguém com tecnologia suficiente para construir algo assim e ainda viajar anos-luz para trazer a estrutura para a Terra poderia adaptar com facilidade os controles do robô à nossa anatomia. Esses seres com certeza teriam um mecânico a bordo, alguém capaz de consertar o robô ou no mínimo fazer uma gambiarra para resolver o problema. Eles só precisariam de uma versão alienígena qualquer de uma chave de fenda para a inversão dos joelhos e pronto, nós poderíamos usar os controles. Não acho que eles queriam que nos mutilássemos só para pilotarmos essa coisa.

Sou uma cientista e não tenho como provar nada disso, mas a outra Rose também não tinha provas de sua tese. Sem evidências mais concretas, nem mesmo se eu tentasse simplificar as coisas, aplicando algo como o princípio da navalha de Occam, poderia chegar às conclusões que ela assumiu como verdadeiras.

A ironia de tudo é que eles acabaram elaborando esse programa inteiro de acordo com as minhas conclusões. Se eu tivesse confessado o quanto estou com medo do que podemos encontrar pela frente, jamais teriam me dado a liberdade para fazer o que estou fazendo agora. Só consigo encontrar um pouco de consolo dentro do laboratório e sou grata por isso. Sou grata pela presença e pela companhia diária de Têmis. Eu me identifico com ela. Como eu, ela não é nem faz parte desse mundo. Nós duas estamos deslocadas no tempo e no espaço e, quanto mais aprendo a respeito dela, mais perto eu me sinto de entender o que me aconteceu.

Sei que todo mundo está preocupado comigo. Minha mãe me disse que está rezando por mim, o que ninguém diz quando está tudo bem com a outra pessoa. Eu não quis deixar minha mãe chateada, então só agradeci. Nunca fui uma mulher de muita fé, mas, mesmo se fosse, eu saberia que Deus nenhum estaria vindo para me ajudar. Não há nenhum tipo de salvação no que fiz. Eu deveria estar morta. Eu morri. Imagino que tenha sido trazida de volta por alguma tecnologia bastante avançada, o que também pode ser chamado de feitiçaria. Há bem pouco tempo, a Igreja teria jogado alguém como eu na fogueira.

Posso até acreditar em Deus, mas no momento estou em guerra contra Ele. Sou uma cientista e estou sempre tentando encontrar respostas, uma de cada vez. Logo, não existe muito espaço para Deus nessa busca. Eu finco minha bandeira e sigo avançando com ela, centímetro a centímetro do terreno, tomando aos poucos o reino de Deus. É estranho, mas nunca tinha pensado em nada disso antes. Nunca tinha visto muita contradição entre ciência e religião. Hoje isso é mais claro do que a luz do dia para mim.

Eu cruzei uma linha que nenhum de nós deveria cruzar. Eu morri. E ainda estou aqui. Enganei a morte. Desafiei o poder de Deus.

Eu matei Deus, e agora me sinto vazia por dentro.

ARQUIVO Nº 1408
ENTREVISTA COM EUGENE GOVENDER, GENERAL DE BRIGADA, COMANDANTE DO CORPO DE DEFESA DA TERRA

Local: Waldorf Astoria Hotel, Nova York, estado de Nova York, EUA

— Você deveria se apressar, Eugene.

— Há quanto tempo nos conhecemos?

— Vai fazer catorze anos em setembro.

— Catorze anos! E nesse tempo todo, em algum momento, alguma mísera vez, por acaso eu permiti que você me chamasse de Eugene?

— "General" não me parece… muito adequado, depois de tudo que passamos juntos.

— Ah, é? Não parece adequado? Agora, imagine como eu me sinto sem ter a mínima ideia de como chamar você.

— Não que eu não aprecie ficar aqui ouvindo suas reclamações a respeito do meu anonimato, mas em menos de uma hora você estará diante da Assembleia Geral das Nações Unidas. Como sei que você odeia discursos, essa talvez seja uma boa hora para pedir minha ajuda.

— Então por que *você* não vai lá e faz o discurso? Se estou nessa enrascada toda, a culpa é sua.

— Leia para mim a abertura.

— Onde está aquela porcaria de papel?! Ah, achei. Você viu meus...

— Estão ali, no criado-mudo.

— Obrigado. Bom, é assim: "Sei que muitos de vocês estão com medo e esperam por respostas".

— Não, não... Eu pedi para você ler o começo do seu discurso.

— É *assim* o começo da droga do meu discurso.

— Eugene, você não está falando com um bando de cadetes na academia militar. Essa é a Assembleia Geral da ONU. Há um protocolo a ser seguido. Você deve começar o discurso cumprimentando todo mundo. Sr. presidente, sr. secretário-geral, membros da Assembleia Geral, senhoras e senhores.

— Tudo bem, eu começo com os cumprimentos, então continuo: "Sei que muitos de vocês estão com medo e esperam por respostas".

— Não, meu caro, você precisa começar dizendo algo profundo, inspirador.

— Algo inspirador? Tem uma porcaria de um robô gigante bem no meio de Londres. As pessoas só querem que eu me livre dessa coisa. O que tem de profundo nisso?

— Bom, então diga alguma coisa sem a menor relação com o assunto, mas que ainda assim inspire algo profundo. O último discurso que acompanhei pessoalmente foi o de um presidente dos Estados Unidos. Ele disse algo como: "Chegamos juntos a uma encruzilhada, que pode nos levar à guerra ou à paz, à desordem ou à união, ao medo ou à esperança".

— Certo, certo, tudo bem. Sr. presidente, sr. secretário-geral, membros da Assembleia Geral, senhoras e senhores. Quem me conhece sabe que sou um homem de poucas palavras e quem me conhece bem sabe que odeio fazer discursos. Por isso, com a permissão dos presentes, eu gostaria de abrir minhas considerações com as palavras de um ex-presidente dos Estados Unidos, que certa vez disse: "Chegamos juntos a uma encruzilhada, que pode nos levar à guerra ou à paz, à desordem ou à união, ao medo ou à esperança".

— Isso é…

— Eu estava brincando. Já tinha colocado uma boa citação no discurso, de alguém que sabe usar as palavras melhor que eu. Basta passar a alusão para o início. Só que depois você vai ter que se contentar com algumas frases minhas. O autor da citação é Thomas Henry Huxley, que foi cientista nos primórdios da biologia moderna. Huxley disse: "O conhecimento é finito, o desconhecimento, infinito; intelectualmente, nos encontramos em uma pequena ilha na imensidão de um oceano ilimitado de coisas inexplicáveis. A cada geração, nosso trabalho é conquistar um pouco mais de terra firme". E aí eu continuo: "Há quase uma década, quando Têmis foi revelada ao mundo, todos percebemos que esse oceano era muito mais vasto do que imaginávamos. O acontecimento desta manhã em Londres nos trouxe a sensação de que nossa pequena ilha de conhecimento é ainda menor do que parecia, e agora chegamos a duvidar de que haja espaço suficiente para ficarmos de pé". Agora posso encaixar aquelas palavras?

— Sei que muitos de vocês estão com medo.

— Não banque o engraçadinho para cima de mim. "Sei que muitos de vocês estão com medo e esperam por respostas. Para ser franco, não tenho as respostas desejadas. Pelo menos não hoje. O que tenho é uma confissão a fazer. Eu… também estou com medo. Estou com medo porque não sei o que significa essa coisa nem o que ela quer de nós. Não sei se outros similares estão vindo para cá e, se estiverem, não tenho ideia se poderíamos fazer algo a respeito. Há muita coisa que eu ignoro e, se querem mesmo a minha opinião, acho que um pouquinho de medo é até saudável.

— Muito reconfortante. Já estou até me sentindo melhor.

— Nós *não* podemos ficar paralisados com o medo, deixando de fazer o que precisa ser feito. Só que também não podemos deixar esse medo influenciar nossas ações. É *fundamental* ter paciência. O que temos diante de nós...

— O que você está tentando dizer?

— Que o melhor a fazer é esperar antes de tomar uma atitude estúpida.

— Como o quê, por exemplo?

— Você sabe muito bem que algumas pessoas na Inglaterra já defendem uma demonstração de força como resposta. Fiquei sabendo que a Otan também está considerando uma ação militar por conta própria. Quero que todos dentro daquela sala usem sua influência e façam o possível para garantir que nada disso aconteça.

— Por quê?

— Você sabe muito bem o porquê! É provável que esse segundo robô seja ainda mais poderoso que Têmis. Eu duvido que as Forças Armadas britânicas sejam capazes de fazer sequer um pequeno arranhão naquele gigante. Sem falar que ele está em Londres. No meio de um centro urbano, é impossível coordenar um ataque terrestre com o poder de fogo necessário. Um ataque aéreo talvez fosse mais produtivo, mas nesse caso precisaríamos articular uma ação conjunta entre as forças aéreas mais poderosas do planeta. Deixaríamos a cidade de Londres completamente destruída. Se um ataque assim não fosse suficiente, uma bomba nuclear de alto poder destrutivo seria nossa melhor alternativa... talvez a última, ainda que isso significasse desabrigar boa parte da população da Inglaterra depois. Será que ficou claro para você?

— Se é essa a mensagem que você quer passar, então seria melhor dizer exatamente o que disse para mim, palavra por palavra. Eles precisam entender que, se resolverem atacar, não existe hipótese de melhor cenário. Não adianta tomar qualquer atitude como forma de intimidação.

— Mas não acha que isso seria um pouco pesado? Você disse que eu deveria dizer algo profundo, inspirador.

— Você deve começar com algo profundo e inspirador, mas apenas para que as pessoas daqui a vinte anos possam se sentir inteligentes,

citando suas palavras quando estiverem reunidas em uma mesa de jantar. Se você pretende se fazer entender nesse momento, é melhor ser bem literal com os líderes mundiais, como se estivesse conversando com seus netos. As pessoas naquela sala, pelo menos metade delas, precisarão de um intérprete para entender suas palavras, e a maioria tem a atenção de uma criança de cinco anos. Quando saírem da assembleia, todos ligarão para casa. Falarão com seus ministros da Defesa, seus mais poderosos generais, seus chefes de gabinete, enfim, com qualquer um que esteja no comando de seus exércitos, doido para colocar os homens em ação. Você está pedindo que confiem mais em um grupo de cientistas do que em seus próprios conselheiros militares. Você precisa deixar isso bem claro, sem qualquer ruído na comunicação.

— Eu tinha escrito aqui outro parágrafo que me fazia parecer razoavelmente inteligente.

— Leia para mim.

— O que temos aqui não é um problema apenas para Londres, para o governo britânico ou para a Europa. Com certeza não é um problema apenas para a Otan. O que temos diante dos nossos olhos é um problema para o planeta Terra. É um problema para todos os seres humanos, para cada nação aqui representada, e precisamos encontrar uma solução juntos. A mais devastadora guerra que a humanidade já viu deu origem a esta instituição. O objetivo da ONU sempre foi promover a paz, permitindo que as nações resolvessem conflitos pacificamente, nesta sala, fora dos campos de batalha. Esse também é um espaço para reunirmos e dividirmos conhecimentos e recursos, alcançando avanços maravilhosos, que seriam inatingíveis individualmente. Hoje, temos a chance de concretizar de uma só vez esses dois objetivos: podemos impedir uma guerra de dimensões inimagináveis e, ao mesmo tempo, levar a humanidade a um novo marco de desenvolvimento. Se já existiu hora determinada para uma atitude da Organização das Nações Unidas, essa hora é agora. Se existiu uma razão para a criação do CDT, é exatamente essa.

— Deixa essas coisas para o final do discurso, quando ninguém mais estiver prestando atenção. Antes você deve falar mais a respeito de sua carreira militar, para criar uma identificação com os demais.

— Acho que menciono algo sobre isso em algum lugar... Ah, aqui... Sei também que muitos de vocês têm dúvidas. Nem todos concordaram com a criação do CDT. Por que deveriam, então, confiar mais no CDT do que em suas Forças Armadas? Talvez essa seja a única resposta concreta que posso fornecer hoje. Sou militar e tenho uma carreira de mais de quarenta anos. Posso garantir uma coisa a vocês: militares precisam de serviços de inteligência...

— Você vai precisar de mais do que isso. Fale para eles sobre as batalhas em que esteve, sobre as pessoas que matou. Eles precisam ver sangue. Precisam enxergar você como um apoiador da guerra, alguém à espera de uma oportunidade para jogar uma bomba no centro de Londres. Só assim acreditarão em você quando disser que é exatamente isso que eles *não* devem fazer.

— Mas o que posso dizer a eles? Sou um general de brigada do Exército da África do Sul, comandante de uma força militar da ONU. Na África do Sul, eu liderava a Army Armoured Foundation, que não passa de um nome difícil para dizer "um monte de tanques". Lutei em uma divisão durante as guerras na fronteira sul-africana, fiz parte das operações de paz no Sudão, comandei tropas da brigada de intervenção das Nações Unidas durante a campanha na República Democrática do Congo. Servi em um Exército ou outro durante toda a minha vida...

— Perfeito.

— ... e posso dizer uma coisa a vocês: militares, militares como eu, precisam de serviços de inteligência para funcionar. Precisamos sempre saber o que está acontecendo. Sem inteligência, e podem acreditar no que estou dizendo, ninguém aqui iria querer deixar a vida nas mãos dos militares. Nós *não* improvisamos. Somos como um elefante no meio de uma loja de cristais, e as coisas podem ficar bem confusas se decidirmos correr atrás do próprio rabo.

"Também tenho a honra de ser o comandante do Corpo de Defesa da Terra, tecnicamente outra divisão militar, só que com apenas uma arma, embora gigantesca. Como comandante, tenho dois soldados que respondem a mim. Na verdade, um soldado. O outro é basicamente um consultor canadense. Tenho ainda sessenta e oito cientistas trabalhando para mim. Não foi bem assim que me disseram quando me ofereceram esse trabalho, pois sabiam que eu não sou muito fã de cientistas. Cientistas são como crianças: sempre querem saber de tudo, fazem uma série de perguntas e nunca seguem ordens à risca.

"E este é o CDT: um robô gigante, um soldado, um linguista e um bando de crianças desobedientes. Agora, é dessa equipe que o mundo precisa, desses meus garotos e garotas malcriados. Eles sabem mais a respeito de tecnologia alienígena que qualquer outra pessoa no planeta e estão aprendendo mais e mais a cada dia. Aliás, é o que fazem: aprender coisas o tempo todo. Seguem conquistando um pouco de terra para essa nossa pequena ilha de conhecimento, para que todos nós tenhamos espaço para respirar."

— Comovente.

— Como pode ver, não me esqueci do seu discurso quando tentou me convencer a aceitar esse trabalho.

— Você disse não.

— É verdade, mas foi um bom discurso. Enfim, tenho mais alguns parágrafos contando o que já sabemos... ou o que não sabemos, na maior parte.

— O que sabemos, afinal?

— Não muito. Isso é o que eu tenho e pretendo dizer na ONU:

"Tivemos apenas algumas horas para repassar todas as informações que conseguimos recolher, e nossa equipe ainda não conseguiu se deslocar até o local do incidente. Então, vamos ao que sabemos até agora. A estrutura em Londres é cerca de três metros mais alta que Têmis, e sua massa é por volta de dez por cento maior que a dela. Batizamos ele de Cronos. É tudo o que temos de objetivo até o momento. O resto é pura especulação.

"Existe uma possibilidade de que não haja ninguém dentro da enorme estrutura de metal. Talvez ela seja controlada à distância ou nem seja um robô, já que não fez nenhum movimento desde que chegou. Embora isso não pareça muito provável, não podemos descartar nenhuma hipótese no momento. Também existe uma possibilidade de que haja humanos lá dentro, o que significaria que esse robô estava enterrado em algum lugar e foi descoberto por uma das nações hoje aqui representadas. Também parece uma alternativa pouco provável, mas não de todo impossível.

"Levando em conta o que sabemos até o momento a respeito de Têmis, o mais provável é que dois ou mais pilotos alienígenas estejam a bordo. Além disso, considerando que o gigante em Londres parece quase idêntico à Têmis, estamos partindo do pressuposto, pelo menos por enquanto, de que os dois robôs foram construídos pela mesma raça extraterrestre. Porém, isso não quer dizer que estamos lidando necessariamente com os seres que construíram Têmis. Como eles deixaram um robô gigante neste planeta, é razoável imaginar que adotaram o mesmo procedimento em algum outro planeta habitado. Por isso, é possível que os habitantes *desse* planeta sejam os nossos visitantes. Como eu disse, não sabemos muita coisa.

"Assumindo a hipótese de alienígenas, é possível que eles sejam amistosos, até porque não chegaram aqui atirando para todos os lados, o que costuma ser um bom sinal. Além disso, acreditamos que Têmis tenha sido deixada na Terra para ajudar na defesa da humanidade. É nossa teoria atual. No entanto, também existe a possibilidade de que sejam alienígenas hostis. Seria estranho que um inimigo nos desse tanto tempo para preparação, mas ainda assim a presença do robô em nosso planeta pode indicar o começo de uma invasão em larga escala.

"No momento, estamos tendendo a outra explicação, bastante razoável: eles ainda estão tentando entender como funcionamos. Talvez não tenham outra forma de saber se representamos ou não uma ameaça, nem que tipo de reação teríamos à sua presença.

"Enfim, chega de especulação. Por enquanto, tudo o que posso oferecer é uma série de dúvidas e hipóteses. Fui convidado a vir até aqui e dar meu conselho a vocês. Meu conselho é bastante simples: enviem Têmis à Inglaterra. A viagem levará cerca de sete ou oito dias. Depois, deixem que minhas crianças façam o seu trabalho por mais uma semana. Então, voltaremos a nos reunir. Nesse meio-tempo, eu peço... não, eu *imploro* que vocês se contenham e esperem, dando tempo ao tempo. Não é o momento para atitudes impulsivas, por mais tentadoras que sejam.

"É isso. Esse é o meu discurso. O que acha? Ficou longo demais?"

— Acho que está bom assim.

— Claro que eu também tive que escrever outro discurso novinho para a imprensa, já que Rose resolveu surtar, o que não ajudou em nada.

— O que houve?

— Você não viu? Ela convocou a imprensa e disse em uma coletiva ao vivo para o mundo todo que nós deveríamos ficar de fora desse assunto.

— "Nós" quem?

— O CDT. Ela disse que enviar Têmis para a Inglaterra seria nosso pior erro. Sei que você gosta dela, mas precisa admitir que Rose não tem estado muito bem ultimamente. Aquela menina está no limite, prestes a arrebentar de vez.

— Ela tem passado por algumas... situações bem complicadas.

— Eu entendo isso. Só não consigo entender por que você a colocou no comando. Ela poderia fazer parte da equipe sem precisar tomar conta de tudo, sabe? Rose não vai com a minha cara, com essa coisa de eu ser o "militarzão malvado" e tal, mas ela não está ajudando nem um pouco com as últimas atitudes. A única maneira de ganhar mais tempo é enviando Têmis para Londres. Caso contrário, haverá tropas naquele parque amanhã de manhã, e nós dois sabemos como isso vai terminar.

— Quero ouvir.

— Ouvir o quê?!

— O discurso que você preparou para a imprensa.

— O.k. Todos vocês devem ter escutado o pronunciamento dado na manhã de hoje à imprensa pela chefe da nossa divisão científica, a dra. Rose Franklin. Entre outras coisas, a dra. Franklin afirmou que acredita que não devamos tomar nenhuma atitude. Para ela, ninguém deve ser enviado ao local, nem mesmo nós, membros do CDT, na esperança de que o robô resolva ir embora por livre e espontânea vontade. A dra. Franklin é uma cientista brilhante e tem todo o direito de expressar sua opinião, embora não reflita oficialmente o posicionamento do CDT. Como todos devem recordar, a dra. Franklin quase faleceu em um incidente envolvendo Têmis, no Colorado, e acredito que esse acontecimento possa ter deixado a doutora excessivamente cautelosa. Porém, mesmo sem concordar com a conclusão a que ela chegou, admito que a doutora disse muito mais que simplesmente "não devemos mandar o CDT até Londres". Ela levantou alguns pontos interessantes a respeito da questão.

"Estamos aqui fazendo o primeiro contato com uma espécie alienígena. Independentemente do desenrolar dos fatos, sabemos que esse momento se tornará um marco na história da humanidade. Temos todos, sim, que refletir sobre a importância da situação, pensando por um instante no significado e no alcance dos desdobramentos de nossos atos.

"Levando isso em consideração, a dra. Franklin lembrou que enviar uma divisão armada e milhares de soldados prontos para o ataque talvez não seja a melhor abordagem, pelo menos se quisermos causar uma boa primeira impressão. Acho bem difícil discordar desse ponto de vista.

"É verdade que ela também sugeriu que enviar Têmis até Londres seria um erro ainda maior que mandar um Exército. Tanques e soldados podem ser considerados um sinal de ameaça aos alienígenas, embora muito provavelmente tenham pouca eficácia contra o robô, caso ele seja mesmo parecido com o nosso. Já Têmis poderia fazer frente a Cronos. Acredito que mostrar um rosto conhecido aos extraterrestres possa ser uma boa maneira de começar um diálogo, mas reconheço o argumento de que talvez não seja uma boa ideia enviar justamente a única coisa na face da Terra capaz de causar algum dano a eles."

— Conciso e assertivo, mas ainda assim mostrando certo apoio à sua equipe. Gostei. Pegue seu casaco. Está na hora.

— Você se lembra do que me disse quando tentou me convencer a aceitar esse trabalho pela segunda vez?

— Sim, eu me lembro.

— Você disse: "Estou oferecendo um posto militar que possibilita que você nunca mais tenha que matar uma pessoa".

— Eu sei. Pretendo manter essa promessa.

ARQUIVO Nº 1416
ENTREVISTA COM KARA RESNIK, CAPITÃ, CORPO DE DEFESA DA TERRA

Local: Algum lugar do Atlântico

— Bom dia, srta. Resnik. Espero não ter acordado você.

— Não acredito! Você?! Não acordou. Acabei de sair do banho, depois de uma corrida no convés. Por que estou com uma sensação de que não nos falamos há uma década?

— Nossa última conversa foi há oito anos. Você pode falar agora?

— Quer saber se mais alguém pode ouvir a conversa? Duvido, Vincent ainda está dormindo no beliche dele.

— Não, quero saber se você está ocupada.

— Senti falta disso.

— Do quê?

— Disso!

— ...

— Não, não estou ocupada. Pode falar.

— Onde você está?

— No meio do Atlântico, mas você já deve saber disso.

— Quero saber onde está agora, em que parte do navio.

— Ah, sim... nos alojamentos. Me deram essa cab... Bom, é como um apartamento pequeno, minúsculo mesmo. Tenho aqui um sofá, uma televisão, uma cozinha pequena.

— Fico feliz em saber que você está alojada com conforto. Pedi que instalassem alguns itens para sua comodidade, quando a ONU adquiriu esse navio. Lembro bem que você detestava o anterior.

— Ah, não tem nem comparação. O anterior era um cargueiro cheio de grãos. Vivíamos quase como clandestinos por lá. Este passou por uma reforma completa para a gente. Sem falar que é só nosso, não está fazendo mais nada ao mesmo tempo. Só não sei muito bem o porquê, mas continuamos dormindo em beliches. Por onde você andou? Aposto que quase morreu de tédio sem a gente por perto.

— Pode acreditar ou não, mas algumas coisas neste mundo não giram em torno de vocês. Não muitas, é verdade, mas suficientes para me manter razoavelmente ocupado.

— Só perguntei por onde andava. Não nos falamos há oito anos!

— Você não estava se referindo à minha vida pessoal?

— Nossa, senti sua falta! Por que levou tanto tempo, então? Sei que falou várias vezes com a dra. Franklin.

— Você e o sr. Couture pareciam estar indo bem. Não vi necessidade de falar com os dois.

— Poderia ter entrado em contato só para dar um "oi"!

— Jogar conversa fora exige o envolvimento de duas pessoas, algo que não posso oferecer. De qualquer maneira, como eu disse, pedi que ins-

talassem alguns itens para sua comodidade, quando a ONU adquiriu esse navio.

— Bom, isso significa que você pensou em mim... pelo menos uma vez. Alguns anos atrás.

— Exatamente. Do que mesmo você me chamou em Porto Rico? "Manteiga derretida"? Enfim... Como está a dra. Franklin?

— Bom, como você falou com ela, já sabe. Ela está um pouco mais sombria do que costumava ser. Imaginei que isso mudaria com o tempo, mas já se passou quase uma década, então acho que essa é a nova dra. Franklin. De qualquer maneira, eu e ela ainda nos damos muito bem. Ela gosta de Vincent também. Dos outros, nem tanto.

— Como ela passou por um trauma sério, era de se esperar.

— Você quer dizer que ela morreu, certo? Eu sei, eu estava lá. Eu matei ela. E então, um belo dia, a dra. Franklin reaparece, quatro anos mais nova. Ela nunca me disse como foi que conseguiu voltar. Será que ela sabe?

— Não, não sabe.

— Você sabe?

— Não, não sei.

— E você não me diria se soubesse.

— Provavelmente não diria mesmo, mas eu não sei. E, para ser exato, a dra. Franklin só perdeu três anos da vida. Ela estava morta no quarto.

— Espero nunca precisar de suas palavras de consolo para me sentir mais tranquila. Acho que é normal ela estar surtando assim. Eu nem precisei voltar do mundo dos mortos e já estou aqui, pirando. Agora, antes que ela morresse, eu e Vincent passamos incontáveis horas ao lado dela, todos os dias. Quem era aquela pessoa que estava com a gente?

— A dra. Rose Franklin.

— Bom, aquela dra. Franklin morreu. Esta que agora trabalha com a gente nem se lembra do tempo que passamos juntos.

— Posso imaginar que as coisas estejam um pouco confusas. Fico tão confuso quanto você com essa situação. Assim que eu encontrar respostas, divido com você. Posso perguntar como anda a sua relação com o sr. Couture?

— Por acaso você não andou nos acompanhando esses anos todos?

— Até onde sei, vocês não estão sendo vigiados por ninguém.

— Ah, que bom. Mas eu me referia mesmo a acompanhar pela televisão. Sabe pelo menos o que fizemos durante esses anos? Você não estava de brincadeira quando disse que seriam desfiles e fotos, na maior parte do tempo. Mal conseguimos passar algumas poucas horas no laboratório, tentando descobrir algo novo a respeito de Têmis. Na média, dá umas dez horas por semana, quinze no máximo, e só quando estamos em Nova York. Quando estamos fora com o robô, em turnê, não sobra tempo nenhum para a pesquisa. No mais é como você disse que seria. Não fazemos tantos desfiles, porque a logística é de enlouquecer e Têmis destrói tudo por onde passa, até as estradas. Não são muitas as cidades dispostas a arcar com as despesas e garantir a segurança de um evento dessa proporção. Agora, com certeza tiramos muitas fotos, em geral com objetivos humanitários. Visitamos escolas, clínicas... Hospitais infantis são os melhores. Vincent se dá muito bem com crianças. Ele faz aquela coisa com os joelhos, o que contribui, mas realmente leva jeito com a garotada. Somos como atração de circo.

— Você deve estar odiando cada minuto disso.

— Era de se esperar que sim, não é? Mas a verdade é que não, não estou. Não deixa de ser uma rotina legal: a gente come bem, os quartos dos hotéis são confortáveis. Jenny cuida bem da gente.

— Quem é Jenny?

— A responsável pelas turnês. Ela faz todas as reservas, se encarrega dos pedidos especiais. Como eu disse, somos uma atração. Quando a gente começou, eu imaginava que desistiria dessa vida depois de um mês, mas agora até que acho agradável. Sou péssima para desempenhar esse papel, é verdade. Eles precisam gravar todas as minhas entrevistas com antecedência, ou pelo menos colocar alguém com um bipe para censurar metade das coisas que falo. Normalmente o escalado para falar é Vincent. Também não sou muito boa com as crianças, que não entendem nada de ironia. Uma vez, cheguei a fazer um menininho doente chorar. Ele tinha leucemia, algo assim, e fiz o pobrezinho chorar.

— Ainda não consegui entender o que tem de agradável nisso tudo.

— A parte de relações públicas é ruim. Se o trabalho fosse só esse, eu... Enfim, acho agradável o que fazemos além disso. Jenny acredita que estamos trabalhando demais, mas ela não sabe que costumávamos trabalhar por mais de dezesseis horas seguidas lá em Denver. Como posso explicar isso para você? Bom, nós viajamos juntos, temos bastante tempo livre e um ainda não tentou matar o outro. Sei lá. Acho que é...

— Normal?

— Isso!

— E durante todo esse tempo você conseguiu impedir que o sr. Couture pedisse sua mão em casamento, certo?

— Pois é, acho que consegui. Para ser honesta, nesses últimos anos nem precisei fazer muito esforço.

— Por quê? Você por acaso mudou de ideia em relação ao casamento?

— Ah, não. Não mudei de ideia. Só acredito que não preciso mais fazer esforço, porque ele desistiu de mim.

— Isso incomoda você?

— Talvez um pouquinho. Uma parte de mim esperava que ele fosse conseguir me convencer um dia. Sei o quanto isso é importante para ele. Vincent deveria estar com alguém que dividisse o desejo de ter filhos. Imagino que ele finalmente se deu conta de que eu não sou essa pessoa. De qualquer forma, não importa mais.

— O que quer dizer?

— Sei lá... Nós vamos encarar aquele robô alienígena. Nós estamos... de volta. Eu estou de volta. É assim que me sinto, pelo menos. Será que isso faz de mim uma pessoa terrível?

— Você pode estar à beira de uma morte rápida, nas mãos de um inimigo muito mais poderoso, e de alguma forma fica feliz com isso. Não, eu não diria que você é uma "pessoa terrível".

— Talvez eu não esteja exatamente feliz. Acho que é mais... como se eu me sentisse viva. O que estou tentando dizer é que há um bom tempo não me sentia assim, pelo menos não como agora. Talvez o "normal" não seja bom o suficiente para mim. Talvez até agora eu estivesse tentando ser algo que não sou.

— Não pretendo impedir essa sua jornada de autoconhecimento, mas tenho quase certeza de que é possível você se sentir viva sem precisar de uma crise global qualquer. Você já considerou a possibilidade de simplesmente estar com medo de constituir uma família?

— Hmm... Deixa eu pensar... Não. Não cheguei a considerar essa possibilidade. Mas chega de falar de mim. Vamos falar de você... Isso! Agora, que tal contar as novidades a respeito do nosso amiguinho gigante de outro planeta? A dra. Franklin comentou com a gente que ele é maior que a nossa menina, mas é praticamente tudo que sabemos até agora.

— Acabei de sair de uma reunião no CDT. A dra. Franklin continua reunindo informações, junto com sua equipe. Nenhuma novidade, por enquanto.

— Ele fez algum movimento?

— Não. Os padrões de luzes também se mantiveram estáveis. Aparentemente, ele não está emitindo ou recebendo qualquer tipo de sinal.

— Então, o que querem que a gente faça? Só iremos até lá e tentaremos apertar aquela mão gigante?

— É bem possível que seja simples assim. Por enquanto, vocês desembarcarão no porto de Londres e ficarão em uma área ao ar livre, nas

imediações. Ali, vão aguardar novas instruções. Espero que já tenhamos mais dados até lá. Não quero parecer pessimista, mas gostaria de saber como anda a capacidade de combate de vocês, caso ecloda algum conflito. A dra. Franklin me contou que vocês conseguiram disparar e controlar o foco de uma carga de energia, certo?

— Sim. Na verdade, já sabíamos que era possível disparar a carga de energia, porque foi isso que destruiu o laboratório em Denver. Só precisávamos desvendar os botões que Vincent apertou sem querer. O resto descobrimos por acidente. No fim das contas, o disparo de energia acaba saindo da espada, se ela estiver desembainhada. Quanto maior for o comprimento da espada, mais focado é o feixe de energia. Treinamos no litoral de Nova York, perto de New Rochelle, atirando na água. Cada disparo fazia um buraco do tamanho de um quarteirão, depois preenchido pela água de novo. Foi bem legal. Tentamos atirar em algo sólido, também, e fizemos uma rocha bem grande desaparecer. Não sei se a arma funcionaria bem contra aquele robô, mas seria capaz de destruir qualquer coisa deste mundo.

"Por falar nesse mundo, você sabe que a dra. Franklin não gosta muito da ideia de irmos a Londres."

— Sim, eu sei.

— Não me leve a mal, mas... para mim o argumento dela faz mais sentido do que tudo que ouvi até o momento. Nós acreditamos que Têmis tenha sido deixada aqui para ser encontrada. Tudo bem, mas digamos que não seja o caso. Vamos supor que eles tenham vindo até aqui para buscá-la de volta, para destruí-la, sei lá. Sem brincadeira, não existe nada neste planeta que possa ser colocado diante daquele robô em Londres que represente alguma ameaça para ele. Talvez Têmis seja a única exceção. Parece mesmo uma boa ideia que o nosso primeiro contato com uma raça alienígena seja estabelecido justamente pela única coisa que temos... e que nem é nossa, diga-se de passagem... capaz de causar algum dano a esses extraterrestres? Só estou perguntando. Como soldado, sigo ordens, por mais que a determinação seja chegar lá e dar um chute no traseiro daquele robô gigante. Só que seria legal se a gente pudesse evitar a parte em que... eu e Vincent morremos nessa história.

— Eu compreendo. O que você precisa entender é que as pessoas mais poderosas deste planeta não estão exatamente dispostas a ficar de braços cruzados e deixar aquele robô alienígena muito tempo parado ali, no meio da cidade mais populosa do Reino Unido. Em algum momento, a natureza humana vai assumir o controle, e esses líderes mandarão algo para lá. Se não for Têmis... que aliás pode ser nossa única chance de enviar algo familiar até o robô... talvez seja o exército britânico, por exemplo. Se eu pudesse escolher entre essas duas possibilidades, com certeza enviaria vocês e Têmis.

— E se a gente mandasse para lá alguma coisa sem uma infinidade de armas junto, alguma coisa fofinha e peluda? Que tal aquele dinossauro Barney ou um monte de gatinhos? Você por acaso assistiu a *Encontros imediatos de terceiro grau*? A gente poderia tocar um pianinho para eles, fazer um show de luzes, ensinar alguma língua de sinais para esses caras.

— O governo britânico já tomou a dianteira nesse assunto. Aliás, devo admitir que suas ideias são até bem próximas ao que eles têm em mente. Enfim, eles deram início ao que batizaram de "protocolo de primeiro contato".

— Será que eu quero mesmo saber como isso vai ser?

— Eles instalaram várias telas ao longo do parque e estão mostrando imagens de monumentos, animais, cidades e alguns trailers de filmes antigos. Também deixaram umas músicas dos anos 1950 e 1960 tocando em um sistema de alto-falantes.

— Por que essas velharias? O que tem de errado com a música mais atual?

— Acho que a explicação mais racional para isso é que qualquer sinal que tenha tido tempo suficiente para sair da Terra e chegar até uma raça alienígena teria saído daqui algumas décadas atrás.

— Então é só para eles não se sentirem desapontados se vieram até esse planeta por causa do Elvis?

— A ideia principal é criar certa familiaridade. Parece um pouco improvisado, é verdade, mas tente entender: cientistas acreditavam que, se um

dia alguém encontrasse algum sinal de vida extraterrestre, seria na forma de um bando de micro-organismos ou talvez de um sinal de rádio. Não esperavam nada parecido com o que estamos vendo agora. Sei que tudo isso pode parecer bem inútil, mas não atrapalha os outros esforços e pelo menos passa a ideia de que o governo está fazendo alguma coisa.

— Então essa é a nossa melhor chance? Queremos que esses seres gostem do showzinho de luzes dos ingleses, saiam do robô e aceitem um convite para jantar?

— Para ser sincero, desconfio que todo mundo, admitindo ou não, espera que eles simplesmente decidam ir embora. Se não forem, esperamos que eles decidam começar a conversa, estabelecendo os termos de uma aproximação mútua. Considerando a óbvia superioridade tecnológica que eles têm em relação a nós, esse seria o caminho mais lógico e sensato a seguir.

— Por que eles fariam uma viagem tão longa só para partir alguns dias depois?

— Pode parecer curioso, mas é provavelmente o que nós faríamos. Pelo menos é o que teríamos feito há cerca de cinquenta anos. Talvez não passe de uma lenda urbana, mas me contaram que nos anos 1950 o exército dos Estados Unidos começou a pensar sobre como seria se encontrássemos vida inteligente fora da Terra. Eles elaboraram um procedimento com sete passos, começando com observação à distância. Em seguida, faríamos uma visita secreta ao planeta alienígena. Se percebêssemos que tínhamos mais tecnologia e mais poder bélico que os extraterrestres, começaríamos a fazer alguns pousos periódicos, coletando amostras da flora e da fauna do planeta e, quem sabe, capturando um ou dois alienígenas no processo. Depois, tornaríamos pública nossa existência, comunicando o fato ao maior número de extraterrestres possível. Se ficássemos felizes com a reação deles, finalmente faríamos contato.

— E se esses alienígenas fossem superiores a nós? Qual era o plano?

— Rezar para que não fôssemos vistos como comida.

ARQUIVO Nº 1422
ENTRADA DE DIÁRIO — DRA. ROSE FRANKLIN, CHEFE DA DIVISÃO CIENTÍFICA, CORPO DE DEFESA DA TERRA

Era disso que eu tinha medo. Era por isso que teria sido melhor que nós... que *eu* nunca tivesse encontrado Têmis. Eles estão aqui. A família dela está aqui, agora. Talvez tenham vindo levá-la para casa. Eu gostaria que fizessem isso. Gostaria que me levassem junto e que não tocassem nesse mundo. Ainda que não me levem, desejo que saiam do planeta, porque não seremos capazes de impedir qualquer ação por parte deles.

Aquele robô batizado de Cronos pode ser seis mil anos mais avançado que Têmis. Supondo que nossa sociedade e a deles traçaram um caminho evolutivo semelhante, dá para imaginar que a tecnologia dos alienígenas também tenha evoluído exponencialmente. Nós inventamos mais coisas nos últimos cem anos que no último milênio, e provavelmente iremos inventar muito mais que isso na próxima década. Os avanços tecnológicos de uma civilização podem até estagnar ou desacelerar em algum momento de seu processo de evolução, mas eu não consigo nem imaginar o que seis mil anos representariam para um povo avançado como este. E digo isso literalmente: eu não consigo imaginar. Dizer que Têmis pode estar desatualizada chega a ser um eufemismo. É possível que ela não passe de um brinquedinho de madeira perto do robô que apareceu em Londres. Por isso eu gostaria de mantê-la o mais longe possível de lá, pelo máximo de tempo que eu conseguir. Infelizmente, esse tempo pode não ser muito grande. Sugeri a evacuação da área e um intervalo de seis meses antes de qualquer atitude. Se esses alienígenas quiserem estabelecer contato, melhor seria deixar que *eles* manifestassem isso. O mais importante é não forçar nada, caso uma conversa não seja o objetivo deles aqui. Eugene, que me mataria se eu o tratasse com tanta intimidade assim, deixou bem claro que o governo britânico não está com a menor paciência. Eu gosto de Eugene. Ele é um general de sessenta anos arrogante, com a mente aberta que se esperaria de um general dessa idade arrogante. Mas Eugene tem pavor de guerras. Já viu mortes demais para esta e outras doze vidas, e acredito que ele esteja fazendo a coisa certa.

E, aparentemente, a coisa certa a se fazer é mesmo enviar Têmis a Londres, pelo menos se a outra alternativa for mandar um exército para lá. Os alienígenas podem não falar nenhuma das nossas línguas, mas tenho certeza de que entenderiam muito bem o recado se dez mil soldados chegassem exibindo armas como cartão de visita. Se tem uma parte que foi aprofundada no nosso relatório, é a que aborda as habilidades de defesa do robô. Não adiantaria nada enviar tropas. Achei que tivesse ficado claro que uma das pouquíssimas coisas que sabemos com certeza é que armas terrestres teriam pouca ou nenhuma eficácia contra um mecanismo como Têmis. E esse novo robô parece ser pelo menos tão poderoso quanto ela, logo capaz de dizimar um exército inteiro em poucos segundos. Por que alguém iria querer desafiar um robô assim? Na melhor das hipóteses, os soldados seriam simplesmente ignorados pelo gigante e, na pior, morreriam antes de se dar conta do que está acontecendo.

Fico bastante curiosa em saber como aquele robô foi parar em Londres. De acordo com testemunhas, ele não soltou um barulho sequer. Só apareceu do nada. Passamos anos tentando procurar algum sistema propulsor em Têmis, um pouco porque Alyssa achava que deveria haver um, mas sobretudo porque seria bastante conveniente para nós se houvesse. Sempre achamos que não passaria de um sistema de propulsão comum, como um dispositivo a jato que Têmis pudesse usar para voar. Como não encontramos nada, começamos a procurar algum comando que pudesse significar "acelerar", "arremessar", "pular", na esperança de que de repente saíssem alguns raios de fogo dos pés do robô. Mas e se não for propulsão? Talvez Têmis possa viajar longas distâncias da mesma forma que o robô que apareceu em Londres, caso ela também tenha sido construída para fazer coisas assim. Se ela for capaz de se "teletransportar" para qualquer lugar, os comandos seriam mesmo bem diferentes. Talvez seja algo bem mais simples do que pensávamos, como só definir um conjunto de coordenadas e pronto. Claro, não faço a menor ideia de como o sistema de coordenadas alienígena poderia funcionar, mas tenho certeza de que Vincent ficaria bastante animado se recebesse uma oportunidade de descobrir.

Não acho que Kara e Vincent durariam muito tempo se enfrentassem aquela máquina gigante. Além disso, se Têmis fosse destruída, com certeza seria o começo do fim para todos nós.

Realmente espero estar enganada a respeito de tudo isso. Espero que uma escotilha se abra de repente naquele inesperado robô e que saiam de dentro alguns alienígenas bem felizes e de pernas esquisitas, querendo apenas distribuir abraços. Como todos no CDT estão empolgados com a possibilidade desse primeiro contato, tento esconder ao máximo meu pessimismo. Já começam a achar que eu estou à beira da depressão. Se revelasse como estou me sentindo de verdade, iriam me entupir de remédios.

Só que ainda assim não consigo parar de sentir que alguma coisa terrível está prestes a acontecer. Vai saber… De repente, posso mesmo estar precisando de um monte de remédios. Acreditar que você é a única pessoa com a cabeça no lugar não costuma ser um bom sinal de saúde mental. Todos vivem me dizendo que eu preciso procurar por indicativos de transtorno de estresse pós-traumático. Dizem que existe tratamento para isso. Receio que só haja uma cura para o que estou sentindo.

ARQUIVO Nº 1427
SESSÃO DE DEBATES DA CÂMARA DOS COMUNS, PARLAMENTO DO REINO UNIDO

Quarta-feira, 6 de dezembro
A sessão teve início às 11h30

REGISTRO EM ATA

[Sr. presidente presente à mesa]

Questões de ordem

6 de dezembro: Coluna 1325

Daniel Stewart (de Rutland e Melton, Partido Liberal-Democratas): Uma questão de ordem, sr. presidente. Nesta segunda-feira, questionei o sr. primeiro-ministro a respeito da ocupação alienígena de um dos parques de Londres e sobre qual seria a resposta do município. Na ocasião, descrevi certo funcionário da cidade de maneira extremamente negativa, fazendo acusações que não estavam de acordo com minhas reais intenções. Tanto esse funcionário da cidade quanto meu muito honorável colega desta Casa, o representante de Ealing, Southall (Sir Charles Duncan), em cujo distrito eleitoral reside tal cavalheiro, pediram com veemência uma retratação. No momento em que proferi aquelas palavras, na ânsia de expressar toda a minha angústia e toda a minha preocupação, claramente me exaltei e fiz uso de linguagem inapropriada e inadequada. Gostaria de oferecer minhas mais sinceras desculpas, retirando publicamente as observações feitas a respeito desse cavalheiro.

Sr. presidente: Agradeço ao muito honorável membro desta Casa por semelhante demonstração de civilidade. A Câmara dos Comuns está satisfeita com seu pedido de retratação.

Sir Charles Duncan (de Ealing, Southall, Partido Trabalhista): Ainda a respeito dessa questão de ordem, sr. presidente. Agradeço ao muito honorável representante de Rutland e Melton (Daniel Stewart) por sua plena retratação.

Sr. presidente: Que a honra esteja restabelecida.

6 de dezembro: Coluna 1326

Sir Robert Johnson (de North East Hertfordshire, Partido Conservador): Uma questão de ordem, sr. presidente. Gostaria de pedir seu posicionamento. Ontem, na coluna de número 654 em Hansard, dirigi-me ao secretário de Defesa britânico (Alex Dunne) para pedir que ele confirmasse a posição oficial da Otan a respeito da crise que vivemos aqui em Londres. Ele garantiu que a Otan estava de acordo com nossa política de não intervenção. Mesmo assim, ainda na tarde de ontem em Paris, o ministro da Defesa francês, monsieur Poupart, afirmou: "*Si Londres ne tient pas tête à cet envahisseur, la France, l'Otan, ou le monde devra s'en charger*". Em tradução livre: "Se Londres não fizer nada para confrontar esse invasor, a França, a Otan ou o mundo vão cuidar do caso". Será que nosso secretário de Defesa gostaria de reformular sua declaração anterior, corrigindo seu descuido?

Sr. presidente: Agradeço ao muito honorável e culto cavalheiro por sua tradução. Estou impressionado com seu domínio *de la langue de Molière*. Tenho certeza de que o muito honorável e culto cavalheiro guarda em seu coração apenas as melhores intenções para com o nosso país. Fui perguntado se o secretário de Defesa britânico gostaria de reformular suas palavras de acordo com as afirmações do ministro francês. Ainda que possa parecer presunçoso de minha parte falar em nome do secretário, posso dizer com alguma certeza que o ministro Poupart não está autorizado a falar em nome da Organização do Tratado do Atlântico Norte. Acrescento com ainda mais convicção que ele não está autorizado a atuar como representante oficial do mundo inteiro. Já quanto à França, o *premier ministre* — em tradução livre, "primeiro-ministro" — disse esta manhã que as palavras do ministro Poupart devem ser encaradas apenas como mera figura de linguagem, como uma forma de expressar inquietação. O governo francês reafirmou a total soberania do Reino Unido nas decisões a serem tomadas na referida questão. Não há, portanto, a necessidade de que nosso secretário de Defesa reformule sua declaração, que parece de fato ser bem adequada. Vamos então às questões pendentes do dia.

12h14

Questões da Câmara (hoje)

6 de dezembro: Coluna 1327

Evacuação de Londres e questões de segurança

Moção de apresentação de projeto de lei (Ordem Permanente nº 23)

Deborah Horsbrugh (de Lewisham Deptford, Partido Conservador): Peço para propor,

Que seja concedida a permissão para entrar em vigor o projeto de lei requerendo ao secretário de Defesa que ordene a imediata evacuação da área ao redor do Regent's Park, em Londres, acionando para isso a cavalaria.

O dia de amanhã marca o aniversário da ofensiva a Pearl Harbor pelos japoneses. O ataque, gratuito e sem qualquer aviso, levou o então presidente americano Roosevelt a declarar o dia 7 de dezembro como "uma data que viverá na infâmia".

Sem qualquer aviso. Ataques com frequência acontecem sem avisos, usados como elemento surpresa em ofensivas.

Não haverá surpresas em Londres. A estrutura que encaramos hoje, o gigante parado a apenas três quilômetros desta Casa, não chegou até nós disparando suas armas escondido nas sombras. Não chegou se esgueirando pelos cantos escuros na calada da noite. Ele simplesmente apareceu no centro de nossa cidade, ao raiar do sol, e lá permaneceu, imóvel e arrogante, nos últimos dois dias. Se o ataque inimigo acontecesse amanhã, provavelmente seria a mais explícita e bem anunciada ação desse tipo na história da humanidade. Ainda assim, estamos completamente despreparados para as consequências. Até o momento, não fizemos nenhum movimento, não tomamos qualquer medida preventiva contra o que pode muito bem se confirmar um ataque iminente. Os moradores de Londres que vivem nas imediações do parque continuam em suas casas, totalmente vulneráveis. Este prédio em que estamos, este palácio que há quase mil anos deixou de ser a residência real para se tornar um símbolo da democracia moderna, está indefeso. Se nos tornássemos as vítimas de um ataque amanhã, o dia 7 de dezembro passaria a ser uma data que viveria na estupidez, pois não poderíamos estar mais avisados.

6 de dezembro: Coluna 1328

A maioria da população de Londres não deixou a cidade, como deveria ter feito. Os londrinos permaneceram em parte por negligência, mas sobretudo porque vêm sendo doutrinados há uma década pelo CDT e passaram a acreditar que todos vivemos em um universo seguro e pacífico, repleto de criaturas amistosas. O Corpo de Defesa da Terra é apenas uma organização mais preocupada em justificar sua própria existência do que com a segurança e a proteção das pessoas. O governo britânico fez mais do que fechar os olhos para a propaganda do CDT: tornou-se um verdadeiro cúmplice na divulgação dessas ideias.

Apresento este projeto de lei para que o governo possa enfim fazer a coisa certa. Evacuar o centro de Londres. Convocar a cavalaria, para que os londrinos, as pessoas de bem de todo o Reino Unido e do mundo, e até mesmo os alienígenas que nesse momento se encontram no meio de nossa metrópole, saibam que nossa soberania não pode ser pisoteada assim, impunemente. Devemos mostrar a todos que ainda somos uma grande nação, cheia de orgulho. Cruzar os braços significa negar a natureza do povo britânico.

12h37

Philip Davies (de Shipley, Partido Trabalhista): Peço a palavra para me opor ao projeto de lei apresentado, apenas porque a muito honorável representante de Lewisham Deptford (Deborah Horsbrugh) o apresenta em cima de meras mentiras. Em primeiro lugar, este prédio não está indefeso, muito menos a cidade de Londres. Há aproximadamente seis mil soldados patrulhando as ruas. Até onde eu sei, o quartel de Combermere, que abriga a cavalaria, não saiu do lugar: permanece a menos de quarenta quilômetros do centro de Londres. A cavalaria está, sim, em estado de alerta, e a menos de quarenta minutos de distância. Em segundo lugar, não posso me calar quando os londrinos são chamados de negligentes por não abandonarem suas casas. É de meu conhecimento que a própria muito honorável representante de Lewisham Deptford, presente nesta sessão, continua morando em Londres, o que faria dela uma pessoa também negligente ou, no mínimo, hipócrita. Eu… [interrupção]

Sr. presidente: Ordem. Eu… [interrupção] Eu exijo ordem.

6 de dezembro: Coluna 1328

Secretário de Defesa (Alex Dunne): Sr. presidente, se me permite, eu gostaria de fazer um esclarecimento a respeito das palavras ditas pela minha estimada colega. A analogia com Pearl Harbor não poderia ser mais ridícula, sr. presidente. É verdade que o ataque foi gratuito e sem qualquer aviso. Seria bom que a muito honorável representante de Lewisham Deptford (Deborah Horsbrugh) prestasse atenção nas próprias palavras. "Gratuito" parece ser a parte mais relevante em sua declaração. O ataque a Pearl Harbor teria entrado para a história de maneira bastante diferente se a marinha dos Estados Unidos tivesse se aproximado da baía de Tóquio no dia anterior à ofensiva japonesa. Não sou homem de fugir da ação, mas não pretendo provocar seres pouco ou nada conhecidos simplesmente para dizer que não estou de braços cruzados. Não enviarei soldados a uma missão dessa grandeza, sabendo que estamos diante de um inimigo que eles não podem derrotar. Não darei início a uma guerra. Isso, sim, seria negar a natureza do povo britânico.

Questão colocada (Ordem Permanente nº 23) e aceita.

Ordenou-se,

Que Deborah Horsbrugh apresentasse o projeto de lei.

Deborah Horsbrugh apresentou o projeto de lei em conformidade com o ordenado.

O projeto de lei foi lido pela primeira vez. A nova leitura ocorrerá no dia 12 de dezembro, quando será impresso (Projeto de Lei 116).

Respostas dadas oralmente às perguntas feitas ao primeiro-ministro

6 de dezembro: Coluna 1329

Daniel Stewart (de Rutland e Melton, Liberal-Democratas): Em pesquisa realizada em todo o território nacional pelo jornal *Sunday Telegraph*, 62% dos britânicos disseram acreditar que o governo não está fazendo o suficiente a respeito da questão. O primeiro-ministro poderia nos dizer o que pretende fazer para reduzir os temores de nossa população? Ou será que vai dizer aos membros desta Casa que pretende apenas ignorar os anseios de dois terços de nosso povo?

Primeiro-ministro (Frederick Canning): O que está em jogo não é uma disputa por popularidade. Neste momento, é preciso fazer a coisa certa e, às vezes, isso significa ter paciência. Precisamos lidar com a situação de modo racional, sem esquecer que o Reino Unido faz parte da ONU. Essa organização global criou uma divisão cujo propósito é única e exclusivamente gerenciar acontecimentos dessa natureza. Temos que agir com responsabilidade diante do restante do planeta, sem tomarmos qualquer atitude precipitada que possa colocar o mundo inteiro em perigo. Não se enganem: essa situação abrange todos os seres humanos, não apenas britânicos e londrinos. A relação entre a humanidade e toda uma civilização alienígena será ditada pela atitude que adotarmos aqui, agora. Não pretendo encarar isso de maneira leviana e, em hipótese alguma, colocarei a população em risco apenas para agradar a opinião pública.

Daniel Stewart (de Rutland e Melton, Liberal-Democratas): Gostaria de lembrar ao primeiro-ministro que esse governo só consegue sobreviver graças aos votos do Partido Liberal-Democratas. Se o primeiro-ministro deseja manter o mínimo de governabilidade, seria prudente que ele, com minoria no parlamento, não menosprezasse nossas preocupações dessa forma. O primeiro-ministro acha que pode ignorar a opinião do povo britânico, pelo menos até as próximas eleições. O que não pode fazer, no entanto, é ignorar *nossa* voz, ou as eleições poderão ser convocadas muito mais cedo do que ele espera. Os representantes do Liberal-Democratas nesta Casa não serão silenciados. Eu, por exemplo, pretendo refletir bastante sobre o que foi dito aqui antes de declarar meu voto na semana que vem.

ARQUIVO Nº 1429

ENTREVISTA COM SR. BURNS, OCUPAÇÃO DESCONHECIDA

Local: Restaurante chinês New Dynasty, Dupont Circle, Washington, DC, EUA

— Olá, sr. Burns. Tomei a liberdade de já fazer o seu pedido.

— Você pediu o arroz indonésio?

— Frango Kung Pao. Afinal, lá se vão nove anos.

— Você por acaso pensou na hipótese de eu ter vindo aqui ontem? Sabia que as pessoas *precisam* comer todos os dias, mesmo quando você não está perto?

— Desculpe, não tive a intenção de parecer arrogante. Apenas imaginei que tivesse se ausentado dessa região, já que venho procurando por você nos últimos nove anos, sem sucesso. Claro, mantive esse restaurante sob constante vigilância, por isso sei que você não voltou a comer aqui desde nosso último encontro.

— Você me procurou por nove anos? Acho que eu deveria me sentir lisonjeado depois dessa afirmação.

— Bom, procurei, mas só durante o horário comercial.

— É claro. Eu também não gostaria que ninguém fizesse hora extra por minha causa. Sem snipers de tocaia dessa vez?

— Não. Dessa vez, não.

— Ahhh, fico até comovido. Como tem passado?

— Ocupado. Pode me dizer por que você sumiu?

— Eu não sumi! Andava... "ocupado". E estou de volta, agora!

— Você está de volta, sim. E do nada, assim como o gigante alienígena que se materializou no centro de Londres. Não é muita... coincidência?

— Pois é! Acredita que eu quase perdi esse espetáculo?!

— São os mesmos seres que construíram Têmis?

— Ah, são eles, sim.

— E você sabe quais são as reais intenções deles?

— Não. Nesse momento...

— Nesse momento, o robô está imóvel.

— Pode até estar imóvel, mas está fazendo *alguma coisa*, com certeza. Nesse momento, está escaneando tudo e todos ao redor.

— Com que objetivo?

— Vai ver eles são curiosos.

— O que devemos fazer?

— Agora? Comer!

— Por favor. Estamos diante de um momento crucial da história da humanidade, que pode ser tanto o início de uma nova era de descobertas como o fim da nossa espécie. Gostaria de pedir que considerasse o que está em jogo, independentemente das... convicções pessoais que estão impedindo sua ajuda.

— Você realmente não entendeu nada do que falei se pensa que estou escondendo informações apenas por alguns princípios escusos. Aquele robô vai cumprir a missão que tem, seja ela qual for. Vocês não podem fazer nada a respeito. Por enquanto, o robô está escaneando vocês. Então, sejam escaneados.

— Ele está aqui por causa de Têmis?

— Existe essa possibilidade. Aliás, isso realmente importa? Ele está aqui. Ponto final.

— Sei pouquíssimo a respeito de viagens interplanetárias, mas imagino que o trajeto entre o planeta deles e o nosso leve anos a fio, quem sabe décadas. Por isso, existe uma possibilidade de que eles não tenham ficado sabendo do que aconteceu na Terra nos últimos tempos. Talvez nem saibam que desenterramos o robô deles. Essa hipótese pode parecer um pouco estúpida para você, mas...

— Não, de maneira alguma! Você não está completamente enganado. Eles levam mais ou menos dez dias para se deslocarem de lá até aqui. Agora, você tem toda razão quando supõe que eles provavelmente não ficaram sabendo do que aconteceu nesse intervalo de tempo. Então, se vocês fizeram alguma coisa que não deviam nesta última semana, é possível que consigam escapar numa boa.

— Ficar ironizando minha ignorância não vai me impedir de continuar fazendo perguntas. Estou tentando evitar uma guerra. Deve haver alguma coisa que você possa me dizer para ao menos aumentar a possibilidade de uma saída pacífica para a situação.

— Você gosta de esquilos?

— Peço sua ajuda para impedir um conflito de proporções apocalípticas e você me pergunta se eu gosto de esquilos?

— Isso. Eu conheço uma ótima história sobre esquilos.

— Claro, eu adoro esquilos.

— Esquilos são capazes de esconder centenas de nozes por dia. Eles...

— Qual espécie?

— Isso importa?

— Há várias espécies de esquilos. Algumas enterram as nozes uma a uma, em diversos locais diferentes. Outras costumam fazer um estoque em algum lugar mais alto.

— Não sei. Enfim, estou falando daqueles esquilos cinza, com o rabinho peludo, que vivem nos parques. Eles enterram milhares de nozes a cada outono e voltam para buscar cada uma delas durante o inverno, quando ficam com fome. Só que os esquilos têm cérebro bem pequeno, você sabe. Eles não conseguem se lembrar de onde enterraram todas as nozes, então...

— Alguns estudos indicam que eles são capazes de recuperar um quarto das nozes enterradas, mas...

— Foi o que eu disse. Continuando, eles acabam cheirando aqui e ali e, nesse processo, encontram várias nozes que tinham sido enterradas por outros esquilos.

— Eu só estava tentando dizer que eles conseguem, sim, se lembrar de boa parte dos esconderijos. Em um ambiente controlado, foram capazes de recuperar nozes de seus próprios esconderijos em até dois terços das vezes, e isso depois de um período de quatro a doze dias.

— Será que você poderia parar de me interromper? É uma história. Tem até uma fada. E antes que você me pergunte a resposta é não: eu não sei a que *espécie* essa fada pertence.

— Desculpe.

— ...

— Por favor, continue.

— Tarde demais. Fiquei curioso, agora. Por que você sabe tanta coisa sobre esquilos?

— Trabalho. Os esquilos não enterram simplesmente as nozes e depois voltam para buscar quando estão com fome. Eles costumam verificar os esconderijos de tempos em tempos, para verificar se nenhum foi

saqueado. Também têm o hábito de reorganizar o estoque, desenterrando algumas nozes para esconder em outro lugar. Quando um esquilo está vigiando seus esconderijos e se depara com outro à procura de comida, usa diferentes estratégias para ludibriar o invasor e manter seu valioso estoque seguro. Ir a locais vazios e fazer de conta que está enterrando alguma coisa é um dos exemplos. Durante um tempo, cheguei a monitorar uma pesquisa a respeito dos esquilos, para replicar essas estratégias em robôs ou drones autônomos. Um robô alocado para cuidar de suprimentos militares, por exemplo, poderia alterar seus padrões de patrulhamento para enganar um inimigo que estivesse se aproximando, afastando a ameaça do local que deveria proteger.

— Aplicações de estratégias militares de esquilos.

— Pois é. Agora, por favor, continue sua história.

— Onde eu estava, mesmo? Ah, sim. Bom, então os esquilos esquecem onde escondem a maioria das nozes. Um belo dia, uma fadinha aparece em um parque e vê um esquilo ali, cavando desesperadamente a neve. O pobrezinho está morrendo de fome, pele e osso, todo arrebentado por ter brigado por comida com outros esquilos. Aquela cena parte o coraçãozinho da fada, que sopra um pouco de pó mágico no roedor, antes de sair do parque voando, com um sorriso no rosto.

"O esquilo solta um espirro, tentando tirar o pó mágico do focinho. De repente, as coisas ficam mais claras para ele, que se lembra de uma noz escondida diante de uma árvore, ali perto. Ah, e outra bem ali! E ali! E ali! A fada dera ao esquilo uma memória fotográfica, para que o roedor pudesse encontrar toda a comida que cuidadosamente tinha enterrado durante o outono.

"Ainda bastante orgulhosa da boa ação que tinha feito durante o inverno, a fadinha volta ao parque quando chega a primavera, esperando achar o esquilo feliz e contente. Ela encontra um esquilo em um dos bancos do parque, só que é mais jovem do que o dela e tem uma cicatriz no rabo. Outro está logo ali, escalando uma árvore, mas também não é o roedor que ela procura. A fada continuaria a busca pelo menos mais cem vezes naquele mesmo dia, alimentando a esperança e se recriminando por não ter pintado o esquilo de rosa ou algo assim, para que pudesse encontrá-lo no meio de um zilhão de outros esquilos. Ao cair da noite, a fada está exausta e um pouco preocupada. Ela pega o pozinho mágico mais uma vez e transforma o primeiro roedor que encontra pela frente em um esquilo falante.

"'Oi, esquilinho', diz ela. 'Olá... Como?! Agora eu consigo falar?!', pergunta o esquilo. A fada confirma e depois explica que concedeu o dom de uma memória fotográfica a um jovem roedor faminto que deseja muito reencontrar. 'Acho que você está falando do Larry', responde o esquilo, visivelmente desconfortável. 'Ele não sobreviveu.'

"Na ânsia de salvar o pobre esquilo, a fada não pensou em todos os outros comilões de rabinho peludo que também viviam no parque. Como esquilos normais, eles obviamente não levavam nem vinte minutos para esquecer a maioria dos lugares em que tinham escondido suas nozes. Quando ficavam com fome, procuravam comida pelo parque, fazendo o melhor que podiam para encontrar algo, cavando praticamente em todos os cantos. É claro que volta e meia encontravam algumas das nozes que eles mesmos tinham escondido, mas na maioria das vezes acabavam comendo as nozes de outros esquilos, incluindo as do pequeno Larry.

"Com o dom da memória fotográfica que recebeu da fada, Larry não errava nenhuma vez: era capaz de localizar com precisão impressionante cada árvore, pedra, arbusto, montinho de terra, lata de lixo e poste em que escondera uma preciosa noz de carvalho. Para o azar de Larry, os outros esquilos cavavam por todo o parque e, de maneira imperceptível, já tinham encontrado boa parte da reserva dele. Se Larry tivesse sido tão esperto quanto os outros roedores, também teria encontrado pelo menos algumas das nozes *deles* pelo caminho. Só que, como Larry se lembrava de cada esconderijo, acabou visitando um a um todos os 3683 lugares em que tinha escondido uma noz. O problema é que ele não conseguiu recuperar uma quantidade de comida suficiente. Larry morreu algumas semanas depois.

"A fadinha ficou arrasada com a notícia e voou para longe aos prantos, deixando para trás um esquilo falante. Sendo o único esquilo falante do parque, o pequeno roedor viveu o resto de seus dias completamente infeliz, matando todos os outros de medo."

— Acaba assim?

— Sim! O que achou da história?

— Eu... Bem, eu gosto de histórias de esquilos, e a sua foi bem divertida. Você conseguiu expressar com bastante exatidão o desespero do pequeno Larry, e quase chorei quando você contou que o pobrezinho tinha falecido. Agora, e espero que você não me julgue muito pela minha falta de perspicácia, o que uma história dessas tem a ver com os alienígenas que apareceram em Londres?

— Ah, não tem absolutamente nada a ver. É uma história sobre você!

— Eu sou o esquilo?

— Exato, você é o pequeno Larry. Veja bem, eu poderia contar uma série de coisas a você, enchendo sua cabeça de informações de todo tipo para ajudá-lo a tomar a tão desejada melhor decisão. Infelizmente, eles não estão aqui por sua causa. Estão curiosos com a humanidade, não com você. Se eu revelasse qualquer coisa, você faria de tudo para assumir o controle da situação, mas é algo que vai além das suas capacidades. Inevitavelmente, você acabaria falhando, já que não é o único esquilo no parque. Você até poderia segurar a Otan ou o governo britânico por alguns dias, mas não para sempre. As pessoas são o que são, e você acabaria fulminado pela culpa, ainda que não exista nada a se fazer. Como gosto de você, não quero vê-lo arrasado por aí.

— Como é que você pode ter ideia do que a Otan está planejando fazer?

— Um passarinho me contou. Os passarinhos estão por toda parte. A moral da história é que você não pode controlar todas as pessoas neste planeta, por mais que queira.

— Que outra alternativa eu tenho? Não posso ficar parado, sem fazer nada.

— Deixe de ser tão controlador! Apenas continue fazendo sua parte, e as outras pessoas vão fazer a parte delas.

— E então?

— Como é que eu vou saber?! O que tiver que ser será...

— ...

— Você não ficou muito feliz com a minha resposta.

— Não fiquei.

— Já disse que adorei seu terno? Você está muito elegante hoje.

— Tudo bem, tudo bem. Eu desisto. Mas ainda gostaria de pedir sua ajuda com outra questão. Espero que você esteja mais disposto a falar sobre o tema. Bem, a dra. Franklin está com sérios problemas. Parece obcecada com a ideia de que não é ela mesma. Por mais que eu queira, não sou capaz de explicar o que aconteceu e não posso nem imaginar como ela se sente.

— O que você quer dizer com "não é ela mesma"? A dra. Franklin é a dra. Franklin. Se não fosse a dra. Franklin, seria outra pessoa.

— Ela é um clone?

— Um clone?! É claro que não! Por acaso ela parece uma garotinha de dez anos ou não passava de um bebê quando você a encontrou? Você realmente acredita que eu seria capaz de abandonar um recém-nascido na beira de uma estrada?

— Eu quis dizer um clone já desenvolvido.

— Ah, claro, como esses clones do cinema! Não, desses a gente não faz. Clones precisam nascer e crescer, não dá para simplesmente tirar um adulto do forno.

— Então parece que, de alguma maneira, ela viajou no tempo. Para mim, é uma ideia tão difícil de acreditar quanto à do clone. Para ser sincero, todas as explicações que me vêm à mente são dignas de um livro de ficção científica.

— Viagem no tempo! Sim, foi isso mesmo: cheguei até ela dentro do meu DeLorean e perguntei se gostaria de dar um passeio a cento e quarenta quilômetros por hora.

— Pode continuar zombando à vontade, mas algo aconteceu com ela. Se você não enviou a dra. Franklin depois de uma viagem no tempo, então o que você fez?

— Desculpe, eu não deveria ter zombado. Até porque já ouvi que *é* possível viajar no tempo. Só que você não pode deslocar objetos no tempo, apenas informações sobre eles ou até mesmo sobre pessoas, reconstruindo o que for necessário em outro ponto. Como nossa tecnologia não é avançada o suficiente para realizar esse deslocamento no tempo, apenas pegamos o que ela era e montamos tudo de novo depois.

— Quatro anos mais nova?

— Quatro anos antes de reaparecer, a dra. Franklin sofreu um acidente de carro, enquanto voltava do trabalho para casa. Ela bateu na traseira de uma van, que carregava dentro um dispositivo bastante poderoso, capaz de... mover coisas. Esse equipamento pode gravar uma quantidade enorme de dados a respeito do que você deseja mover, juntando informação suficiente para reconstruir o objeto em outro lugar. Enquanto ela estava inconsciente, foi levada por alguns de meus colegas para dentro da van e escaneada com o dispositivo. Eles não moveram a dra. Franklin para nenhum lugar, só salvaram as informações dela por garantia, para o caso de algum imprevisto, que acabou acontecendo. Bom, funcionou como uma espécie de backup de computador. O backup da dra. Franklin tinha quatro anos quando enfim foi usado.

— Por que vocês estavam seguindo a dra. Franklin?

— Ela bateu na *traseira* da van. Tecnicamente, ela é que estava nos seguindo.

— Responda a pergunta, por favor.

— Já respondi! Queríamos salvar as informações dela por garantia.

— Mas por que as informações dela e não as...

— Suas? Talvez porque ela não faça tantas perguntas. O que você quer que eu diga? Nós gostamos dela. Ela é... especial.

— Então a pessoa que encontrei hoje de manhã é uma cópia.

— Ela é o que é, a mesma pessoa, nem mais, nem menos.

— Você acabou de me dizer que ela foi recriada a partir de... um backup de dados. Isso faz dela uma cópia.

— Acho que deveríamos encerrar a conversa por aqui. Você vai ficar extremamente desconfortável se continuarmos.

— Confesso que por mim até consideraria isso. Mas como é pela dra. Franklin, e com certeza absoluta ela precisa saber, pode continuar.

— Então vamos lá, atrás do coelho e para dentro do buraco. A disciplina é Universo 101. Tudo no universo, tudo mesmo, é feito do mesmo barro. Vamos pegar qualquer coisa que você imagine ser bem definida, só para ficar mais fácil de entender. Átomos. Você concorda que é feito de átomos?

— Eu tenho o segundo grau completo.

— Não, não foi isso que eu quis dizer. Você concorda que é feito de átomos, só de átomos? Não de átomos e mais alguma força fantástica que torna você mais importante que qualquer outra coisa no universo.

— Eu acredito que meu corpo seja feito de átomos.

— Não, não acredita. As pessoas nunca acreditam que seja só isso. Estou me referindo às recordações que você tem do gato do vizinho, ao seu jeito preferido de preparar e comer ovos no café da manhã, às coisas que você nunca contou a ninguém, nem aos seus pais. Estou me referindo ao que define você como você mesmo. Do que acha que *você* é feito?

— A resposta começa com "a"?

— Não banque o engraçadinho. Sei que você entendeu, ou pelo menos acha que entendeu. Sei que *quer* entender. Todas essas dúvidas que você está sentindo são parecidas com aquelas que vivenciou quando se apaixonou pela primeira vez. Você sabe que a sua existência pode ser explicada fisicamente, mas bem lá no fundo prefere acreditar que existe algo mais, algo especial, porque você quer ser especial. Todo mundo quer. Até eu!

— Você está dizendo que eu não tenho alma.

— Olha, não tenho intenção de parecer grosseiro, mas, se existisse um Paraíso de verdade, duvido que fariam uma festa para você.

— Você não entendeu. Não sou um homem religioso. Não acredito em vida eterna, nem desejo uma para mim.

— Então acho que depende da sua definição de alma. Percebo que você nunca chegou a pensar muito nesse assunto.

— O que quer dizer com isso?

— Sabe o que acontece com seu cérebro quando você está pensando?

— Neurônios disparam impulsos elétricos.

— Isso. Cada pensamento seu corresponde a um fenômeno físico. Todos sabemos que é assim que funciona, podemos até ver acontecendo. Também é possível descrever as emoções dessa forma. Claro, tudo o que você vê, ouve, toca, cheira e experimenta está conectado a seu corpo.

— E daí?

— E daí que ou eu não estou entendendo nada, ou você está se agarrando justamente ao conceito de vida eterna. Sua "alma", se é que você tem uma, essa parte de você que vai além de um conjunto de átomos, não teria uma presença física neste mundo, logo seria incapaz de ver, ouvir, tocar, cheirar ou experimentar qualquer coisa. Não haveria pensamentos, nem mesmo a consciência de que você é um indivíduo. Nada de sentimentos, também. Essa sua "alma" não seria nada além de... um enorme... vazio. Não existe nada de especial nisso.

— Bom, então você vai ter que me perdoar se eu decidir... se eu *continuar* acreditando que sou mais do que a mera soma de todas as minhas partes.

— Mas você é! Muito mais! A maioria das coisas é assim. É como disse Wittgenstein: quando você diz alguma coisa sobre uma vassoura, não está fazendo uma declaração a respeito do cabo e da piaçava. O universo é realmente um lugar maravilhoso, em que tudo é mais que a mera soma das partes. Basta pegar dois átomos de hidrogênio... que estão por toda parte... acrescentar um de oxigênio e... TCHARAM! Água! A água é a mera soma de oxigênio e hidrogênio? Na minha opinião, não. É água! Será que ela tem alma?

— Tudo bem se deixarmos minha espiritualidade de lado um pouco e voltarmos a falar da dra. Franklin?

— Nós estamos falando dela. Do que você é feito?

— … De átomos.

— Bom garoto. De átomos, que por sua vez são feitos de partículas, que são feitas de outra coisa qualquer. Matéria. Você é esse conjunto de matéria, extremamente complexo e, eu diria, digno de respeito, que consegue se manter estável à temperatura ambiente.

— Detesto interromper, mas… "temperatura ambiente"?

— É, mais ou menos. O universo gosta de estabilidade, e é por isso que você simplesmente não se desfaz em um quadrilhão de pedacinhos, nem se transforma em um lamaçal de barro. Mas isso só é possível nessa temperatura específica. Se você subir ou descer uns cem graus, pode ter certeza de que vai começar a se desfazer.

— Que animador.

— E deveria ser animador, mesmo. Eu gostaria de fazer uma pergunta: você acha que os seus átomos são muito diferentes dos que formam essa cadeira, por exemplo? Ou o Sol, ou até mesmo o frango Kung Pao?

— Certo, continue.

— É claro que não são diferentes. Muito de você, aliás, vem da sua alimentação. Tem matéria de banana em você. Por acaso você acha que sentiria alguma diferença se eu pegasse dois átomos de hidrogênio desse saleiro e trocasse com outros dois do seu corpo?

— Não. Acho que isso não mudaria em nada a minha essência.

— Mas e se eu trocasse mais de dois? E se eu trocasse todos os átomos de hidrogênio do seu corpo? Bom, acho que você está entendendo o que eu quero dizer. Se eu pegar um tanto qualquer de matéria de algum lugar e organizar da maneira certa, bem, eu posso fazer… *você*. Meu amigo, você é um conjunto de matéria, extremamente complexo e digno de respeito. Tanto faz do que é feito, a composição não importa. Tudo no universo é feito da mesma coisa. Só que você é um conjunto específico, e essa sua *essência*, como você disse, é informação. Se não importa de onde vem o material, você acha que importa de *quando* ele vem?

— Imagino que não.

— Então, como eu tinha afirmado, a dra. Franklin é a dra. Franklin. Se não fosse a dra. Franklin, seria outra pessoa.

— Olha, preciso confessar que você não está ajudando em nada hoje, menos ainda do que nos outros encontros. Posso até tentar repetir essa nossa conversa mais tarde com a dra. Franklin, mas, para ser sincero, eu ficaria bastante surpreso se ela se sentisse melhor com essa explicação toda de átomos e matéria de banana.

— Se isso deixar você mais tranquilo, eu poderia ter uma conversa particular com a dra. Franklin para explicar exatamente o que fizemos com ela. Só se você quiser, é claro.

— E por que não falar tudo *para mim* primeiro? Depois, eu poderia repassar a ela.

— Você não contou a ela sobre mim, contou?

— Não, não contei.

— Acho que você deveria procurar ajuda profissional para esse seu problema de querer controlar tudo.

— Tenho mais uma pergunta antes da chegada dos pratos.

— Estou falando sério!

— Eu também. Tenho mais uma pergunta.

— Você não tem mais jeito, mesmo... Já perdi completamente as esperanças. O que quer saber?

— Por que vocês deixaram ela justamente na Irlanda?

— O dispositivo estava por lá. Como eu disse, ele foi projetado para mover coisas. Fica mais fácil controlar onde os objetos vão reaparecer se eles estiverem por perto. Nós não queríamos que a dra. Franklin se materializasse no meio de um lago ou de uma avenida movimentada. O processo todo não é tão fácil quanto parece.

— O processo pode parecer muitas coisas, de impossível a sofisticado, mas com certeza não parece fácil.

— Pois é tão difícil quanto parece. Talvez até mais.

— Posso até me arrepender de perguntar, mas por que o processo é tão diferente de viajar no tempo, afinal?

— Você tem razão. Para ela, tudo foi instantâneo. Da perspectiva da dra. Franklin, não tem diferença nenhuma. Da nossa, bom, acho que daria para chamar de viagem no tempo, sim, mas uma bem, bem lenta.

— Não entendi.

— A principal razão que impede o envio de informações pelo tempo é que nós não conseguimos saber ao certo onde elas vão parar. Como posso explicar isso? As coisas estão sempre se movimentando. E rápido, muito rápido! A Terra gira em torno de si mesma a mais de mil quilômetros por hora. Ela viaja ao redor do Sol em uma velocidade de cem mil quilômetros por hora, enquanto o próprio Sol orbita pela galáxia a quase um milhão de quilômetros por hora. Claro, a própria Via Láctea está se movimentando em relação ao grupo de galáxias a que pertence, que por sua vez também está se movimentando depressa. E tudo isso acontece em um universo em constante expansão. Quatro anos significam uma distância grande demais para que possamos monitorar. Tenho certeza que existe alguma analogia interessante, algo envolvendo balas de revólver ou coisa parecida, mas não consigo pensar em nenhuma boa no momento. O que importa é que não somos capazes de fazer algo assim.

"Apesar disso, a informação a respeito da dra. Franklin viajou de verdade pelo tempo. Ficou tudo lá, guardado em uma gaveta, por quatro anos. Os dados levaram quatro anos para viajarem quatro anos no tempo."

— Então, entre o momento da morte e o do reaparecimento da dra. Franklin, ela deixou de existir, ainda que a informação a respeito dela continuasse lá, em uma gaveta.

— Eu disse que não era uma boa ideia insistirmos nessa conversa. Ah, graças a Deus! Os pratos chegaram.

ARQUIVO Nº 1433

REGISTRO DE MONITORAMENTO — ESTAÇÃO DE TRABALHO Nº 3

Local: Quartel-General do Corpo de Defesa da Terra, Nova York, estado de Nova York, EUA

[01:01] São seis da manhã, horário de Londres. Aqui é Jamie MacKinnon, falando da estação de trabalho nº 3. Dando continuidade ao monitoramento por vídeo do Regent's Park. Verificando as câmeras do setor sudeste, de 1 a 5.

[01:03] Selecionando a câmera 1. Comparando com a imagem das... cinco da manhã. As imagens sobrepostas se encaixam perfeitamente. Sem movimentos detectados.

[01:08] Alterando o modo de visão para infravermelho. Sem alteração nas leituras térmicas. A emissão de calor permanece uniforme. A temperatura ambiente em Londres é de... 8° Celsius, 47° Fahrenheit. O robô mede 10° Celsius, dois a mais que a temperatura ambiente.

[01:21] Alternando de volta para o modo normal de visão. Lea, alguém verificou as leituras de ondas eletromagnéticas?

[*Ainda não captamos nada. Aquela coisa é como uma pedra.*]

Imaginei.

[01:31] Selecionando agora a câmera 2. Como é que a gente acabou outra vez no turno da noite?

[*Tempo de casa.*]

Ah, só pode ser brincadeira! Nós dois estamos nisso há mais tempo que o Nathan, e eu não estou vendo ele aqui. Acho que o dr. Destino não vai com a nossa cara.

[*Shhh! Ela vai ouvir você!*]

Ela continua aqui? Será que essa mulher não dorme nunca?

[*Volte logo ao trabalho.*]

[01:43] Mas que droga é essa? Lea, dá uma olhadinha aqui. Me diz o que você acha...

[*É só um passarinho voando na direção do robô. Acontece toda hora.*]

Não, não. Deixa eu dar um zoom aqui. Pronto, dá uma olhada agora.

[*Que merda é essa?!*]

Chama a dra. Franklin, depressa!

[01:49] [*O que foi, Jamie?*]

Olá, dra. Franklin. Desculpe incomodar a essa hora, mas preciso que veja isso. É uma imagem da câmera 2, filmada há cerca de dez minutos.

[*É um passarinho.*]

Espere. Vou voltar um pouco. Olhe mais de perto.

[*Parece que ele bateu...*]

Isso.

[*A mais ou menos quanto, uns trinta centímetros do metal? Pode ser só uma ilusão de ótica. Temos esse mesmo registro a partir do ângulo da câmera 4?*]

Claro. Voltando para... 06h42. Deve acontecer agora.

[*Pare! Lá está. Droga! Passe de novo...*]

Devemos acordar o general?

[*É melhor termos mais que um passarinho para isso... Deixa eu pensar um pouco.*]

Chuva.

[*O quê?*]

Choveu ontem à noite.

[*Ah, ótima ideia, Jamie. Você pode acessar as imagens?*]

Sem problemas. Só um minuto. Marcador de tempo... Vamos tentar umas três da manhã... Não.

[*Mais cedo. Tente à uma e meia.*]

Isso, está chovendo.

[*Não dá para ver nada. Mude para o infravermelho.*]

Diabos!

[*A chuva não está nem tocando o robô, em nenhum lugar. Bem pensado, Jamie!*]

Como é que a gente não percebeu isso antes?

[*Não captamos nada com os instrumentos, então esquecemos de olhar com nossos próprios olhos. Você consegue medir a extensão do campo ao redor do robô?*]

Vejo aqui... vinte e oito centímetros. E agora, devemos chamar o general?

[*Preciso ligar para Kara. Eles não serão capazes de se defender sozinhos. Não passariam de cordeirinhos indo direto para o matadouro.*]

ARQUIVO Nº 1439

ENTREVISTA COM VINCENT COUTURE, CONSULTOR, CORPO DE DEFESA DA TERRA

Local: Algum lugar do Atlântico

— Quanto tempo até o destino, sr. Couture?

— Estaremos lá pela manhã. Ainda bem, porque estou começando a ficar enjoado por causa do mar, que está agitado nos últimos dias.

— Entendo perfeitamente. Eu também não me dou muito bem com o mar.

— Fico feliz com seu contato. Kara acabou de falar com a dra. Franklin por telefone. Que história é essa de um campo de energia em volta do robô? Disseram que nada tinha sido detectado.

— E é verdade. Aliás, ainda não conseguimos detectar nada. Mas vi o vídeo com meus próprios olhos e posso garantir para você: nada consegue chegar além de vinte e oito centímetros da superfície do robô. A dra. Franklin acredita que a arma de energia de vocês não será capaz de atingir o robô alienígena, em caso de combate. Ela defende que Têmis também não conseguiria vaporizar Cronos, como faz com matéria comum.

— Isso eu já imaginava.

— Ah é? Por quê?

— Faz sentido. A energia que disparamos com a espada é apenas uma versão mais direcionada da explosão que Têmis libera quando entra em estado de saturação. Se essa explosão pudesse causar algum dano a Têmis, nós teríamos sido destruídos junto com o aeroporto de Denver naquele acidente. Por essa lógica, imagino que o robô em Londres não desapareceria se fosse atingido por nossa arma de energia. A pergunta que me faço é: será que *alguma coisa* aconteceria com ele?

— Talvez a arma de vocês não seja tão inútil assim. A dra. Franklin acredita que ela possivelmente causaria *algum* efeito no robô alienígena, como uma pancada ou um empurrão. Ainda assim, a probabilidade maior é de que não cause nenhum dano significativo.

— Um empurrão? Você está sugerindo que perdemos nosso tempo praticando o disparo da carga de energia? A mira de Kara está cada vez melhor.

— Vocês estão atirando na água.

— Também detonamos uma rocha, uma vez.

— Por acaso essa rocha estava se movendo e atirando de volta?

— Não, mas era uma rocha bem grande. E a espada e o escudo? Com certeza conseguiríamos causar algum efeito no robô alienígena com os dois. Até causamos um amassadinho no pé da Têmis durante o treinamento. Existe alguma chance de atravessarmos o campo de energia com eles?

— Não sabemos. De qualquer maneira, o general Govender observou que, mesmo que fosse possível, vocês quase não treinaram técnicas de combate corpo a corpo. Muito menos contra um adversário real.

— Pois é, não conseguimos encontrar mais ninguém com pelo menos sessenta metros de altura. Aí fica difícil treinar. Agora, e aquele seu amigo? Será que ele pode ajudar?

— Não sei a quem você se refere.

— Claro que sabe. Aquele que contou a você sobre Têmis, o nome dela, os titãs e os alienígenas. Você sabe, aquele seu amigo.

— Eu… Eu não…

— Imagino que você esteja tentando inventar alguma desculpa para me convencer de que descobriu isso tudo sem a ajuda de ninguém, certo? O problema é que não consegue pensar em nada que não pareça absurdo demais. Cheguei perto?

— Digamos que sim. Vamos então supor que exista mesmo um "amigo" e que…

— Sério que você vai tentar sair dessa com "suposições"?

— Olha, tive um dia bem longo. Como estava dizendo, supondo que existisse um amigo assim, infelizmente eu não poderia conseguir a ajuda dele no momento.

— Então você precisa arrumar amigos melhores. Por que ele não vai ajudar? Será que ele deixaria a gente morrer assim? Não é possível.

— Talvez ele não saiba como ajudar. Talvez ele apenas acredite que o destino já esteja selado, que o resultado do encontro seja inevitável. De qualquer forma, acredito nas boas intenções dele, por mais que eu não consiga compreender bem sua hesitação.

— Falando hipoteticamente… Tenho a impressão de que ele está escondendo alguma coisa importante de você. Mas, enfim, quem sou eu para dizer alguma coisa? Nunca vi o sujeito na minha vida.

— Não posso discordar de você nesse ponto.

— Bom, deixa eu recapitular para ver se entendi. Ninguém vai nos ajudar. Nossa arma de longo alcance não terá efeito. A espada também não deve servir para muita coisa e, mesmo que servisse, nós ainda somos péssimos com ela. Você tem mais alguma coisa legal para acrescentar?

— Não. Você fez uma boa avaliação da situação. Por isso, nós esperamos que a presença de Têmis em Londres não seja encarada como uma afronta.

— Vocês esperam? Olha, longe de mim parecer pessimista, mas e se os alienígenas não ficarem muito felizes com a nossa presença? Como vamos lutar contra essa coisa se nem conseguimos encostar nela?

— Vocês não vão lutar. O mais prudente a fazer seria adiar as apresentações.

— Essa é a posição do CDT ou a sua?

— A minha.

— Foi o que pensei. E como você sugere esse adiamento? Vamos chegar a Londres em menos de doze horas, e então Têmis será montada. Não acho que teremos muito tempo antes que nos mandem com o robô até lá.

— Então sugiro que vocês adiem a chegada a Londres.

— Imagino que o capitão do navio não vá querer me escutar.

— Provavelmente não.

— Sem essa! Não vamos sequestrar esse navio! Tem muitos soldados aqui, quase um batalhão. Kara é boa, mas não *tão* boa assim.

— Não se subestime, sr. Couture. Você já provou ser um soldado bem capaz no passado. Só que eu não estava pensando em uma revolta armada. Um motim não seria algo muito recomendável nas atuais circunstâncias. Pensei em uma alternativa na linha dos movimentos trabalhistas do século XIX na Europa.

— Ah, claro. Vamos organizar um sindicato. Eles vão ver só.

— No final do século XIX, um dos líderes do movimento anarquista francês, Émile Pouget, apresentou um relatório em um congresso trabalhista na França, defendendo a estratégia de *slowdown*, ou desaceleração no trabalho, algo que já tinha se provado bastante eficaz na Inglaterra. Os britânicos deram a essa política o nome de Ca'Canny, que não era muito fácil de se traduzir para o francês. Enfim... Na França era comum associar a ideia de trabalho desleixado a uma imagem bastante conhecida: a de um homem usando sapatos de madeira. Esses

sapatos eram conhecidos como *sabots*, e foi justamente desse relatório de Pouget que saiu o termo "sabotagem".

— Você está me pedindo para encontrar um jeito de quebrar o navio?

— Se tudo for feito da maneira adequada, algo assim poderia atrasar a chegada de vocês à Inglaterra e ainda oferecer um pretexto bem convincente. Aproveito para pedir desculpas.

— Por quê?

— Por dar uma aulinha de francês a um linguista francófono.

— Ah, tudo bem. Eu não conhecia essa história. Não cheguei a estudar a etimologia das palavras em francês.

— Sim, eu sei. Apesar disso, acho indelicado tentar ensinar a alguém algo de seu próprio campo de estudo.

— Bom, você pode compensar essa indelicadeza me passando algumas informações mais técnicas, por assim dizer. Existe uma sala chamada "casa das máquinas" no navio, certo?, onde eu provavelmente encontraria o motor ou os motores. O problema é que não sei absolutamente nada a respeito de motores, muito menos os de um navio. Tenho certeza de que não seria capaz de quebrar um, pelo menos não da maneira "adequada".

— Vou passar para você todas as informações necessárias. Também posso pedir à srta. Resnik, caso você não se sinta confortável com a tarefa.

— Não, tudo bem. Dou conta do recado. A propósito, por que você não fez isso? Digo, por que não pediu a Kara?

— Porque gostaria que a operação fosse realizada da forma mais discreta possível. A srta. Resnik costuma tomar decisões de maneira mais impulsiva que você.

— Hmm… Não tenho tanta certeza assim. Ela acabou ficando… bem mais sensata de uns anos para cá. Não me surpreenderia se você nem a reconhecesse mais.

— E você? Reconhece?

— Sim. Kara ainda está lá. É possível pescar um ou outro vislumbre dela. Não que não me agrade essa versão mais controlada, até porque é algo que Kara está fazendo por mim. Eu seria um belo de um babaca se colocasse nela a culpa dessa mudança, mas às vezes me pergunto se ela está mesmo mais prudente ou só quebrada por dentro. Kara diz que está feliz, e eu acredito. Ao menos na maioria das vezes.

— E o que você tem feito por ela?

— Acho que não entendi a pergunta.

— Suas expectativas chegaram a mudar de alguma forma?

— Minhas expectativas em relação a quê?

— Ao amor, à vida. Para você, o que é formar um casal, uma família? Pode até não ser da minha conta, mas tenho a impressão de que a srta. Resnik tentou ajustar boa parte das expectativas dela às suas. Talvez fosse a sua vez de encontrar um meio-termo. De qualquer forma, ela me pareceu bem, na última vez em que conversamos.

— …

— Você está rindo?

— Sim. Ela *está* bem, é esse o ponto. Fazia muito, *muito* tempo que eu não via Kara tão animada. Claro, a gente vai morrer amanhã, mas tudo bem, se é disso que ela precisa para se sentir assim. Não é que eu tivesse intenção de mudar alguma coisa nela, eu não pedi nada disso. A última coisa que eu gostaria que acontecesse com Kara é que ela fosse… domesticada. Eu disse isso a ela, mais de um milhão de vezes.

— E você também disse que queria formar uma família.

— Sim. Quero ter filhos, um dia. Só que isso não significa que eu tenha a intenção de transformar a pessoa que amo em algo que ela não é de verdade.

— Entendo o que está querendo dizer, sr. Couture. Agora, se a srta. Resnik estiver mesmo admitindo a hipótese da maternidade, ela tam-

bém deve estar ajustando as próprias expectativas em relação ao que significa ser mãe, uma *boa* mãe. E essas expectativas podem não ser compatíveis com a antiga personalidade dela.

— Kara é uma mulher inteligente. Ela sabe que há muitas formas diferentes de ser uma boa mãe.

— Antes que a srta. Resnik se tornasse... bem, a srta. Resnik, ela foi uma garotinha e teve uma mãe. Não existe relacionamento perfeito, e imagino que aquela garotinha soubesse exatamente o tipo de pessoa que ela desejaria que a mãe fosse. Não subestime o poder dos desejos daquela garotinha, mesmo hoje.

— Se eu me lembro bem, você mesmo disse que não era a pessoa mais indicada para dar conselhos a respeito de relacionamentos.

— Tem razão. Relacionamentos não são meu forte. Ainda assim, sem querer divulgar muita informação de caráter pessoal a meu respeito, posso jurar a você que eu também tive um pai e uma mãe.

— Sabe de uma coisa? Acho legal que você esteja interessado nesse assunto e até admito que tenha razão em certa medida. Bom, pelo menos em medida suficiente para que eu me sinta um pouco canalha. Essa conversa teria sido maravilhosa há, digamos, uns *cinco* anos. Enfim... Nós temos uma reunião daqui a alguns minutos, e eu ainda tenho um navio para sabotar. Se você conseguir me passar todas as informações até a noite, posso tentar colocar em prática o plano enquanto todos estiverem dormindo.

— Farei o possível. Tenho acesso às plantas da construção do navio. Conheço também um engenheiro que pode ser útil para acobertar a sabotagem, fazendo parecer uma falha técnica. Se não me engano, eu...

— Sim?

— ...

— Alô?

— Esqueça tudo o que falei até agora. Por favor, peça ao capitão para aumentar a velocidade. Vocês precisam chegar a Londres o mais depressa possível.

— O que está acontecendo?

— Você está no seu quarto?

— Estou.

— Ligue a TV.

— Qual canal?

— Qualquer um.

ARQUIVO Nº 1440

COBERTURA JORNALÍSTICA — JACOB LAWSON, REPÓRTER, *BBC LONDRES*

Local: Regent's Park, Londres, Inglaterra

Tanques invadiram as ruas da cidade. Atendendo a uma convocação, mais de cem veículos blindados da classe Scimitar, da frota da cavalaria, além de homens do regimento dos Light Dragoons, deslocaram-se para Londres a partir da base em Swanton Morley. Cinquenta e quatro tanques da classe Challenger 2, do regimento dos King's Royal Hussars, também chegaram a Londres, durante a noite, vindos da base de Tidworth. Aos blindados se juntaram inúmeros veículos de transporte, trazendo dezoito mil soldados. Metade desse contingente é formado por reservistas, cuja tarefa é evacuar aproximadamente quatrocentos mil londrinos.

É a primeira vez que forças militares dessa grandeza são convocadas para garantir a proteção de civis. Em vista de atos terroristas, nos últimos anos ficamos acostumados com tropas circulando pelas maiores cidades do mundo ocidental, mas ninguém estava preparado para algo como o que se viu nesta manhã em Londres. Em um país que tradicionalmente sempre enxergou as forças militares com reservas, as cenas de hoje lembram mais a invasão de Paris pelas tropas alemãs na Segunda Guerra Mundial do que uma inédita ação militar de segurança ou de controle de multidão.

Os regimentos armados e as demais tropas se reuniram para a ação na área industrial de Park Royal, por volta das quatro da manhã. A partir desse ponto, começaram marchando a leste pela Westway e se dividiram em diversas unidades, cercando toda a região central de Londres em poucos minutos. Em seguida, os soldados bateram às portas dos londrinos, escoltando os moradores da região até os veículos de transporte. Não se trata de uma coincidência que a operação esteja acontecendo no fim de semana, quando prédios comerciais e públicos estão vazios. Apesar disso, será necessário um esforço colossal para colocar em prática o programa de evacuação, e os soldados terão que persuadir muitas pessoas a deixarem seus lares. Como as liberdades individuais não foram suspensas, ainda é preciso aguardar para ver exatamente que técnicas de persuasão os militares estão autorizados a utilizar.

O primeiro-ministro Frederick Canning vinha sofrendo fortes pressões para agir e perdeu o apoio do Partido Liberal-Democratas, cujos representantes enxergaram na atual crise uma forma de responder às acusações de serem pouco agressivos em temas como terrorismo e defesa nacional. Uma petição apresentada pelo Partido Conservador para que a cidade de Londres fosse evacuada completamente passaria por mais uma sessão na próxima segunda-feira, e a base governista não tinha mais os votos necessários para barrar a aprovação. Impedido de tomar qualquer iniciativa sem o apoio de algum dos partidos de oposição, o atual governo decidiu que não era mais possível adiar o inevitável, procurando também abafar os rumores de uma iminente moção de censura, que poderia resultar na renúncia do governo ou na dissolução do Parlamento. O povo britânico, por sua vez, permanece dividido em relação ao assunto: 46% pedem a intervenção militar, 42% são contra e há 12% de indecisos, de acordo com as pesquisas mais recentes.

O primeiro-ministro fez um pronunciamento oficial esta manhã, mas optou por não responder as perguntas da imprensa. Amanda Webb, líder da oposição, cumprimentou o primeiro-ministro por sua coragem e declarou que o dia de hoje entrará para a história do Reino Unido como uma data de grande orgulho. Os representantes do Partido Liberal-Democratas ainda não se manifestaram, mas esperamos uma declaração de suas lideranças ainda hoje, a qualquer momento. Eles também contribuíram para a atitude tomada pelo governo, e todos ficariam bastante surpresos se não assumissem sua parcela de responsabilidade.

Do outro lado do Atlântico, as reações têm sido bem menos positivas. O general Eugene Govender, comandante do CDT, declarou que a operação de hoje partiu de "uma decisão inconsequente, motivada por razões erradas". Ele foi além e afirmou: "Espero que toda a humanidade não acabe pagando o preço por essa atitude intempestiva, que mais parece a de uma criança fraca fazendo bobagem depois de ser provocada". A dra. Rose Franklin, chefe da divisão científica da organização, não quis se posicionar. Uma ação unilateral como essa, tomada pelo governo britânico, poderia significar o começo do fim do CDT e...

Voltaremos em alguns instantes a falar sobre a reação dos membros do CDT e sobre as manifestações de outros líderes mundiais. Parece que temos novidades em relação às forças militares em Londres.

Os veículos armados se dirigem neste exato momento ao Regent's Park. Como podemos ver nas imagens ao vivo de nosso helicóptero, as manobras dos militares são orquestradas com todo cuidado. Os tanques e os veículos de combate da classe Scimitar estão se aproximando do parque aos poucos, vindos das direções leste, oeste e sul. A ausência de tropas e de blindados ao norte do parque é visivelmente proposital. Imagino que o exército tenha optado por deixar essa área livre, para que o robô alienígena pudesse ter uma rota de fuga. Também é possível que os militares queiram evitar que os extraterrestres se sintam sitiados, o que poderia desencadear algum tipo de resposta mais agressiva. Seja como for, uma coisa parece certa. Há uma mensagem clara por trás dessa operação: "Vocês ficaram em Londres por tempo demais".

Dois comboios armados estão se aproximando do parque pelo sul. Outro segue pela A5205, vindo do oeste, e um quarto destacamento acaba de virar a Robert Street, despontando ao leste do parque. Os veículos estão prestes a entrar no Regent's Park. Acabo de ser informado que permaneceremos no ar por mais um tempo. Manteremos nossa posição ao sul do parque, trazendo notícias da situação ao vivo.

Os veículos mais próximos do destino final, uma extensa linha de Scimitar, acabam de cruzar o Outer Circle, entrando pelo sul do parque. Outro destacamento chega neste instante à York Bridge, também ao sul...

Nossos colegas me informam que o secretário de Defesa acaba de fazer um pronunciamento... Devemos receber as imagens a qualquer momento, mas já adiantamos que ele agradeceu ao povo de Londres pela cooperação durante a evacuação da cidade. Ele também aproveitou a ocasião para reafirmar seu apoio ao CDT e assegurar aos líderes da ONU que os militares britânicos não pretendem tomar nenhuma atitude bélica, a não ser que sejam obrigados. Aliás, acabo de receber a informação de que o general Fitzsimmons, chefe dessa operação, tem ordens expressas para manter uma distância segura do robô alienígena e evitar qualquer atitude que possa ser interpretada equivocadamente como hostil.

Há uma infinidade de informações chegando a cada minuto. Em breve voltaremos com Dana e Mike, direto do estúdio, mas por enquanto seguiremos com as câmeras ao vivo, para testemunharmos os desdobramentos desse acontecimento histórico. Agora, o primeiro comboio parece estar parando para entrar em formação, próximo à Chester Road, a cerca de quinhentos metros do robô. A outra unidade também parou, e os veículos da classe Scimitar estão se alinhando dentro do Inner Circle. Até o momento, aparentemente, o robô alienígena não esboçou qualquer reação e permanece imóvel.

Chegou a vez do destacamento dos King's Royal Hussars chegar ao Regent's Park, vindo do leste. Haverá pouco espaço de manobra para os cerca de cinquenta tanques de guerra, caso queiram manter uma boa distância do robô visitante. Como era de se esperar, os Challenger 2 pararam a alguns metros do Outer Circle, perto do calçadão. O último grupo de veículos da classe Scimitar entra agora pelo lado oeste do parque. Essa unidade parece estar se movendo a uma velocidade bem maior do que as demais tropas, e segue na direção sudeste para o Inner Circle, se afastando do Hub e...

O robô virou a cabeça.

Este é o primeiro registro de movimento do robô, desde que apareceu no meio da cidade de Londres, há uma semana. Ele agora está movendo os pés, se virando devagar para a direita. Sua atenção parece voltada para os veículos de combate que estão entrando no parque rapidamente pelo oeste. Há uma luz saindo da mão direita do robô. Uma luz branca, que está ficando cada vez mais brilhante. O robô está levantando a mão. É como se existisse um disco de luz dentro da mão direita do mecanismo alienígena, que agora está apontada para a região oeste do Regent's Park. Ali, os veículos militares interromperam o avanço.

Nosso helicóptero está se afastando do local, mas ainda conseguimos uma imagem de toda a ár... Esperem... Parece que... parece que algo que eu descreveria como uma fina parede de luz está se projetando da mão do robô, com no mínimo um ou dois quilômetros de extensão. Essa parede de luz é fina como uma folha de papel e tem mais ou menos a mesma altura do robô, algo entre sessenta e setenta metros.

A parede está passando bem no meio de um dos veículos da classe Scimitar, nos limites do parque! Não podemos saber se isso causou algum dano ao blindado, porque estamos a leste, longe demais para fornecer detalhes. Nosso câmera está tentando aproximar a imagem.

Há alguns fios elétricos espalhados no chão, em um dos lados da parede de luz. Como a gente po... O robô está movendo o braço para a esquerda. Está varrendo a área central de Londres bem depressa, sempre para a esquerda. Agora parou, depois de formar um semicírculo quase perfeito...

...

Ah, meu Deus.

...

Mike, você pode ligar para a minha esposa?

...

Mike! MIKE!

[*Está tudo...*]

Eu sei. Preciso que você ligue para Charlotte. Certifique-se de que ela está em casa. Preciso saber que a minha família se encontra em um lugar seguro.

...

Pre-preciso de um momento para processar tudo o que estou vendo. Não... não existe mais nada do que antes estava no caminho daquele feixe de luz, que agora sumiu. Só sobrou pó, um semicírculo de pó onde ficava... onde ficava metade da cidade. Consigo ver daqui o palácio de Buckingham, bem no limite do semicírculo. Só que entre o palácio e o zoológico da cidade restou apenas poeira. Alguns bairros acabaram de ser varridos do mapa de Londres. Pelo menos uma meia dúzia. Lisson Grove, Maida Vale, Paddington... Todos eles se foram. Não existe mais Marylebone, Mayfair, Soho. Bloomsbury, Euston, parte de Camden Town... Todos se foram.

Não sobrou nenhum tipo de entulho, não existem focos de incêndio. Apenas um semicírculo perfeito de poeira. Nós não podemos...

[*Jacob.*]

Nós não podemos nem imaginar...

[*Jacob! Estamos fora do ar. Você está falando sozinho.*]

O quê?

[*O estúdio. Ele estava bem no meio disso tudo. A BBC não existe mais.*]

...

Vocês conseguiram falar com a minha esposa?

ARQUIVO Nº 1443

DIÁRIO DE MISSÃO — CAPITÃ KARA RESNIK E VINCENT COUTURE, DO CORPO DE DEFESA DA TERRA

Local: Porto de Londres, Inglaterra

— Vincent Couture! Será que dá para parar de brincar com esse traje de voo e se aprontar logo?

— Quero ver você me chamar pelo nome e sobrenome outra vez, Kara. Vamos, quero ver! Duvido que você tenha coragem!

— Quantos anos você tem, hein? Cinco? Será que dá para acabar logo com isso, por favor?

— Já vai! Por que tanta pressa? Nós não vamos voltar. Você sabe disso, não é?

— Não, não sei. E você também não sabe. Você não está querendo subir naquele guindaste, é isso?

— É claro que não estou querendo subir no guindaste. Odeio aquela coisa. É instável à beça e balança com qualquer ventinho.

— Deixa eu ver se entendi direito. Você não está assustado com o robô alienígena que acabou de destruir uma cidade inteira, mas está paralisado por medo de altura? É isso mesmo?

— O.k., admito que estou com medo do robô também. Estou com medo de praticamente tudo, no momento. E não é só o medo de altura que me incomoda quando estou naquela jaulinha idiota, é a claustrofobia. Agora, até que ajudaria bastante se colocassem um compensado naquele maldito piso, para que a gente não pudesse mais enxergar lá embaixo.

— Vincent, nós vamos subir só uns quinze metros e você já está todo acovardado antes mesmo de sair do chão. Imagina se esse robô fosse montado de pé, e não de bruços?

— Eu estaria dando aula na faculdade.

— Tudo certo, CDT. Vocês podem nos ouvir?

[*Sim, Kara. Estamos ouvindo tudo, em alto e bom som.*]

Ótimo. Estamos na nacele...

— Isso não é uma nacele.

— Cale a boca, Vincent. Estamos na nacele com... Como você se chama, mesmo?

[*Tenente Martin Crosby, senhora.*]

Estamos na nacele com o tenente Crosby, do... Você é do exército, certo?

[*Sim, senhora.*]

Do exército britânico. Certo, tenente, estamos quase lá. Quando descermos nas costas do robô, abrirei a escotilha externa e então vou prender essa escada de corda na barra de aço que fica bem aqui. Vamos entrar na sala de controle pelo teto. Quando Vincent e eu estivermos dentro do robô e eu der o sinal, você vai puxar a escada de volta e fechar a escotilha. Entendeu tudo?

[*Sim, senhora. Só queria dizer que espero que vocês consigam matar aqueles filhos da puta.*]

Agradeço seu voto de confiança, tenente, mas não estamos aqui para dar início a uma briga.

[*Eles já deram início a uma, senhora. Matem todos eles.*]

...

Chegamos, abra a porta.

— Kara, primeiro as damas.

— Nem pensar! Idosos têm preferência. [...] Você já chegou aí embaixo? Vincent! Já chegou?

— Já, já cheguei!

— O.k., chegue para o lado para que eu possa... Obrigada. CERTO! TENENTE, PODE PUXAR A ESCADA. FECHE A ESCOTILHA E DÊ O FORA DAQUI O MAIS DEPRESSA POSSÍVEL!

— Uma simpatia, o tenente.

— O que você esperava? A cidade dele foi destruída. Você também estaria bem puto se tivessem transformado Montreal inteira em uma caixinha de areia. Pode me ajudar com o meu cinto antes de prender o seu?

— E alguma vez deixei de ajudar você? Entendo que o tenente esteja furioso, mas ele também deveria saber que nós dois não temos a menor chance contra aquela coisa.

— E por que ele deveria saber? Nos últimos dez anos, nós passamos o tempo todo dizendo que Têmis era invencível.

— Bom, nós ainda não somos capazes de destruir uma cidade inteira em dez segundos, como aquela coisa fez. Aqui, pronto. Firme, mas não apertado.

— Obrigada. Agora me diz uma coisa: por que você ainda não está preparado no seu lugar?

— Rá-rá.

— Comando do CDT. Estamos quase prontos. Vincent, você já está em posição? Certo, ele fez que sim com a cabeça, então eu vou... empurrar com os braços... Joelhos para a frente, Vincent. E... estamos de pé! Disseram que deveríamos seguir a autoestrada... Como é mesmo o nome dela?

— A13, por uns quilômetros.

— Isso, essa mesma, até chegarmos ao limite da área que o alienígena transformou em pó. Como teremos que pisar na autoestrada de vez em quando, já peço com antecedência desculpas ao trabalhadores do departamento de manutenção de vias da Inglaterra. CDT, vocês podem nos dizer a que distância estamos do alvo?

[*A menos de 50 km.*]

É você, Rose?

[*Sim, Kara. Vocês devem chegar lá em meia hora.*]

Oi, Rose! Só espero que Vincent consiga manter o ritmo.

— Estaremos lá em vinte minutos.

— Nada mais previsível do que o ego de um homem, não é mesmo? Estamos em movimento. Rose, já temos o número de vítimas?

[*Ainda não. Muitas.*]

Bom, talvez seja melhor que a gente não saiba mesmo... Então, será que alguém ainda acha que existe uma chance de aquele robô se acalmar com a nossa chegada? Alguém? Ninguém aqui dentro levantou a mão.

[*Não vou mentir para vocês, ninguém aqui está muito confiante. Mas quem sabe diante de algo familiar os alienígenas...*]

Rose! Você já sabia que levar Têmis até lá era uma ideia estúpida antes mesmo que o exército resolvesse se meter na história. Sinceramente, não acho que nossas chances tenham melhorado agora que aquele robô destruiu metade de Londres.

[*Mandar tanques para lá foi mesmo uma péssima ideia. Ninguém nega isso.*]

Não estou nem aí se negam ou não. Só gostaria que alguns desses engravatados aparecessem agora e tomassem o nosso lugar. Mas não adianta nada falar sobre isso. Enfim, ainda vamos caminhar um bom tempo antes de chegarmos até lá. Como não tenho nenhum assunto que possa durar esses trinta minutos, acho que vou colocar uma música para você. Vincent, o que você preparou para nossa pequena viagem?

— Kim Mitchell.

— Que droga é essa?!

— Sério que você não conhece "Patio Lanterns"? Minha mãe adorava Kim Mitchell. Era o som que eu colocava em todos os encontros, quando eu chamava alguém para jantar lá em casa. Há muito, muito tempo.

— Pelo amor de Deus! Por "alguém para jantar" você quer dizer garotas. Bom, Rose, deixaremos você com uma musiquinha bem ruim dos anos 1980, cortesia de um canadense do Quebec que acabou de entrar na puberdade. Eca. Não quero nem imaginar você com quinze anos. Aposto que você tinha um bigodinho, não tinha?

— Obrigado, Kara...

ARQUIVO Nº 1443 (CONTINUAÇÃO)

DIÁRIO DE MISSÃO — CAPITÃ KARA RESNIK E VINCENT COUTURE, DO CORPO DE DEFESA DA TERRA

Local: Londres, Inglaterra

— MERDA! Não consigo enxergar nada. Vincent, tudo bem aí?

— Sim, estou bem. Só um pouco... desorientado. E você?

— Acho que desloquei o ombro. Que diabos aconteceu?

— Não sei, acho que ele nos viu através dos prédios.

[*Vincent, o que aconteceu?*]

Ele atirou na gente, Rose. Foi isso que aconteceu. E posso garantir que não foi só um empurrãozinho. O que ele usou, seja lá o que for, nos jogou de bunda no chão a pelo menos trinta metros da nossa posição inicial. Se ainda existia alguma dúvida... bem, ele definitivamente *não* está feliz com a nossa presença. Acho que não vai acontecer aquele aguardado aperto de mão.

[*Onde vocês estão?*]

Não sei. Estamos deitados no chão. Muitos prédios altos por aqui. Um deles parece um pepino. Não estamos muito longe de onde termina a linha de destruição. Acho que a uns três ou cinco quilômetros do robô.

[*O GPS está indicando que vocês estão no centro financeiro da cidade. O edifício mencionado deve ser o Gherkin. Você chegou a ver o que o robô arremessou em vocês?*]

Não vi nada. Nem o robô, muito menos o disparo. Tudo o que consegui distinguir foi uma nuvem de areia, bem na nossa frente. Estou dizendo, o robô está puto da vida. Ainda está atirando na gente! Posso ver uns flashes de luz passando pela nossa cabeça em intervalos de três segundos, mais ou menos.

— Vincent, o que acha de darmos o fora daqui?

— Para onde? No momento, estou bem feliz nesse lugarzinho.

— Vincent, nós estamos deitados no meio da cidade de Londres.

— Exatamente. Quando mais a gente tem tempo para fazer essas coisas?

— Vincent!

— Tudo bem, tudo bem! Vou acionar o escudo, se você conseguir mexer o braço.

— Posso aguentar. Só vai ser difícil *nos* levantar daqui. Preparado?

— Quando quiser.

— AAAHHH! Estou empurrando! Ficamos de pé! Vira, vira, vira! Acione o escudo, agora!

— Escudo no máximo.

— FILHO DA PUTA! AAAHHH!

[*Kara, o que está acontecendo? Como os helicópteros saíram de perto quando o robô inimigo começou a atirar e não consigo mais ver Têmis, vocês vão ter que narrar tudo para nós, pelo menos até conseguirmos imagens de satélite.*]

Estamos sendo massacrados aqui! Eu vejo o robô a menos de dois quilômetros de nós. Ele deve ter se aproximado enquanto estávamos deitados no chão.

[*Vocês tentaram atirar nele?*]

Ainda não. Estamos um pouco ocupados levando uma bela surra. Vincent, acione a espada, tamanho médio... DROGA! Pronto... FOGO! Acertamos ele?

— Sim. Você acertou bem na...

— Onde?

— Bem na perna. O robô nem se mexeu. Rose, nós não temos a menor chance contra essa coisa.

[*Vocês podem...*]

Kara, o que você está fazendo?

[*O que está acontecendo?*]

Kara está... tentando uma saída diplomática.

[*Ela o quê?*]

Ela está mostrando o dedo do meio para ele. Muito maduro, Kara.

[*Isso é...*]

— Corre, Vincent! Meu ombro não vai aguentar muito tempo.

— Uma de cada vez, por favor. O que você disse, Kara?

— Eu disse: corre!

— Não vou dar as costas para esse sacana. Ele vai acabar com a gente com um tiro só.

— Eu quis dizer: corre *contra ele*!

— Por que eu faria isso?

[*Essa não me parece uma boa ideia.*]

— AAAHHH! Merda, como isso dói! Porque ele que se foda, só por isso!

— Kara, a espada não vai conseguir atravessar aquele escudo.

— Não estou nem aí para a espada!

— Kara...

— Confie em mim, Vincent. Corre!

— *Tabarnak*... Comando do CDT, nós estamos prestes a fazer uma coisa bem estúpida. Foi muito bom conhecer todos vocês.

— Mais rápido, Vincent! Vamos! Mais rápido! Chega logo nesse bundão!

— Estou tentando!

— Quase lá! Desliga o escudo. AHH! Você sentiu essa, não sentiu?

— Certo, a gente entrou no corpo a corpo contra ele. E agora?

— Agora ele parou de atirar na gente, só isso. Prepare-se para descarregar a Têmis.

— Não está funcionando.

— O que quer dizer com "não está funcionando"?

— Como é que eu vou saber? Estou aqui apertando o botão, mas não está funcionando! Deve ser o campo de força dele. Por quanto tempo você consegue segurá-lo, Kara?

— Não muito.

— Estamos absorvendo energia do campo de força dele. Têmis vai descarregar sozinha, se você conseguir segurar por mais um tempo.

— Ele é forte demais! Não consigo mais segurar! Acione a espada, tamanho médio.

— Pronto!

— Fogo!

— Kara, você está apontando para o chão!

— Cale a boca e atire essa merda!

— Pronto! Você só fez um buraco enorme, bem debaixo dos nossos pés! Agora estamos de joelhos dentro de uma cratera gigantesca.

— Aumente um pouco o comprimento da espada. Fogo! Vincent, eu mandei atirar!

— Estou atirando! Mas o que você está fazendo? Só está deixando o buraco ainda mais fundo. Como é de rocha firme, não vamos conseguir sair daqui!

— Fogo!

— Pronto! Satisfeita? Agora estamos enterrados até o pescoço, presos aqui! Não consigo nem mexer as pernas!

— Tudo bem, ele está preso no buraco com a gente. Aposto que também não consegue se mexer.

— Isso é... Bem, até que é legal.

— Melhor do que ficar tomando tiro, certo? Agora, vamos ver se consigo... virar... o meu braço esquerdo. Droga, está apertado aqui. Só mais um pouco... pronto. Aciona o escudo, depressa!

— O que você...

— Escudo!

— Que tamanho?

— Tanto faz! Coloque no máximo!

— Certo, certo, está ligado... Acho que não está funcionando. Não tem espaço!

— *Alguma* coisa o escudo está fazendo. Consigo ver o campo de força ao redor dele.

— Você tem razão. Está ficando mais brilhante... Está cintilando! Ohhh, eu te amo, Kara Resnik.

— Você me ama só porque encontrei um jeito de salvar sua pele, né?

— Ei! Pode ser que não dê certo, e eu te amo mesmo assim. Isso só me torna cinquenta por cento egoísta.

— Você é tão romântico.

— Kara, escute!

— O quê?

— Este barulho! É metal arranhando metal. O campo de força dele foi desativado. O seu escudo continua acionado?

— Sim, com certeza. Consigo senti-lo pressionando meu braço.

— Você acha que consegue cortar metal com ele?

— Olha só!

— SIMMMM!

— U-HU! Você se meteu com a garota errada, filho da mãe! Ah, você gosta de mim agora, não gosta, Vincent?

[*O que está acontecendo? Vocês estão bem? Não consigo ver nada nas imagens de satélite.*]

— Oi, Rose! Sim, estamos bem, olhando para o céu, acima de nós. Kara é doida e ficamos presos em um buraco gigante mas, fora isso, tudo certo. Estamos meio avariados, mas espere só até ver o estado do outro robô.

[*Não podemos ver nada daqui. Vocês têm certeza de que ele foi desativado?*]

Acho que sim. Cortamos ele ao meio. Não quero parecer otimista demais, mas tenho certeza de que ganhamos essa luta.

[*Como?*]

Ele não podia se mexer, assim como nós. Acionamos o escudo de Têmis, que ficou triturando o campo de força do sacana até não dar mais para ele segurar. Então, quando o campo parou de funcionar, o escudo continuou e atravessou o mecanismo inimigo.

[*Uau, vocês estão de parabéns! Todos os militares aqui estão muito impressionados. Ninguém imaginava que isso seria possível.*]

É, eu também não imaginava. Pode agradecer à psicopata ao meu lado, que me mandou correr contra o robô e entrar no corpo a corpo.

[*Você concordou.*]

E você já tentou dizer não para Kara? Prefiro encarar aquele robô alienígena.

— Será que dá para vocês dois pararem de falar de mim como se eu não estivesse aqui? Vincent, o que acha de sairmos desse buraco?

— Claro. Tem alguma sugestão de como podemos fazer isso?

— Podemos descarregar Têmis, como aconteceu lá em Denver.

[*Não, Kara! Não faça isso!*]

Por quê?

— Eles querem o outro robô.

— Você disse que a gente não seria capaz de vaporizar ele.

— Provavelmente não, é verdade. Mas cortamos ele ao meio, então não dá para saber. Sem falar que os pilotos seriam exterminados no processo.

[*Vincent está certo. Seria bom se pudéssemos falar com eles.*]

— O.k. Então, como saímos daqui?

— Você consegue mexer o braço direito? Podemos fazer uns disparos ao redor, tentando aumentar um pouco o tamanho do buraco.

— Impossível. O braço está preso, apontado para baixo. Alguma outra ideia brilhante?

— Eu…

— Sim?

— Eu…

— Parece que alguém está totalmente perdido. Rose, pode mandar alguma coisa para tirar a gente daqui?

[Já mandei uma equipe. Pode ser que leve um bom tempo até que consigam cavar o suficiente.]

Imaginei.

— Kara...

— Nem vem puxar conversa comigo! Estou possessa com você! Eu queria sair logo daqui, mas você resolveu não machucar os alienígenas que estavam atirando na gente poucos minutos atrás. Agora vamos ficar presos neste buraco só Deus sabe por quanto tempo.

— Você está sorrindo.

— Talvez. Mas estou possessa.

— Você está feliz.

— Eu... Sim, acho que estou.

— Kara?

— O que é? Ei, por que você está com esse sorrisinho no rosto?

— Kara, você tem feito de mim uma pessoa...

— Ah, não! Corta essa! Você vai me pedir em casamento logo agora?

— Eu...

— Pare, pare. Nós não pensamos da mesma maneira. Não estou pronta para essa coisa toda de família e tal.

— Eu sei.

— Sem filhos.

— *Eu sei.*

— Tem certeza de que você quer envelhecer com a minha versão mais velha e rabugenta?

— Sem ofensas, Kara, mas acho que nós dois não vamos chegar à velhice, sobretudo se continuarmos nessa. A pergunta é: você preferiria morrer jovem com outra pessoa?

PARTE 2

TUDO EM FAMÍLIA

ARQUIVO Nº 1521

ENTREVISTA COM EUGENE GOVENDER, GENERAL DE BRIGADA, COMANDANTE DO CORPO DE DEFESA DA TERRA

Local: Restaurante chinês New Dynasty, Dupont Circle, Washington, DC, EUA

— Sente-se, Eugene.

— Alguma sugestão do cardápio?

— Você deveria experimentar o frango Kung Pao. O arroz indonésio também é ótimo.

— Vou escolher o mesmo prato que você. Como foi o casamento?

— Um evento bem grande, para minha surpresa. Eu não imaginava que a srta. Resnik... Quer dizer, que a *sra.* Resnik...

— Ela iria querer arrancar sua pele se ouvisse você a chamando assim.

— Enfim, não imaginava que os dois fossem querer uma cerimônia tradicional, muito menos que dariam uma festa tão extravagante depois.

— Bem, um casamento não é feito para os noivos, sabe? Você faz ou aceita o pedido porque ama a outra pessoa. Então começa a imaginar o casamento perfeito: uma cerimônia simples ao ar livre, intimista, só para amigos e familiares mais próximos. Depois que você comunica a decisão aos outros, leva mais ou menos uma semana para se dar conta de que o pedido de casamento é a única parte do processo todo que depende de você. O casamento em si? Não é feito para você. Ele é feito para sua mãe, para aquela sua tia que está quase morrendo, para deixar você enrolado se não chamar aquele primo de segundo grau que viu uma ou duas vezes na vida. Enfim... Onde aconteceu a cerimônia?

— Em um hotel em Detroit. Os noivos sentiram muito sua falta.

— Duvido que tenham percebido minha ausência.

— Como viram você na televisão logo depois da cerimônia, acredito que perceberam, sim, sua ausência.

— Bem, até entendo que eles tenham resolvido se casar no aniversário da vitória contra o robô alienígena, mas havia outra cerimônia em Londres. Alguém precisava estar lá. E quem celebra casamento em dezembro, de qualquer forma?

— Eu pensei que fossem fazer o memorial em Londres no aniversário do ataque.

— Acho que quiseram focar no lado positivo. Não posso culpá-los. Afinal, foram 136 mil mortos.

— Sem querer soar insensível, esse número é bem menor do que eu tinha imaginado.

— É muita gente morta, 136 mil pessoas. Imagine a quantidade de maridos, esposas, filhos e filhas que se foram. Eu poderia dizer que você é um babaca por pensar assim, mas confesso que a mesma coisa passou pela minha cabeça. Poderia ter morrido mais de um milhão de pessoas.

— Tivemos sorte.

— Dessa vez.

— Você acha que eles voltarão a atacar?

— Você não? Eu não faço ideia dos motivos que os trouxeram para cá. De qualquer maneira, tenho impressão de que não foi apenas para arrumar uma briga contra o exército britânico, não acha?

— Acho. Eles poderiam atacar a qualquer momento. É razoável assumir que o governo britânico só precipitou um pouco as coisas.

— Bem, eles estão mortos agora. O robô foi destruído. Os dois pilotos já estavam sem vida quando chegamos lá. Não sabemos se morreram quando o robô foi partido ao meio ou se cometeram suicídio para evitar a captura. Dá no mesmo. Estão mortos. Em algum momento, quem ordenou o envio deles para a Terra vai ficar sabendo que aconteceu alguma coisa. E acho que isso não vai simplesmente passar batido. Sim, acho que vão voltar. Aliás, os dois eram tão jovens... Uma pena.

— Quem?

— Os pilotos. Você viu. Esses garotos pareciam ter o quê? Dezoito anos? Vinte, no máximo. É impressionante como são parecidos conosco. Claro, as pernas são ao contrário, mas eu já tinha visto Vincent fazer isso tantas vezes que se tornou algo relativamente normal para mim.

— Conseguimos alguma informação nova com a autópsia?

— Nada que um dinossauro como eu pudesse entender. Você vai ter que conversar com Rose. Tudo o que sei é que eram apenas dois garotos fazendo o trabalho programado, seja lá qual fosse. Haverá gente de luto por eles lá no lugar de onde vieram. E o luto pode levar a decisões precipitadas. Acho que vão voltar e desta vez em grande, grande número. E, quando isso acontecer, aposto que não vão mais ficar parados, olhando para a paisagem durante uma semana antes de começarem a explodir as coisas.

— Essa é uma visão bem pessimista da situação. E quanto ao robô? Conseguimos descobrir algum de seus segredos?

— Essa pergunta eu posso responder. Descobrimos tão pouco a respeito do robô que eu acabei aprendendo a coisa toda. Basicamente, ele foi construído da mesma forma que o modelo antigo. O design é idêntico. Mesmo número de partes isoladas, que se separaram alguns minutos depois da desativação do robô. A sala de controle é quase idêntica à de Têmis. A mesa de comandos tem alguns botões a mais, mas é só isso.

— E podemos colocá-lo para funcionar?

— Você adoraria ter mais um desses robôs, não é?

— Bem...

— É melhor não criar expectativas. Ele está em pedaços. Nada mais funciona. O escudo de Têmis cortou bem ao meio a sala de controle. A esfera está quebrada, com tudo amassado, e perdemos aquela coisa branca que fica flutuando. Seja lá o que fosse, evaporou quase no mesmo instante. O tronco do robô está partido ao meio. Não existe uma forma de soldar as metades. Fita adesiva também não deu resultado. Quanto ao restante do robô, bem, não sabemos como nada funciona. Tudo que identificamos vem do nosso conhecimento de Têmis. Se você olhar para o corte feito na estrutura, tirando o enorme buraco da sala de controle, é tudo um aglomerado de metal sólido. A única coisa positiva que consigo enxergar nisso tudo é que, como os controles são bem parecidos, talvez possamos usar as partes do robô destruído como peças de reposição para o nosso, caso algum imprevisto aconteça. Levando em consideração como nossos pilotos lidam com Têmis, eu diria que é bem provável que isso aconteça. A equipe da divisão científica do CDT vai ficar bem contente na próxima segunda-feira.

— O que tem a próxima segunda?

— Vou mandar os engenheiros todos para casa. Aqueles nerds do CDT vão poder brincar com o robô, agora.

— Eles não podiam antes?

— Até podiam dar uma olhada, mas eu não queria que danificassem ainda mais o mecanismo.

— Por que não?

— O que você acha? Eu também queria outro robô. Só que... bom, agora ele oficialmente não passa de um monte de sucata. Então, podem fazer o que quiser com a estrutura. Peças de reposição e alguns cientistas felizes, esse é o saldo de 136 mil mortos.

— Esse não é o único aspecto positivo que podemos tirar dos acontecimentos em Londres. Eu imaginei que você, mais do que ninguém, acabaria encontrando algum consolo em meio à tragédia.

— Que história é essa de eu, mais do que ninguém?

— Duvido que alguém vá questionar a importância do CDT, a partir de agora. Não nesta geração, pelo menos. Têmis foi capaz de fazer exatamente o que dissemos e esperamos que ela faria. O CDT salvou Londres, talvez até a espécie humana inteira. Nem um único governo neste planeta ousaria recusar doação de fundos à organização. Você terá à disposição todos os recursos que desejar, pelo tempo que for necessário. Acrescentaria que, na esfera mais pessoal e subjetiva, ninguém questionará sua liderança. Aos olhos da grande maioria, a tragédia que custou tantas e tantas vidas poderia ter sido evitada se o governo britânico tivesse escutado seu conselho. Talvez você seja a primeira pessoa na história da humanidade a conseguir esse nível de aprovação, vinda dos quatro cantos do planeta. O que você disser passará a valer para todo mundo, em qualquer lugar da Terra.

— Espere só mais um ano para ver. Por enquanto, vale a pena falar da organização. As pessoas se identificam conosco, estão se sentindo melhor com a vida. Os meios de comunicação veiculam matérias positivas a nosso respeito porque é isso que todo mundo quer ouvir. Mas quem toma o mesmo sabor de sorvete todo dia... Chegará uma hora em que essas coisas legais que estão dizendo sobre o CDT vão parar de vender jornais.

— As pessoas mal compram jornal hoje em dia.

— Estamos velhos, não é? Bom, daqui a algumas semanas, daqui a seis meses ou um ano, esses elogios todos ao CDT vão parar de vender seja lá o que for. E então, anote o que estou dizendo, eles vão tentar denegrir nossa imagem. Vão questionar a pesquisa, perguntar se seríamos mesmo capazes de fazer algo contra um ataque em larga escala. O mais engraçado é que eles vão estar certos. É verdade que não foi por falta de tentativa, mas não conseguimos espremer uma única tecnologia nova daquela coisa, e olha que estamos nisso há dez anos. Sei lá, poderíamos ter desenvolvido uma torradeira mais rápida, freios mais eficientes para automóveis, um papel higiênico mais macio... Mas nada, nem uma coisinha, por mais besta que fosse. E não preciso nem dizer como nos sairíamos em um combate com mais de um daqueles robôs.

— Odeio levantar aqui uma questão meio óbvia, mas devo recordar que nós ganhamos. Saímos com a vitória. Têmis lutou contra o robô alienígena em um combate corpo a corpo e venceu.

— Você chama aquilo de combate? Eles cavaram um buraco!

— Eles imobilizaram o inimigo.

— Cavando um buraco! Já imaginou se o escudo de Têmis não conseguisse atravessar aquele campo de força? Eles deram sorte, isso sim. Precisaram encarar algo muito além das próprias capacidades. Não tiveram culpa, é claro. Nós nunca deveríamos ter mandado Têmis até lá. Aquilo mais parecia uma briguinha de recreio. Os dois estavam levando surra de uma criança bem maior e acabaram entrando em pânico. Fico feliz que tudo tenha funcionado no final, mas não estou nem um pouco mais otimista depois do que aconteceu. Se quer mesmo a minha opinião, aquela garota, a Resnik, não passa de uma doida.

— Alguns diriam que ela é boa em seguir os próprios instintos.

— É outra maneira de dizer a mesma coisa.

— E não é a primeira vez que essa natureza impulsiva dela acabou rendendo bons frutos. Se quer saber, confio mais na capacidade de improviso da sra. Resnik que nas decisões frias e calculadas de muita gente por aí.

— Talvez. Mas isso não importa. Ela não teria conseguido enterrar mais de um daqueles robôs. Se eles enviarem mais...

— Como você acha que podemos nos preparar?

— Eu já me fiz essa pergunta mais de mil vezes. Se os riscos envolvidos não fossem tão altos, eu até acharia um pouco de graça da situação. Na teoria, eu comando uma organização militar, mas você há de concordar comigo que não existe nenhuma possibilidade de revidarmos por vias militares um ataque alienígena em larga escala. Você viu o que aquele robô fez com três regimentos armados. Diabos, ele ainda levou uma cidade inteira junto na ação. Prédios, carros, pessoas, gatos, cachorros. Nem as baratas escaparam.

— Têmis também é capaz de fazer isso.

— Bom, então talvez a gente possa dar uma ajudinha aos extraterrestres, destruindo por conta própria algumas cidades por aí. O que ela *não* é capaz de fazer é causar estragos nessas coisas, se elas não estiverem paradas em algum lugar. Ela atingiu aquele robô em cheio com o escudo e poderia até ter dito uns palavrões ao pé do ouvido do inimigo, de tão perto que os dois estavam.

— A propósito, ela mostrou o dedo para o robô.

— Pena que os helicópteros já tivessem saído de lá. Adoraria ter visto a cena.

— Daria uma bela estátua.

— Ha! Você fez uma piada! Eles poderiam ter usado essa cena no memorial. Você chegou a ver o monumento que construíram lá, com o robô alienígena ajoelhado diante de Têmis? Parece que ela está fazendo dele montaria. Bom, pelo menos ficou melhor que a estátua de Hércules e Diomedes... Ah, você não conhece essa? Dá uma procurada depois.

— Você não respondeu a minha pergunta.

— Na minha opinião, não há nada a fazer. Não podemos nos preparar. Não com o que temos hoje em mãos. Se algum dia os alienígenas resolverem voltar, nossa única esperança estará com os meus garotos do CDT, caso consigam descobrir algo útil. Odeio admitir isso, já que ela é doida de pedra, mas agora tudo gira em torno de Rose.

— Tudo *gira* em torno dela, não é mesmo?

— Sim. Foi o que eu disse.

— Ela caiu na mão do robô quando era apenas uma criança. De alguma forma, acabou responsável pela pesquisa dessa mesma mão. Ago-

ra, estamos à espera de uma guerra que não podemos vencer, e nossa maior chance de sobrevivência depende da dra. Franklin.

— Usando suas próprias palavras, você é ótimo em levantar questões meio óbvias. Seja como for, existe algum sentido nisso tudo?

— Claro que sim. Nunca se perguntou por que eles resolveram trazê-la de volta?

ARQUIVO Nº 1526

ANOTAÇÕES DE SESSÃO — PACIENTE EVA REYES
DR. BENICIO MUÑOZ RIVERA, PSIQUIATRA

Local: San Juan, Porto Rico

— Fale a respeito dos seus pesadelos, Eva.

— Não quero falar sobre isso. Podemos jogar alguma coisa?

— Nós acabamos de fazer isso, Eva. Agora precisamos conversar.

— Ah, aqueles não foram jogos muito legais. Quero uns *de verdade*.

— Sua mãe está preocupada com você, Eva.

— Eu estou bem! Ela não precisa ficar preocupada comigo.

— Pode me dizer o que aconteceu ontem?

— Não aconteceu nada. Eu só estava tomando banho de banheira!

— Sua mãe ficou bastante assustada. Conte o que aconteceu.

— Eu... eu vi alguma coisa. Só queria saber como era ficar... sem respirar. Eu não sabia que a minha mãe estava lá comigo. Só fiquei curiosa e tentei...

— Ela disse que você passa o tempo todo sozinha, que não quer mais falar com seus amigos.

— Eu não tenho amigos. Todo mundo acha que eu fiquei maluca.

— Ninguém acha isso, Eva.

— TODO MUNDO ACHA, SIM!

— Eva...

— Você não sabe de nada! Não estou inventando: todo mundo diz isso para mim, o tempo todo! Eles acham, *sim*, que fiquei doida. Minha mãe acha isso também. E é por isso que você está aqui.

— É perfeitamente normal que uma garota da sua idade tenha pensamentos negativos dessa natureza, Eva. Olha, não acho que eles simplesmente vão sumir, como um passe de mágica. Só que ferramentas podem ajudar nesse processo, permitindo que você assuma o controle desses pensamentos. E é por *isso* que eu estou aqui, para fornecer algumas dessas ferramentas a você. Quero que você pare de ter medo do que está dentro da sua cabeça.

— Como é que vou parar de ter medo? Eu vi eles morrendo, todos eles.

— Eles quem, Eva?

— Aquelas pessoas em Londres. Eu vi todas elas morrendo.

— O que você viu?

— Elas estavam todas mortas!

— Sim, mas o que você viu *exatamente?* Consegue descrever as imagens?

— Havia milhares, por todos os lados. Estavam todos lá, estirados no chão, nas calçadas, dentro dos carros.

— Como se estivessem dormindo?

— Todo mundo ao mesmo tempo.

— E você viu os corpos?

— Sim!

— Mas não havia corpos em Londres depois do ataque do ano passado, Eva. Você viu isso com os próprios olhos! A televisão mostrou as imagens. Não sobrou nada.

— Sim, mas eles estão mortos, não estão?

— Você teve um pesadelo, só isso. Ficou impressionada com a tragédia. É natural que junte as duas coisas em sua cabeça, mas você mesma disse que as imagens do pesadelo não correspondiam aos fatos de Londres.

— Não são pesadelos! Eu não estou... Deixe para lá. Eu sei que você não acredita mesmo em mim. Posso ir embora, agora?

— Ainda não.

— Então a gente pode conversar sobre outra coisa?

— O que mais você viu?

— Eu não quero falar sobre isso de novo.

— Eva, você precisa me contar. O que mais você viu?

— Eu vi metal... Vi um robô caindo nas nuvens.

— Você já havia mencionado essa visão. Como alguma coisa pode cair *no* céu? Estava caindo de um avião?

— Não sei. Não, não de um avião.

— Então de onde, Eva?

— *Não sei*! Só estou contando o que eu vi. Posso ir embora?

— Tudo bem. Só quero que você... Pode ao menos considerar a hipótese de que essas suas visões não sejam reais? Você faria isso por mim?

— Sim.

— Você tem uma imaginação bem fértil, Eva, e isso é bom. Bom não, ótimo. Você pode encontrar excelentes maneiras de usar isso a seu favor. Você gosta de desenhar?

— Gosto.

— Talvez possa desenhar essas coisas que vê. Pendure os desenhos na parede. Pode ser que ajude.

— Ajude com o quê?

— Pode ser que ajude você a perceber que está tudo dentro da sua cabeça, permitindo que assuma o controle de seus próprios pensamentos. Dessa maneira, você não precisaria mais ficar com medo das coisas que vê.

— Eu não tenho medo delas o tempo todo.

— Isso é bom! Consegue me dizer qual a diferença quando você não está sentindo medo?

— Como assim?

— Eu gostaria de saber por que você não fica com medo de algumas das coisas que vê.

— Nem sempre são coisas ruins. Às vezes, eu vejo coisas boas também.

— Como o quê, por exemplo?

— Eu vi meu pai comprando um carro. Ele estava feliz.

— Seu pai comprou um carro novo?

— Não. Ele está economizando para comprar um.

— Então, tudo o que você vê acaba acontecendo, certo?

— Não sei! Mas parece de verdade quando vejo.

— Claro que parece. Sonhos podem parecer bem reais.

— Não são sonhos! Eu vejo essas coisas enquanto estou acordada, o tempo todo! Sei quando são sonhos e também quando não passa de fruto da minha imaginação. Não é a mesma coisa! Sei que você acha que eu estou mentindo, mas não estou. É diferente.

— Eva, eu nunca disse que você estava mentindo. Nunca pensei isso, nem por um momento. Sei que você acha que essas coisas que vê são reais. Eu só quero que você admita a possibilidade de que não sejam.

— Já são quatro horas. Minha mãe deve estar lá embaixo.

— Certo, pode ir, Eva. Mas pense a respeito do que falei. Na próxima vez em que tiver essas visões, tente dizer a si mesma que não são de verdade. Diga isso em voz alta, se achar melhor. E comece a desenhar o que vê. Pode trazer os desenhos no próximo encontro. Eu gostaria de dar uma olhada. Se isso não funcionar, podemos tentar outra alternativa. Existe um tipo especial de medicamento capaz de fazer esses pensamentos ruins irem embora.

— Eu não quero tomar remédio.

— É só uma ideia, Eva. Seus pais e eu, nós... nós só queremos que você fique feliz.

ARQUIVO Nº 1528

ENTREVISTA COM A DRA. ROSE FRANKLIN, CHEFE DA DIVISÃO CIENTÍFICA, CORPO DE DEFESA DA TERRA

Local: Quartel-General do Corpo de Defesa da Terra, Nova York, estado de Nova York, EUA

— Baixe essa arma, dra. Franklin.

— Fora daqui!

— Dra. Franklin…

— Saia, por favor! Eu só quero ficar sozinha! Não estou machucando ninguém.

— Você está apontando uma pistola 9 mm direto para sua têmpora direita. Não quero tirar nenhuma conclusão precipitada, mas realmente temo por sua segurança no momento. Também entendo por que você chegou a esse extremo e sei que posso ter contribuído para isso.

— A pistola não estava apontada para minha cabeça até esse seu guarda entrar aqui. E você não fez nada. Agora, fora daqui! Os dois!

— Dra. Franklin, abaixe a arma e prometo que esse cavalheiro ao meu lado irá nos deixar a sós. Eu realmente gostaria de ter uma conversa com você.

[*Abaixe a arma, senhora!*]

Meu rapaz, não existe nenhum risco iminente aqui. Guarde sua arma no coldre.

[*Não posso fazer isso, senhor.*]

Nome e patente, por favor.

[*Suboficial Franklin, senhor.*]

Franklin? Por acaso vocês são parentes?

[*Não, senhor.*]

Bom, se vocês não são parentes, tenho certeza de que a dra. Franklin não vai se importar se eu deixar você mofando na prisão pelo resto de sua breve existência. Você talvez não saiba muito a meu respeito, mas pode acreditar em uma coisa: se eu realmente me esforçar, posso transformar sua vida em um inferno tão doloroso que você vai acabar me implorando para acabar com ela. E dou a minha palavra que, se a dra. Franklin acabar se machucando de alguma maneira, seja sem querer ou não, enquanto você aponta essa arma para ela, bem, eu *vou* me esforçar. De verdade. Agora, saia.

[*Senhor...*]

E feche a porta. Dra. Franklin, queira, por favor, aceitar minhas desculpas pela falta de sensibilidade demonstrada por esse seu quase-parente. Os melhores quadros infelizmente acabam não sendo destacados para os turnos da noite. Peço que me perdoe também se nossa última conversa contribuiu de alguma maneira para culminar nesse momento de desespero.

— Não é desespero. Só quero resolver esse quebra-cabeça. Eu não deveria estar aqui! Rose Franklin está morta!

— Não foi isso que eu disse. Por favor, me entregue a arma. Nós dois sabemos muito bem que sua vida não acaba aqui. São quase cinco da manhã, então imagino que você tenha ficado horas a fio encarando

essa pistola. Não duvido de sua intenção, mas acho que esperar até o café da manhã não vai aumentar sua determinação em fazer isso.

— É mais difícil do que eu imaginava.

— O instinto de viver é algo muito difícil de superar. Por mais que me envergonhe admitir, é um assunto que conheço muito bem. Além disso, precisamos muito de sua ajuda.

— Vocês não precisam de mim. Não mesmo. Não fiz nada de útil desde... desde que voltei.

— Não é verdade. Ninguém entende Têmis melhor que você.

— Ela também não deveria estar aqui, sabia? Eu estava errada. Nós não deveríamos ter procurado por ela. Ela deveria estar enterrada, escondida. E eu deveria estar morta. Você tem que desmontar e jogar Têmis de volta ao fundo do oceano. Esqueça esse robô... e me esqueça também.

— É um pouco tarde para isso.

— Eu só quero que isso acabe. Você não faz ideia de como é ser... Não importa. Pode me deixar sozinha, por favor?

— Importa para mim. Se você não quiser me entregar a arma, pelo menos tire o cano de sua cabeça... Isso... Na conversa de ontem, tive a intenção de tranquilizá-la. Está bem claro para mim que o resultado não foi exatamente alcançado.

— Você só me contou a verdade. Eu não sou eu mesma! Sou uma cópia!

— Eu não disse nada parecido com isso.

— Você disse que eles me refizeram do nada!

— Eles recriaram você a partir de informações obtidas antes de sua morte.

— Eu sou uma cópia!

— Procurei repassar a você a informação que recebi de um dos envolvidos no episódio. Agora vejo que não foi a melhor das ideias. Na minha

cabeça, tudo parecia fazer muito mais sentido. O ponto mais importante, que pode ter se perdido na explicação, é que tudo que você é, sua essência, foi completamente preservado. Eu...

— Não importa! Eu não...

— Gostaria apenas de concluir. Como estava dizendo, cometi um grande erro ao pensar que seria capaz de explicar a você, de maneira convincente, coisas que eu mesmo mal consegui compreender. Fiz isso por achar que era o certo, por acreditar que você tinha o direito de saber de tudo o que chegara a meu conhecimento. Eu estava errado e peço desculpas. Quem me passou essa informação...

— Ele é um dos que... me montaram de volta?

— Acredito que sim. Em todo caso, ele se ofereceu para conversar com você e explicar exatamente o que fizeram, mas eu recusei. Antes que você tome alguma atitude sem volta, me permita entrar em contato com ele e marcar um encontro entre vocês dois. Como seu conhecimento científico, dra. Franklin, é infinitamente superior ao meu, acredito que você seja muito mais capaz de compreender os esclarecimentos dele. Desconfio que ele tenha simplificado bastante as explicações para que eu pudesse acompanhar.

— ...

— Você estaria disposta a ouvir o que ele tem a dizer?

— ...

— Que ótimo. Fico aliviado ao perceber que sua curiosidade ainda é maior que seu desespero. Agora, será que você pode me entregar a arma?

— E se não funcionar? E se eu não ficar satisfeita com a explicação?

— Então eu vou tentar outra saída.

— Você não pode ser minha babá para sempre.

— Provavelmente não. Mas posso dar ordens para que outras pessoas sejam. Se a sua condição para me entregar a arma é que eu diga que vou devolvê-la antes de sair por aquela porta, pode esquecer. Farei tudo o que estiver ao meu alcance para impedir que você ponha um fim à própria vida. Em parte porque gosto de você, mas sobretudo por uma razão de natureza egoísta e pragmática. Apesar disso, sei que você é uma mulher inteligente e engenhosa. Como é bem provável que eu não consiga impedi-la se estiver mesmo disposta a fazer isso, então eu vou tentar outra saída.

— O que quer dizer com isso?

— Você foi trazida de volta à vida uma vez. Não há nenhuma razão para imaginar que esse processo não poderia acontecer de novo. E quantas vezes forem necessárias.

— Eu... Você faria isso comigo?

— Eu faria qualquer coisa para garantir a proteção da nossa espécie. Prefiro nem começar aqui um discurso a respeito das "necessidades de muitos", apesar de algo assim se encaixar nesse momento. Muitos especialistas, incluindo você, se não me engano, acreditam que nossos visitantes alienígenas vão voltar. Até mesmo você deve admitir que seu desânimo momentâneo é algo bastante inconsequente, levando em conta o que aparentemente temos pela frente. Se a sra. Resnik, por exemplo, resolvesse se jogar de um precipício, eu também faria de tudo para impedir isso.

— Imagino que sim. Só que o papel dela nisso tudo é bem mais evidente que o meu. Não consigo mais ver nenhuma utilidade em mim.

— Isso o tempo dirá. Posso mudar de assunto por um instante?

— Sobre o que deseja falar?

— Gostaria que você me contasse o que descobrimos a respeito dos seres que estavam dentro do robô alienígena.

— Por quê? Não existe nenhuma novidade.

— Vamos lá, tente deixar meu dia um pouco mais alegre.

— Você já sabe. Estava tudo nos relatórios. E já tivemos uma conversa sobre o assunto!

— Eles se parecem conosco?

— Posso saber aonde quer chegar? Você sabe muito bem como eles são. Você viu os corpos! São humanoides. Tipo V, pele escura e azeitonada, joelhos para trás, como o robô. Aliás, o joelho deles é assim, mesmo. Eles não são digitígrados, como tínhamos pensado antes. Têm uma articulação extra nas pernas. Sem sobrancelhas. No resto, são idênticos a um ser humano, tanto por dentro quanto por fora.

— Qual a proximidade entre eles e nós, geneticamente falando? Sei que os seres humanos e os chimpanzés compartilham noventa e oito por cento do DNA. Você saberia me dizer quanto seria essa porcentagem no caso dos alienígenas?

— Você leu o relatório. O que mais quer saber?!

— Quero ouvir de *você*.

— Você deveria ter mantido Alyssa por perto. Ela era a especialista nessas coisas.

— De fato, adoraria conversar com Alyssa a respeito de muitos e muitos assuntos. Agora, como ela não está disponível no momento, eu gostaria que você me dissesse tudo o que consegue destrinchar sobre essa questão.

— Bem, para começo de conversa, o que você disse não é necessariamente verdade. A similaridade entre nosso DNA e o de um chimpanzé depende muito do modo de comparar as duas coisas. Se você considerar as duas espécies como um todo, não é nada tão próximo assim. No caso dos alienígenas em questão, a resposta mais direta é zero por cento, já que eles não possuem DNA.

— Tenho dificuldades em acreditar que eles sejam estruturalmente tão diferentes de nós.

— Eles não são. São constituídos basicamente da mesma forma. Só que... Você sabe o que significa DNA?

— Ácido desoxirribonucleico. Que eu saiba, é onde estão concentradas as informações genéticas que codificam a vida como a conhecemos. Imagino que essa seja uma resposta bem simplista.

— Bom, essa é a essência, sim. É como se armazena a informação. O DNA é uma molécula complexa, capaz de armazenar uma quantidade inacreditável de dados. E é estável. A parte mais legal disso tudo é que ele pode replicar a si mesmo. Isso é basicamente tudo que você precisa para criar vida. A capacidade de guardar informações por um certo período de tempo e, então, passar adiante. E você acertou o nome da molécula, sim. O que eu queria saber é se você sabe do que o DNA é feito.

— Conte para mim.

— O DNA é um ácido nucleico, como o próprio nome diz. É formado por partes ainda menores, chamadas de nucleotídeos. Para a composição de um nucleotídeo são necessárias três coisas: um fosfato, uma base e um açúcar.

— Um açúcar?

— Isso. A vida depende de açúcar. Agora, se o açúcar é de um tipo específico, uma desoxirribose, por exemplo, então o ácido formado é o desoxirribonucleico, ou DNA. Se o açúcar é uma ribose, um pouco mais simples, se forma o RNA. Essa molécula também consegue armazenar informação, mas não é tão estável quanto o DNA. Os alienígenas têm uma composição genética bem parecida com a nossa, mas seus nucleotídeos são formados a partir de um açúcar diferente, um tipo chamado arabinose.

— ANA.

— Exatamente.

— E essa é a única diferença?

— Bom, não a única. Cada nucleotídeo tem também uma base. No DNA... Você tem certeza de que gostaria de ouvir isso?

— Continue, por favor.

— Certo. No DNA, há quatro possibilidades de base: citosina, guanina, adenina e timina, que correspondem respectivamente a C, G, A e T. Esse é o nosso alfabeto genético. Não existe a ocorrência de A no código genético alienígena, aparecendo a diaminopurina no lugar. Essa troca faz com que o código deles seja um pouco mais estável que o nosso.

— Esse código é compatível com o nosso DNA?

— Talvez. É próximo o suficiente para que as moléculas cheguem a conversar entre si.

— Então não existe nada que seja muito interessante a respeito das diferenças genéticas entre eles e nós.

— Você está brincando? É provável que essa seja uma das maiores descobertas já feitas pela humanidade. Todo mundo achava que o DNA era basicamente a única maneira de tornar a vida possível. Chegamos a considerar se uma vida poderia evoluir a partir do RNA, também. E manipular a composição dos ácidos nucleicos é algo bem recente. Nós conseguimos montar uma molécula de ANA em laboratório, já fizemos isso com vários outros açúcares. Podemos sintetizar a diaminopurina. Podemos sintetizar isso tudo! Mas ver isso ocorrendo de maneira espontânea no universo, ainda mais em formas de vida complexas e tão parecidas com a nossa... Agora sabemos que não existe nada de especial no DNA. Será que você não entende o que estou dizendo? Estamos a apenas um passo de descobrir como a vida realmente funciona, a um passo de entender o que diferencia um objeto de algo vivo. Isso é...

— Fascinante?

— Muito mais que fascinante. É inspirador. É... Gênesis.

— Isso mexe com você.

— Claro, é...

— E essa me parece ser uma reação genuinamente humana.

— Bom, acho que eles capricharam na cópia. Sei o que você está tentando insinuar, mas não me considero um tipo de robô ou algo do gênero. Não é por ter emoções e sentimentos que deixo de ser uma farsa.

— Será mesmo? Na verdade, eu não estava querendo focar na existência ou na ausência de emoções e sentimentos, mas no que despertou tudo isso em você. Sei que meus conhecimentos são limitados na área, mas tenho a impressão de que você ficou tocada justamente porque os

blocos que, juntos, dão origem à vida podem assumir as mais diferentes formas. Não era isso que você estava dizendo? Que não há nada de único e excepcional na molécula de DNA, que não há nenhuma mágica? O que você afirmou, em outras palavras, é que os ingredientes não importam: a vida pode se desenvolver a partir de qualquer estrutura molecular que seja capaz de armazenar informação e de replicar a si mesma. Você ficou entusiasmada porque conseguiu decompor algo que julgava impenetrável em elementos que consegue compreender.

— Sim.

— Então, será que não consegue experimentar o mesmo tipo de fascínio em relação ao que aconteceu com você? Por que a percepção de que algo tão único quanto você pode ser reduzido a uma configuração estável de átomos não produz a mesma satisfação? Eu não entendo nada de genética, essas descobertas todas não mexem nem um pouco comigo, mas para mim *você* é extraordinária. Eu me sinto pequeno só de pensar que uma coisa tão complexa e cheia de nuances possa ser refeita do zero, a partir do material que compõe todo o restante do universo. Se você vem se torturando por uma questão de fé, deveria ser capaz de enxergar o milagre por trás disso tudo.

— …

— Pense nisso.

— Seu celular está vibrando.

— Não tem problema.

— Você deveria atender. Pode ser importante.

— Estou aqui por *você*.

— Atenda. Prometo que não vou fazer nenhuma besteira.

— Tudo bem, então… Alô? Quando? O.k., estou a caminho.

— O que foi?

— Algo que, infelizmente, requer minha atenção imediata.

— Pode ir.

— Não vou deixar você sozinha. Posso pedir à sra. Resnik que venha passar um tempo aqui, mas seria melhor se você pudesse me acompanhar. Posso precisar da sua ajuda.

— O que está acontecendo?

— Têmis desapareceu.

— O quê?!

— Você poderia me acompanhar?

— Tudo bem, vamos!

— Ah, dra. Franklin... a arma, por favor?

ARQUIVO Nº 1529

ENTREVISTA COM KARA RESNIK, CAPITÃ, CORPO DE DEFESA DA TERRA

Local: Quartel-General do Corpo de Defesa da Terra, Nova York, estado de Nova York, EUA

[*Os portões do hangar estavam fechados?*]

{*Você se lembra de...*}

— Pode parar, todo mundo! Um de cada vez. Euge... General, você primeiro.

[*Quando você percebeu que Têmis tinha sumido?*]

— É sério? Há uns cinco minutos, quando liguei para vocês. Por acaso você acha que dei uma passadinha na manicure antes?

[*Cuidado com o tom, capitã Resnik...*]

Estou tentando, mas estamos perdendo tempo aqui. Sim, Rose?

{*Os portões do hangar estavam fechados o tempo todo?*}

Sim, estavam. É o que estou dizendo: Vincent não saiu para um passeio. Sem mim, ele não conseguiria controlar Têmis, que cairia no chão.

— Sra. Resnik, você tem certeza de que Têmis estava dentro do hangar hoje pela manhã?

— Sim! Ela estava aqui há cerca de dez minutos! Vi com meus próprios olhos. Falei com Vincent!

— Por favor, conte tudo o que consegue lembrar.

— O que consigo lembrar? Gente, acabou de acontecer! Será que alguém aqui está me escutando?

— Agora estamos.

— Vincent acordou bem cedo hoje de manhã. Ele disse que desejava testar algumas coisas novas sozinho, então me deixou dormir mais um pouco. Como eu não consegui mais pegar no sono, li um pouco e vim para cá. Falei com ele pelo rádio. Ele estava na esfera. Perguntei se já tinha tomado café da manhã, ele respondeu que não. Eu disse que levaria uns pãezinhos. Fui até a cozinha e, quando eu voltei, Têmis e ele tinham sumido.

— Tem certeza de que não está esquecendo nada? Até o detalhe mais insignificante pode ser importante no momento.

— Sim! Quer dizer... Ele comentou que não estava com fome. Eu disse que seria uma pena deixar os pãezinhos estragarem... já que eram típicos e ele traz de Montreal quando visita a cidade. Sabe, estamos sem freezer aqui... Então ele respondeu que tudo bem. Aí eu preparei tudo! Querem saber o que coloquei dentro dos pãezinhos, também? Cream cheese e geleia de framboesa. E pronto, Têmis tinha sumido, com meu marido dentro. Satisfeitos?

— Eu, pelo menos, agora estou. Os detalhes a respeito do recheio do pão eram de fato desnecessários.

— Acho que essa foi a primeira vez que chamei ele de "meu marido", pelo menos não de brincadeira... Vocês precisam encontrar Vincent!

— E vamos. Dra. Franklin, você poderia nos informar a localização de Têmis no momento?

{*Ela não aparece no GPS.*}

Pode ser algum defeito no dispositivo?

{*Acredito que não, porque conseguimos localizar todo o resto. Tudo, menos Têmis.*}

Talvez o receptor no próprio robô esteja quebrado.

— Todos os três receptores? Rose, você tem certeza de que Têmis não aparece no GPS?

{*De acordo com o dispositivo, ela não está mais aqui.*}

Isso não faz o menor sentido. Têmis não pode ter simplesmente desaparecido.

— Talvez alguém tenha mascarado os receptores do robô, para impedir a localização.

— Não existe a menor chance de isso ter acontecido.

— Só estou tentando levantar algumas hipóteses aqui.

— Essa não é uma delas.

— E por que não?

— Os receptores estão dentro da esfera. Leva pelo menos dez minutos só para alguém chegar até lá em cima. Esse alguém teria que localizar os dispositivos e desativar cada um antes que Vincent alertasse pelo rádio. Admitindo que isso fosse possível, e depois? Mesmo com Vincent na sala de controle, não seria possível pilotar Têmis para fora daqui. Como é que um pedaço de metal de mais de sessenta metros de altura e pesando sete mil toneladas poderia sair daqui sem fazer nenhum barulho? E tudo isso no intervalo de tempo de preparo de alguns pãezinhos…

— Faz sentido. Você consegue imaginar outra explicação mais plausível?

— Não. No momento, não.

— Acredita que os alienígenas poderiam ter teletransportado Têmis para fora daqui?

— Você quer dizer do mesmo jeito que fizeram aquele outro robô aparecer do nada no meio de Londres? Não sei. Rose, o que acha?

{*Não sabemos se Têmis teria se teletransportado sozinha ou se alguém teria feito isso com ela. De qualquer forma, não me parece que tenha sido isso.*}

— Acho um pouco prematuro simplesmente rejeitarmos essa hipótese, a menos que existam evidências que justifiquem isso.

— Rose tem razão. Se os alienígenas pudessem dar um sumiço em Têmis quando quisessem, teriam feito isso durante a batalha em Londres, certo?

— De repente não eram capazes na época, mas desenvolveram essa habilidade de lá para cá. Teletransportar Têmis exigiria uma nave, ou algo do tipo, e talvez eles não tivessem uma disponível em Londres.

— E uma nave dessas estaria aqui agora? Sem que pudéssemos detectar nada?

— Sei que parece algo difícil de conceber, mas, convenhamos, estamos falando de robôs gigantes que vieram do espaço.

— Não me parece razoável, de qualquer forma.

— Eu não descartaria essa hipótese.

— Eu descartaria, sim! Se os alienígenas fossem mesmo capazes de teletransportar Têmis até o planeta deles, até o espaço sideral ou sei lá, bom, nós não poderíamos fazer mais nada a respeito. Será que a gente pode analisar apenas os cenários em que daria para trazer Têmis e Vincent de volta? E inteiros, de preferência?

— Naturalmente. Vamos desconsiderar por enquanto a hipótese de Têmis estar fora do planeta Terra. Nesse caso, restam apenas duas opções. A primeira é o GPS ter apresentado algum defeito ou alguém ter mascarado os dados de alguma maneira. A segunda é o robô estar fora do alcance do GPS, impossibilitando a detecção do sinal. Têmis poderia estar dentro de alguma estrutura que bloqueasse o sinal, por exemplo?

— Quer dizer, como esse hangar aqui?

— Isso. Sei que os receptores de GPS não funcionam muito bem dentro de alguns edifícios.

{*Na verdade, Têmis é diferente. Seria necessária uma interferência enorme para bloquear o sinal que vem dela. Não deveria ser possível, por exemplo, transmitir e receber sinais de rádio dentro de uma estrutura de metal como Têmis, mas funciona, de algum jeito. Quando estou dentro desse prédio, o GPS do meu celular para de funcionar. Apesar disso, funciona normalmente dentro da esfera, e Têmis aparece na tela do GPS o tempo todo quando está aqui.*}

— Obrigado, dra. Franklin. De qualquer maneira, ela poderia estar em um edifício mais... ***opaco.*** **Não podemos descartar nenhuma hipótese, por mais improvável que seja. Até porque não há uma única explicação plausível para o que aconteceu.**

— Certo. Então, ou Vincent está sendo arrastado para algum lugar perdido no espaço, sabe lá Deus para onde, ou ele está aqui, na Terra, em algum local inacessível. Podemos começar a elaborar uma lista de lugares em que um robô de sessenta metros de altura poderia estar?

— Com certeza. Mas, sem querer parecer pessimista demais, você disse uma coisa que faz bastante sentido: Têmis não poderia simplesmente ter saído daqui do jeito tradicional. Se os alienígenas não teletransportaram nosso robô daqui de dentro, alguém ou alguma coisa fez isso.

{*Cheguei a conversar com Vincent sobre a possibilidade de Têmis ser capaz de se teletransportar, assumindo que o robô de Londres tenha feito isso. Não tentamos nada nesse sentido, mas eu não descartaria a possibilidade de que Vincent tenha descoberto alguma coisa.*}

E para onde ele teria ido?

{*Não faço ideia.*}

[*Odeio interromper a conversa, mas temos encontro marcado com a imprensa hoje à tarde. Haverá uma coletiva com os pilotos, com a presença de alguns estudantes.*]

Sinto muito, general, mas acho que você terá que remarcar o evento. A sra. Resnik acabou de pegar uma gripe bem chatinha, a mesma que deixou o sr. Couture de cama hoje pela manhã.

— COF, COF. O que posso fazer, enquanto me recupero?

— Pode ajudar o general a elaborar aquela lista dos lugares em que Têmis poderia estar.

— E *você*, para onde vai?

— Chantilly, no estado da Virginia. É provável que todos os prédios grandes o bastante para armazenar um míssil, ou até mesmo um pequeno exército, estejam sob vigilância permanente via satélite. Quem é aquela na porta?

— É a Amy… Amy-alguma-coisa. É uma funcionária, civil.

— E ela deveria estar aqui?

[*Ela tem autorização. Trabalha na comunicação.*]

Deixa ela entrar… O que posso fazer pela senhorita… Amy?

<Peço mil desculpas por interromper, mas o celular do senhor não estava chamando. Eu estava no telefone com um cavalheiro, que falou de um… alerta vermelho emitido pela Interpol, dentro da operação InfraTerra, só aí me lembrei de que aqui o sinal não pega. O alerta identificou um reconhecimento facial em Helsinque, na Finlândia. Não faço a menor ideia do que isso significa, mas ele disse que o senhor deveria saber.>

Muito obrigado, Amy. Pode ir agora.

— O que é isso?

— Um dia bastante agitado, sra. Resnik.

ARQUIVO Nº 1532
TRANSCRIÇÃO — INTERROGATÓRIO NA ALFÂNDEGA FINLANDESA

Local: Aeroporto de Helsinque

— E-eu j-já disse mil vezes. Meu nome é Mar-Marina Antoniou.

— *E o que a senhora está fazendo em Helsinque?*

— Eu não a-acredito nisso. Não estou fazendo nada em... Helsinque! Tenho um voo de c-conexão. Que horas são?

— *Quase sete da noite.*

— *Gamoto*! Já perdi meu voo. Estou presa nesta sala há s-seis horas. Posso sair?

— *Em breve. A senhora pode pegar o próximo voo. Para onde está indo?*

— Não existe um próximo voo, só amanhã. E o senhor está com minha passagem b-bem na sua mão. Não sei por que fica me fazendo as mesmas perguntas, d-de novo e de novo, esperando que eu m-mude a minha história. Deve ser a décima vez que eu respondo isso. Olhe aí, está escrito no papel: eu vou para Nova York. E o meu nome também está escrito aí. É uma passagem de avião. Eu n-não posso ir a nenhum outro lugar com esse bilhete. Se a ideia é estender o int-terrogatório para sempre, é melhor pensar em outra coisa p-para tentar me confundir.

— *São apenas perguntas de praxe. A segurança no aeroporto foi reforçada, e seu cartão de embarque foi selecionado de maneira aleatória.*

— Por que não me diz o que... está acontecendo de verdade? O senhor não seleciona pessoas assim, aleatoriamente, e depois passa o dia inteiro em interrog...

— *São só mais algumas perguntas... Por questões de segurança.*

— Não! Não são só mais algumas perguntas. As p-perguntas se esgotaram há... quatro horas. Posso tomar um pouco de café?

— *Em breve.*

— O senhor fica toda hora olhando esse relógio. Está esperando alguém?

— **Ele estava esperando por mim... Ele não ofereceu nenhuma bebida porque a senhorita não poderia sair desta sala, e ninguém iria querer que fizesse xixi nas calças.**

"Muito obrigado, meu rapaz. Pode nos deixar a sós agora. Imagino que não precise lembrar a você que não deve dizer a ninguém uma só palavra a respeito do seu encontro com esta mulher, certo? Por outro lado, você pode discutir uma promoção com seu superior, assim que sair por esta porta.

"Alyssa Papantoniou, a senhorita não parece surpresa em me ver."

— Eu tinha a sensação de que o senhor apareceria.

— **Passaporte novo? Hmm... Antoniou. Estou impressionado.**

— Eles me sugeriram inventar uma mentira o mais p-próximo possível da verdade.

— **E por que Marina?**

— É... o nome da minha mãe.

— **Entendo. Assim ficaria difícil de esquecer. Os russos foram bons professores.**

— Eles também me contaram que o senhor está t-tentando colocar a culpa do massacre de Srebrenica em mim. Não acha que está indo um pouco longe demais?

— Estou?

— O senhor realmente acha que eu seria capaz de matar pessoas por uma questão… ultrapassada de etnia?

— Para ser sincero, não faço a menor ideia do que a senhorita considere uma justificativa aceitável para matar ou torturar alguém, srta. Papantoniou.

— Torturar? Eu jamais causaria d-dor a uma pessoa, não intencionalmente. Dá para ver que o senhor não me conhece mesmo, nem um pouco.

— Sou o primeiro a admitir isso. Realmente não conheço a senhorita. Mas sei que não teve o menor escrúpulo em submeter a subtenente Resnik aos mais desagradáveis procedimentos, por assim dizer.

— Eu nunca quis que ela sofresse! Não sou uma psicopata, dessas que queimam g-gatinhos na infância. Nunca senti… prazer em machucar uma pessoa.

— Está querendo me dizer que não teve participação alguma nos eventos em Srebrenica?

— Como o senhor pode… O senhor sabe o que *realmente* se passou durante a guerra na Bósnia? Ou só ficou no sofá da sala, assistindo ao p--pessoal dos meios de comunicação errando os nomes de todos os lugares?

— Não tenho nenhuma informação privilegiada a respeito da guerra na Bósnia. Agora, como estive presente na guerra do Kosovo…

— Então sabe a diferença entre um sérvio e um cidadão da Sérvia, entre um bósnio e um cidadão da Bósnia…

— Entre croatas e quem habita a Croácia. Sim, sei bem a diferença entre etnia e nacionalidade. O que isso tem a ver com seu envolvimento em programas de limpeza étnica?

— Meu pai e minha mãe, os dois eram... acadêmicos. Se conheceram em um congresso. Meu pai era um sérvio ortodoxo, e minha mãe, romena, católica. De alguma forma, isso fazia dela uma c-croata aos olhos dos moradores da nossa cidade, com exceção dos próprios croatas, que a chamavam de cigana. Minha irmã tinha um namorado mu-muçulmano. Eu era ateia. Todos éramos cidadãos da Bósnia.

— Qual é o ponto?

— Eu nunca saberia de que lado eu estava.

— Na época do massacre, a senhorita estava desempregada havia mais de um ano, o que não interferiu quase nada no seu estilo de vida.

— É isso q-que incomoda o senhor? Eu deveria trabalhar como geneticista. Não havia mais pesquisa acontecendo. As pessoas não estavam recebendo salários. Fiquei cansada de ver pessoas mu-mu-mutiladas, morrendo na minha frente. Então, abandonei o emprego no hospital. Meus pais t--tinham acabado de morrer. Eles deixaram herança.

— Nesse caso, imagino que eu deva me contentar com seu julgamento nos Estados Unidos. Aqui diz que a senhorita faria uma parada em Nova York, antes de seguir para Porto Rico. Por que estava voltando para lá?

— Nada da sua conta.

— Entendo que não somos velhos conhecidos, mas tente compreender que, mais cedo ou mais tarde, a senhorita vai acabar me contando tudo o que desejo saber. Por que então não evitar esse mal-estar desnecessário?

— Quem está falando de tortura, agora? E por que o senhor está t-tão zangado?

— Ora, nós dois sabemos o que a senhorita aprontou. Se a sua memória estiver falhando, tenho certeza de que terá a oportunidade de se lembrar durante o julgamento, porque eles vão repassar tudo, tim-tim por tim-tim.

— Eu apenas fiz o que precisava ser feito. Alguém tinha que levar adiante, já que o senhor não tinha a c-coragem para dar a ordem.

— Remover óvulos de Kara Resnik, à força, é algo que tinha que ser feito?

— Teria sido melhor se ela tivesse concordado, mas isso não aconteceu.

— ...

— Sim, tinha que ser feito!

— Não! Não ali, nem naquele momento. A senhorita poderia ter esperado até que ela concordasse em participar do experimento como voluntária, ou que as circunstâncias passassem a exigir medidas mais extremas.

— Não! Eu não poderia ter esperado! Não dá para esperar. Não dá para levar em conta os sentimentos dos outros. Não dá para fazer c-concessões, nem aguardar o melhor momento. As pessoas morrem, nesse meio-tempo.

— De repente a senhorita parece ter ficado um pouco agitada.

— O senhor já viu uma vila sendo devastada?

— Não, nunca.

— Nem eu. M-mas meu pai me contou como é. Eu ainda estava em Sarajevo quando o cerco começou. O país inteiro simplesmente en-enlouqueceu. Todo mundo lutava contra todo mundo. Sérvios lutavam contra croatas. Todos lutavam contra os muçulmanos. As vilas eram arrasadas o tempo inteiro. Até que um dia eles chegaram à *nossa* vila.

— Quem, os sérvios?

— Não faz diferença. Bósnios e croatas mataram muita gente, também. Mas, sim, eram do exército da Sérvia. Sabe quantos homens bastam para aterrorizar uma cidadezinha inteira, de uns dez mil habitantes?

— Menos do que se possa imaginar.

— Seria possível fazer algo assim com menos de cinquenta homens. E na época havia muito mais que isso. Duzentos soldados sérvios invadiram minha cidade enquanto eu estava fora. Fizeram *todo* tipo de atrocidades. As pessoas sabiam do que os sérvios eram capazes, e os habitantes da minha cidade não estavam completamente indefesos. Eles tinham armas, m--muitas. Poderiam ter revidado. Dez mil contra duzentos: os sérvios teriam sido aniquilados em questão de minutos. Só que não foi isso o que aconteceu. As lideranças da cidade pediram que todos permanecessem calmos, que ficassem em suas casas. Não p-provoquem os militares! Não p-piorem as coisas! Esses líderes achavam que tudo ficaria mais fácil se o povo não oferecesse a menor resistência.

— E ficou? Mais fácil, quero dizer.

— Talvez sim. Só vinte e sete pessoas perderam a vida naquele dia.

"Duzentos homens... De repente, até m-menos, já que naquele momento pelo menos uma dúzia se revezava estuprando... estuprando minha irmãzinha até a morte. Eles obrigaram meus pais a assistirem tudo e, depois, mataram minha mãe. Pouparam a vida do meu pai... porque ele era sérvio. Muitas pessoas foram mortas e estupradas naquele dia. Nas ruas não deveria ter mais que cem soldados sérvios circulando, e isso na cidade inteira. Ninguém fez nada contra eles. Nem sequer tentaram. Todo mundo só... esperou aquilo passar. Meu pai se matou uma semana depois.

"É isso que acontece quando ninguém faz o que precisa ser feito. Vincent e Kara estavam na faixa dos vinte e poucos anos, o que significa que ainda poderiam ficar na ativa p-por mais, quem sabe, v-vinte anos, no máximo. Eles poderiam t-ter morrido ou a-adoecido. Eu achei que existia uma boa chance de que os filhos dos dois fossem capazes de operar o robô, mas levaria anos para descobrir se isso de fato funcionaria..."

— A senhorita sabe que as pessoas podem ter filhos... de outras maneiras? Nunca parou para pensar por que incentivei tanto o relacionamento de duas pessoas, mesmo dentro de um estabelecimento militar?

— Não acho que esse tenha sido o único motivo. Na minha opinião, o senhor gosta deles. Talvez imaginasse que os dois trabalhariam melhor se estivessem em um relacionamento.

— Se em algum momento, de maneira proposital ou não, dei a entender que sua opinião a meu respeito era minimamente importante, foi um equívoco meu. Não voltará a acontecer.

— Não interessa por que o senhor fez isso. Eu também esperava que eles tivessem filhos da forma t-tradicional, e que esses filhos pudessem pilotar o robô. Seria o melhor cenário, sem dúvida. Que tivessem doze bebês, e cada um pudesse operar um robô diferente. Mas qualquer uma dessas c--crianças sempre teria apenas metade do material genético de cada um dos pais, e p-poderia ser a metade errada. Poderia não dar certo. Eu não podia pagar para ver. Precisava tentar clonar os dois, também. Tinha que ver se era possível enxertar os genes de algum animal no DNA deles, para que as pernas dobrassem para o lado certo.

— A senhorita é louca.

— Sou mesmo? E o que o *senhor* faria se os dois tivessem filhos? Retalharia as pernas de um deles, removeria todos os ossos e depois recolocaria outra estrutura, com os joelhos para trás? Pois é, *isso*, sim, seria uma crueldade. Acho que ninguém toparia fazer algo assim voluntariamente. O senhor só não pensou... não pensou direito nas coisas. Pelo menos meu plano não envolve m-mutilar ninguém.

— E a senhorita teve sucesso neste plano?

— É claro que não! O senhor me arrancou do meu laboratório antes que eu pudesse começar. Os alienígenas chegaram antes do que eu imaginava, mas acredito que agora o senhor perceba que eu tinha razão, certo?

— Há cerca de três minutos, eu disse que a senhorita seria denunciada por seus crimes e que eu me contentaria em assistir ao julgamento. Para a maioria das pessoas, isso deveria significar que... Não, eu não acho que a senhorita tinha razão.

— Vamos imaginar que esses alienígenas tivessem vindo alguns anos m--mais tarde e que, por algum motivo, Kara estivesse fora de combate. Quantas pessoas teriam morrido em Londres? E eles p-parariam por aí? E se em uma situação dessas eu tivesse oferecido outro piloto ao senhor, por acaso teria dito não?

— Eu até consigo imaginar um mundo em que a senhorita nos salvaria e acabaria se tornando uma verdadeira heroína. Nesse mundo hipotético, eu até pediria seu perdão e assistiria à solenidade em que o presidente colocaria medalhas e mais medalhas de condecoração em seu peito. Só que, para minha alegria, eu não vivo nesse mundo. De acordo com a minha experiência, a senhorita será julgada e condenada a partir dos fatos, e não do que poderia ou não ter sido em alguma realidade paralela.

— Não acho que o desfecho será bem assim.

— Não acha que será julgada a partir de fatos concretos?

— Não acho que haverá um julgamento.

— Por mais incrível que pareça, a maioria dos governos não costuma simplesmente executar as pessoas antes de um julgamento. Uma atitude dessas seria encarada como... inconveniente.

— Para ser franca, eu não acho que o s-senhor vá me entregar aos americanos. Pelo menos não antes de me obter um p-perdão oficial.

— Nós ainda estamos naquele seu mundo de faz de conta, é isso?

— Percebi que o senhor não gosta muito de elaborar hipóteses, então vamos ver até onde vão suas c-convicções aqui mesmo, na vida real. Eu não tive tempo de fazer um clone em meu laboratório. Mal consegui pegar algumas amostras, antes que os fuzileiros arrebentassem a porta. Eu contava com esse passaporte falso que os russos me deram, mas não dá... não dá p-para viajar por aí com amostras biológicas na bagagem, não sem ter que responder a várias perguntas. Então, parei em uma clínica de reprodução humana antes de sair da ilha, me assegurando de que as amostras fornecidas fossem usadas. Havia quatro óvulos fecundados. Três deles não vingaram. Um sim.

— O que está dizendo?

— Estou dizendo que há uma garotinha de dez anos em Porto Rico. Ela t-tem lindos olhos verdes e talvez seja capaz de pilotar esse s-seu robô gigante. Claro, o senhor nunca vai descobrir se isso é verdade, a não ser q que me dê o que eu quero.

— E o que a senhorita quer?

— Um perdão oficial, completo. E o meu posto de volta na equipe de pesquisa.

— A senhorita está louca. Porto Rico tem pouco mais de cento e cinquenta quilômetros de extensão de ponta a ponta. Quanto tempo acha que eu levaria para encontrar uma garotinha de dez anos de idade?

— Não sei. P-provavelmente algumas semanas, sem nenhum registro que pudesse ajudar na busca. A garota já teria sumido quando o senhor chegasse até ela. Eu estava a caminho para tirá-la de lá e levá-la para a Rússia, onde começariam o t-treinamento dela. Como deve imaginar, os russos ficarão sabendo que não consegui embarcar e, com certeza, irão atrás dela.

— E quem garante que eu não vá matar a senhorita assim que estiver com a garota em mãos?

— Ah, eu c-confio no senhor, que encararia uma atitude dessas como… inconveniente.

ARQUIVO Nº 1534

RELATÓRIO DE EXPERIMENTO — VINCENT COUTURE, CONSULTOR, CORPO DE DEFESA DA TERRA

Local: Desconhecido

Aqui é Vincent Couture falando, a bordo de Têmis. Eu estou... Bem, não faço a menor ideia de onde. Não consigo ver nada do lado de fora. Está tudo completamente escuro ao redor. Não acho que esteja no espaço, porque não vejo nenhuma estrela. Como consigo mexer os pés de Têmis de um lado para o outro, definitivamente estou pisando em terra firme. Escuto... alguma coisa. É um... zumbido, bem baixinho, como o de um sabre de luz parado, se é que essa imagem ajuda em alguma coisa. Se tivesse que apostar, diria que eu estou em algum lugar no fundo do oceano, e esse zumbido é o som da água batendo na estrutura externa do robô.

Não tenho certeza de como vim parar aqui, mas tenho um palpite. Poucos segundos antes, eu estava tentando descobrir se Têmis seria capaz de se... teletransportar. Vinha conversando com Rose sobre essa possibilidade desde o incidente em Londres. Pensamos que faria sentido esse meio de locomoção. Bom, pelo menos mais sentido que uns jatinhos debaixo de cada um dos pés, ou asas que surgissem em suas costas. Têmis pesa mais de sete mil toneladas, afinal de contas.

Entre essas especulações todas, no fundo esperávamos algo bem diferente do que vimos em Londres. Aquele robô veio do espaço sideral, então pouco importa o que usou para chegar até aqui: foi algo que funciona no universo tridimensional. Seria praticamente impossível o uso de algo semelhante aqui na Terra. A superfície do planeta é curva, o relevo precisa ser considerado, e seria bastante complicado viajar para um lugar que estivesse fora do alcance da visão. Poderíamos acabar no meio de uma montanha, quilômetros e quilômetros para dentro da crosta terrestre ou até mesmo no ar, bem acima do nível do solo. O que Rose e eu queríamos era... algo fácil de usar. Alguma coisa tipo os modelos da Apple: uma bugiganga qualquer que permitisse encarar a Terra como uma superfície plana e que fizesse o trabalho todo por você. Um botãozinho que, quando apertado, levasse você para onde quisesse ir, chegando lá direitinho, com os dois pés no chão, não em algum ponto acima ou abaixo da superfície.

Enfim, o fato é que acordei cedo e fui ao laboratório para tentar algumas coisas antes da chegada de Kara, que fica nervosa quando não consegue ajudar em alguma coisa. Foi quando apertei uma tecla e de repente tudo ficou branco e em silêncio. Então, eu vim parar aqui. A boa notícia é: Têmis pode viajar para qualquer lugar! A má notícia é que acho que vou morrer aqui antes de conseguir contar isso para alguém.

De acordo com meu relógio, já estou aqui há pouco mais de dois dias, sem nenhum tipo de suprimento. Tinha uma garrafinha de água comigo, mas ela está vazia. Eu faria qualquer coisa por um cheeseburger agora. Queijo extra, bacon... Uma porção de poutine bem grande... Bom, pelo menos o oxigênio não parece ser um problema, imagino eu. A esfera tem um volume de quase quatrocentos metros cúbicos, então é bem provável que eu morra de sede muito antes de ser sufocado pelo gás carbônico.

Se eu estiver mesmo no fundo do oceano, existe uma chance grande de ser algum lugar do Atlântico. Não existe a menor possibilidade de alguém me encontrar aqui. Devo durar mais alguns dias, mas já estou com bastante dificuldade para me concentrar. Por isso, se eu for tentar alguma coisa, a hora é agora. Queria conseguir dar uns passos para qualquer direção, mas não dá para manter o equilíbrio sem a ajuda de Kara. Além disso, como não consigo ver nada, acabaria metendo a cara de Têmis no chão, se tentasse qualquer coisa.

Já escutei as gravações que fiz naquela manhã e anotei algumas coisas. Vou repetir alguns pontos, caso aquele registro não funcione por algum motivo. Há um botão no canto superior direito da mesa de controle que parece um "M" cortado ao meio por uma linha. Foi com esse botão que eu comecei: ele não tinha nenhuma utilidade até aquele momento e parecia, sei lá, relacionado a movimento. Todas as sequências que tentei foram assim, com alguns números e esse botão.

Rose achava que deveríamos usar latitudes e longitudes, mas Têmis não foi construída na Terra e seria bem difícil que o mesmo sistema de coordenadas pudesse funcionar nos dois planetas. Mesmo que a gente considerasse que todos os planetas giram ao redor de um eixo relativamente estável, como o nosso, isso só garantiria a referência para uma das coordenadas. Haveria um polo, ou uma linha do equador, que serviria de ponto zero para a latitude, mas não existiria um ponto de referência claro que definisse a longitude, a partir do qual seriam marcadas as linhas perpendiculares à equatorial. Nossa longitude é baseada em um ponto completamente aleatório no eixo leste-oeste. Não acho que esses alienígenas tenham alguma vez ouvido falar no Tempo Médio de Greenwich.

Já se eles tivessem que usar um sistema de coordenadas binário e cartesiano, faria muito mais sentido se considerassem a própria Têmis como ponto de referência. As coordenadas zero, zero indicariam a posição do robô, que se movimentaria a partir daí. Caso a opção fosse pelo sistema de coordenadas esférico, os números indicariam coisas diferentes, dependendo do planeta em que o robô estivesse. Latitude e longitude são definidas por certo ângulo a partir do centro do planeta e, por isso, a distância efetiva na superfície depende do raio. Logo, um grau de diferença indicaria uma distância maior em um planeta de grandes dimensões, ou uma bem menor em um planeta pequeno. Quanto maior o planeta, menor seria a precisão de navegação desse sistema.

Ainda existem outras formas de imaginar essa questão dos movimentos de Têmis. No fim das contas, eu esperava encontrar algo bem mais simples. Por exemplo: aponte o robô em uma direção, coloque uma distância qualquer, aperte o botão e pronto. Um número só, não dois. Não seria nada muito preciso, sobretudo a grandes distâncias. Não daria para pular direto de Nova York para, sei lá, Paris. Não daria para acertar a direção de primeira em um caso desses, mas seria possível ir pulando, passando por cima do Atlântico e depois seguindo em frente, de lugar a lugar na Europa, ajustando a distância de cada pulo conforme o avanço. A chance de que algo assim funcionasse era bem pequena, mas pelo menos seria bem mais divertido procurar alguma coisa que eu pudesse de fato usar depois.

Comecei devagar, tentando fazer Têmis se mover a uma distância de "um". Eu não sabia o que esse "um" significava, mas imaginei que fosse parar em algum outro canto do próprio hangar, ou no máximo em um terreno baldio do lado de fora. Então... apertei esse botão com o "M", então "um" e o "disparar". Não aconteceu nada, é claro. Tentei na ordem contrária, mas também sem sucesso. Segurei o "M", o "um" e soltei os dois. Não há muitas combinações diferentes, e acho que tentei todas. Pensei que poderia não estar funcionando porque seria muito estúpido se teletransportar pela distância de "um", como se alguém resolvesse dar apenas um passo em determinada direção. Resolvi arriscar e tentar com o "dois". Nada. Depois, desisti dessa ideia mais simples e decidi testar com dois números, em vez de um só.

Tentei colocar os números separados pelo botão de "disparar", depois também por uma pausa. Acabei experimentando a seguinte sequência: segurar o "M", apertar o "dois", pausar, "dois" de novo, soltar. Não aconteceu nada de muito emocionante, mas a mesa de controle fez um barulho semelhante ao que faço quando me saio bem em algo. Repeti a sequência mais algumas vezes. Em todas elas, só escutei o barulhinho. Então, fiquei bastante frustrado, e minha gravação é basicamente inútil a partir desse ponto. Dá para me ouvir repetindo "dois", "dois", "dois"... Até que, de repente, eu vim parar aqui.

Para resumir, não tenho certeza do que fiz, mas sei que começa com aquela sequência. Apertei pelo menos quatro números, o que pode significar duas coisas: ou é mesmo um sistema binário e eu sou uma porcaria em ajustar as pausas, ou estamos diante de uma coisa bem louca, de quatro dimensões. Nesse caso, vou acabar morrendo dentro de uma rocha qualquer, no espaço sideral, quatro mil anos atrás.

Apesar dessa possibilidade, estou prestes a fazer mais uma tentativa, procurando repetir o que fiz antes. Consegui virar Têmis, que agora está voltada para a direção contrária de quando cheguei aqui. Com sorte, vou me frustrar como da outra vez e acabar no mesmo lugar de onde saí.

Bom, antes que eu me exploda aqui sem querer, gostaria de registrar uma mensagem para minha esposa... Kara, eu te amo. Nos últimos dois dias, tive bastante tempo para refletir sobre a minha vida e sobre como tudo ficou de pernas para o ar depois que assinei aquele termo de confidencialidade e fui parar em Chicago, analisando alguns painéis. Percebi que me sentia... grato por isso. Grato porque Rose confiou em mim. Grato porque conseguimos encontrar essa grandalhona alienígena aqui. Mas meu maior motivo de gratidão foi ter conhecido você, essa piloto doida e teimosa, que gosta de ficar reclamando da vida o tempo todo. Kara, nada disso teria a menor graça sem você me dando pancada a cada passo. Minhas pernas foram esmagadas, eu me transformei em um T-800 da Skynet... Nós explodimos um aeroporto inteiro! Eu gostaria que isso não tivesse matado Rose, mas, enfim, tudo deu certo no final. Mais ou menos. Caramba, nós brincamos de luta livre com alienígenas! Quem é que faz uma coisa dessas? Bom, se eu não sobreviver a isso, por favor não pense que não consegui aproveitar a vida. Fiz muita coisa. E me diverti bastante.

Eu nunca disse a você o quanto me arrependia. Sinto muito se fiz parecer que você deveria se tornar uma pessoa diferente e mudar. Sinto muito se fiz você... perder um pouco do seu brilho, mesmo que minha intenção tenha sido que você cintilasse ainda mais. Eu sei, isso saiu bonito.

Quero que você seja feliz. Encontre outra pessoa. Você tem a minha bênção, desde que ele não seja um babaca... e seja meio feinho. O.k., não seja *tão* feliz sem mim... mas... enfim... seja feliz. E, claro, se você conseguir ser feliz sem esse cara novo, melhor. É só que... não sei mais o que estou dizendo... Eu... Eu... Eu não quero que você fique triste por minha causa. Se eu estiver morto, estarei morto: você não poderia me magoar. Faça o que tiver que fazer. Não vou estar no céu, olhando por você lá de cima. Até porque duvido que eles aceitem um cretino cheio de sotaque como eu no paraíso, sem falar que você sabe como morro de medo de altura.

Acho que é isso. Ah, sim, quase esqueci! Kara, se você encontrar Têmis e eu estiver morto dentro, é melhor dar uma boa limpada ali no canto atrás da sua estação de trabalho. Sério, merece uma boa esfregada.

Tudo bem, vamos lá! Segura. Dois. Dois. Solta. Adoro esse barulhinho. Dois. Dispara. Nada.

Segura. Dois. Dois. Solta. Dois. Dois. Dispara... Nada.

Solta. Dois... Acabei de fazer isso. Vou tentar de novo. Segu...

...

Ah ben calver! Funcionou! Consegui me mover de novo! Como tudo continua escuro, não devo ter ido parar muito longe de onde eu estava antes. Não faço ideia da direção, mas sei que saí do lugar! Consegui!

Kara, esqueça tudo o que eu disse sobre você conhecer alguém. Dane-se esse cara. Eu vou conseguir.

Segura. Dois. Dois. Solta...

ARQUIVO Nº 1539

ENTREVISTA COM RYAN MITCHELL, SEGURANÇA

Local: Michigan Science Center, Detroit, estado do Michigan, EUA

— Há quanto tempo trabalha aqui, sr. Mitchell?

— Há cerca de um ano, senhor. Por quê?

— Gosta do seu trabalho?

— Eu... O que quer comigo?

— Sinto uma pontada de raiva em seu tom de voz. Há algum assunto pendente que queira resolver?

— Rá-rá! O senhor só pode estar brincando, certo?

— Por acaso acha que fiz uma pergunta jocosa ou retórica?

— Eu passei quatro anos na prisão, depois de ter resgatado Kara e Vincent!

— E esperava que fosse diferente? Você ainda tinha que cumprir esses anos da sentença por ter jogado um carro contra o sr. Couture, que acabou com as pernas estraçalhadas contra uma parede. E não tinha

mais direito à liberdade condicional, depois de ter violado as regras desse benefício ao sair do estado e encontrar Alyssa em Porto Rico.

— O senhor poderia ter me tirado de lá.

— O governo dos Estados Unidos estava disposto a condená-lo por traição. Nesse momento, você poderia estar em uma reunião com seu advogado, pensando em entrar com um recurso contra sua sentença de morte. Em vez disso, está aqui, dando bronca em um bando de crianças quando elas saem correndo dentro do museu. Sinceramente, não consigo ver muito motivo para reclamação.

— O senhor poderia ter me tirado de lá!

— Bom, não vale a pena perdermos tempo pensando no que cada um de nós poderia ter feito de diferente, não é mesmo? Nós dois sabemos muito bem que essa conversa não acabaria de uma maneira moralmente satisfatória, pelo menos não para você.

— Sabe o que eu disse enquanto estava preso em Fort Carson, antes de ir para Porto Rico?

— Tenho a ligeira impressão de que estou prestes a descobrir.

— Nada. Não falei nada. Rose me visitou algumas vezes, mas ela foi a única pessoa com quem conversei durante aquele período. Fiquei na minha cela o máximo que pude. Tinha que ir para o pátio duas vezes por dia, mas na maior parte do tempo eu ficava sozinho. Não parava de pensar no que eu tinha feito com Vincent... Eu...

— Foi nisso mesmo que você pensou o tempo todo?

— ... tem razão. Eu ficava pensando no que tinha deixado para trás, em Kara. Eu não podia... Eu imaginava como ela estaria se sentindo a meu respeito, e isso era demais para mim. Passei a me odiar. Eu me odiei por muito, muito tempo. Eu... Eu queria que ela voltasse a gostar de mim. Ficava pensando em maneiras de compensar as coisas para ela, em como poderia fazê-la me enxergar não como um monstro, e sim como um ser humano outra vez. Criei os cenários mais impossíveis na cabeça. Sabe, que ela fosse capturada por terroristas e eu tivesse que ir salvá-la, esse tipo de coisa. Levei mais ou menos um ano até parar de me torturar e enfim encarar de verdade os meus atos. Eu continuava me odiando, mas pelo menos não estava mais vivendo no mundo de fantasia que tinha criado. Não era mais tudo a respeito de Kara.

— Pretende chegar a algum lugar com essa história toda?

— Sim, pretendo. Um dia, do nada, eles me chamaram e disseram que eu sairia mais cedo da prisão. Assim, da noite para o dia. Pode ir. Eu não sabia o que estava acontecendo, e eles praticamente tiveram que me arrastar para fora de lá. Vinte e quatro horas depois, recebi uma ligação, dizendo que eu deveria ir para Porto Rico. Kara estava lá. Vincent estava lá. As coisas ficaram bastante confusas e, quando me dei conta do tamanho da loucura de Alyssa, eu já tinha machucado os dois... de novo. Eu... Foi um inferno. Eu não acreditei que aquilo estivesse acontecendo, mas consegui me recompor e fiz o que tinha de fazer. Salvei os dois. Sabe, salvei de verdade. Não estava sonhando. Salvei os dois! Não esperava que as coisas fossem se ajeitar depois daquilo, mas pensei que... Então, o senhor me jogou de volta na prisão. Quatro anos. E dessa vez ninguém veio me visitar, nem Rose.

— Olha, nem sei por onde começar. Você tentou matar o sr. Couture. Quando teve a chance de recuperar a confiança deles, preferiu ajudar Alyssa, mantendo os dois como prisioneiros e forçando sua antiga colega a passar por procedimentos médicos contra a vontade dela. Só depois de presenciar algo que até mesmo você consideraria abominável, resolveu agir como um ser humano decente, uma vez, por cerca de dez minutos. Lamento se estava esperando receber uma medalha por isso. Quanto à dra. Franklin, ela estava morta, o que me parece uma boa desculpa para não visitá-lo na prisão.

— Ela voltou.

— Sim. Ela voltou, mas em uma versão que não conhecia você. Por que alguém visitaria um desconhecido na prisão?

— Sabe, senhor, essa nossa conversa está sendo bem divertida, mas meu intervalo está quase acabando. Por que veio até aqui?

— Enquanto conversamos, uma missão de resgate está sendo preparada pela Força Delta do exército dos Estados Unidos. Eu gostaria que acompanhasse a equipe.

— Não posso me juntar a uma equipe da Força Delta, senhor. Não sou um "operador". Você precisa... bem, precisa fazer parte da Força Delta para isso.

— Você poderia entrar como uma espécie de conselheiro.

— Não sou mais um soldado! Eles também tiraram isso de mim.

— Tenho conhecimento de sua dispensa desonrosa.

— Tenho certeza de que sim, senhor.

— Então, se me permitir, gostaria de colocar a questão de outra maneira. Há uma equipe da Força Delta se preparando para uma missão de resgate e eu gostaria que você acompanhasse a operação, como conselheiro *civil*.

— O senhor realmente acha que vou me sentir melhor em relação a tudo o que aconteceu se me enviar a uma missão em que eu ficaria de braços cruzados, apenas olhando um monte de soldados em ação, é isso?

— Seus sentimentos não são minha principal preocupação no momento, ainda que eu acredite que, sim, você poderia encontrar algum consolo nesse processo.

— O que quer dizer com isso?

— Lembra como terminou seu motim na base de Porto Rico?

— Alyssa conseguiu fugir. Todos os outros acabaram presos.

— E ainda lembra o estopim do motim?

— Sim, lembro. Alyssa disse que tinha recolhido alguns...

— Óvulos...

— Da Kara... Sim, Alyssa me disse que queria implantar esses óvulos em outra pessoa. Estava tentando fazer...

— Estava tentando fazer *crianças*, na esperança de que alguma pudesse herdar certas características de Kara ou de Vincent, possibilitando assim a operação da Têmis. Indo direto ao ponto, ela estava tentando fazer *pilotos*.

— Ela é doida.

— Doida ou não, parece que ela teve sucesso... em fazer ao menos um bebê de proveta. De qualquer maneira, ninguém sabe ainda se Têmis irá responder a ela.

— "A ela"? É uma menina?

— Por que está rindo?

— Kara é mãe! Ela sabe disso?

— Ainda não.

— Espere um pouco... O senhor não contou a ela?

— Não vi motivos para deixá-la alarmada, não antes que...

— O senhor prometeu para mim que faria isso! O senhor me deu sua palavra de que contaria tudo a eles!

— Sim, eu dei a minha palavra, mas disse que contaria quando chegasse o momento certo.

— Já se passaram dez anos! Mais que isso! O que está esperando para contar? Netos?

— Eu não sabia da existência dessa criança até ontem. Mesmo agora, não posso confirmar nem negar essa existência, muito menos garantir que a criança seja filha deles dois. E é por isso que eu gostaria de ter você nessa missão.

— E por que mandar a Força Delta? O senhor poderia simplesmente chegar lá, bater na porta e perguntar...

— Tenho minhas razões para acreditar que o governo russo também está prestes a enviar uma equipe de busca. Apesar de não saber quais

são as intenções dos russos em encontrar a garota, considerando o quanto eles parecem dispostos a arriscar nessa missão, imagino que não teriam o menor escrúpulo em... remover qualquer evidência, em caso de insucesso.

— Eles matariam a garotinha?

— Como último recurso, sim. Acredito que o principal objetivo dos russos neste momento seja montar uma equipe alternativa de pilotos. Quando tiverem certeza de que podem controlar o robô, tentarão em uma próxima etapa roubar Têmis, usando todos os meios que julgarem necessários.

— Por quê?

— Provavelmente acham que será melhor para a Mãe Rússia que a arma esteja sempre disponível para eles, sem a necessidade de aprovação da ONU. De preferência, com exclusividade.

— Eles querem usar o robô contra nós.

— Não acho que eles tenham essa intenção, pelo menos não ainda. Mas com certeza gostariam de ter essa carta nas mangas, até para usá-la como forma de persuasão em negociações. Os acontecimentos em Londres deixaram bem claro ao mundo que quem possuir Têmis não precisará temer exército algum no futuro. Essa é uma motivação bastante poderosa.

— E por que eu? O que o senhor acha que posso fazer?

— Como você mesmo disse, talvez seja tão simples quanto chegar lá e bater à porta. Se possível, eu gostaria que a criança resolvesse sair por livre e espontânea vontade.

— E os pais? Ela deve ter pais.

— O governo dos Estados Unidos prefere que a criança venha sozinha.

— Essa não é uma missão da ONU?

— Não, não é. Nem a ONU nem o CDT estão a par dessa operação.

— Por que os Estados Unidos estão fazendo isso?

— Provavelmente acham que será melhor para o país que a arma esteja sempre disponível para eles, sem a necessidade de aprovação da ONU.

— E o senhor acredita que os pais da garotinha vão simplesmente entregar a própria filha a um grupo de estranhos?

— Confio no seu poder de convencimento.

— E se eu não conseguir?

— Aí estará abrindo espaço para a Força Delta resolver a questão.

— Abrir espaço... Quanto tempo eu vou ter?

— Não tenho certeza. Minutos.

— O que a Força Delta irá fazer?

— O que precisar ser feito.

— E os pais?

— Não fazem parte da missão. Recuperar a criança sã e salva é o objetivo principal.

— Eles vão sequestrar a menina?

— Consegue enxergar outra alternativa? Eles não podem simplesmente chegar lá e pedir a permissão dos pais.

— Por que não?

— Porque isso significaria contar o que pretendem fazer com a garota, e o governo dos Estados Unidos prefere que ninguém saiba de seu envolvimento na operação.

— Então o senhor quer que eu minta para os pais?

— Não. Quero que convença eles a deixar a filha ir com você em menos de dez minutos. Como vai conseguir isso não é muito relevante para mim. Agora, tenho impressão de que nenhum pai e de que nenhuma

mãe neste mundo deixaria a própria filhinha de dez anos ser treinada para pilotar um robô de guerra gigante, servindo como uma espécie de peça de reposição para o caso de um dos pais biológicos, que ela nem sabe que existem, morrer nas mãos de seres alienígenas poderosos. Acho que talvez você devesse tentar uma história um pouco mais convincente.

— Mesmo que funcionasse, os pais perceberiam que alguma coisa estava errada quando a filha não voltasse para casa.

— Com certeza. E entrariam em contato com as autoridades. Em algum momento, chegariam à conclusão de que a filha foi vítima de um complexo esquema de tráfico humano, ou algo parecido. Então, acho que é melhor você mudar alguma coisa em sua aparência. Quem sabe um chapéu? De qualquer forma, sua história deve durar o suficiente apenas para não deixar a menina traumatizada.

— Isso é errado, senhor.

— É mesmo. Sugiro que você pegue suas coisas e vá direto para o aeroporto. Seu voo parte em uma hora e meia. Você vai se encontrar com a equipe da Força Delta em Fort Bragg.

— Não posso sair agora. O que vou dizer para o meu chefe?

— Tenho certeza de que pensará em algo. Considere isso um treinamento.

ARQUIVO Nº 1541

TRANSCRIÇÃO — PROGRAMAÇÃO DA ESTAÇÃO ABSOLUTE RADIO

Local: Londres, Inglaterra

— E esse foi Jason Bajada, com seu mais recente sucesso: "Down with the Protest". Estamos agora ao vivo de nossos novos estúdios em Londres. Vocês estão ouvindo o programa *Turno da Noite*, com Sarah Kent, aqui na Absolute Radio. É maravilhoso estar de volta aqui com vocês, queridos ouvintes da madrugada. Agora faltam apenas alguns minutos para a uma e meia. Está quase na hora de um sorteio! Vamos lá, o que temos para a madrugada de hoje? Ah, vocês vão adorar *esse* aqui. Na próxima sexta-feira, algo muito legal vai acontecer, e vocês sabem muito bem o que é! Eu sei que vocês sabem, sim. Vou dar uma dica: algo muito legal está prestes a acontecer em uma galáxia muito, muito distante... Isso mesmo! É a estreia do novo filme da franquia Star Wars, e eu tenho aqui dois ingressos, que entregarei para... vamos ver... para o décimo primeiro ouvinte a ligar para o estúdio. O número é: 020 7946 0946. Aqui vai um pouco de música, enquanto vocês tentam ligar desesperadamente para cá. Vamos ficar com Muse, na sua Absolute Radio.

[...]

Alô, você está no ar.

[*Alô!*]

Qual é o seu nome?

[*Anthony.*]

O que você faz da vida, Anthony?

[*Eu trabalho em uma loja de rosquinhas na Brick Lane.*]

E o café de vocês é gostoso, Anthony?

[*É, sim!*]

É isso aí, pessoal. Vocês ouviram o cara. Se algum de vocês por acaso estiver passando pela Brick Lane e ficar com vontade de um lanchinho na madrugada, é só procurar pelo Anthony. Vou contar um segredinho para você, Anthony. A minha coisa preferida aqui nesse nosso estúdio novo é o café. Nós temos *a melhor* máquina de café expresso do Reino Unido. Se você ouvir algum ruído entre uma música e outra, pode ter certeza de que sou eu, tomando mais um latte. Bom, parabéns, Anthony! Você e um acompanhante irão à estreia do novo Star Wars no cinema, no Imax do BFI!

E hoje eu tenho aqui uma excelente seleção de música para vocês, meus queridos ouvintes. Em alguns... O que está acontecendo? Acho que vocês em casa não conseguem escutar esse barulho, mas parece que algum tumulto está acontecendo lá fora. Do estúdio, posso ouvir a buzina de diversos carros. É uma e meia da manhã, gente!

[*Sarah, você precisa sair daí.*]

E agora temos uma visita aqui no estúdio! Você por acaso viu aquele sinal bem grande e vermelho do lado de fora, o que diz: "no ar"?

[*Olhe pela janela. Você precisa sair agora.*]

Tem alguma coisa acontecendo lá fora. Provavelmente é um grupo de torcedores bêbados do Arsenal, chateados com aquela derrota *humilhante*. Mas não vamos tocar nesse assunto. Sei que todos vocês estão curiosos no momento, então vou dar uma olhada pela janela e... Que droga é essa?!

[…]

Que merda!

[Barulho de porta fechando]

ARQUIVO Nº 1543

ENTREVISTA COM A DRA. ROSE FRANKLIN, CHEFE DA DIVISÃO CIENTÍFICA, CORPO DE DEFESA DA TERRA

Local: Quartel-General do Corpo de Defesa da Terra, Nova York, estado de Nova York, EUA

— Eles voltaram.

— Têmis está de volta?

— Não. Os alienígenas voltaram. Dê uma olhada.

— Há quanto tempo eles estão ali?

— Vinte minutos.

— Onde?

— Londres.

— Londres?! Eu me pergunto por que escolheram voltar para a mesma cidade.

— Eles resolveram dar as caras exatamente no mesmo local. Se minhas leituras não estiverem erradas, eles apareceram a pouco mais de três metros de onde surgiram no ano passado.

— Esse robô parece um pouco diferente...

— É verdade. Ao que tudo indica, os alienígenas não têm uma linha de montagem para esses robôs. Cada um parece ter sua própria... personalidade. Esse emite uma luz laranja, por exemplo. Aqui, uma foto do robô do ano passado. Olhe só a armadura do peito. O de agora é bem mais suave, sem muitos detalhes. O capacete é um pouco diferente na testa. Observe o rosto: o outro robô tinha traços mais expressivos, um ar mais severo. Este parece mais jovem, quase andrógino. Está quase sorrindo. Batizamos ele de Hipérion.

— Talvez tenham enviado um robô menos ameaçador desta vez, já que o último encontro acabou em enfrentamento.

— Acho que não. Esse robô tem 72,4 metros de altura, quase dez metros a mais que o anterior. Está lá, de pé no meio da destruição que o outro deixou para trás. Não vejo nada de "menos ameaçador" nisso.

— Esta imagem é ao vivo?

— Sim. Por quê?

— Queria saber o que significam essas luzinhas brancas.

— Pois é, estão ao redor do robô inteiro. Eu também me fiz essa pergunta. Não eram tantas há cinco minutos.

— Pode dar um zoom?

— Não, é uma imagem de satélite.

— Vamos tentar a cobertura da televisão. Já deu tempo da chegada da imprensa.

— Ainda é madrugada em Londres.

— Os londrinos devem ter percebido a presença do robô, que está parado no único ponto da cidade sem qualquer tipo de iluminação. É possível enxergar o intruso a quilômetros de distância, como um farol.

— Pronto. Está aparecendo na CNN. É bem mais impressionante em uma imagem gravada do chão.

— Não estou vendo as luzes ao redor dele.

— Só pode ser um vídeo feito com a câmera de um celular. Vou tentar outros canais. Devo encontrar imagens feitas com equipamento profissional em alguma emissora...

— Pare, ali está.

— Mas o que é... São pessoas! Com velas nas mãos. Pelo menos mil pessoas estão ali. Isso é tão...

— Inspirador.

— Eu ia dizer "estúpido".

— Na última visita dos alienígenas a Londres, nós mandamos um exército para dizer olá.

— Nós não mandamos o exército atacar.

— Não importa a razão, os militares foram acionados e sabemos como essa história terminou. Essas pessoas estão tentando passar um sinal de paz, levando velas e coisas do tipo. Elas preferiram tentar estabelecer um contato pacífico com a espécie alienígena a seguir seus instintos e simplesmente saírem correndo. Acredito que seja uma atitude bastante corajosa.

— Não duvido da coragem dessas pessoas, mas aquele "instinto" que você mencionou existe por uma boa razão. Isso é um ato de desespero. Um ato inútil. Essas pessoas vão perder a vida.

— Concordo com você que é um ato de desespero, mas é possível que dê certo. Talvez esses seres precisem ver que somos capazes de atitudes muito diferentes das que marcaram nosso último encontro.

— Você realmente acha que vai funcionar?

— Não estou inteiramente otimista em relação ao resultado dessa iniciativa tão espontânea... mas posso estar errado. Olhe mais de perto. Alguns londrinos ainda estão vestindo pijamas. Saíram correndo de suas casas para mostrar aos extraterrestres que não queremos uma guerra.

— Estou olhando. Não tinha reparado nos pijamas. Estava mais preocupada com as crianças que muitos trouxeram junto. Veja, ali. No meio da multidão tem um bebê, que não é corajoso, só tem pais bem idiotas e irresponsáveis. Sinto muito, não acho que isso seja inspirador.

— Devo confessar que estou bastante surpreso com sua reação. Imaginava que você, mais do que ninguém, gostaria de se juntar à manifestação.

— Porque sou suicida ou porque eu estou ficando louca? De qualquer maneira, se é essa a imagem que tem de mim, dá para perceber que essa manifestação é uma péssima ideia.

— Infelizmente, no momento não vejo alternativa melhor.

— Podemos enviar Têmis. Funcionou da outra vez.

— Não temos Têmis conosco. Também não sabemos se ela foi destruída nem se ainda está neste planeta. Logo, neste momento não seria muito difícil convencer ninguém de que o envio dela não é uma opção razoável. Tendo isso em mente, não seria mais inteligente evitar um confronto direto?

— Não acho que isso seja possível, não depois do que aconteceu no último encontro.

— Talvez não seja mesmo, mas podemos tentar. E quem você mandaria a Londres para tentar um acordo de paz, além dessa multidão de irresponsáveis? Não acho que o exército seja uma boa resposta.

— Não é.

— Então quem? No momento, como pode perceber, nossa melhor esperança para um desfecho pacífico está nas mãos de um grupo de pessoas imprudentes segurando velas. Na verdade, acredito que essa seja nossa *única* esperança, pelo menos até Têmis ser encontrada. Também me preocupo com as crianças, mas você tem que admitir que elas... reforçam o teor da mensagem.

— Entendo o que você quer dizer.

— Obrigado.

— Não agradeça! Continuo discordando de você. Acho que essa é uma forma terrível de se morrer. Não faz o menor sentido. Só não consigo pensar em nenhuma alternativa melhor. Sem falar que não tem muita importância o que eu penso neste momento, já que aquelas pessoas *estão lá*, e os filhos delas também. Não acho que velas possam ajudar, mas não dá para mandar o exército retirar aquelas pessoas de lá. Se serve de consolo, espero de verdade que dê certo.

— Eu também. Mas peço sua ajuda, porque precisamos pensar nos próximos passos, caso esse robô decida aniquilar aquelas famílias.

— E o que acha que estou tentando fazer?

— Eu...

— Puxa, posso até achar que eu não deveria estar viva, mas quero dar um jeito de consertar as coisas, ainda que você não acredite nisso. Por acaso acha que não quero salvar essas pessoas? Kara, Vincent, você, todo mundo? Estou tentando. Estou tentando, *de verdade*.

— Eu sei que...

— Eu só não sei como fazer isso! Só... Só queria consertar tudo. Não sou inteligente o bastante.

— Se me permitir ao menos concluir uma frase, eu gostaria de dizer que em momento algum duvidei de suas intenções em ajudar. E digo mais: tenho plena convicção de que você pode ajudar, sim, mesmo que não pareça acreditar muito nisso.

— Por quê? O que faz você pensar que sou capaz de alguma coisa?

— Se não fosse por você, não teríamos descoberto aquela mão gigante no meio do Parque Florestal de Black Hills. Não teríamos pensado em criar um composto de isótopos de argônio para localizar as demais partes do corpo do robô. Aliás, talvez nem fôssemos procurar pelas outras peças sem sua ferrenha convicção de que havia um corpo inteiro escondido. Sem você, não teríamos no ano passado Têmis, que provavelmente salvou milhões de pessoas ao derrotar aquele outro robô em Londres.

— Não era eu. Era...

— Ainda não concluí. Até onde eu saiba, você é a única pessoa a vencer a morte em toda a história da humanidade. Algumas pessoas se esforçaram bastante para garantir que você estivesse conosco no dia de hoje. Confesso não saber muita coisa a respeito dessas pessoas. Agora, pelo pouco que sei, garanto que não são do tipo que gastaria tempo e energia para trazer uma desconhecida de volta assim, do nada, sem um bom motivo por trás.

— Pelas suas palavras, parece que eu sou uma espécie de messias. Acredite, não sou.

— Não acho que você faça parte de alguma profecia, nem que tenha poderes místicos que ainda não foram revelados. Aliás, imagino que as pessoas que trouxeram você de volta nem acreditem nesse tipo de coisa. Agora, mesmo que eu não ache que você seja "a escolhida" ou algo assim, sem dúvida eles *escolheram* você. Acredito que essa escolha tenha sido feita por questões bastante práticas, levando em consideração quem você é: uma cientista brilhante, que pode estar em posição de ajudar a humanidade inteira, em um momento de grande necessidade.

— E se eles estiverem errados?

— Não terá piorado a situação. E pelo menos tive o prazer de sua companhia por um tempo a mais.

— Você disse que eu conheceria as pessoas que fizeram isso comigo.

— Eu disse que poderia apresentar você a *um* deles. Só conheço um. Vou marcar o encontro como prometi, mas preciso cuidar de certas pendências antes. Alguma novidade em relação a Têmis?

— Não. Sabemos que ninguém seria capaz de removê-la fisicamente daqui, não sem chamar a atenção de todos. Nessa lógica, sobram duas opções: alguém teletransportou Têmis para fora do complexo, usando tecnologia ainda desconhecida, ou ela mesma se teletransportou.

— E onde ela poderia estar?

— Se ainda estiver na Terra, deve se encontrar submersa ou no subsolo de algum lugar. Já teríamos descoberto o paradeiro se ela estivesse na superfície. Se Vincent estiver preso sem conseguir voltar para cá, não temos muita coisa a fazer além de torcer para que ele encontre uma saída. Agora, se ele conseguir voltar dentro dela, acho que descobri um ponto fraco nos sistemas de defesa do robô.

— Que tipo de ponto fraco?

— Deixa eu mostrar a você... Essa é uma imagem do ano passado, do robô no Regent's Park. Não dá para ver o campo de força, a menos que chova ou que alguma coisa voe contra ele. Mas olha só... aqui... quando eu dou um zoom nos pés. Isso é o máximo que consigo aproximar.

— Não estou vendo nada.

— É esse o ponto. O campo de força fica a mais ou menos trinta centímetros da superfície do robô. No chão, deveríamos ver um buraco ao redor e embaixo dos pés. Só que não há nada ali. A grama continua intacta ao lado do pé do gigante.

— Calcanhar de aquiles.

— Isso mesmo. Não dá para ver onde o campo de força termina, mas ele não chega até o chão. Não sei se isso ajuda em alguma coisa, mas é tudo o que tenho por enquanto.

— Continue trabalhando, dra. Franklin. Talvez tenhamos pouco tempo.

— Estou tentando, mas nem sei por onde começar a procurar.

— Se o sr. Couture estivesse aqui, tenho certeza de que ele pensaria em alguma frase apropriada, dita por algum ilustre personagem de ficção científica. Como não divido essa paixão, vou me limitar a dizer que esse seu "tentando" sugere que você não confia o suficiente em suas habilidades. Encontre Têmis.

— O quê? Não entendi. O que Vincent iria dizer?

— Encontre Têmis e pergunte pessoalmente a ele.

— Aonde você vai?

— Adeus, dra. Franklin.

ARQUIVO Nº 1544

ENTREVISTA COM ALAN A. SIMMS, TENENTE-GENERAL, COMANDANTE DO COMANDO DE OPERAÇÕES ESPECIAIS CONJUNTAS DOS EUA (COEC)

Local: Fort Bragg, estado da Carolina do Norte, EUA

— Eu imaginava que o presidente tivesse sido bem claro ao dizer que esta missão era da maior importância. Imaginava, não, eu *sei*, porque estava bem ao lado dele na hora.

— Sim, ele foi bastante claro a respeito, oito horas atrás, e acho até que diria a mesma coisa três horas atrás. A questão é que há duas horas e cinquenta e cinco, não, cinquenta e seis minutos, um robô alienígena voltou a aparecer em Londres. Na última vez em que algo semelhante aconteceu, bom, mais de cem mil pessoas perderam a vida. Por isso, tenho certeza de que o senhor vai entender que a lista de coisas "da maior importância" mudou um pouco de lá para cá.

"Tenho uma patente de tenente-general do Exército dos Estados Unidos, o que faz de mim uma pessoa bem importante, pelo menos no *meu* universo, mas estou com a impressão de que o senhor não dá a mínima para o que estou dizendo. Então, vá em frente. Sei que tem uma espécie de linha direta com o gabinete do presidente. Pode ligar, eu espero."

— Não preciso ligar para o presidente. Se o senhor não está disposto a seguir com a missão, sei de outras pessoas que podem assumir o seu lugar.

— Na verdade, o senhor não tem mais ninguém para me substituir. Os malucos lá da CIA podem até topar, mas logo vão perceber que não existe nenhuma unidade de elite disponível para acompanhá-los. Nem os SEALS, nem os fuzileiros, nem as Forças Especiais, nem o pessoal do Suporte à Inteligência, nem um esquadrão de táticas especiais sequer. Nada. Todo mundo está de sobreaviso, aguardando os desdobramentos de Londres. A única Delta que o senhor vai conseguir acionar no momento é a Delta Airlines, caso queira ir pessoalmente até Porto Rico. Mesmo assim, teria que ir sozinho.

— Onde está a Força Delta agora?

— Aqui, nos Estados Unidos. Os homens nem chegaram a sair, na verdade. O esquadrão ainda estava se preparando para zarpar, quando o robô apareceu. Dei a ordem para que abortassem a missão. Estamos cancelando todas as operações em andamento, pelo menos até que essa nova crise seja resolvida.

— E quanto ao civil?

— Mandamos ele de volta. Ficou puto, disse que cuidaria de um assunto pessoalmente, se o senhor não resolvesse o problema. Agora, se me dá licença, tem umas pessoas bem infelizes tentando sair da Síria, e eu preciso tirá-las de lá.

— Serei obrigado a insistir. É fundamental que a equipe saia agora e complete a missão, conforme o planejado. Os homens estarão de volta em vinte e quatro horas.

— Pode insistir à vontade. Pelo que entendi, a missão deles era recuperar uma criança que, quando ficar adulta, poderá ou não ser capaz de pilotar o robô do CDT. É isso ou perdi alguma coisa?

— Esse é um resumo do objetivo principal, sim. Correto, embora um pouco simplista.

— Então a resposta é não. O presidente tinha concordado com a missão porque poderia representar uma vantagem estratégica aos Estados Unidos ter em suas mãos uma equipe de pilotos americanos. Isso foi antes. Agora, estamos à beira de um conflito em escala mundial contra uma espécie alienígena. Logo, não faz o menor sentido imaginar que o robô poderia ser nosso daqui a dez anos. Vamos seguir com o plano anterior, alocando todos os recursos para a ação do CDT. Não pretendo desperdiçar uma equipe da Força Delta, considerando que podemos precisar dela aqui. Além disso, não quero correr nenhum risco de atrair a fúria da ONU, já que podemos acabar pedindo a ajuda de Têmis dentro de algumas horas. Enfim, isso significa um não para essa sua missãozinha "Homem do Saco".

— A missão também é importante para o CDT.

— É mesmo? Então por que o seu pedido não passou por eles? O senhor poderia ter pedido à sua equipe no CDT que entrasse com a requisição. Caramba, o senhor poderia ter conseguido um pelotão inteiro assim!

— O senhor concorda com a missão?

— O senhor não respondeu a minha pergunta.

— Talvez numa outra hora.

— Que ótimo! De qualquer maneira, sua resposta é sim. Eu *concordei* com a missão, doze horas atrás, já que fazia sentido para o país, estrategicamente. Só que fazia sentido antes, em um período de *paz*. Quando estamos em um período assim, todos mentimos e trapaceamos, porque sabemos que o outro lado está fazendo a mesma coisa. O que está acontecendo agora, no entanto, pode ser o começo de uma guerra. E, em estado de guerra, nunca é uma boa ideia passar a perna em seus aliados. Bom, talvez o senhor não pense assim.

— O que pretende insinuar?

— Se eu não estiver enganado, foi o senhor quem criou o CDT.

— Essa afirmação pode ser um pouco exagerada e reducionista, mas admito que tive certo papel na criação do centro.

— Então, por que está tentando ferrar com eles agora, com essa história dos pilotos?

— Estou tentando ajudar o país.

— Bela tentativa. Outro piloto americano nos daria mais força diante do CDT, é verdade, mas não seria o suficiente para que os Estados Unidos assumissem o controle da organização. Não sei o que o senhor está escondendo deles, mas em algum momento esse segredo será revelado e seremos apanhados com a boca na botija. Quanto mais penso no assunto, mais acredito que estamos sendo usados.

— O senhor tem uma imaginação bem fértil.

— Pode ser que sim. Bem, já respondi as suas perguntas. O senhor não vai seguir com a missão. Se os russos são burros o bastante para se deslocarem até lá e sequestrarem a criança, problema deles. De qualquer maneira, não poderiam fazer nada com apenas um piloto. Se for o caso, daremos um jeito depois... Um minuto, por favor. Com licença.

...

— O que foi?

— Apareceu outro robô, agora na ilha Scatarie.

— Esse nome não me diz nada.

— É uma área de natureza quase intocada, perto da ilha Cape Breton, na província da Nova Escócia.

— Ele está atacando?

— Não há nada para ser atacado lá. Além do mais, é o *nosso* robô... Quer dizer, o de vocês. O senhor pode me dizer o que Têmis está fazendo no Canadá?

— Tenho que ir.

— Acho que não pode me dizer, então. Foi um prazer conversar com o senhor, volte quando quiser...

ARQUIVO Nº 1547

ENTREVISTA COM EUGENE GOVENDER, GENERAL DE BRIGADA, COMANDANTE DO CORPO DE DEFESA DA TERRA

Local: Quartel-General do Corpo de Defesa da Terra, Nova York, estado de Nova York, EUA

— Esses malditos robôs estão por toda parte!

— Achei que este segundo fosse o nosso.

— Sim, Têmis voltou. Ela já está a caminho de casa, por sinal. Vincent insistiu que ela viesse se... teletransportando até aqui. Não faço ideia de como ele vai fazer isso. A propósito, Vincent está bem. Disse que deve chegar em mais ou menos uma hora.

— Ele disse onde estava antes?

— No oceano.

— Onde?!

— Foi o que ele disse. Eu gostaria de ter mais novidades para contar, mas não tenho muito tempo. Tem robôs aparecendo por todo lugar, um a cada dez minutos!

— Mais robôs?

— Sim. Já são onze! Não ficou sabendo? É a merda de uma invasão! Apareceram tantos que até acabaram os nomes de titãs.

— Onde estão?

— Bom, você já sabe do que estava em Londres. O seguinte apareceu no meio dos trilhos da estação Shinjuki, em Tóquio, perto das quatro da manhã. Cinco minutos depois, um surgiu do nada em Jakarta. Outros dois brotaram na Índia, um em Nova Délhi e outro em Calcutá.

— Todos apareceram ao mesmo tempo?

— Todos na última hora. Esses alienígenas estão bem organizados. Um apareceu na cidade do Cairo, molhando o pezinho no meio do Nilo. Está a uns trinta metros da ponte 6 de Outubro, conhece? Sabe por que ela tem esse nome?

— O começo da Guerra de Yom Kipur.

— Isso mesmo. Acho que em breve eles terão uma boa razão para mudar o nome da ponte. Tem outro em Moscou.

— Londres e Moscou. As coisas não vão ser muito legais no Conselho de Segurança da ONU.

— Não vão, mesmo. Os franceses também ganharam um robô só para eles. Você deveria ver as fotos. Está bem no meio da praça Charles de Gaule, exatamente em frente ao Arco do Triunfo. Os pilotos desse robô têm um senso estético bem apurado, além de gostarem de uma verve mais dramática.

— Algum apareceu aqui nos Estados Unidos, mais perto de nós?

— Ainda não. O mais próximo está na Cidade do México. Há outro em São Paulo. O robô no México nem se preocupou em encontrar um espaço aberto para aparecer, e acabou esmagando um pequeno museu de arte da capital, pisando em cima. Tenho impressão de que os pilotos desse robô não são dos melhores, porque tem um parque municipal enorme bem do outro lado da rua.

— Está bem difícil achar bons pilotos hoje em dia. Você falou de Londres, Tóquio, Jakarta, Nova Délhi, Cairo, Moscou...

— Esqueceu Calcutá.

— Certo, obrigado. Paris, Cidade do México, São Paulo. Já são dez. Você disse que são onze.

— Johanesburgo.

— ...

— Eu sei...

— Sua família corre perigo?

— Meus familiares vivem a alguns quilômetros de onde o robô se encontra. Estão tentando deixar a cidade. Acabei de falar com a minha irmã. Ela disse que as estradas continuam abertas, mas não sei quanto tempo isso vai durar. Alguns dos meus antigos homens estão acompanhando a minha família. As coisas estão ficando bem feias. Nova Délhi e Calcutá apresentam a situação mais caótica, no momento. As vias de acesso já estavam totalmente inutilizáveis cerca de cinco minutos depois do surgimento dos robôs. As pessoas estão tendo que sair de lá a pé. Você também não gostaria muito de estar em Tóquio, agora.

— Nós poderíamos...

— O quê? Salvar Johanesburgo? Desde quando a África entrou para a sua lista de prioridades? Agradeço a preocupação, mas sei que não podemos fazer nada.

— Provavelmente não. Sinto muito.

— Percebeu algum padrão nos lugares escolhidos pelos alienígenas?

— São algumas das cidades mais populosas do planeta.

— Sim, são. E isso diz alguma coisa a você?

— Diz que eles sabem alocar seus recursos muito bem. Os custos de uma eventual erradicação são, de maneira geral, inversamente proporcionais à densidade demográfica.

— É uma maneira interessante de dizer isso. É mais fácil matar os ratos quando estão reunidos no mesmo lugar...

— Com certeza levaria menos tempo do que matar todos nós um de cada vez. Se essa for a intenção dos alienígenas, eles poderiam exterminar cerca de vinte e cinco por cento da população mundial em um período bem curto de tempo, com apenas alguns robôs. Depois que as maiores cidades do planeta fossem destruídas, não haveria mais governos que assumissem o controle, e ninguém poderia garantir a distribuição de suprimentos. Em alguns meses, boa parte da população restante acabaria morrendo por uma doença qualquer, ou de fome. Os improváveis sobreviventes não representariam muita resistência aos invasores. Não deixa de ser espantoso o que eles seriam capazes de fazer com apenas vinte e dois pilotos...

[*Sinto interromper, general, mas o senhor vai querer ler isso.*]

— Obrigado, Jamie... Bom, corrigindo: são vinte e *quatro*.

— Mais um? Onde?

— Pequim.

— Pode haver outra explicação... Até porque eles ainda não nos atacaram.

— *Ainda* não.

— Talvez seja uma estratégia para incutir medo, obrigando nossa rendição.

— Estaria funcionando.

— Você se renderia, se essa fosse uma opção?

— Você não? Estou disposto a comprar essa briga, mas só porque acho que esses alienígenas não estão nem aí se vamos nos render ou não. Agora, você sabe tanto quanto eu que Têmis não vai conseguir lutar contra todos eles. Inferno, nesse momento ela não seria capaz de enfrentar nem um único desses robôs!

— Imaginei que Têmis tivesse sido recuperada intacta.

— Ah, sim. Está tudo bem com Têmis. Mas ela não é capaz de derrotar doze desses robôs.

— **Ela pode tentar, pelo menos.**

— Ela não vai a lugar nenhum. Pelo menos não enquanto um dos pilotos estiver ausente.

— **Mas você disse há cinco minutos que o sr. Couture estava a caminho.**

— Vincent está bem. É Kara que está ausente.

— **A sra. Resnik? Ela estava aqui até ontem.**

— Estava. Agora não está mais. Você sabe para onde ela foi?

— **Eu nem sabia do desaparecimento dela até alguns segundos atrás. Por que você acha que eu poderia saber onde ela está?**

— Porque ela deixou um bilhete para você na minha mesa, junto com um recado para mim: "Não sei quando vou voltar. Por favor, entregue isso a ele". Presumi que esse "ele" fosse você.

— **Posso ver o bilhete?**

— Posso dizer o que está escrito. Eu decorei.

— **Você abriu?**

— É claro que eu abri a merda do bilhete! O mundo está prestes a acabar. Estou com um piloto a menos. Estou me lixando para a sua privacidade! Quer saber o que estava escrito dentro do bilhete ou não?

— **Por favor.**

— Vá se foder!

— ...

— Era isso que estava no bilhete!

— **Mais alguma coisa?**

— Não. Só "vá se foder". E um ponto de exclamação depois. E então, vai me contar ou eu vou ter que perguntar primeiro?

— **Contar o quê?**

— Que merda você fez agora, seu filho da puta sem escrúpulos?!

ARQUIVO Nº 1550

E-MAIL ENVIADO POR RYAN MITCHELL À CAPITÃ KARA RESNIK, DO CORPO DE DEFESA DA TERRA

Querida Kara,

Talvez eu seja a última pessoa que você queira ver na vida no momento. Sei disso. Sei também que mandar um e-mail como este, depois de beber um pouco, não é a melhor maneira de tentar consertar as coisas. Eu gostaria de ter escrito uma carta de verdade, mas não há tempo para isso. Eles vão mandar você e Vincent para a guerra de novo, e acho que vocês dois precisam saber de algumas coisas antes. Quanto à bebedeira, bom, eu já estava bêbado antes de pensar em escrever para você. Seria bom esperar um pouco, deixar o efeito do álcool passar... mas, como eu disse, não há tempo para isso.

Vocês têm uma filha, que está em Porto Rico. Acho que a menina tem uns dez, onze anos e vive em San Juan, na rua Concepción, nº 559. Enquanto você estava inconsciente, Alyssa coletou alguns de seus óvulos (acho que é assim que eles chamam). Depois, antes de fugir, ela colocou alguns desses óvulos dentro de uma mulher lá em Porto Rico. Como Alyssa também usou aqueles negocinhos de Vincent, ele é o pai.

Eu me sinto péssimo, porque ajudei Alyssa a apagar você, antes que ela fizesse a coleta dos óvulos. Mas juro pelo meu finado irmão que eu não fazia ideia do que ela estava planejando. Achei que Alyssa fosse fazer alguns testes, sei lá. Quando descobri que ela queria gerar bebês sem o seu consentimento, dei um jeito de tirar você e Vincent de lá o mais rápido possível. Eu não sabia que ela colocaria o filho de vocês dentro de outra mulher. Alyssa até chegou a dizer que pretendia fazer isso, mas imaginei que tinha conseguido abortar essa ideia da cabeça dela. Realmente imaginei. Até hoje, não fazia a mínima ideia de que ela tinha levado o plano adiante.

Era isso que eu queria contar a você. A essa hora eu deveria estar com uma equipe Delta em San Juan, tentando trazer a menina para cá, mas a missão acabou sendo cancelada. Talvez uma equipe russa tenha se deslocado a Porto Rico para dar buscas também. Não sei se continuam com essa intenção, depois de tudo o que aconteceu na noite de hoje. Se não desistiram dos planos iniciais, sua filha pode estar correndo perigo no momento. Meu trabalho era bater à porta da casa dos pais adotivos e tentar convencer a menina a vir comigo. Se ela não concordasse, seria trazida à força pela equipe Delta. Na minha opinião, você é a única pessoa que realmente deveria bater àquela porta. Isso não caberia a mim ou a um cara russo que ela nunca viu na vida. Claro, ela também não conhece você, já que tem lá os pais dela. Só que você é a mãe dessa garotinha, e caberia a você bater à porta, não a mim.

Eu tinha tudo planejado na cabeça. Tinha bolado uma história excelente. Ela teria me acompanhado e teríamos tempo para criar um laço de amizade no voo. Então eu poderia apresentar vocês. Acho que teria sido melhor para ela se já conhecesse alguém antes do encontro com você. Eu teria adorado ver o sorriso no seu rosto quando você descobrisse que aquela menina era sua filha. Sei lá. Talvez você não fosse abrir um sorriso na hora, porque é muita coisa para processar, mas eu teria gostado de estar presente para ver.

Acho que você seria uma ótima mãe. Bom, você já é uma mãe, mas acho que se daria muito bem com essa criança. Como você é meio difícil às vezes, e nem sempre sabe lidar com mudanças, levaria um tempinho até uma ficar à vontade com a outra. Mas, tudo bem. Se a garota acabar vindo para cá, de toda forma vai precisar de um tempo, já que perderá os únicos pais que conheceu na vida. Apesar disso, na hora em que vocês duas se acostumarem com a nova rotina, acho que vai dar tudo certo.

Já imagino que você vai dizer que eu deveria ter contado isso antes. Mas eu não sabia da criança, só dos óvulos. Quando Alyssa fugiu, aquele nosso amigo sem nome disse que esperaria até ela ser capturada para contar tudo a vocês. Eu defendi que vocês tinham o direito de saber, mas ele insistiu. Não é culpa minha. Eu teria contado. Pensando bem, até foi bom que eu não tenha dito nada. Você teria ficado preocupada esse tempo todo, ainda que não pudesse fazer nada a respeito. Dez anos é muito tempo para se perguntar dia e noite se alguém está por aí, tentando fazer bebês em algum laboratório.

Quero que você saiba que eu não sou uma má pessoa, mesmo que você ache o contrário. Eu cometi um erro. Muitos erros, na verdade. Foi horrível o que fiz com Vincent. Mas, no fim das contas, tudo o que eu queria era ajudar. Salvei a vida dele depois, e isso deve contar para alguma coisa. Salvei você também. Não estou dizendo que a gente deveria se tornar melhores amigos, mas, quem sabe?

Durante o nosso treinamento, eu não conseguia tirar você da cabeça. Queria que você se abrisse comigo. Quando isso não aconteceu, pensei que o problema poderia estar em mim, como se eu não merecesse você. Agora sei que não havia nada de errado comigo, mas que era você que ainda não estava pronta. Gostaria de ter percebido isso na época. Eu nunca teria machucado Vincent se tivesse me dado conta disso. Não teria praticamente jogado você nos braços dele por ser insistente demais. Eu sei disso agora. E sei que é tarde demais para nós dois, sobretudo porque agora você e Vincent têm uma filha. Só que ainda acho que nós dois podemos dar certo, mesmo como amigos.

Dá muito trabalho ser mãe, ainda mais com tudo que está acontecendo no planeta neste momento. Você com certeza ficará bastante ocupada e, por isso, vai precisar de toda a ajuda possível. Gostaria que soubesse que estou aqui, se precisar de qualquer coisa. Como sua filha não é mais um bebê, não estou me oferecendo para ficar de babá, mas quem sabe eu não poderia desempenhar o papel de irmão mais velho para ela? Saiba também que você pode chorar no meu ombro sempre que precisar. Enfim, pode contar comigo.

Bom, era isso que eu tinha para contar. Acho que já disse o que precisava. Você tinha que saber, antes que fosse mandada para a guerra mais uma vez, já que pode acabar morrendo por lá. Tenho certeza de que está preparada e tudo, mas pensei que talvez quisesse conhecer sua filha antes de partir para o combate.

Enfim, é tudo. Desejo o melhor para você e espero que me conte se as coisas deram certo depois.

Seu amigo,
Ryan

PARTE 3

UNHA E CARNE

ARQUIVO Nº 1554

ENTREVISTA COM VINCENT COUTURE, CONSULTOR, CORPO DE DEFESA DA TERRA

Local: Quartel-General do Corpo de Defesa da Terra, Nova York, estado de Nova York, EUA

— Onde está Kara?

— Podemos discutir o paradeiro da sra. Resnik daqui a pouco. Antes temos outros assuntos a tratar, sr. Couture. Para começar, gostaria que você me explicasse como exatamente Têmis foi parar no Canadá.

— Bom, é bem difícil andar por aí quando não dá para enxergar nada. Achei que tivesse feito um giro de cento e oitenta graus com Têmis, mas acho que errei por uns trinta graus, no fim das contas. Assim, sem querer, acabei parando no Canadá. Considerando a situação toda, acho até que me saí bem.

— Não havia nenhuma crítica na minha pergunta. Só estava curioso, me perguntando se você tinha escolhido o destino de propósito.

— Eu não fazia a menor ideia de onde estava, nem para onde ia. Só segui em frente, até chegar a um lugar que dava pé para Têmis e me permitia enxergar alguma coisa acima da superfície da água. Não sabia da localização daquela ilha até ligar o celular e usar o aplicativo do Google Maps. A partir daquele ponto, fui me teletransportando por águas rasas até chegar a Nova York. Durante a viagem, tive tempo para descobrir como as coisas funcionam no robô.

— A dra. Franklin me contou que vocês dois chegaram a conversar sobre essa possibilidade de teletransporte da Têmis. Agora, segundo ela, as chances de descoberta de algo útil eram bastante remotas. Considerando que você voltou sem um arranhão à base, devo cogitar que as chances se tornaram pelo menos um pouco *menos* remotas, certo?

— Ah, sim, claro. E é melhor do que eu imaginava. Até conseguir movimentar Têmis no fundo do oceano, eu acreditava que o robô usava um sistema de coordenadas múltiplas para se teletransportar. Seria um pesadelo. Acontece que era bem mais simples e acessível. É basicamente um método de... aponta e vai, ou algo do tipo. Basta virar Têmis para determinada direção e aí definir quantas unidades de distância a gente quer que ela ande para a frente. O grande desafio é definir quanto valem essas unidades antes de apertar os botões na mesa de controle. A menor distância que Têmis consegue percorrer é de cerca de cinquenta, sessenta pés. Na verdade, é até um passo bem curto, levando em conta o tamanho da gigante. Para distâncias menores, dá para usar isso como unidade, colocando na mesa de controle quantas vezes você quer avançar. Como a mesa recebe no máximo três dígitos por vez, o maior número possível é o 777, na base octogonal. Na base decimal seria o 511.

— Se entendi direito, a distância máxima que Têmis pode percorrer de cada vez é 511 vezes cinquenta pés, o que dá mais ou menos vinte e cinco mil pés.

— Bom, na verdade dá entre 25 500 pés, mais ou menos 7,8 quilômetros. Mas é possível ir mais longe que isso em um salto só, ajustando o tamanho da unidade. Dá para usar três dígitos para isso também.

— Então a distância máxima em um salto seria de... 511 vezes cinquenta pés...

— Vezes 511. Isso dá quase quatro mil quilômetros. Eu não recomendaria pular uma distância tão grande assim, a não ser para sair do fundo do oceano ou do meio de um deserto. É bem mais fácil quando você consegue enxergar o caminho à frente. Para saltos mais longos, seria necessário ter um bom mapa em mãos. Acho que vou conversar com aquele cara lá do andar de baixo, do TI. Eles não devem demorar muito para programar alguma coisa assim.

— E é seguro?

— Sim, pelo menos para nós. Sem contar que é bastante útil, pois faz o trabalho inteiro sozinho. Basta colocar o robô direitinho de pé, depois de saltar a distância determinada. Agora, não é muito seguro para quem estiver no lugar do fim do salto. Pessoas, carros, prédios, enfim, qualquer coisa que não aguente o peso de Têmis seria esmagado. Teríamos que tomar bastante cuidado, mas com certeza seria muito, muito mais rápido que levar o robô para lá e para cá de navio. E, olha, confesso que não vou sentir muita falta de passar semanas no mar. Tenho certeza de que Kara vai ficar feliz com isso. Onde ela está?

— Vamos falar de sua esposa em um instante. O general Govender chegou a explicar para você a atual situação?

— Ele me disse que os alienígenas voltaram a aparecer em Londres, o que não deve ser boa coisa.

— Quem dera se parasse por aí. Desde que um novo robô apareceu em Londres, outros também surgiram, sempre escolhendo como cenário as cidades mais populosas do planeta. O mais recente se materializou no Rio de Janeiro há mais ou menos nove minutos. Agora são treze robôs gigantes na Terra, com tamanho e formato semelhantes aos do robô que vocês derrotaram no ano passado.

— O general comentou que o de Londres ainda não tomou nenhuma iniciativa.

— Por enquanto, não. O mesmo vale para os outros: nenhum fez qualquer movimento até agora. Apesar disso, não podemos ignorar a possibilidade de um ataque, não depois do que aconteceu na última vez. A densidade demográfica nas regiões escolhidas pelos alienígenas

é extremamente alta. Se por acaso decidirem desencadear um ataque simultâneo, os efeitos serão devastadores.

— Só para esclarecer: se os extraterrestres começarem a vaporizar todo mundo, eu irei até lá, e Kara também. Agora, você sabe que não seremos capazes de derrotar tantos robôs assim.

— Acho que vocês dois são a nossa única esperança.

— Então não há esperança. Sem falsa modéstia, mas basta fazer as contas. Podemos até voltar a ter sorte uma, talvez duas vezes. Treze vezes seguidas é impossível. Para ser sincero, acredito que as nossas chances de vencer *um* desses robôs não cheguem a cinquenta por cento. De qualquer maneira, vamos supor que cheguem. Mesmo nesse cenário, não tem como jogar uma moeda para cima treze vezes e dar cara em todas. Vamos tentar, é claro, porque qualquer coisa é melhor que ficar de braços cruzados. Mas não vamos vencer. Você vai precisar de um plano melhor que esse.

— A Otan está planejando um ataque nuclear de larga escala, caso vocês sejam derrotados. O problema é que, mesmo que uma estratégia dessas resolva a questão dos robôs alienígenas, a detonação de treze ogivas nucleares desse porte ao redor do mundo deixaria consequências trágicas, com sequelas por décadas. Algo assim não pode ser a nossa primeira opção. Por isso, preciso deixar bem claro que, se houver algum indício de ataque alienígena, iremos enviar Têmis. Se ela estiver plenamente apta, é claro.

— Que papo é esse de "plenamente apta"? Trouxe o nosso robô de volta sem um arranhão sequer.

— Acho que chegou a hora de conversarmos sobre sua esposa. Têmis não sofreu nenhum tipo de dano, mas pode não estar apta a operar normalmente em virtude da ausência de um dos pilotos. A sra. Resnik deixou a base, mesmo sem autorização.

— O quê?! Está me dizendo que Kara desertou? Ela está encrencada?

— Levando em consideração a conjuntura atual, tenho a impressão de que o ponto principal não é a disciplina do exército. O que mais me

preocupa no momento não é a eventual quebra de regras do código militar, mas a indisponibilidade da sra. Resnik. Sem ela, nossa organização, e talvez o planeta inteiro, está completamente à mercê desta que pode ser uma invasão alienígena em escala global.

— Para onde Kara foi?

— **Imagino que para Porto Rico.**

— Port... Mas por quê?

— **Leia isso.**

— O que é isso?

— **É uma carta... quer dizer, um e-mail enviado por Ryan Mitchell para a sra. Resnik. Imagino que sua esposa tenha se lançado a uma missão de resgate, depois de ler essas palavras. Acho que você vai concordar com meu palpite, assim que ler a mensagem. Me permita apenas recordar que o conteúdo, por mais chocante e revoltante que pareça, representa apenas um lado da história, que na realidade é muito mais complexa. Você deveria...**

— Terminei. Ele está mentindo?

— **Já leu tudo?**

— Leitura dinâmica. Esse merdinha está mentindo?

— **Não, não está. O sr. Mitchell não conhece todos os fatos, agiu com irresponsabilidade e, aparentemente, não faz a menor ideia das consequências que seus atos poderiam acarretar. Por sinal, imagino que ele esteja à beira de um colapso nervoso. Apesar disso, está dizendo a verdade.**

— Então é isso? Eu tenho uma filha?

— **Para ser franco, não tenho resposta para essa pergunta. A srta. Papantoniou realmente coletou material biológico de você e de Kara, enquanto estavam presos. As evidências encontradas no laboratório dela indicam que houve, sim, uma tentativa de fertilização in vitro. O que**

o sr. Mitchell não mencionou na mensagem, algo que seria bem útil à sra. Resnik, é que toda a informação que ele parece tão ansioso em revelar, desde a existência da criança até a paternidade biológica de vocês dois, sem contar a ameaça de sequestradores russos, bom, tudo isso saiu da boca da própria srta. Papantoniou. Nem preciso comentar que eu não confiaria em tudo o que aquela mulher diz.

— Você encontrou Alyssa?

— Não fui o responsável direto por isso, mas ela está, sim, sob a nossa custódia.

— E você acha que ela pode estar mentindo?

— As acusações que recaem sobre ela seriam suficientes para garantir uma pena de morte ou, no mínimo, algumas prisões perpétuas. As circunstâncias dos crimes cometidos praticamente descartam um julgamento público, mas ela sabe que o governo dos Estados Unidos preferiria que ela simplesmente... sumisse. A srta. Papantoniou precisa de algo para negociar, caso não queira desaparecer sem deixar rastros ou sofrer algum "acidente", como se afogar no mar ou morrer de uma doença bem misteriosa. Logo, imagino que ela tenha muitos motivos para mentir. Apesar disso, tendo a acreditar na história contada por ela, que não teria nada a ganhar com uma mentira dessas, salvo alguns dias a mais.

— Onde ela está agora?

— Em um local seguro, sob vigilância total.

— ...

— No que está pensando?

— Uma criança?

— Uma filha, sim.

— Agora?

— Ela deve ter nascido há quase dez anos. Só ficamos sabendo da existência agora.

— ...

— Sr. Couture?

— O quê?

— Você não parece muito nervoso.

— Quer dizer em relação a você?

— Sim. Eu realmente escondi por dez anos o que sabia sobre as intenções da srta. Papantoniou. Se pudesse voltar no tempo, com certeza tomaria a mesma atitude e guardaria as informações para mim. Só que, por mais que eu acredite ter feito a coisa certa, esperaria que você sentisse ao menos um pouco de raiva de mim.

— Ah, estou com raiva de você, pode apostar. Só estou... nem imagino como Kara está se sentindo.

— Posso garantir que a sra. Resnik não reagiu com tanta calma quando leu o conteúdo da mensagem em suas mãos.

— Tenho certeza de que não. Ela deve ter ficado possessa quando leu esse e-mail. Mas não é nisso que estou pensando agora. Kara não queria... eu até tentei fazer com que mudasse de ideia, mas ela não queria filhos de jeito nenhum. Como eu queria, insisti, insisti muito...

— E agora?

— Agora?! Agora o mundo está acabando. Você colocaria uma criança em um mundo desses? Hoje?

— Como eu mencionei, ela dever ter nascido há quase uma década.

— Como vamos encontrar Kara?

— Você disse que ela não queria ser mãe. Acha que a sra. Resnik vai tentar encontrar a criança?

— Acho. E ela não vai voltar antes disso. Não vai parar de procurar por ela. Kara tinha um motivo para não querer ser mãe: acho que tinha receio de que a maternidade acabasse consumindo tudo o que ela é. Agora que tem uma filha, isso...

— É possível que ela não tenha uma...

— Não importa. Agora que Kara *acha* que tem uma filha, nada vai ficar em seu caminho.

— Isso preocupa você?

— Claro. Tenho medo de que ela faça alguma besteira.

— Lamento se de alguma forma eu...

— Não estou nem aí para você. Teremos uma conversa quando tudo isso terminar, em particular sobre o que você pretendia fazer com a informação que recebeu de Alyssa. Ah, sim: como é que o merda do Ryan sabia de tudo?

— Achei por bem não compartilhar essa informação com mais ninguém do CDT, não antes de confirmar a veracidade de pelo menos parte da história. Pedi ajuda ao governo dos Estados Unidos.

— O que você prometeu a eles em troca? Um piloto?

— Não nessas palavras, mas deixei a possibilidade em aberto. Eles aceitaram enviar uma equipe Delta a Porto Rico para encontrar a criança. Esperando que a garota realmente morasse no endereço fornecido pela srta. Papantoniou, pedi ao sr. Mitchell que acompanhasse a operação. Minha ideia era tornar a experiência um pouco menos traumática. Não podia deixar de considerar a possibilidade de que existisse uma criança lá, mas que não fosse filha biológica nem sua nem da sra. Resnik. No fim, meu pedido por uma equipe de resgate foi negado depois do reaparecimento de um robô em Londres.

— Vamos supor que a equipe tivesse se deslocado até lá e encontrado a garotinha. Vamos admitir que ela fosse mesmo nossa filha, como Alyssa disse. Você teria contado a nós dois?

— É claro que sim.

— E como posso ter certeza?

— Entendo que sua confiança em mim esteja abalada, talvez de modo irreparável, mas confiança não é um pré-requisito importante para a

questão. Basta a lógica. A única razão para alguém querer manter essa criança escondida de vocês dois seria usá-la como piloto para o robô, no futuro. Eu, ou qualquer outra pessoa, primeiro precisaria avaliar se a garota seria mesmo capaz de acionar um dos capacetes, ou até os dois, o que poderia ser feito sem que vocês ficassem sabendo. Só que em seguida ela precisaria passar por algum tipo de treinamento, porque a operação de Têmis exige dois pilotos, e não um. Logo, ou você ou a sra. Resnik teria que estar presente. Provavelmente seria você, já que é o único com anatomia compatível com os controles dos membros inferiores do robô. Pois bem, considere a capacidade da criança de controlar Têmis e a provável semelhança física com pelo menos um de vocês dois. Acredita que seria mesmo possível manter isso em segredo de pessoas com o nível de inteligência de vocês?

— Isso é alguma piada? Bajulação a essa altura dos acontecimentos? O que você sugere que a gente faça?

— Vamos esperar. Como a informação que eu estava tentando manter em segredo agora está se espalhando, acho que é o momento de renovar o pedido por uma equipe Delta. Só que desta vez pretendo fazer isso via CDT e, naturalmente, *sans* o sr. Mitchell.

ARQUIVO Nº 1556
COBERTURA JORNALÍSTICA — JACOB LAWSON, REPÓRTER, *BBC LONDRES*

Local: Londres, Inglaterra

[*Trinta segundos, Jacob.*]

— Não, não! Não me coloque no ar! Estamos indo embora.

[*Como assim "indo embora"?*]

Eu e minha colega aqui na câmera estamos fora. Deixamos a van para trás há uns cinco minutos.

[*Mas por quê? Está tudo pronto para você entrar ao vivo em... vinte segundos, agora. O que está acontecendo, Jacob?*]

Invente uma desculpa para o pessoal da emissora. Aquela coisa se mexeu. Estou dando o fora.

[*Ela se mexeu, ouvi bem o que você disse? Como assim?! Estou com o canal 2 ligado aqui neste instante. O robô não está fazendo nada.*]

Pode acreditar, Jack, ela fez um movimento, como se... se ajeitasse no lugar. E mexeu as mãos, também.

[*Como se ajeitasse?... Vamos lá, Jacob, você não pode fazer isso comigo. O que vou colocar no ar durante os próximos três longos minutos?*]

Repasse uma notícia qualquer ou as imagens da manhã. Tanto faz. Não estou nem aí. Na última vez que uma dessas coisas se mexeu, cem mil pessoas perderam a vida. E essa tragédia aconteceu... onde mesmo?... *bem aqui!*

[*Você está ficando paranoico. Todo mundo aqui está olhando para o robô. Posso garantir que ele não está se mexendo.*]

Paranoico? Pare com esse papo furado, Jack! Você não entendeu o que acabei de dizer? Estamos andando sobre um monte de poeira justamente porque o último desses robôs dos infernos vaporizou a merda toda em volta dele. Aliás, se pensar bem, estamos perto demais. Posso garantir que vamos ter uma visão melhor mais longe.

[*E para onde vocês vão?*]

Para onde esse mar de poeira acaba! Vamos fazer assim: a gente pega a van e dirige até um daqueles prédios na fronteira da área devastada. Que tal? Consigo filmar o robô de lá.

[*Quanto tempo isso vai levar?*]

Não sei. Deixa eu pensar... uns vinte minutos até estarmos prontos.

[*Pô, Jacob! São no máximo dois quilômetros de onde vocês estão até o fim da região destruída. Vocês conseguem chegar lá em menos de dois minutos com a van.*]

Tem mais de cinquenta mil pessoas aqui, Jack. Um monte de crianças e um número enorme de barracas. Armaram uma praça de alimentação improvisada bem na nossa frente, com, sei lá, cinquenta churrasqueiras. Centenas de pessoas estão na fila, esperando por um hambúrguer. Essa gente toda formou uma espécie de comunidade aqui, Jack. É difícil até de andar no meio da multidão. Vamos precisar abrir caminho para a van.

[*E essas cinquenta mil pessoas também estão indo embora?*]

Não, Jack, elas vão ficar aqui. Tem gente chegando, tem gente saindo, mas acho que ninguém está fugindo no momento.

[*Você deveria seguir o exemplo. Pelo amor de Deus, você é repórter. Nem as crianças estão tão apavoradas quanto você.*]

Vá para o inferno, Jack. Nós estamos fora.

[*O que a sua câmera tem a dizer sobre isso?*]

{*Vá para o inferno, Jack!*}

[*O.k., já entendi, vou me virar aqui!*]

O que eles vão colocar no ar?

[*Vou pedir para improvisarem qualquer coisa por três minutos. Ninguém vai ficar muito contente por lá. Você corre o risco de perder o emprego por causa dessa besteira, Jacob. Vocês dois, na verdade.*]

Você me conhece, Jack. Já cobri muitas guerras por você. Já tomei um tiro por você.

[*A sua mochila tomou um tiro por mim, Jacob. Você nunca se feriu durante as coberturas.*]

Foi por pouco. Quinze centímetros para o lado e nós não estaríamos aqui conversando. O que estou tentando dizer é que não me assusto com facilidade, Jack. Anote minhas palavras: não estou com um bom pressentimento sobre isso.

[*Espero que você esteja certo, ou sua vida vai virar um inferno.*]

Na verdade, espero sinceramente estar errado. Pronto, entramos outra vez na van. Volto a ligar quando chegarmos aos prédios, Jack.

[*Não, não. Nem pense em desligar. Vou colocá-lo no ar antes da previsão do tempo, mas preciso que você esteja na frente dessa câmera em cinco minutos.*]

Janet, Jack disse que temos cinco minutos.

[*O que ela respondeu?*]

Só deu um sorriso.

[*Assim é melhor.*]

Janet, olhe lá para trás, pelo retrovisor.

{*O que foi?*}

[*É, Jacob, o que foi?*]

O ar... É difícil de explicar, mas o ar em volta do robô está se tornando... mais espesso, como se...

[*Como se fosse um nevoeiro?*]

Não exatamente. É mais como uma névoa, se formando aos poucos em volta do mecanismo alienígena. Seja lá o que for, não parece um fenômeno natural. Estou vendo pessoas correndo.

[*O robô está fazendo isso?*]

Acho que sim. Não dá para ver de onde está vindo. O ar está mais branco agora, opaco. Não dá mais para ver os pés do robô. Não é bem névoa. É como... fumaça de gelo seco, *muito* gelo seco. Janet, você pode acelerar mais? Acho que aquilo está nos alcançando.

[*Parece perigoso?*]

Como eu vou saber, droga?! Está se movendo muito rápido, ninguém vai conseguir escapar. Já estamos a menos de cem metros da rua, mas a fumaça está bem atrás de nós.

Pise fundo, Janet! Ali, por ali! Estamos nas ruas da cidade, agora. Pegue a Golden Lane. Essa merda está ao redor da van inteira. Não dá para enxergar nem três metros à frente.

Merda! Está entrando pelo bagageiro da van! Subindo pelo chão! Janet, PARE!

[*Jacob?!*]

...

[*Jacob?!*]

Estou aqui. Nós... nós batemos em um carro estacionado. Droga! Minha cabeça... está sangrando. Janet?! Janet?! Ela está inconsciente. Tenho que tirar ela da van. Vamos lá, garota. Vamos sair daqui.

[*Vou mandar ajuda. Diga onde vocês estão.*]

Estou levando Janet para dentro da Cromwell Tower. Jack, é melhor você se apressar. Ela está... está com as veias escuras, quase pretas. A pele está toda pálida.

[*Ela morreu?*]

Não sei! Ela está nos meus braços. Não consigo checar o pulso. Merda! A fumaça está entrando no prédio, mesmo com as portas fechadas. Preciso sair de perto dessa coisa. Vou tentar usar o elevador.

[*Jacob, ela está morta?*]

Estou entrando no elevador. Vou com ela até o terraço. Espero que o que provocou isso em Janet não consiga nos alcançar lá.

[*A polícia não responde.*]

...

[*Você escutou o que eu acabei de dizer?*]

...

[*Jacob!*]

Ela morreu, Jack. Janet está morta. Esses malditos alienígenas arrancaram a vida dela. O corpo está... duro. A pele... é como se alguém tivesse sugado o sangue inteiro dela...

[*Meu Deus.*]

Estão fazendo a mesma coisa de novo, Jack. Estão matando todo mundo.

[*Vou conseguir ajuda para vocês. Se não houver mais ninguém, vou com minhas próprias pernas até aí.*]

Se preocupe em salvar sua própria pele agora, Jack! A névoa ou seja lá o que for já deve ter atravessado o rio Tâmisa a essa altura. Vai chegar ao outro lado de Londres em instantes.

[*Você acha que a fumaça vai se espalhar tanto assim?*]

Estou olhando pela janela agora. A fumaça está em toda parte, até onde minha vista alcança. Tudo abaixo dos vinte e cinco ou trinta andares está tomado pela nuvem de fumaça. É como um oceano branco, com a ponta de alguns arranha-céus despontando aqui e ali, como icebergs. Peça a todos que deixem suas salas e subam até o terraço do prédio. Talvez vocês estejam mais seguros lá.

[*E quanto a você?*]

Eu também respirei essa fumaça, como Janet. Não sei por que continuo vivo, e ela não. Não sinto nada diferente. Vou esperar aqui até a névoa se dissipar.

[*Boa sorte, Jacob.*]

Adeus, Jack.

ARQUIVO Nº 1567

ENTREVISTA COM A DRA. ROSE FRANKLIN, CHEFE DA DIVISÃO CIENTÍFICA, CORPO DE DEFESA DA TERRA

Local: Quartel-General do Corpo de Defesa da Terra, Nova York, estado de Nova York, EUA

— Dra. Franklin?

— ...

— Dra. Franklin, o que está fazendo?

— Eu... Eu... não estou fazendo nada.

— Você está sentada no chão, de olhos fechados, cercada por cadáveres dentro de sacos. Na minha opinião, isso *é* fazer alguma coisa.

— São 861, o que parece um número aleatório. Por que não oitocentos, mil?

— Acredito que esse seja o número máximo de corpos que conseguiram trasladar no avião.

— É, acho que sim.

— Você não respondeu minha pergunta.

— Qual foi, mesmo?

— O que você está fazendo?

— Estava tentando imaginar como seria juntar quatro milhões de corpos como esses, cada um dentro de um saco. Será que eu conseguiria ver todos de uma vez só? Ou pareceria um mar sem fim, com cadáveres a se perder na linha do horizonte?

— Eu não tenho a resposta. Mas seria algo fácil de calcular, se for mesmo importante para você.

— Não, não é. Só está sendo difícil entender o alcance de uma tragédia dessas, do que significa quatro milhões de cadáveres. Sabia que levaria mais ou menos três meses, sem dormir, só para ler o nome de todos em voz alta?

— Pelo que vejo, você tem pensado com insistência nesse número. Imagino que você deva saber que quatro milhões é apenas uma estimativa bem grosseira do total de mortos. Não fazemos ideia de quantas pessoas conseguiram sair de Londres antes do ataque, de quantas viviam na área afetada pela fumaça, de quantas estavam reunidas em volta do robô no momento, e por aí vai. A contagem final, se é que algum dia haverá uma, pode ser bem diferente.

— Não importa. É triste da mesma forma.

— Sem dúvida. Quatro milhões de mortos é algo muito triste.

— Não é só a isso que me refiro. O mais triste para mim é que essas mortes perdem importância em meio a um número tão grande como esse.

— Não acho que a grandiosidade do número diminua o caráter trágico dessas mortes.

— Mas diminui, sim. Kara me contou que eu fiquei... que a outra Rose ficou devastada quando oito civis perderam a vida em Flagstaff, durante uma missão de busca por peças do robô gigante. Mal consigo imaginar o que ela sentiu. É claro que fiquei abalada com o peso das 136 mil mortes no primeiro ataque alienígena em Londres, mas sem dúvida não foi uma dor semelhante à da perda de uma só vida multiplicada por 136 mil. E não estou quatro milhões de vezes mais triste agora.

— Isso me parece normal.

— Será mesmo? Não acha que eu deveria sentir da mesma forma cada uma dessas mortes que causei?

— Você não causou morte alguma, dra. Franklin. Faz parte da natureza humana sentir certa parcela de culpa pelo que aconteceu, e eu também gostaria de ter sido capaz de evitar essa tragédia. Mas sem dúvida você não matou ninguém. A responsabilidade dessas mortes é dos alienígenas, que nem tentaram conversar conosco antes.

— A responsabilidade é minha. Eu desencadeei isso tudo, não eles. Quando caí naquele buraco, tudo começou. Tive a chance de deixar para lá, mas não... Eu não só voltei a encontrar a mão, como também todas as outras partes, montando Têmis. Quantas pessoas recebem uma segunda chance? Eu recebi a minha, e veja o que consegui fazer. Eu deveria ter parado de procurar.

— Tecnicamente, não foi você que continuou a procurar. Foi a... outra dra. Franklin.

— Eu deveria ter parado de procurar! Deveria ter deixado Têmis em paz. Ela sabia disso, e me matou por insistir.

— O sr. Couture e a sra. Resnik mataram você, acidentalmente.

— E por acaso você não acha curioso que eu tenha sido morta justamente pelo robô que montei? Pelo robô que colocou a vida de toda a humanidade em risco? Enxergo até um pouco de justiça poética nisso tudo, mas me diga se não existe também uma bela ironia nessa história.

— Você descobriu as partes que, unidas, davam forma a uma arma bastante poderosa. Sempre existe um risco envolvido em coisas perigosas assim. Pessoas morrem todos os dias pela proximidade com armas de fogo, ferramentas pesadas ou algum produto altamente tóxico. Você encontrou uma arma alienígena de sessenta metros de altura, pesando milhares de toneladas, capaz de destruir exércitos inteiros. Trabalhou nessa arma vinte e quatro horas por dia, semanas a fio. Se a sua seguradora soubesse da natureza real do trabalho, com certeza teria aumen-

tado, e muito, o valor da sua apólice. Ainda que sua morte tenha sido uma perda significativa, convenhamos, era algo bastante provável. E, se quer mesmo saber, acho que você não teve escolha. Desconfio que tenha sido arrastada até aquela mão por forças que estavam além do seu controle.

"É verdade que você recebeu uma segunda chance e, por isso, agora está aqui. E, na minha opinião, voltou para nos ajudar a salvar pessoas. É claro que não vai conseguir salvar todas, e eu deveria ter dito isso a você antes mesmo que esse ataque tivesse acontecido. Seja como for, tenho convicção de que você vai conseguir salvar *algumas*. Pode parecer pouco, mas talvez salvar algumas seja o máximo que possamos fazer, considerando a conjuntura. Dito isso e respeitando ao máximo sua sensação de culpa 'desproporcional', eu gostaria de saber o que você conseguiu descobrir até o momento a respeito dos corpos que vieram de Londres."

— Aquelas pessoas tiveram uma morte terrível. Mobilizei uma dúzia de legistas para o trabalho. Eles realizaram autópsias dia e noite, mas encontraram a mesma causa da morte em todos os cadáveres examinados: uma septicemia extremamente severa. A inflamação se espalhou depressa pelo organismo das vítimas, que devem ter apresentado uma febre altíssima. O sangue deve ter começado a coagular bem rápido, o que impossibilitou sua circulação pelas veias e artérias. Sem oxigênio, todos os principais órgãos passaram a falhar. Os rins, o fígado e os pulmões devem ter sido os primeiros afetados, antes do óbito. Aquelas pessoas morreram como se estivessem queimando de dentro para fora, implorando por ar.

"Você ainda acha que foi uma boa ideia levar as crianças para um piquenique em volta do robô?"

— Eu nunca disse que era uma boa ideia. Apenas argumentei que aquela poderia ter sido a nossa melhor maneira de mostrar que também somos capazes de atos pacíficos. A propósito, continuo pensando assim.

— Não funcionou muito bem para aquelas pessoas.

— É verdade. Até por isso temos que seguir em frente, sabendo agora que uma saída pacífica para o conflito está descartada. Quanto tempo as vítimas demoraram para morrer?

— Foi tudo bem rápido. Eu diria que menos de um minuto. Estamos recebendo imagens das câmeras de segurança instaladas por Londres. O gás tóxico atingiu uma altura de setenta metros e se espalhou em um círculo perfeito a partir da posição do robô, em um raio de mais ou menos doze quilômetros, o que dá uma área de aproximadamente quatrocentos e cinquenta quilômetros quadrados. Do início ao fim do ataque foram menos de dezoito minutos, e todas as pessoas estavam mortas em apenas vinte minutos. Em seguida, o robô alienígena simplesmente desapareceu. A propósito, algum sinal dele?

— Reapareceu poucos segundos depois, dessa vez em Madri.

— E a capital espanhola está sendo evacuada?

— O general Govender está negociando com os representantes de cada uma das treze cidades sob ameaça.

— Os outros robôs, eles estão...

— Não. Para nossa sorte, nenhum dos outros robôs alienígenas liberou gás tóxico por enquanto. Mas devemos presumir que se trate apenas de uma questão de tempo. Se o número de sobreviventes for tão baixo quanto em Londres, e se apenas metade da população ainda estiver nessas cidades, podemos considerar cerca de cem milhões de mortos em menos de trinta minutos.

— Qual foi o número de sobreviventes? Pelo que me disseram, só algumas centenas de pessoas conseguiram se salvar.

— Equipes de resgate estão vasculhando a cidade, e mais pessoas são encontradas a cada instante. As últimas notícias que recebi indicam cerca de mil e quatrocentos sobreviventes.

— Continua sendo um número terrivelmente baixo.

— É verdade. A maioria foi encontrada a menos de cinco quilômetros do ponto de origem do ataque. A densidade da população afetada diminui à medida que se afasta do centro, já que as pessoas que estavam mais longe do robô tiveram mais tempo para fugir. Não acho que o

número de sobreviventes que entraram em contato com o gás vá ter um aumento significativo de agora em diante. Pedi que trouxessem alguns deles até aqui, para exames.

— Eu sei. Eles estão aqui. Chegaram há uma hora.

— E já foram examinados?

— Ainda não, mas amostras de sangue foram coletadas ainda no avião. Os resultados devem sair em até uma hora. Já conversei com quatro sobreviventes. Vou entrevistar os demais quando voltarem do refeitório. Sugeri que comessem alguma coisa antes.

— Como eles conseguiram fugir do gás tóxico?

— Não conseguiram. Pelo que contaram, não havia como escapar. Eles tentaram se isolar dentro de algum cômodo, bloqueando qualquer fresta com o que conseguissem encontrar. Mas a névoa, que é como eles chamam o gás, sempre encontrava uma forma de entrar, como se não houvesse nada no caminho. De acordo com os relatos, era como se a fumaça atravessasse as paredes. Muitos nem chegaram a se trancar em algum lugar. Alguns estavam ao lado do robô. Todos ficaram expostos ao gás, respirando aquela fumaça por mais de uma hora, até que tudo se dissipasse.

— E como conseguiram sobreviver? Os sintomas por acaso não foram tão fortes no caso deles?

— Que sintomas? Eles relataram que não sentiram nada. Estão perfeitamente saudáveis. Bom, nem todos: um está com uma gripe bem forte, mas, como disse que está doente há dias, duvido que tenha alguma coisa a ver com o robô. Enfim, seja lá o que essa "névoa" for, essas pessoas são imunes a ela.

— E você tem alguma ideia do porquê?

— Não. Todas são fisicamente muito diferentes entre si. Vieram de partes distintas do planeta. Vou tentar reunir o máximo de informações a respeito de cada uma, para ver se há algum hábito alimentar em comum, alguma atividade específica, algo nessa linha. Talvez tenha relação com o trabalho, com coisas usadas em casa, com o tipo de sabonete, de xampu. Os quatro sobreviventes que conversaram comigo até agora não tomam nenhum tipo de remédio. Vou continuar perguntando. Embora eu possa até descobrir algo ao conversar com as demais pessoas, sinceramente acho difícil. Para você ter ideia, há uma garotinha de seis anos e uma idosa de oitenta no grupo. O que o cotidiano dessas duas pode apresentar de comum? Eu não sou a pessoa mais indicada para esse tipo de trabalho...

— Você deveria parar de duvidar tanto de si mesma, dra. Franklin. Tenho plena confiança na sua capacidade para resolver esse quebra-cabeça.

— Você continua me tratando como uma espécie de gênio, ou algo do tipo. Não se engane. Sou boa no que faço, mas isso não tem relação com minha área. Seja como for, tenho um palpite. Aquela pessoa que você iria me apresentar, a que ajudou na minha viagem no tempo... Ela poderia ser descendente dos alienígenas que deixaram Têmis na Terra?

— E se fosse?

— Não passa de uma teoria, mas... e se os sobreviventes fossem descendentes dos construtores de Têmis? Obviamente, não são cem por cento alienígenas, mas digamos que tivessem apenas uma parte humana. Faria sentido que fossem poupados dos ataques, certo?

— Também pensei nisso. Acho muito difícil que a sobrevivência dessas pessoas seja fruto de mera coincidência. Meu contato chegou a sugerir que haja descendentes dos alienígenas caminhando ao nosso lado ao longo da história da humanidade. Se for verdade, talvez possam ter algum tipo de imunidade ao gás tóxico lançado no ataque. Você consegue imaginar alguma maneira de corroborar essa hipótese?

— Como eu disse, não sou a pessoa mais indicada para esse tipo de trabalho. Não tenho nem conhecimento suficiente, nem treinamento específico. Você precisa de algum geneticista.

— Conheço alguém que pode ajudar.

ARQUIVO Nº 1570

ENTREVISTA COM A DRA. ALYSSA PAPANTONIOU

Local: Quartel-General do Corpo de Defesa da Terra,
Nova York, estado de Nova York, EUA

— As algemas são mesmo necessárias?

— Não, não são. Este é um prédio de segurança máxima, e as chances de fuga de um lugar assim são praticamente remotas. Agora, levando em consideração o seu histórico com os membros da equipe, acredito que as algemas sejam a melhor alternativa para acalmar os ânimos.

— Fica bem difícil trabalhar assim, com as m-mãos presas.

— A corrente tem mais de trinta centímetros de comprimento. Foi um pedido meu, para que a senhorita tivesse certa liberdade de movimento. Caso alguma das tarefas exija uma distância maior entre as mãos, a senhorita poderá pedir ajuda a este assistente, que não tem nenhum tipo de restrição e foi designado por mim.

— Estamos do m-mesmo lado. O senhor sabe disso, não sabe?

— A senhorita tem um péssimo hábito de mudar de lado quando acha conveniente.

— Quatro milhões de mortos. O que tentei dizer é que não há mais lados diferentes. Somos nós contra eles. Ponto final. Não acho que seria c-convidada para a equipe deles, mesmo se e-eu quisesse.

— Sessenta milhões de pessoas perderam a vida durante a Segunda Guerra Mundial. Apesar disso, continuam existindo lados diferentes.

— Quantas pessoas ainda vão ter que morrer até o s-senhor confiar em mim?

— Pode ter certeza de uma coisa, srta. Papantoniou: eu não tenho medo da senhorita. As algemas não são para mim. Dada essa explicação, suponho que o sr. Couture faria questão de manter a senhorita algemada mesmo se vocês dois fossem as últimas pessoas na face da Terra. Logo, para responder objetivamente sua pergunta, acredito que cerca de 7,125 bilhões de pessoas teriam que morrer.

— Por que Vincent ainda está aqui? O senhor não mandou T-Têmis até os outros robôs?

— O que faço ou deixo de fazer não é da sua conta. A senhorita foi trazida com um objetivo bem específico.

— Só estava t-tentando puxar conversa.

— Então vamos conversar sobre as pessoas que perderam a vida em Londres. Os legistas disseram que todas morreram de septicemia.

— É, chegaram perto.

— Está me dizendo que elas *não* morreram de septicemia?

— Não exatamente. O óbito se deu por um p-processo de inflamação sistêmica. Uma septicemia exigiria um quadro de infecção. Não havia um agente patogênico no gás. Nada de vírus, nada de b-bactérias. Pelo menos é o que acho.

— O que sugere, então? A senhorita chegou a analisar as amostras enviadas do gás?

— Não havia nada a analisar. Os recipientes estavam v-vazios quando chegaram aqui. Porém, de acordo com amostras celulares que consegui coletar, acredito que esse gás contenha um tipo de molécula inteligente, capaz de se unir a longas cadeias de DNA e, a partir daí, c-criar uma proteína diferente, que o corpo não consegue identificar. O organismo passa então a encarar todas as células como focos de infecção e dispara os dispositivos de defesa. A reação é bem severa, p-praticamente instantânea.

— Existe alguma particularidade na genética das vítimas?

— Não verifiquei, mas não.

— Trouxe a senhorita para cá por sua experiência como geneticista. Não consigo entender por que não julgou adequado estabelecer um perfil genético das vítimas apresentadas.

— Não contei os c-corpos em Londres pessoalmente, mas os relatórios indicam que mais de quatro milhões de pessoas foram expostas ao gás, enquanto ap-penas duas mil sobreviveram.

— De acordo com a última contagem, são exatamente 1988 sobreviventes.

— Isso dá cinco sobreviventes a cada dez mil p-pessoas, ou seja, 5% de 1%. Então, 99,95% das pessoas expostas ao agente gasoso acabaram morrendo. Não preciso fazer uma série de exames complexos para d-dizer que não existe nada de especial nesses 99,95% da população. O mesmo não se aplica aos 1988 sobreviventes. Esses, sim, me int-teressam.

— Certo, tudo bem. O que a senhorita pode contar a respeito deles? Acredito que já tenha examinado os sobreviventes que trouxemos para cá.

— Fiz o sequenciamento do genoma de t-todos os vinte e sete. A genética d-deles é bem ruim.

— Como assim?

— Todos ap-presentam um verdadeiro coquetel de variações genéticas e de mutações, a maioria de um jeito bem ruim. Essas pessoas não deveriam nem existir.

— Por causa de uma genética inadequada?

— Por causa de uma ge... de uma ge... de uma genética rara. Não deveria existir mais de uma pessoa com esse tipo de anomalia.

— **Queira se explicar, por favor.**

— Há pequenos "erros" no DNA de todas elas. A maioria dessas pessoas apresenta SNPS...

— **Desculpe, mas não sou nenhum especialista em genética.**

— SNP é a sigla em inglês para polimorfismo de nucleotídeo simples, diferenças em apenas uma base de n-nucleotídeos na sequência do genoma, em um par de letras. A substituição de T e A por G e C, esse t-tipo de coisa. Grande parte dessas alterações ocorre fora das áreas portadoras de c-código genético, o que não faz a menor diferença, e ninguém se importa. Mas algumas ocorrem nos próprios genes, e só agora os pesquisadores estão começando a entender como... elas funcionam. As diferenças mais comuns são chamadas de p-polimorfismos, e as que ocorrem em menos de um por cento da população são consideradas formas de mutação. Ninguém deveria ter tantas m-m-m-mutações.

— **E os sobreviventes têm?**

— Muitas. Pelo menos uma quantidade suficiente de mutações para que o agente alienígena não rec-conheça nenhuma das cadeias de DNA que estava procurando. Não é possível que tantas pessoas tenham um número tão grande de mutações em comum, não assim. Simplesmente não é possível.

— **Bem, obviamente *é* possível. Agora, o quanto é *improvável*?**

— Bom, vou dar um exemplo. T-todas as pessoas trazidas apresentam uma mutação específica no gene TREM2, que entre outras coisas é responsável por re-regular a resposta do sistema imunológico a doenças ou lesões no cérebro. Há uma série de mutações que podem afetar o funcionamento do TREM2. Todos esses sobreviventes apresentam a mesma variante: R47H. Essa é uma variante bem rara, que ocorre em um pouco mais de 0,5% da p-população, e em lugares bem específicos, como a Islândia. Fora desse país, é ainda mais difícil de ser encontrada. Os sobreviventes têm a mesma mutação no TREM2, nas duas c-cópias do gene, situação tão rara que não dá nem para pensar em estatísticas para algo assim.

— Essa mutação causa algum tipo de problema?

— Algumas pesquisas indicam que ela aumenta o risco de Alzheimer, mas a maioria das pessoas com essa alteração genética não desenvolve a doença. Logo, a resposta é não. Além disso, encontrei na análise uma mutação no gene BCR2, que aumenta a chance de desenvolvimento de câncer de mama no paciente.

— Todos os sobreviventes também apresentam essa mutação?

— Todos. Nas duas cópias dos genes.

— É uma mutação comum?

— D-difícil dizer. É mais comum em algumas etnias, mas costuma ocorrer em menos de 0,5% da população mundial. Acho que o senhor já p-percebeu aonde quero chegar. Supondo que as duas mutações não tenham relação entre si, se multiplicarmos 0,5% por 0,5% chegaremos ao resultado de vinte e cinco indivíduos com as duas anomalias a cada um milhão de pessoas. Claro, não é só isso que os sobreviventes têm em comum.

— Todas as mutações compartilhadas pelos indivíduos examinados aumentam a chance de que desenvolvam certa doença?

— Não. Para a maioria, não vai fazer a menor diferença. Agora, todos têm pelo menos uma v-vantagem genética, de acordo com minha análise: uma variação no gene PCSK9, que mantém mais baixas as taxas de c-colesterol no corpo. Essa variação ocorre em mais ou menos três por cento da p-população. Basta fazer as contas: considerando só essas três mutações, deveria haver no máximo três indivíduos assim no meio dos quatro milhões de pessoas expostas ao gás em Londres.

"Os sobreviventes que examinei compartilham centenas de SNPs e cinquenta e sete mutações genéticas bem raras. Estatisticamente, seria difícil encontrar duas pessoas no planeta inteiro que tivessem tantas c-características genéticas raras assim em comum. Não há população suficiente no mundo para gerar esse tipo de coisa. Eu teria que examinar o sangue de todos os sobreviventes para confirmar a minha teoria, mas posso apostar que todos apresentam as mesmas c-características, mesmo que isso seja...

impossível. Só posso afirmar que essas pessoas não sobreviveram por mera coincidência."

— Os sobreviventes poderiam ter alguma relação de parentesco entre si? Imagino que a chance de tantos traços genéticos compartilhados seria bem maior se eles tivessem algum antepassado comum.

— Alguns são parentes, sim. Entre as vinte e sete p-pessoas que o senhor trouxe até aqui, seis apresentam algum grau de parentesco: dois rapazes são irmãos, há um irmão e uma irmã e uma m-mãe com a filha. Fora esses seis casos, ninguém mais. No total, dezesseis têm ascendência britânica, um é dinamarquês, outro é do Marrocos, quatro são da Índia, um do C-Canadá e dois da França. A mãe e a filha são russas. O grau de parentesco entre esses sobreviventes é o mesmo que, digamos, o meu e o seu. Teríamos que voltar m-muitas, muitas gerações se quiséssemos encontrar algum antepassado comum entre eles.

— A senhorita acredita que essas pessoas tiveram a vida poupada por algum motivo específico?

— Sim. Só pode ser intencional. Bom, na verdade não *precisa* ser intencional, mas faria m-muito mais sentido se fosse.

— Como assim?

— Na teoria, talvez os alienígenas simplesmente não soubessem como esses polimorfismos funcionam. Nesse caso, haveria uma falha na arma deles. Só que, como a molécula que eles construíram é capaz de identificar c--cadeias bem longas de DNA, posso afirmar como geneticista que isso é algo bastante complexo de se fazer, e t-totalmente desnecessário. Eles poderiam ter elaborado uma molécula bem mais simples, que identificasse pequenos trechos de DNA comuns a todos os seres humanos. Também poderiam ter se limitado a usar um gás venenoso. Sintetizar uma toxina b-botulínica, por exemplo, seria brincadeira de criança se comparado ao trabalho de se fazer uma molécula como a utilizada por eles. Com o mesmo sistema de dispersão, consigo pensar em m-milhões de coisas muito mais eficientes, mais fáceis de sintetizar e que não deixariam *ninguém* vivo para contar a história. Eles tiveram bastante t-trabalho para elaborar a molécula usada.

— Vamos assumir, só por hipótese, que essas pessoas de fato tenham uma descendência comum. Seria possível programar a molécula que a senhorita descreveu de maneira a poupar apenas esse grupo de indivíduos?

— É uma ideia interessante. Mas não, não daria certo. Não dá para saber que partes da genética os seus des-descentes vão herdar.

— Não é possível que seja um processo completamente aleatório. Dá para prever alguma coisa, certo?

— Em parte, sim. Há uma p-pequena porção da genética que sempre vem do pai, outra pequena p-porção que sempre vem da mãe.

— E esse DNA... É DNA, certo?

— Sim.

— E esse DNA pode ter sido usado para programar a molécula alienígena?

— Não. Deixaria de f-funcionar, depois de certo tempo. Como posso explicar isso? Digamos que o senhor quisesse selecionar todos os descend... todos os descendentes de um zé-ninguém que tenha v-vivido há cerca de mil anos. O único material genético que com certeza seria passado adiante por esse zé-ninguém estaria em seu cromossomo Y, ou seja, seu c-cromossomo sexual. Seria possível colocar algumas marcações nessa fração do DNA, mas elas só seriam passadas de p-pai para filho, depois para filho, depois para filho, e assim por diante. Nada de mulheres. Agora, se em vez de um zé-ninguém o senhor quisesse garantir a sobrevivência dos d-descendentes de uma maria-ninguém, bom, poderia usar o DNA mitocondrial, que só é passado aos filhos pelo lado materno. No entanto, o resultado seria o oposto do anterior, poupando apenas as m-mulheres que viessem diretamente dessa linha sucessória. Uma quantidade ínfima de pessoas se encaixaria nessa situação, e linhas diretas assim tendem a desaparecer com o tempo: seria necessário apenas que certo pai não tivesse nenhum filho, ou que certa mãe não tivesse nenhuma filha. Olhando de outra forma, cada pessoa tem dezesseis tataravós, compartilhando o DNA do cromossomo Y ou o mitocondrial com apenas um deles.

— E não daria para vasculhar por marcadores específicos em partes do DNA que sejam... normais, digo, que sejam transmitidas tanto pelo pai quanto pela mãe?

— Seriam os genes autossômicos. Como o senhor disse, uma pessoa recebe cerca de metade desses genes do pai, metade da m-mãe. Há sempre duas cópias de cada gene, mas apenas metade é transmitida para os f-filhos, e não dá para escolher qual metade será usada. É o que chamamos de recombinação. O DNA autossômico se recombina a cada geração. Dessa forma, a quantidade de DNA compartilhado com certo antepassado é sempre reduzida pela metade a cada vez. As partes comuns vão ficando menores e menores. Com o tempo, não existirá praticamente n-nada que seja compartilhado entre todos os descendentes de uma pessoa específica, sem dúvida não tanto quanto esses sobreviventes t-têm em comum.

"Vamos pegar de exemplo uma mutação qualquer desses sobreviventes. Tanto a mãe quanto o pai de todos eles devem ter tido essa mesma mutação, mas provavelmente não em ambas as c-cópias dos genes. Esses pais teriam morrido em Londres. A menininha russa viu o próprio pai morrer. A mesma coisa vale para os filhos: muitos dos sobreviventes tinham filhos, e todos morreram, com exceção de um. Seus filhos não tinham as mesmas c-características genéticas, já que receberam metade do DNA do outro pai ou da outra mãe. Genética é algo bastante complicado, p-piorando muito quando se olha para p-períodos muito longos de tempo. Se os alienígenas quisessem salvar as pessoas de uma família específica, o gás teria eliminado boa parte da linhagem, poupando apenas alguns indivíduos, de maneira c--completamente aleatória."

— De qualquer forma, acha possível garantir que sobreviveriam *apenas* os descendentes desses indivíduos específicos, mesmo que no processo a maioria acabasse morrendo?

— Talvez. Mas, como eu disse, seria uma fração bem pequena do total, selecionada de maneira bem imprevisível.

— Há alguma coisa... fora do comum nos genes dos sobreviventes?

— O senhor ouviu alguma p-palavra de tudo o que eu disse? Sim, ter tantas variações genéticas compartilhadas é, d-definitivamente, algo fora do comum. Achei que isso tivesse ficado bem claro.

— E ficou. O que eu quero saber é se há algo estranho em cada um deles, individualmente. Desconsiderando o que todos têm em comum no material genético ou a quantidade de mutações apresentadas, existe alguma outra particularidade neles, algo que não deveria estar presente no código de um ser humano normal?

— Acho que não estou entendendo a pergunta.

— Quero que a senhorita confirme, com certeza absoluta, que eles são completamente humanos.

— Humanos? Eu... Eu não... Algumas das mutações genéticas que encontrei são b-bastante raras, mas não passa disso. Não há nada de especial ou de exclusivo na composição genética dessas pessoas, pelo menos nada além de tantas características em comum. Nunca tive a oportunidade de examinar o DNA alienígena, então não tenho como comparar as duas coisas.

— Permitirei que tenha acesso aos restos mortais de dois pilotos alienígenas, que morreram há um ano, durante o primeiro ataque a Londres. A senhorita seria capaz de comparar a composição genética desses dois alienígenas com a dos sobreviventes?

— Eles têm DNA, pelo menos?

— Não exatamente. Não vou fazer de conta que entendo todas as implicações disso, mas, se não me engano, o açúcar nos nucleotídeos dos extraterrestres é o... arabinose.

— Não é possível!

— A dra. Franklin também ficou bastante animada com a descoberta.

— E d-deveria mesmo. Isso é simplesmente... extraordinário. Tem mais alguma coisa?

— A senhorita pode ler o relatório e ver com os próprios olhos. Vou providenciar as anotações feitas pelo geneticista que realizou os primeiros exames nos corpos. Em quanto tempo a senhorita seria capaz de me dizer se a estrutura genética dos alienígenas bate de alguma forma com a dos sobreviventes?

— Não sei se isso será possível. É como procurar semelhanças entre duas coisas que não têm nada a ver. Mas pode ter certeza de que vou t-tentar. Obrigada!

— Não me agradeça. Não estou fazendo nenhum tipo de favor. Se existe uma só pessoa neste planeta que eu não faça questão nenhuma de agradar, pode estar certa de que é a senhorita. Um ano atrás, se alguém me dissesse que eu concederia à senhorita o acesso a tudo o que me pedisse, bem, eu diria que… Enfim, digamos que isso é o mais perto de algo impossível quase acontecer, como o inferno congelar.

ARQUIVO Nº 1571

TRANSCRIÇÃO — VIGILÂNCIA DE SALA DE JOGO ON-LINE — PROGRAMA REYNARD

***World of Warcraft*, servidor Aegwynn**

[Eva002]: Essie, eu posso ir!

[SkyJumper]: Oi, Eva! Ir pra onde?

[Eva002]: Pra sua casa. Eu posso ir! Posso dormir aí.

[SkyJumper]: E sua mãe?

[Eva002]: Ela disse que sim.

[SkyJumper]: ??

[Eva002]: Posso fazer o que eu quiser.

[SkyJumper]: Como assim?

[Eva002]: Minha mãe acredita em mim, agora. Aconteceu como eu tinha falado pra ela.

[SkyJumper]: O que aconteceu?

[Eva002]: Aquelas pessoas lá em Londres. Eu vi.

[SkyJumper]: Isso é bem louco...

[Eva002]: Ela acha que Deus tá falando comigo.

[SkyJumper]: E tá?

[Eva002]: NÃO! Posso ir?

[SkyJumper]: Sei não. Tá todo mundo morrendo de medo. Os velhos aqui nem tão indo mais trabalhar. Não posso sair quando fica escuro.

[Eva002]: Mesma coisa aqui. Soldados pra todo lado. Ah, vamos... POR FAVOR! Vou levar aquelas pedras que eu achei.

[SkyJumper]: Vou perguntar. Eva, aquelas pessoas morreram. Vc não tá com medo?

[Eva002]: Claro. Eu já tava com medo antes de todo mundo. Mas quero ver você.

[SkyJumper]: Quando?

[Eva002]: Tanto faz. A gente podia fazer umas pulseirinhas. Comprei uns pingentes novos. Um monte.

[SkyJumper]: Vou perguntar.

[Eva002]: Eu tenho que sair daqui! Diga sim, por favor!

[SkyJumper]: O.k., O.k.! Para com isso! Já disse que vou perguntar. A gente vai jogar ou não?

[Eva002]: Beleza, mas a gente devia trocar de servidor. Aqui tá cheio de paladinos.

[SkyJumper]: Esse povo é foda... Depois a gente troca, porque eu falei pro Miguel que a gente estaria aqui.

[Eva002]: Já volto, só um minuto.

[SkyJumper]: O QUÊ?! NÃO! O ataque tá quase começando!

[Eva002]: Tem um monte de barulho vindo lá debaixo. Tô ouvindo minha mãe gritar.

[SkyJumper]: ??

[SkyJumper]: ??

[SkyJumper]: ??

[SkyJumper]: ??

[SkyJumper]: ??

— Fim do monitoramento —

ARQUIVO Nº 1574

ENTREVISTA COM ALAN A. SIMMS, TENENTE-GENERAL, COMANDANTE DO COMANDO DE OPERAÇÕES ESPECIAIS CONJUNTAS DOS EUA (COEC)

Local: Fort Bragg, estado da Carolina do Norte, EUA

— A equipe Delta está em posição?

— Os homens chegaram a San Juan há algumas horas. Estão prontos, apenas aguardando o sinal. Estávamos esperando pelo senhor.

— Obrigado. Aproveito para agradecer o seu auxílio nessa questão.

— Qualquer coisa para os nossos amigos do CDT. Certo, está na hora do show. Vamos lá? Alguém pode colocar as imagens do GSSAP-2 na tela maior, por favor? Obrigado. O alvo deve estar dentro daquela casa, bem ali. Os pontos vermelhos são a nossa equipe Delta-3. Dentro da van estacionada do outro lado da rua, temos quatro homens, que ficarão escondidos atrás do barracão ao lado da piscina, assim que pularem a cerca da residência.

— Por quanto tempo eles irão monitorar a casa antes de invadir?

— Nós vamos entrar em questão de minutos. Estamos observando o local desde a noite passada, via satélite. A van já está parada ali há duas horas. Não detectamos qualquer movimento, nem para dentro nem para fora da casa. Nenhuma luz acesa. Eu gostaria de esperar mais um pouco, mas, considerando as circunstâncias, teremos que nos contentar com o que temos em mãos. Para piorar, vamos invadir a casa em plena luz do dia. Homens armados pulando cercas em um bairro tranquilo... Não vai demorar muito até que alguém chame a polícia.

"Homem do Saco, aqui é Mamãe Ganso. Informe a posição."

[*Estamos em posição. Entrando em ação.*]

— Quais são as ordens?

— Localizar e extrair uma menina de aproximadamente dez anos de idade. Adultos devem ser considerados potencialmente hostis. O uso da força foi autorizado.

— Eles também deveriam procurar uma mulher americana, na faixa dos trinta anos.

— Homem do Saco, aguardar... Quem é ela?

— Uma subtenente do Exército dos Estados Unidos, além de capitã do CDT. Ela deve estar à paisana, e não pode sofrer nenhum tipo de arranhão.

— Mais alguma coisa que gostaria de acrescentar? Digamos que não seja a melhor hora para surpresas.

— Só isso.

— É melhor que ela não esteja armada.

— Se ela estiver lá dentro, e viva, é bastante provável que esteja armada.

[*Mamãe Ganso, o que está atrasando a missão?*]

— Isso só pode ser brincadeira. Mantenha a posição, Homem do Saco! Ela sabe que estamos chegando?

— Não, não sabe.

— Se essa sua capitã apontar uma arma para os meus homens, sinto muito, mas eles irão disparar.

— Eles não podem fazer isso. O senhor precisa deixar essa ordem bem clara.

— E o que acha que ela vai fazer quando der de frente com uma equipe de soldados com máscaras na cara e fuzis M-16s nas mãos?

— Não sei.

— Ah, o senhor não sabe. Como eu disse, sinto muito, mas ela não faz parte da missão. Já que o senhor não foi capaz de avisar sua coleguinha que estávamos chegando, é melhor rezar para que ela não se meta no nosso caminho. A vida dos meus homens em primeiro lugar.

— O.k., vou tentar ser mais claro. Nosso planeta está sob ataque de forças alienígenas. A única arma com a mínima chance de derrotar o inimigo é o robô de sessenta metros de altura que mantemos em Nova York. Aquela "coleguinha" é uma das duas pessoas necessárias para operar o mecanismo. Sinto muitíssimo por não ter avisado antes, mas eu esperava que ela fosse entrar em contato. Dada a explicação, sugiro fortemente que a vida dos seus homens seja colocada depois da dela na lista de prioridades.

— Essa mulher é Kara Resnik?

— Exatamente.

— Homem do Saco, aqui é Mamãe Ganso. Novas informações da Inteligência.

[*Ah, que maravilha.*]

— Procurem por uma mulher na casa dos trinta anos, à paisana. Ela deve ser tratada com muito cuidado e sem violência, mas está armada e pode agir de modo hostil. Não atirem, mesmo que ela atire em vocês.

[*Mamãe Ganso, será que você poderia repetir essa última parte?*]

Você me ouviu.

[*Mamãe Ganso, eu vou ter que...*]

É Kara Resnik.

[*... Entendido, Mamãe Ganso. Vou repassar as ordens.*]

— O que é aquilo lá, na outra rua?

— Parece um homem levando o cachorro para passear. Controle da vigilância por satélite, coloque um marcador no sujeito. Podemos atirar neste homem, se for necessário?, ou por acaso o senhor vai me dizer que o indivíduo pode ser Vincent Couture com o cachorrinho dele?

— O sr. Couture não gosta de cachorros. O senhor tem permissão para atirar no homem, e até no cachorro, se estiver inclinado a isso.

— Homem do Saco, um homem com um cachorro está prestes a dobrar a esquina, se aproximando pela direção oeste.

[*Entendido. Vamos ficar de olho nele. Estamos nos dirigindo para o alvo.*]

Se alguém ainda tem dúvidas sobre a missão, essa seria uma boa hora para perguntar.

[*Mamãe Ganso, aqui é Homem do Saco. Pedindo autorização para invadir.*]

Autorização concedida, Homem do Saco. Repito: vocês têm permissão para invadir.

[*Entendido, Mamãe Ganso. Senhores, na minha contagem. Três, dois...*]

— O que foi esse flash? Eles estão sendo atacados?

— Negativo. São as granadas de efeito moral.

[*Nada aqui!... Nada aqui!...*]

[*Bravo-1, os quartos dos fundos estão vazios.*]

[*Nada aqui!*]

[*Nada na garagem.*]

[*Entendido, Bravo-2. A frente está vazia. Checando o andar de cima.*]

[*Estamos cobrindo você, Bravo-2. Feche as portas e cubra as janelas.*]

[*Nada aqui!… Nada aqui!… Nada aqui!*]

[*Tudo verificado! Mamãe Ganso, aqui é Homem do Saco. Encontramos dois civis mortos na suíte principal.*]

Entendido, Homem do Saco. A criança?

[*Não, senhor. São dois adultos.*]

Um deles é…

[*Uma mulher de origem hispânica e um homem negro, senhor. Nem sinal da capitã Resnik.*]

— Devem ser os pais. Peça para a equipe vasculhar os armários e debaixo das camas. A criança pode estar escondida em algum lugar.

— Homem do Saco, faça uma varredura completa.

[*Bravo-2, quero uma varredura completa no andar de baixo. Estamos procurando por uma criança.*]

[*Entendido.*]

— Tenente-general, meu espanhol não é lá essas coisas, mas eu acho que…

— Homem do Saco, aqui é Mamãe Ganso. A polícia está a caminho. Devem chegar em aproximadamente três minutos.

[*Entendido, Mamãe Ganso. Bravo-2, os quartos estão vazios. Encontrei um acesso para o sótão, vou dar uma olhada. Saímos daqui em dois minutos.*]

[*Nada no andar de baixo.*]

[*Merda!*]

[*Bravo-1, está tudo bem aí?*]

[*Tudo, foi só um rato gigante. Nada no sótão.*]

[*Mamãe Ganso, aqui é Homem do Saco. A casa está vazia. Nem sinal do alvo. Pedindo instruções a respeito dos corpos.*]

— **Acabou?**

— Acabou! A menina não está lá. Obrigado, Homem do Saco. Deixe os corpos aí. Pode debandar.

[*Entendido, Mamãe Ganso. Vamos conseguir jantar em casa.*]

Pode apostar. Venham logo, porque hoje teremos almôndegas como prato principal. Mamãe Ganso desligando.

ARQUIVO Nº 1576

MEMORANDO INTERNO — DEPARTAMENTO DE SEGURANÇA INTERNA DOS ESTADOS UNIDOS

De: Encarregado da Agência de Proteção às Fronteiras e Alfândegas dos EUA.

Para: Vice-secretário do Departamento de Segurança Interna dos EUA.

Assunto: El Paso.

Cerca de sessenta mil cidadãos mexicanos estão reunidos nesse momento perto da ponte Paso del Norte, e muitos outros chegam todos os dias a Ciudad Juárez, pedindo asilo aos Estados Unidos. Atos de violência isolados já foram reportados na ponte, e a frequência desse tipo de incidente vem aumentando de maneira considerável.

Unidades da força tática de controle das fronteiras foram destacadas para a desobstrução da ponte. Ainda que tenham sido usadas armas de gás de 37 mm, a operação não obteve sucesso.

Na opinião desta agência, a nossa equipe não é mais capaz de conter a entrada dessas pessoas, mesmo contando com a crescente ajuda da Guarda Nacional e das forças policiais locais. Os parâmetros estabelecidos para o uso da força na fronteira não são mais suficientes.

Nossa recomendação é de que seja autorizado o uso imediato de força letal em todas as vias de acesso ao Sul dos EUA, ainda que de maneira discricionária.

ARQUIVO Nº 1578

ENTREVISTA COM EUGENE GOVENDER, GENERAL DE BRIGADA, COMANDANTE DO CORPO DE DEFESA DA TERRA

Local: Quartel-General do Corpo de Defesa da Terra, Nova York, estado de Nova York, EUA

— Que Deus tenha piedade de nós! Eles vão matar todo mundo!

— Todos os robôs liberaram o gás?

— Sim, ao mesmo tempo.

— Os treze?

— Todos, menos o de Madri, que deve estar esperando os amigos acabarem para depois seguir o exemplo. Vamos descobrir em breve. Se esses ataques forem iguais ao de Londres, tudo já estará terminado em vinte minutos.

— E como nós estamos respondendo aos ataques?

— Respondendo?! Que diabos você quer que a gente faça?

— Estou me referindo aos países atacados. Houve algum tipo de retaliação?

— Algumas tropas foram enviadas na Índia.

— No meio do gás?

— Sim. Estavam usando máscaras. Burrice, eu sei.

— E foram vaporizados pelo robô?

— Nem foi preciso. Todos estavam mortos antes mesmo de saírem dos veículos de transporte. Um verdadeiro caos se espalhou por lá. Pânico em massa. Pessoas morrendo pisoteadas, milhares, talvez dezenas de milhares. Tem gente tentando atravessar as multidões com carros, caminhões... até com elefantes. A natureza humana pode ser bem cruel, às vezes. Os russos e os franceses enviaram caças até os seus respectivos robôs. Além de um buraco gigante, de quase um quilômetro de largura, nada aconteceu. Os russos tentaram bombardear Moscou há cerca de dez minutos.

— Imagino que tenha sido inútil.

— Ainda é difícil enxergar qualquer coisa no meio de tanta fumaça, mas sabemos que o robô continua lá, embora seja bem provável que não tenha sobrado muita coisa da cidade ao redor dele. Tem que ser muito corajoso para bombardear a própria capital desse jeito.

— O que os russos tinham a perder?

— Hmm. Eles mandaram o Kremlin aos ares. Por conta própria.

— Não havia mais ninguém vivo, nem lá nem na cidade.

— Talvez, mas ainda existiria alguma coisa no fim das contas. As pessoas poderiam voltar para a capital em duas horas, duas semanas, dois anos, que seja. Agora vão levar pelo menos uma década para reconstruir tudo e tornar Moscou habitável de novo.

— Talvez eles tenham optado por não deixar nada que os alienígenas pudessem usar depois, quando viessem em massa para cá.

— Você acha que eles querem colonizar o planeta?

— Consegue enxergar alguma outra razão para eles usarem esse gás como forma de extermínio? Se quisessem, poderiam simplesmente destruir tudo ao redor, em um piscar de olhos. Só posso deduzir que queiram manter os edifícios intactos.

— Eu não acho que seja isso.

— Consegue me apontar algum outro motivo, então?

— Não. Mas continuo achando que não é isso.

— Você poderia tentar elaborar um pouco seu ponto de vista, ou só vai até aí sua linha de raciocínio?

— Você sabe onde eu moro.

— Sei. Em um hotel.

— Eu me referia à minha casa, fora da cidade.

— Ah, sim, conheço, mas não estou entendendo aonde você quer chegar.

— Se você fosse capaz de construir essas coisas, esses robôs, iria querer se mudar para uma casinha de merda como aquela? Os alienígenas podem construir estruturas gigantes, relativamente autossustentáveis, cortar metal com feixes focados de luz… e sabe-se lá mais o quê. No quintal da minha casa eu tenho uma cerquinha vagabunda e uma macieira doente. O encanamento tem, tipo, cem anos de idade, as janelas não têm nenhuma vedação. A vista é bonita, mas a casa é uma merda! Por que eles iriam querer se mudar para lá? Imagino que o centro de Moscou não tenha muito mais a oferecer.

— Então…

— Acho que você tem razão. Os alienígenas têm algum bom motivo para usarem aquele gás, em vez de saírem vaporizando tudo. Eu não sei que motivo é esse, mas não acho que eles estejam procurando um lugar para morar. Só não consigo entender o que ganham eliminando a raça humana da face da Terra.

— Seja qual for o objetivo deles aqui, estão prestes a alcançá-lo, a menos que nós encontremos uma forma de evitar isso.

— Acho que nós dois não somos capazes de evitar isso. Se os cientistas não pensarem em alguma saída, não haverá nada que possamos fazer.

— A Otan está preparando um ataque nuclear.

— Como é?! Esses caras ficaram malucos?

— Não foi sugestão minha. Ainda assim, como não consegui pensar em nenhuma alternativa viável, preferi não contra-argumentar.

— Pelo amor de Deus! Que tal o argumento de que milhões de inocentes vão acabar perdendo a vida nesse ataque? Não vai dar tempo de evacuar todo mundo. Esses caras vão jogar uma bomba atômica em uma cidade abarrotada de gente.

— Essa gente toda iria morrer de qualquer maneira, quando os alienígenas decidissem atacar.

— Talvez, mas pelo menos nós não estaríamos ajudando a resolver o problema deles! Ah, sim, lembrei de outro argumento: não vai funcionar. Você sabe que não.

— Não tenho tanta certeza.

— Pois deveria ter. A chuva radioativa vai se espalhar por um raio de centenas de quilômetros. A água vai ficar contaminada, o solo, tudo. Pessoas vão ficar doentes, vão morrer. Garanto que nem o gás seria capaz de matar tanta gente. E essas pessoas vão sofrer uma morte horrível. É uma ideia estúpida, tão estúpida que não consigo nem conceber.

— Neste momento, talvez oitenta milhões de pessoas estejam respirando o gás alienígena, o que significa que teremos oitenta milhões de mortos em menos de vinte minutos. Nós temos que... fazer alguma coisa.

— Como eu disse: Rose pode fazer alguma coisa, assim como a equipe dela. Mais ninguém pode fazer nada a respeito. Nem eu nem você. E a culpa é sua.

— Não é verdade.

— Você é uma figura, espero que saiba. Eu sou o comandante do CDT, o que significa que tenho, sob minhas ordens, a única coisa no planeta inteiro que seria capaz de enfrentar ou pelo menos distrair esses alienígenas por algum tempo. O problema é que essa coisa está ali, parada em um hangar, simplesmente porque *alguém* não quis contar aos meus pilotos que eles tinham uma filha.

— Eu não sabia que eles tinham uma filha.

— Você me disse que tinham! E é por isso que um dos pilotos sumiu.

— Eu apenas repassei a você a informação que recebi da srta. Papantoniou. Não cheguei a confirmar a veracidade.

— Bom, você deve acreditar na veracidade. Caso contrário, não teria colocado uma psicopata para trabalhar no meu laboratório.

— A única razão pela qual mantenho a srta. Papantoniou nesta instalação é seu grande conhecimento de genética. Ela é uma cientista bastante competente, além de ser uma mulher extremamente inteligente. Você tem que admitir isso. De qualquer maneira, nada disso pode ser considerado um sinal de que eu acredito nela.

— Então por que não contou para todo mundo? Você sabia disso há mais de uma década.

— Veja bem, uma coisa é o que eu fiquei sabendo por volta de dez anos atrás, outra bem diferente é o que a srta. Papantoniou me contou há pouco tempo. O motivo para eu ter guardado silêncio, tanto na época quanto mais recentemente, deveria ser óbvio. A sra. Resnik teria colocado o mundo de cabeça para baixo até encontrar a filha. Teria feito isso uma década atrás.

— Ainda assim você achou que seria uma boa ideia contar a história toda para aquele delinquente imbecil.

— Admito que calculei mal quando decidi compartilhar informações tão vitais como essas com o sr. Mitchell, e estou tentando de todas as maneiras remediar o erro. Admito também que o momento para cometer essa falha não foi dos melhores.

— Pois é, bem no fim do mundo.

— O.k., não foi *nem um pouco* dos melhores.

— Melhorou.

— Tudo bem. Se me permitir focar essa conversa no problema que temos em mãos, e não nos meus pequenos equívocos...

— Claro, por favor.

— Quando eu disse que não era verdade, não estava tentando me isentar da culpa. Só estava querendo dizer que podemos fazer algo. Você estava coberto de razão quando afirmou que a saída para a situação só poderia ser encontrada pela dra. Franklin e a equipe dela. O que você e eu precisamos garantir é que ela tenha o tempo necessário para isso.

— E o que você sugere?

— Não podemos impedir que os alienígenas matem mais pessoas, mas podemos pelo menos tentar dificultar as coisas, para ganhar um tempo.

— Como?

— Poderíamos pedir a todos que vivem nos maiores centros urbanos do mundo que procurem abrigo em áreas menos povoadas.

— A todos que vivem nas maiores cidades do planeta?! Você só pode estar louco.

— Poderíamos começar com as cidades de dois milhões de habitantes ou mais.

— Você tem olhado pela janela ultimamente? Há quarenta e cinco mil soldados patrulhando as ruas de Nova York, sem contar os vinte mil policiais que se revezam em turnos de dezesseis horas. Saques ocorrem por todos os lados, as pessoas estão assustadas. Toda essa força de ordem não está sendo suficiente para manter as coisas sob controle, mas continuamos com um sorrisinho amarelo dizendo a todos que não há nada a temer. Agora, imagine um pedido desses da noite para o dia. Fujam da cidade! O que você acha que vai acontecer? E tem mais: para onde essas pessoas iriam?

— Para o campo, imagino.

— Elas não estão prontas para isso. Não existe zona rural no planeta capaz de absorver hordas de milhões de refugiados assim, sem qualquer tipo de preparação prévia. Teríamos que lidar com violência, problemas de saneamento, escassez de alimentos. Mesmo se funcionasse, as pessoas ainda se aglomerariam em determinadas regiões. Esses lugares, por acaso, não virariam os próximos alvos dos alienígenas? Se eles conseguem dizimar uma cidade inteira em menos de meia hora e depois se teletransportar para a próxima em poucos segundos, acho que não adiantaria muito ficar jogando as pessoas para lá e para cá.

— Eu não disse que seria fácil retirar todas essas pessoas das áreas urbanas e levá-las para o campo. Nem todo mundo conseguiria sair e, com certeza, muitos perderiam a vida ou ficariam feridos durante a tentativa. Também não afirmei que as comunidades formadas no fim desse processo seriam capazes de garantir o próprio sustento. A maioria desses lugares se tornaria terra sem lei, e quem não morresse das inevitáveis ondas de violência acabaria morrendo de fome, de sede ou de alguma doença. Agora, isso sem dúvida estenderia a sobrevida dessas pessoas em alguns dias. Se por acaso nesse meio-tempo a dra. Franklin e sua equipe conseguissem descobrir uma forma de derrotar os robôs alienígenas, o número de sobreviventes seria bem maior. Por outro lado, se os cientistas não fossem capazes de encontrar uma saída rápida, não acho que fome, sede ou doença seriam nossos maiores problemas. A ideia aqui é ganhar um pouco de tempo, já que os extraterrestres demorariam mais para exterminar a humanidade inteira se tivessem que fazer isso matando cem mil pessoas por vez.

— Certo, então. Vamos tirar as pessoas dessas cidades! A ONU vai coordenar as evacuações com os respectivos governos locais. Seria interessante se a gente conseguisse o apoio de algumas ONGs, também. Isso poderia facilitar as coisas.

— Ótimo. Vou deixar essa tarefa a seu encargo.

— E o que é que *você* vai fazer?

— A dra. Franklin e a srta. Papantoniou estão examinando todos os dados recolhidos dos sobreviventes de Londres. Eu vou pessoalmente verificar como elas estão se saindo nessa missão.

— O que você fez com eles? Com os sobreviventes, quero dizer.

— Foram colocados em quarentena.

— Quarentena?! Mas essas pessoas são justamente as que *não* ficaram doentes.

— Ainda não sabemos por que não foram afetadas pelo gás. Achei que fosse mais seguro mantê-las em isolamento até uma resposta.

— Você acha que os sobreviventes podem ter alguma relação com o ataque?

— Não acho que estejam envolvidos, pelo menos não diretamente. Agora, tenho total convicção de que não sobreviveram por acaso. Essas pessoas de alguma maneira foram *escolhidas*, quer saibam disso ou não.

— Por quê?

— Não sei. Pode ter sido pura coincidência, já que ainda não consegui encontrar nenhuma evidência mais concreta. Porém, existe a possibilidade de que esses sobreviventes não sejam completamente humanos.

— Não sejam completamente humanos... Como aquele seu amigo misterioso?

— Não exatamente. Acho que esse meu contato tem plena consciência de que descende de uma raça alienígena, ainda que nunca tenha afirmado isso em nossas conversas. Já eu ficaria bastante surpreso se essas pessoas soubessem de alguma coisa. Sem contar que o meu contato tem, digamos, algumas características físicas bem peculiares. Suspeito que sua linhagem esteja diretamente ligada aos primeiros extraterrestres a viverem entre nós. Os sobreviventes de Londres, pelo menos os que eu tive a oportunidade de encontrar, parecem perfeitamente normais. Não apresentam nada de diferente, fisicamente falando. Podem ser... primos distantes, no máximo.

— Já pensou em perguntar a eles?

— Já pensei, sim. Infelizmente.

ARQUIVO Nº 1580

ENTREVISTA COM JACOB LAWSON, REPÓRTER E SOBREVIVENTE DO ATAQUE A LONDRES

Local: Abrigo secreto do FBI nº 141, Nova York, estado de Nova York, EUA

— Parem! Nããão! AAAHHH! Por favor, parem! Por favor!

— **Diga por quê.**

— Meu nome é Jacob Lawson. Sou repórter da BBC. Isso é ilegal. Vocês não podem fazer isso.

— **Aparentemente podemos. Diga por quê.**

— Eu quero que meu governo seja notificado. Quero falar com um advogado.

— **Diga por quê.**

— Como assim, "por quê"? Não estou entendendo nada, droga! NÃO! Parem! AAAHHH!

— **Diga por quê.**

— Meu nome é Jacob Lawson e sou cidadão britânico! De acordo com a Convenção de Viena, desejo falar com o consulado britânico, para que eles sejam notificados do meu... NÃO! Não! Não! AAAHHH! PAREM! Parem com isso! Eu não consigo... Por que vocês estão fazendo isso? Eu... AAAHHH!

— Já chega, cavalheiros. Tente se recompor por um instante, meu caro. Ninguém vai machucar você.

— Por que vocês estão fazendo isso? Eu não fiz nada de errado!

— Você já está mais calmo?

— Não sei o que estou fazendo aqui. Quero falar com o responsável por isso.

— Acho que você já deveria ter percebido quem é "o responsável" nesta sala. Perguntei se você já está mais calmo.

— Estou... sim. Estou calmo.

— Então, diga por quê.

— POR QUE O QUÊ?!

— Pode parecer espúrio de minha parte explicar o quanto detesto esse tipo de interrogatório, considerando as nossas respectivas situações de momento. Apesar disso, gostaria de dizer que acho sua recusa em cooperar perturbadora. Eu até me deteria um pouco sobre a definição de "insanidade", se isso já não tivesse virado um clichê em situações semelhantes... mas, para resumir, é o que você vai colher se continuar resistindo assim.

— Não! Não! Chega! Parem! PAREM! NÃÃÃAAAHHH!

— Diga por quê.

— AAAHHH!

— Diga por quê.

— ...

— Diga por quê.

— ...

— Ele não está respondendo. Podem jogar água fria no rosto. Obrigado. Agora, apliquem bastante pomada nos dedos dele.

— ... Ai, meu Deus. Ahhh! Obrigado! Por favor, já chega.

— Essa pomada vai anestesiar as terminações nervosas na sua mão. As agulhas que esses cavalheiros enfiaram nas suas unhas dispararam uma reação nervosa bem intensa quando atingiram o osso. A dor deve passar em alguns instantes.

— Obrigado. Por favor, não me machuquem mais!

— Cavalheiros, removam as agulhas, por favor. Seu corpo está em estado de choque agora, e você aos poucos vai parar de sentir a mão esquerda. Fique tranquilo, é o fim das agulhas na mão.

— Obrigado, eu não aguento mais...

— Na verdade, aguenta, sim. Estou apenas tomando cuidado para não causar nenhum dano permanente ao seu corpo. No fim das contas, boa parte do desconforto que você está sentindo é fabricado pela sua própria mente. Essas agulhinhas podem ser pequenas, mas as terminações nervosas na ponta dos seus dedos são bem sensíveis. Por isso, os impulsos que esses nervos enviam ao seu cérebro e à sua medula dão a impressão de que a dor é muito maior do que realmente deveria ser, considerando o dano físico causado por esses cavalheiros ao seu lado. Se você decidisse responder, acabaria se recuperando bem rápido desse encontro desagradável, praticamente sem sequelas.

— Mas eu não sei de nada!

— Gostaria de terminar. Se por outro lado você insistir na teimosia e não cooperar, esses procedimentos vão prosseguir por tempo indeterminado, já que o dano real causado é mínimo. Você não vai morrer por causa da dor, mas pode ter certeza de que nunca irá se acostumar de verdade com ela. Essa é uma característica bem peculiar da dor: ao contrário do olfato, ou mesmo do tato, não ocorre nenhum tipo de adaptação neural a ela.

— Não sei o que você quer de mim! Eu não fiz nada!

— Bom, agora que você já sabe como a dor funciona, devo acrescentar que os nervos da sua mão direita já foram comprometidos, e qualquer desconforto que esses cavalheiros tentem produzir ali não terá o mesmo efeito de antes. Vou deixar você descansar um minuto ou dois. Assim que a dor tiver diminuído, vamos começar tudo de novo, dessa vez com a sua mão esquerda.

— NÃO! A outra mão, não! POR FAVOR! Eu imploro...

— Eu entendo a sua situação. Você está em um local desconhecido, sendo interrogado por pessoas que nunca viu. No entanto, depois de tudo o que aconteceu nesta sala nos últimos vinte minutos, você já deveria ter compreendido que não adianta pedir para parar. Seja com educação ou não, seu pedido não será atendido.

— Eu conto tudo que você quiser.

— Desde que você chegou aqui, eu venho fazendo a mesma pergunta. Note que, apesar de ser uma pergunta bem simples, você se recusa a responder.

— Não sei o que você quer de mim. Não sei de nada! Só diga o que você quer e eu repito! Mas parem, por favor!

— Confesso que esses procedimentos não são a minha especialidade. De qualquer maneira, conheço pessoas que costumam conduzir interrogatórios como esse com bastante frequência. De acordo com esses meus conhecidos, muitas vezes é mais difícil lidar com a ideia da dor que ainda não começou do que com a própria dor. Sinceramente não sei o que me deixa mais envergonhado: conhecer esse tipo de gente ou ter aprendido que o que essas pessoas dizem não é verdade. Vamos começar de novo, então?

— Não! Não! Não!

— Cavalheiros, o dedo mindinho da mão esquerda, por favor.

— Não, não... AAAHHH!

— Mais uma vez.

— AAAHHH!

— Diga por quê.

— *Cof-cof.*

— Mais fundo.

— Não... AAAAAAHHHHHH! AAAHHH! *Cof-cof.*

— Vamos fazer outra pequena pausa, para que você possa refletir um pouco.

— Cof-cof. Por que o quê? O que você acha que eu sei?

— Eu não consigo acreditar que você não saiba de nada.

— Você... Você não faria isso se... Você acha que eu sei alguma coisa, alguma coisa importante. Dá para notar.

— Ah, dá para notar?! Sabe, enquanto nós temos esta conversinha, dezenas de milhares de pessoas estão mortas, ou quase. O que eu acho ou deixo de achar é irrelevante no momento. Em compensação, qualquer prova que eu consiga obter pode ser essencial. Não posso me dar ao luxo de confiar em "achismos", nem me dar ao luxo de confiar em você. Vamos continuar?

— Espere! Espere! Por favor! O que você quer saber? Por que os alienígenas vieram para Londres? Por que nos atacaram? Por que eu sobrevivi, e todas aquelas pessoas morreram?

— Se você respondesse uma dessas perguntas, estaria se poupando de muita dor, mais do que é capaz de imaginar.

— Mas eu não sei de nada, droga! Não sei por que esses extraterrestres vieram para o planeta. Não sei o que eles querem com a gente. Não sei por que escolheram justo Londres. A única coisa que sei é que todas as pessoas que eu já amei um dia estão mortas, enquanto eu continuo respirando.

— Diga por quê.

— Você não acha que eu já teria dito se soubesse? Meu filho está morto! Minha esposa está morta! Meus amigos, minha família. Você acha que estou feliz com essa situação? Acha que eu não trocaria de lugar com qualquer um deles, se pudesse? Tem ideia de que eu daria tudo para ter morrido no lugar do meu filho?

— ... Eu entendo.

— Você acredita em mim?

— Sim.

— Você acredita em mim!

— ...

— Você não vai parar, não é?

— Não. Não vou parar.

— Por quê?

— Não pode restar nem sombra de dúvida. Só assim eu não vou precisar repetir o procedimento com outra pessoa.

— ...

— Cavalheiros, o dedo anelar da mão direita.

— MEU NOME É JACOB LAWSON E SOU CIDADÃO BRITÂNICO! DE ACORDO COM A CONVENÇÃO DE... AAAAAAHHHHHH!

ARQUIVO Nº 1585

REGISTRO DE ÁUDIO DE CABINE — AVIÃO DE BOMBARDEIO CLASSE B-2 SPIRIT DA FORÇA AÉREA DOS ESTADOS UNIDOS — DESLOCAMENTO MILITAR DA OTAN

Local: Algum lugar no espaço aéreo de Portugal

09:15:31 [HAMAL II]
Anderson House, aqui é Chris Parker falando. Estamos nos aproximando do espaço aéreo da Espanha. A velocidade é de novecentos quilômetros por hora, e a altitude, nove mil metros.

09:15:40 [CONTROLE DE MISSÃO]
Obrigado, Chris Parker. Pode começar a checagem final.

09:15:45 [HAMAL II]
Entendido.
...

09:18:03 [HAMAL II]
Checagem final concluída. Estamos prontos para ir para a cama.

09:18:10 [CONTROLE DE MISSÃO]
Entendido, Chris Parker. Trinta segundos até a hora de dormir.

09:18:14 [HAMAL II]
Anderson House, nós vamos mesmo fazer isso?

09:18:17 [CONTROLE DE MISSÃO]
Afirmativo, Chris Parker. Sinal verde para a hora de dormir. Repito: sinal verde para a hora de dormir.
Vinte segundos.

09:18:24 [HAMAL II]
Anderson House. Aqui é Chris Parker. Peço para confirmar com a Mamãe.

09:18:28 [CONTROLE DE MISSÃO]
Você já recebeu a ordem, Chris Parker. Dez segundos até a hora de dormir.

09:18:31 [HAMAL II]
Anderson House. Peço outra vez a confirmação da ordem.

09:18:33 [CONTROLE DE MISSÃO]
Mamãe está aqui, Chris Parker. Sinal verde para a hora de dormir. Em cinco. Quatro. Três. Dois. Um. Agora. Agora. Agora.
Chris Parker, aqui é Anderson House. Você passou do alvo.
...
Chris Parker, aqui é Anderson House. Por favor, responda.

09:18:57 [HAMAL II]
Entendido, Anderson House. Estamos tendo... alguns problemas técnicos com a escotilha de lançamento.

09:19:09 [CONTROLE DE MISSÃO]
Chris Parker, eu compreendo. Ninguém aqui está feliz com a missão, mas nós temos trabalho a fazer. Mudar o curso para dois sete zero, para outra tentativa.

...
Isso é uma ordem, Chris Parker, não uma sugestão.

...
Chris Parker, responda.

09:19:31 [HAMAL II]
Entendido, Anderson House. Sentido dois sete zero, agora.

09:19:35 [CONTROLE DE MISSÃO]
Entendido. Mantenha o curso.
...
Chris Parker, hora de dormir em cinco. Quatro. Três. Dois. Um. Agora. Agora. Agora.

09:20:10 [HAMAL II]
Anderson House, aqui é Chris Parker falando. As crianças estão dormindo. Mas que merd...

09:20:22 [CONTROLE DE MISSÃO]
Chris Parker, aqui é Anderson House. Por favor, repita.
Chris Parker, qual é sua posição?
Nós perdemos o seu ponto no radar, Chris Parker. Por favor, responda.
Chris Parker, por favor, responda.
...

ARQUIVO Nº 1587

ENTREVISTA COM A DRA. ROSE FRANKLIN, CHEFE DA DIVISÃO CIENTÍFICA, CORPO DE DEFESA DA TERRA

Local: Quartel-General do Corpo de Defesa da Terra, Nova York, estado de Nova York, EUA

— Os alienígenas acabaram de destruir Madri.

— Eles não destruíram a capital espanhola, dra. Franklin. Não fizeram isso.

— Veja então com seus próprios olhos! Não sobrou nada. Absolutamente nada.

— Sei que Madri foi varrida da face da Terra. Só estava querendo dizer que não foram os alienígenas. Fomos nós.

— Como assim?! Nós jogamos uma bomba em Madri?

— Fizemos mais do que isso. Há cerca de vinte minutos, um B-2 Spirit da Força Aérea dos Estados Unidos lançou sobre a capital espanhola uma bomba termonuclear não guiada da classe B83, com poder de destruição de 1,2 megaton. Não houve nenhuma explosão visível, nenhuma nuvem em formato de cogumelo. Apenas um pulso eletromagnético que desligou os dispositivos eletrônicos em praticamente todo

o território espanhol, seguido por uma forte luz branca, que atingiu um raio de quase trinta quilômetros, cobrindo a cidade inteira por volta de três segundos. Quando a luz desapareceu, não havia sobrado nada... nada além de um robô gigante, no centro do maior buraco já registrado.

— Eu não consigo acreditar... Os jornais estão dizendo que o robô atacou, assim como no trágico episódio de Londres.

— E o que você queria que eles dissessem? Que a Otan, a pedido do próprio governo espanhol, eleito democraticamente, decidiu jogar uma ogiva nuclear em uma cidade de seis milhões de habitantes?

— Quantas pessoas conseguiram sair de lá antes do lançamento da bomba?

— Não houve evacuação, nem aviso prévio. As autoridades queriam ter certeza absoluta de que acertariam o alvo. E acertaram.

— Tem dedo seu nessa história?

— Não, não tenho nenhum envolvimento na operação, que inclusive tentei impedir. Por sinal, preciso admitir uma coisa: essa crise chegou a tal ponto que meu grau de influência não é nem de perto o mesmo do passado. Digamos que eu... não consiga mais "segurar" o mundo, pelo menos não como costumava fazer. Para ser sincero, sinto como se finalmente tivesse me tornado inútil.

— Isso não é verdade. Só estamos diante de... circunstâncias incomuns.

— Me atrevo a dizer que não teremos mais muitas circunstâncias *comuns* no futuro.

— Talvez não, mesmo.

— Dra. Franklin, acredito que tenho a responsabilidade de manter todos ao meu redor focados em suas tarefas, independentemente do que esteja acontecendo lá fora. A última coisa que pretendo é me tornar um fardo para alguém, e também prefiro evitar que minhas emoções possam interferir no andamento do trabalho. Só que neste momento... Por que está rindo?

— Sério que você espera ouvir algumas palavras de conforto de *mim*? Logo de mim?

— Eu pediria a Alyssa, se ela estivesse aqui…

— Ah, sim, é um ótimo momento para piadas! Aliás, onde ela está?

— Mandei que ela fosse a Londres, para examinar outros sobreviventes.

— O que aconteceu com os que estavam aqui?

— Estão no avião com ela. Percebi que não tinha mais por que mantê-los aqui.

— Todos partiram?

— Todos, menos um. O sr. Lawson, infelizmente, não resistiu.

— O jornalista? O que aconteceu com ele?

— Sofreu um ataque cardíaco.

— Quando? Como?

— Ele tinha um problema no coração que eu não sabia. Acabou tendo um colapso durante o interrogatório e não conseguimos reanimá-lo.

— Durante o interroga… Você torturou esse homem?

— Como a maioria das coisas, isso é um pouco… Sim, eu torturei o sr. Lawson.

— Por quê?

— Pensei que ele soubesse de alguma coisa. Ele não sabia.

— E ele acabou morrendo.

— Sim.

— Eu não sei o que dizer. Você gostaria que eu dissesse que não foi culpa sua?

— Não. A responsabilidade pela morte do sr. Lawson é inteiramente minha. Eu deveria ter pedido os registros médicos dele antes de proceder ao interrogatório. Fui desatento.

— O que realmente incomoda você é que tenha se esquecido de olhar o registro médico desse homem, e não que ele tenha sido torturado?

— Não me julgue assim com tanta pressa, dra. Franklin. Pessoas inteligentes e cheias de boas intenções acabaram de jogar uma bomba nuclear na cabeça de seu próprio povo. O governo dos Estados Unidos matou a disparos mais de seiscentas pessoas na fronteira com o México há cerca de doze horas. Todas as vítimas estavam desarmadas, homens, mulheres e crianças em busca de refúgio em território americano.

— Então é nisso que nos transformamos?

— Eu já me fiz essa mesma pergunta mais de mil vezes. A pessoa que se ofereceu para ter uma conversa com você... sabe, aquela que provavelmente é descendente dos alienígenas, me disse certa vez que, se a humanidade não desse provas de que estava pronta, os construtores de Têmis poderiam nos mandar de volta à Idade da Pedra, para mais alguns milênios de amadurecimento. Acho que ele disse algo bem próximo disso, talvez até nessas palavras. Às vezes fico pensando se não é essa a melhor alternativa.

— Começar de novo.

— Começar de novo.

— Eu deveria estar chocada por você ter torturado uma pessoa, mas não estou. Acho que estou ficando tão inescrupulosa quanto você.

— Eu não sou inescrupuloso, mas nós dois realmente somos criaturas bem distintas.

— Nem tão distintas assim.

— Ah, sim, nós somos bem distintos. Por mais que você ache que tenha mudado, ainda somos dois seres humanos muito diferentes.

— Acho que você está enganado.

— Permita que eu faça uma pergunta. Você acredita que o governo americano tenha mentido sobre as armas de destruição em massa para justificar a invasão ao Iraque?

— O que isso tem a ver com a nossa conversa?

— **Apenas responda.**

— Sim, acredito.

— **E você acha que isso foi errado?**

— Como assim? Claro que foi errado!

— **Por quê?**

— ...

— **Porque é errado mentir, por isso?**

— É, por aí.

— **Veja, eu também acho que foi errado invadir o Iraque, mas por motivos completamente diferentes. Naquela época, as pessoas no poder acreditavam... bom, algumas dessas pessoas acreditavam que uma presença militar forte no Oriente Médio era crucial para garantir a preservação do estilo de vida ocidental. Achavam que dessa presença militar dependia a sobrevivência da democracia, da liberdade de expressão e de todos os valores mais importantes para a sociedade americana. Imagine por um momento que você também pensasse dessa maneira. Vamos até deixar isso mais fácil: imagine que, por alguma razão inexplicável, você tivesse *certeza* de que isso era verdade. Você também teria mentido ao povo americano, se essa mentira aumentasse suas chances de estabelecer a presença militar considerada vital?**

— Não, eu não teria mentido.

— **Essa é a diferença fundamental entre nós. Você nunca sacrificaria seus princípios por um bem maior. Eu não pensaria duas vezes antes de fazer isso. Eu sou um... pragmático. Já você, dra. Franklin, é uma idealista.**

— E isso é ruim?

— **Não, de maneira alguma. O que seria de pessoas como eu se não existissem ideais para serem defendidos?**

— Acho que você está no meio de uma crise de consciência por ter ultrapassado demais uma linha tênue, e agora está tentando racionalizar tudo que o trouxe até aqui. Você fez o que fez porque achou que era certo.

— Fiz o que fiz porque achei que teria uma chance de salvar pessoas. Nem por um momento pensei se era certo.

— Bom, e agora? Imagino que o sr. Lawson não tenha revelado nada a respeito do maravilhoso plano extraterrestre para dominar o mundo.

— Tem razão, ele não revelou nada. Apesar disso, continuo acreditando que a imunidade daquelas pessoas ao gás alienígena se deve às características genéticas que herdaram de algum antepassado de outro planeta. No caso específico do sr. Lawson, posso garantir que, se havia algo diferente de um *homo sapiens* em sua árvore genealógica, ele não dispunha da informação.

— Se serve de consolo, acho que você provavelmente tem razão: faria sentido se os alienígenas quisessem poupar as pessoas com quem tivessem algum laço. O que Alyssa tem a dizer a respeito?

— Ela ainda não encontrou nenhum indício mais conclusivo que pudesse comprovar essa hipótese, mas está trabalhando dia e noite. Devo admitir que poucas vezes vi alguém tão entusiasmado com alguma coisa. Se ela não tiver sucesso, com certeza não terá sido por falta de empenho.

— Ela *é* persistente. Tenho que confessar isso.

— ...

— O que foi?

— Um robô alienígena acaba de se materializar na parte norte do Central Park.

— Aqui em Nova York?!

— Receio que sim. Poderia ligar a televisão, por favor?

— Só um momento. Pronto. Veja, ele já está soltando o gás.

— Quanto tempo para o gás chegar até aqui?

— O que vamos fazer?

— Dra. Franklin, quanto tempo?

— A uma velocidade de quarenta quilômetros por hora... eu diria... cinco minutos, talvez menos.

— Temos que levar Têmis para um lugar seguro. Não podemos simplesmente sair e arriscar que ela seja destruída pelo robô alienígena.

— Posso chamar Vincent. Ele deve estar dentro do hangar.

— O.k. Vou mandar todos para o heliporto.

— Não! Eugene foi de helicóptero para Washington de manhã. Leve todos para o quartel-general da ONU. O gás não deve atingir os andares acima do vigésimo primeiro.

"Vincent? Aqui é Rose falando. Temos um robô alienígena em Nova York, a cerca de três quilômetros daqui... Sim, Vincent, ele já está soltando o gás, então não temos muito tempo. Pegue tudo o que puder e leve Têmis para longe daqui... Não sei, para um lugar seguro. Qualquer lugar longe daqui. Sim, eu sei. Vou mandar todo mundo para... Obrigada, Vincent. Boa sorte para você também.

"Sistema de comunicação interna... Onde está aquele maldito botão? Aqui. Atenção. Aqui é a dra. Rose Franklin falando. Se houver alguém neste prédio, deve sair imediatamente. A cidade está sob ataque e um gás mortal atingirá nossas instalações em poucos minutos. Sigam em direção ao prédio da ONU e subam até um dos andares mais altos. Não é um exercício de simulação. Repito: não é um exercício de simulação. Vocês devem evacuar este edifício e buscar abrigo acima do vigésimo primeiro andar do prédio principal da ONU. Repito: não é..."

— Já é o suficiente, dra. Franklin. Temos que ir, agora.

— Você ainda está aqui! Achei que estivesse cuidando do restante do pessoal.

— Eu estava. Estão todos fora. Não seria muito cavalheiresco da minha parte sair sem você.

— Pode ir. Já alcanço você.

— O que está fazendo, dra. Franklin?

— Não posso sair sem minhas anotações.

— Um backup automático dos arquivos é realizado toda noite.

— Eu sei. Só que anoto tudo em bloquinhos.

— E por que faria isso?

— Para evitar que você leia o que escrevo.

— Espero não me esquecer de ficar ofendido com isso no momento apropriado, caso consigamos sobreviver. Por que você parou?

— ...

— Dra. Franklin, por que está me olhando desse jeito?

— Acho que não temos mais tempo.

— A menos que sugira uma alternativa, seria melhor tentar do que ficar apenas de braços cruzados, esperando por uma experiência que, se não me engano, você descreveu como bastante desagradável.

— A sala hermética. É toda vedada por vidro.

— Tem certeza de que seria capaz de nos isolar do gás?

— Não absoluta. Tem nível 3 de segurança biológica e...

— Tem certeza de que não conseguiríamos chegar ao prédio principal a tempo?

— Absoluta.

— Então vamos para a sala.

— Por aqui, me siga... Ali dentro. Assim que as duas portas forem fechadas, teoricamente nada poderá entrar ou sair dessa sala. O gás teria que atravessar as paredes de vidro para invadir a sala.

— Existe algum sistema de ventilação?

— Eu desliguei. Vamos ficar sem ar em algumas horas, mas imagino que seja tempo suficiente para a dispersão do gás.

— Envenenamento por dióxido de carbono me parece uma alternativa melhor que intoxicação por gás alienígena.

— Será que você não tem nada mais animador para dizer?

— Nós dois lemos os mesmos relatórios e falamos com os mesmos sobreviventes. Eles tentaram fazer exatamente o que estamos fazendo agora, e mesmo assim não conseguiram escapar do gás. Acrescentaria ainda que existe pelo menos meia dúzia de portas entre este lugar e o lado de fora. Se o gás for mesmo capaz de chegar até aqui, duvido muito que uma camada de vidro vá fazer alguma diferença. O que tem de tão especial nessas paredes?

— São bem grossas. São... Sei lá, não faço ideia, mas dá para soltar uma doença transmissível pelo ar aqui dentro e ter certeza de que ela não vai sair.

— Fico feliz que tenha redescoberto a vontade de viver.

— Como você sugeriu, seria um jeito terrível de morrer... Não, não quero morrer dessa forma. Sem contar que ainda gostaria de ter a conversa com aquele seu amigo.

— Posso ligar para ele agora, se você quiser.

— Que tal a gente esperar até tudo isso acabar? Espero que minha equipe tenha conseguido chegar ao quartel-general da ONU.

— Sua equipe é composta de jovens. Eles devem ter conseguido correr até lá. Acredito que vão sobreviver.

— Espero que tenham chegado ao prédio dois minutos atrás. Olhe lá para a porta principal.

— O gás está atravessando as paredes, também.

— Não vai demorar até preencher o laboratório inteiro.

— Espero que este vidro seja mais eficiente que as paredes do laboratório.

— É um vidro bem caro…

— Então vamos torcer para que os impostos dos contribuintes americanos tenham servido para alguma coisa. Detestaria saber que nós dois morremos aqui só porque alguém resolveu economizar uns trocados comprando material de segunda categoria.

— Vamos descobrir logo, logo. O gás já se espalhou para todo lado… Veja! Eu não disse que estaríamos seguros aqui?

— Olhe para baixo, dra. Franklin.

— Ah, não! O gás está entrando pelo piso!

— E agora também pelo vidro.

— Não, não está!

— Chegue mais perto para ver.

— Como é que… Eu pensei que…

— Foi uma boa ideia, dra. Franklin. Venha, sente aqui ao meu lado.

— Está entrando devagar.

— Realmente o vidro está desacelerando a entrada do gás de modo considerável. Valeu cada centavo investido.

— Digo, está entrando *bem* devagar! Talvez a gente tenha tempo suficiente. Demoraria…

— Dra. Franklin, o gás leva algumas horas para se dissipar. Mesmo a uma velocidade dessas, teríamos… dez, vinte minutos, até que toda a sala esteja tomada.

— Quem sabe se eu ligar a ventilação…

— Dra. Franklin…

— Deve ter alguma coisa que…

— Dra. Franklin!

— Eu não quero morrer!

— Eu sei. Venha, sente aqui ao meu lado.

— Parece que, no fim das contas, não vou conseguir me encontrar com aquele seu… amigo.

— Aparentemente não. Existe alguma pergunta que você queira fazer e que talvez eu consiga responder?

— …

— Dra. Franklin?

— Hmm? Há tantas… tantas coisas que eu gostaria de saber.

— É bem provável que não tenhamos tempo para muitas respostas. Se você pudesse fazer apenas uma pergunta, qual seria?

— Essa é fácil. Quem é você? Para quem trabalha?

— Eu disse apenas *uma* pergunta.

— Eu…

— Tudo bem. A resposta para as duas perguntas se funde na mesma. Eu… não sou ninguém. Eu era professor universitário e trabalhava no Montgomery College, ensinando literatura americana. Era… era uma pessoa diferente. Eu me casei muito cedo, e minha esposa queria que eu me tornasse escritor. Eu nunca… Ela morreu de câncer quando nosso filho tinha apenas doze anos.

— Sinto muito.

— Obrigado. Foram tempos bem difíceis. Eu não era o pior pai do mundo, mas com certeza não estava pronto para criar um filho sozinho. Henry, meu garoto, aparentemente até perdoou as minhas muitas limitações. Tivemos uma boa relação por um tempo. Pais costumam se iludir, pensando que podem e devem ajudar nas escolhas dos filhos. A verdade é que dificilmente um pai ou uma mãe seriam capazes de concorrer com um amigo ou uma grande paixão. Aos quinze anos, Henry

conheceu uma garota, filha de um senador do congresso americano. Era uma boa menina, um ano mais velha que ele. Eu achava que ela poderia ser uma boa influência para Henry... No fim das contas, meu filho é que acabou sendo uma má influência para ela. Ele já tinha usado drogas antes, mas não podia bancar o próprio vício. Quando minha esposa faleceu, resolvi manter a casa onde morávamos, como uma forma de garantir certa estabilidade para Henry. Depois da hipoteca, sobrou pouco dinheiro. Só que dinheiro não faltava para a garota, que era de família rica. Resultado: dois adolescentes rebeldes, apaixonados e com uma fonte ilimitada de recursos. Alguns meses depois, Henry e a namorada não passavam de sombras do que eram. Pensei que a cocaína fosse acabar matando meu filho, mas foi o álcool.

"A caminho da locadora de vídeo, eles bateram de frente. O motorista do outro carro estava bêbado. Por sinal, ele já tinha sido condenado duas vezes por dirigir sob a influência de álcool. Foi processado por homicídio doloso, mas acabou solto porque a amostra de sangue coletada foi, de alguma maneira, contaminada no laboratório."

— Você deve ter ficado furioso.

— Naturalmente. Não me sobrava mais nada. Minha esposa tinha muitos amigos, mas eram amigos *dela* e acabaram se afastando de mim depois que ela faleceu. Eu não ia mais trabalhar. Perdi a casa. Tudo o que me restou foi a minha raiva. Retirei o que ainda tinha na minha conta bancária, mais ou menos mil dólares, e pedi a um amigo de Henry para comprar tudo o que dava de cocaína com o dinheiro. Em seguida, descobri onde o motorista bêbado morava. Escolhi meu melhor terno e disse ao senhorio que eu era funcionário do governo. Depois que ele me deixou entrar, escondi as drogas e saí. Mais tarde, fiz uma denúncia anônima à polícia.

— E funcionou?

— Claro que não. Já tinha deixado bem claro para a polícia, diversas vezes antes, o quanto estava descontente com a situação. Não demorou muito para que eles ligassem os pontos e percebessem quem era o misterioso funcionário do governo. Fui preso apenas quatro horas depois de ter feito a ligação. Eu sabia que não havia saída. Como não tinha usado luvas, em pouco tempo eles descobririam as impressões digitais espalhadas pela embalagem de cocaína.

— E, então, o que aconteceu?

— Fui liberado. Dois homens, vestindo ternos bem melhores que o meu, me tiraram de lá e me levaram para casa. Uma semana depois, recebi um convite para visitar o senador.

— O pai da garota que namorava seu filho.

— Exato. Eu não sabia na época, mas acabei descobrindo que ele também era membro da comissão do Senado destinada à Segurança Interna e aos Assuntos Governamentais dos Estados Unidos. Ninguém chegaria a uma posição como essa sem conhecer as pessoas certas. Bastou ele cobrar um favor e pronto, eu estava livre. Tivemos uma longa conversa a respeito da paternidade e do mundo em que vivemos, apreciando algumas doses de um excelente uísque.

— Vocês conversaram sobre o que aconteceu?

— Nem uma palavra. Voltei a me encontrar com ele apenas um mês depois, em um restaurante italiano bem chique, em Washington. Nessa oportunidade, sim, conversamos sobre o que aconteceu. Ele comentou que eu tinha mostrado coragem, mas também uma boa dose de estupidez. Disse que, se eu planejava conseguir o que queria...

— Justiça?

— Não. O que me movia naquela época não era o senso de justiça, mas ódio puro. Tudo o que eu queria era vingança. Enfim, o senador me disse que, se eu quisesse realmente me vingar, precisaria me comprometer muito mais. Lembro de ter sentido vergonha quando admiti que não seria capaz de matar aquele homem, mesmo que ele tivesse tirado a vida dos nossos filhos. O senador então me perguntou o que eu estaria disposto a sacrificar por essa vingança. Eu fiquei aliviado: como não tinha mais nada na vida, nem sequer vontade de viver, não hesitei nem por um instante em dar a resposta que ele estava esperando.

"Depois do jantar, fui levado a um pequeno apartamento nos arredores da cidade. Lá, um enfermeiro coletou boa parte do meu sangue. Não sei exatamente quanto, mas precisei ficar de cama por dois dias. Só levantei quando um homem deixou na porta do apartamento um envelope bem grande. Dentro, havia quinhentos dólares, um cartão de banco e um exemplar do jornal daquela manhã. Na página 3, a notícia: 'Homem é preso depois de matar professor universitário'. O motorista do carro que tirou a vida do meu filho tinha sido encontrado inconsciente na própria cama, coberto de sangue — meu sangue —, com uma faca no chão ao seu lado. Minha casa tinha sido completamente revirada: havia sinais de luta e uma enorme mancha de sangue no carpete da sala. Testemunhas disseram ter visto o carro do homem estacionado no acostamento da rodovia, às margens do rio Potomac…"

— Não pare.

— Peço desculpas. Eu me distraí com o gás se aproximando do seu pé.

— Ai, meu Deus!

— Talvez possamos continuar a conversa em cima dessa mesa, assim que tirarmos essas coisas daqui… Dra. Franklin, você está tremendo mais que vara verde.

— Nós vamos morrer, não vamos?

— Nós sempre vamos morrer, dra. Franklin. Seria terrivelmente inapropriado se eu colocasse meu braço ao redor de seus ombros? Assim. Onde eu estava, mesmo?

— Você estava morto.

— Ah, sim. Meu corpo nunca foi encontrado. Eu assisti ao meu próprio funeral, à distância. Depois de ver meia dúzia de pessoas lá, ficou muito mais fácil abrir mão daquela antiga vida.

— E como você acabou indo trabalhar para… Você nunca me disse para quem trabalha.

— Não tinha ficado muito claro para mim no início, mas logo percebi que estava trabalhando para o senador. Ele tinha planos muito específicos, e eu ajudava de toda maneira possível. Meu cartão de banco me dava acesso a uma conta da CIA, controlada pelo senador. Ele me pediu para procurar um lugar quieto para me estabelecer. Escolhi uma cidadezinha na Virginia do Norte, terra natal da minha esposa. Fiquei sem notícias do senador por mais um ano. Diversos contratos de reconstrução firmados por ele após a Guerra Civil Curda Iraquiana estavam chamando a atenção da Controladoria Geral da Secretaria de Defesa dos Estados Unidos. Ele queria que eu "convencesse" os fiscais a fazer vista grossa. Recusei, é claro, mas eles fizeram questão de me explicar que eu não tinha muita escolha.

— O que você fez?

— Comprei um terno melhor e fui me encontrar com o diretor da agência.

— Só foi lá e conversou com ele.

— Pensei que pudesse convencê-lo.

— E?

— Meu poder de persuasão não era tão grande quanto eu imaginava. Ele mandou me prender, dessa vez pelo FBI.

— O senador voltou a livrar você?

— Voltou, sim. O diretor do FBI veio pessoalmente falar comigo. Em uma breve caminhada, me perguntou se poderia fazer algo por mim. Eu disse que precisava de ajuda com a Controladoria Geral. No dia seguinte, o diretor da controladoria foi flagrado em um escândalo sexual e acabou renunciando ao cargo. Depois do episódio, fiquei conhecido tanto pelos responsáveis pela aplicação da lei quanto pelos ligados ao setor de Inteligência. Tentei muitas vezes descobrir o que tinha acontecido naquela ocasião no FBI, sem sucesso. Anos mais tarde, me contaram que o diretor do FBI tinha recebido uma ligação direta do Salão Oval da Casa Branca, dizendo que eu trabalhava para "uma organi-

zação que carrega as melhores intenções em relação aos interesses dos Estados Unidos". Já escutei a frase de diferentes maneiras, mas acho que essa é a minha preferida.

— Bom, imagino que você não trabalhe mais para o senador.

— Ah, não. Ele morreu logo em seguida. Câncer nos ossos.

— Então, para quem você trabalha?

— Bem, ele era a única pessoa que sabia quem eu era de verdade. Eu não tinha nome, e minha reputação só crescia dentro do setor responsável pela Inteligência. Como eu tinha um cartão de banco, viajei por alguns meses. Até que um belo dia me ocorreu que, talvez, eu fosse a única pessoa capaz de deixar alguma marca positiva neste mundo.

— Não é possível que você trabalhe sozinho. Está me dizendo que não há uma organização secreta mexendo os pauzinhos pelo mundo afora?

— Posso assegurar que, se existe alguma organização desse tipo, eu nunca ouvi falar. Com certeza nunca trabalhei para uma organização assim. Ao longo dos anos, criei uma rede de contatos ao redor do mundo, e os recursos que tenho à disposição hoje são consideravelmente maiores do que aqueles que eu tinha quando comecei. Apesar disso, não trabalho para *ninguém*, se é isso que você quer saber. Eu sou o que chamam de... autônomo.

— Eu estou... Não pode ser... Isso é loucura! E funciona? As pessoas acreditam em você?

— Por que não acreditariam? Eu ofereço o que elas mais desejam.

— E o que seria?

— A possibilidade de uma consciência tranquila. As pessoas preferem acreditar que eu faço parte de alguma organização superior porque assim conseguem dormir melhor à noite. O mundo em que vivemos é aterrorizante. Guerras, aquecimento global, doenças, miséria, terrorismo. Todos estão assustados. E isso vale sobretudo para os mais poderosos, que têm medo do mundo e do papel que desempenham nele,

que estão petrificados, paralisados pela responsabilidade, incapazes de agir por medo de tomarem a decisão errada. Eu ofereço alívio, paz de espírito. É como se desse a eles um Deus, na forma de uma organização global todo-poderosa, onisciente e onipotente, que vai consertar tudo e manter o mundo a salvo.

— Por que logo esse projeto?

— Ah! Em 1999, um incidente em um sítio arqueológico na Turquia chamou minha atenção. Evidências encontradas no local, ainda que inconclusivas, me fizeram acreditar que seres de tecnologia muito mais avançada que a nossa talvez tivessem passado pelo planeta, milênios antes.

— Você sabia, então? E quem mais?

— Eu não sabia de nada. Suspeitava, apenas. Quando a Agência de Segurança Nacional garantiu os fundos para a sua pesquisa em Chicago, tomei conhecimento da sua descoberta acidental na infância e acabei ficando bastante interessado.

"Acima de tudo, enxerguei no projeto uma possibilidade de finalmente deixar algum tipo de legado. O que eu faço, bem, exige... uma forma específica de lógica. Nesse sentido, o trabalho se aproxima da polícia e de outras instituições de ordem. Passei a pensar que poderia erradicar o mal da face da Terra, um pouco por vez, até que não restasse mais nada. Só que este planeta não funciona dessa maneira. Infelizmente. Acho que o mundo deve precisar de certo equilíbrio entre o bem e o mal para funcionar direito. Enfim, em pouco tempo percebi que estava basicamente cavando um buraco na lama. Eu tirava um corrupto do poder, um ano depois entrava em seu lugar outro igual ou pior. Se um policial impede que um bêbado espanque a esposa uma vez, quais são as chances de que não haja reincidência e que ele não tenha que impedir a violência de novo? Será que esse policial realmente tem o poder de prevenir alguma coisa ou está só adiando o inevitável? Percebi que as questões do bem e do mal estavam fora do meu alcance, e que a única coisa que eu poderia manter sob algum controle era o tempo. Podia ganhar tempo, criar intervalos de paz. Eu não era capaz de fazer do mundo um lugar melhor, não *de verdade*, mas poderia ga-

rantir isso por curtos períodos de tempo. Acabei me conformando com essa alternativa. Algumas pessoas não conseguem se conformar. Como eu disse, é preciso se adaptar a certa lógica.

“Mas à medida que você envelhece, se dá conta de que chegará uma hora em que não poderá continuar cavando. A ideia de que o buraco vai acabar se enchendo de lama de novo, como se você nunca tivesse existido, se torna insuportável. Na minha área, permanência é como o Santo Graal. Eu enxerguei neste projeto uma maneira de enfim deixar a minha marca no mundo.”

— E se você pudesse voltar no tempo…

— Talvez eu possa.

— É verdade. Você gostaria que as coisas tivessem sido diferentes?

— Além dessa questão do fim do mundo?

— Não foi o que eu quis dizer. Você preferia ter vivido… como uma pessoa normal?

— Eu gostaria que meu filho não tivesse morrido e que minha esposa ainda estivesse aqui, comigo. Se eu não fosse capaz de mudar essas duas coisas, provavelmente escolheria o mesmo caminho. Nem sempre foi fácil, mas acredito ter feito mais coisas boas que ruins.

— Imagino que isso seja o máximo que todos podemos querer.

— Eu me arrependo de uma coisa.

— Do quê?

— Eu gostaria de ter deixado alguém para dar continuidade ao que comecei. Não me dei conta de que poderia ficar sem tempo para terminar. Eu tinha esperanças de encontrar um sucessor, alguém que eu pudesse… preparar. Estava procurando por…

— Um filho.

— … talvez. Esperava deixar alguma forma de legado. Durante um tempo, pensei que o sr. Couture pudesse ser um bom candidato…

— Ele ainda pode ser.

— Ele tem uma família, agora, uma filha. Tem muito a perder. Eu ia dizer que pensei que o sr. Couture pudesse ser um bom candidato, até perceber que você era a candidata ideal.

— Eu?

— Tinha que ser. Você é inteligente, dedicada. Não tem família, nem expressou qualquer desejo de formar uma. Quando nos encontramos pela primeira vez, você era ingênua demais... frágil demais. Agora, desde que você reapareceu, se tornou mais resiliente, menos...

— Eu tentei me matar.

— Um lapso momentâneo na sua capacidade de julgamento. Como eu dizia, se tornou menos... vulnerável ao que o mundo insistia em jogar sobre você. Posso garantir que a sua versão anterior não teria se mantido tão segura quanto você depois dos últimos acontecimentos.

— O que você está tentando dizer é que não estou mais nem aí para nada, é isso?

— Eu disse que você seria uma boa candidata para me substituir. Isso nunca teve a intenção de ser um elogio.

— Eu não seria capaz de fazer o que você faz. Não sou... James Bond!

— Eu não estava à procura de alguém que pudesse chantagear os grandes líderes mundiais. Queria alguém que assumisse, em meu lugar, a responsabilidade de manter os arquivos Têmis a salvo, preservando um registro desses acontecimentos que mudaram para sempre a história da humanidade. Dada essa explicação, acrescento que acumulei boa quantidade de informações confidenciais. Se você soubesse o que eu sei, poderia conseguir o que quisesse, de qualquer pessoa.

— Obrigada por pensar em mim. Eu...

— Desculpe interromper, mas parece que não temos mais nada em que subir. Será que devemos ficar em pé?

— Meus pés já estão completamente rodeados pelo gás. Você está sentindo alguma coisa?

— Ainda não.

— O que vai acontecer com eles? Os seus arquivos?

— Não sei. Tudo o que consegui recolher durante a minha... Não sei se posso chamar de "carreira", mas enfim... Está tudo guardado em um disco rígido, dentro de um depósito seguro. A chave e o cartão de acesso estão aqui no bolso do meu paletó. Só espero que a pessoa que recolha os nossos corpos tenha uma mente curiosa e um espírito de aventura. As informações mais recentes também estão aqui no meu bolso, em um pendrive. Deve ser fácil descobrir a senha, usando a gravação que estamos fazendo no momento.

— Qual é a senha?

— O nome do meu filho.

— Fale mais de você.

— O que quer saber?

— Sei lá. Tudo. Fale como você conheceu Eugene. Vocês parecem próximos.

— Essa é uma história bem interessante, mas muito longa. Foi um prazer conhecê-la, dra. Franklin... ***Cof-cof...***

— Senhor?

Senhor... *Cof-cof...*

...

...

ARQUIVO Nº 1588

DIÁRIO DE MISSÃO — VINCENT COUTURE, CONSULTOR, CORPO DE DEFESA DA TERRA

Local: Quartel-General do Corpo de Defesa da Terra, Nova York, estado de Nova York, EUA

— Aqui é Vincent Couture falando. Estou dentro da sala de controle ao lado do hangar 1. Não há mais ninguém por aqui. Mandei todos correrem para o prédio principal. Se conseguirem chegar lá a tempo, estarão seguros nos andares mais altos. Espero que Rose consiga sobreviver. Quando o robô apareceu no Central Park, ela estava no laboratório, bem mais longe do prédio da ONU.

"Estou tirando os discos de backup de dentro do cofre e alguns equipamentos de comunicação. Não tenho certeza se consigo pegar mais alguma coisa antes de sair daqui. Bom, imagino que o prédio não vá ser destruído, então não tem problema.

"Eu queria poder lutar contra aquela coisa. Já morreu muita gente nessa história toda, mas é diferente quando acontece dentro da sua casa. Fico imaginando se nossos vizinhos, o cara da lavanderia da esquina... enfim, se algum deles vai conseguir sobreviver. Provavelmente não. Eu me sinto mal por ter como dar o fora daqui, e eles não. Nem acredito que estou falando isso, mas me sinto mal até por aquele babaca do café que vive dando em cima da Kara. Estou indo para o hangar 1 neste momento. Vou levar Têmis para o norte, tentando não facilitar as coisas para aquele robô, caso resolva parti-la em dois.

"*Merda!* Quase esqueci. Preciso fazer uma parada rápida nos vestiários. Kara deixou alguns objetos pessoais no armário dela: uma foto antiga da mãe, umas bugigangas que dei de presente para ela. Também deixei uma foto autografada do David Prowse no meu guarda-volumes. Ah, sim, minha aliança de casamento está lá. É *por isso* que eu tenho que passar lá. Se eu morrer, digam à minha esposa que voltei para pegar a aliança. Ela vai ficar bem impressionada."

— Ela vai achar que você é um idiota, isso sim.

— Kara? É você?! Ah, meu Deus! Vem aqui, sua doida!

— O.k., já pode parar! Você está me sufocando.

— Desculpe.

— Vincent, essa é Eva. Eva, esse é Vincent.

— ...

— Vincent, você está bem?

— Estou...

— Então troquem ao menos uma palavra.

— É um prazer conhecer você, Eva. Quer ver Têmis?

[*Ela está aqui?*]

Vou entender isso como um sim...

— Vincent, tem tanta coisa que eu preciso te contar...

— Eu sei. Nosso "amigo" já me adiantou o assunto.

— Aquele cretino, eu vou...

— Mais tarde. A gente tem que sair daqui, e *agora*. Um robô gigante apareceu a cerca de quatro quilômetros daqui, e está soltando gás tóxico. Eva, é por ali.

— Quanto tempo temos?

— Não sei. Têmis viaja bem rápido. Três minutos, talvez? E ela? É...

— Não tenho certeza. Mas ela se parece um pouco comigo, não acha?

— Não é só um pouco. Na verdade, é bem assustador.

— Shhh. Ela está bem atrás da gente.

— E ela já sabe?

— Não, eu não contei. Ela já passou por bastante coisa. Ela é... é meio *sombria.*

— Como assim "sombria"? Tipo, sombria "a minha banda favorita é o The Cure"? Ou está mais para uma Rose "eu-sou-uma-abominação-e-deveriam--me-jogar-na-fogueira"?

— Ela... não é bem o que eu esperava. Quer dizer, em um minuto ela é uma menininha de dez anos normal. No outro, é como se...

— Como se o quê?

— Ela fala de gente morrendo, de como as pessoas se sentiram antes do último suspiro. É... sombria. Ela viu os pais morrerem.

— Coitadinha.

— Verdade. Os russos chegaram lá antes de mim. Três homens invadiram a casa, no meio da madrugada. Mataram os pais bem na frente dela.

— Onde você encontrou ela?

— No Haiti.

— No Haiti?! E como é que você foi parar lá?

— Eu sabia que eles não conseguiriam levar a garota para a Rússia em um voo comercial comum, e não havia jatos particulares com a bandeira russa por lá. Imaginei que teriam que pular de ilha em ilha, até saírem a partir de Cuba. Meu plano era ir passando pelos portos, torcendo para que alguém tivesse visto três homens com sotaque esquisito. Levei sorte já na primeira tentativa, bem em San Juan. Os russos tinham alugado um barco que os levaria até a República Dominicana. Acabei falando por acaso com a esposa do capitão, nas docas. Consegui alcançar a embarcação em Punta Cana, e depois segui os russos pela ilha por todo o caminho até Porto Príncipe.

— E como conseguiu resgatar a garota? Por favor, não me diga que você encarou três agentes da KGB sozinha.

— Acho que não eram agentes, só mercenários. E não. Preferi subornar a polícia haitiana, que colocou os três na prisão. Ah, preciso acrescentar que agora estamos completamente sem dinheiro.

— Ah, que maravilha. Minha esposa acabou com as nossas economias pagando um grupo de policiais corruptos no Haiti.

— Nem tudo eu gastei lá. Também tive que alugar um carro.

[*Uau.*]

— Pois é. Chegamos! Ela é bem maior pessoalmente, não é? Você gostaria de ver como é lá dentro, Eva?

[*Sério?*]

Claro que sim. Vamos dar uma voltinha.

— Tem certeza de que Têmis consegue sair andando daqui? Pergunto porque não podemos simplesmente lutar com aquele robô, não com Eva a bordo.

— Ah, me esqueci de comentar: nós não vamos sair andando daqui… Tem umas coisinhas que eu preciso te contar, também. A propósito, como é que você teve coragem de sair daqui enquanto eu estava desaparecido?

— Eu achei que ela estivesse em perigo.

— E eu não estava? Para sua informação, fiquei preso no fundo do oceano!

— Sério?

— Sim, mas o ponto é que…

— Eu não sabia o que fazer! Eu estava ali praticamente de mãos atadas, enquanto as pessoas tentavam encontrar você. Eu estava a caminho, e aí pensei... Merda!

— Que foi?

— O elevador não está funcionando...

— Eu tinha medo de que isso fosse acontecer. Acho que desligaram a energia há cerca de cinco minutos.

— Mas as luzes estão acesas!

— Sim. Ouvi o clique do gerador ligando assim que entrei na sala de controle. Acho que o elevador não está conectado nele. Bom, você sabe o que isso significa...

— Acha que consegue?

— Estamos prestes a descobrir. Toda vez que entro no elevador, olho para aquela escadinha e penso: "Quem seria estúpido o suficiente para subir nessa coisa?".

— Eva, como o elevador não está funcionando, vamos ter que usar aquela escadinha de corda ali. Vincent vai na frente, você segue bem atrás.

— Por que eu preciso ir na frente?

— Confie em mim, Vincent. Se você tiver o pé de outra pessoa bem perto da sua cara, pode ter certeza de que vai querer olhar para baixo. E pode apostar que na situação atual é melhor você não olhar para baixo.

[*Estou com medo.*]

— Também estou, Eva.

— Vincent tem medo de altura. Você vai ter que ajudar ele a ficar calmo, Eva. Vai logo, Vincent, não temos o dia todo! Certo, agora é sua vez, Eva. Mantenha os olhos em Vincent. Eu estarei aqui, bem atrás de você.

— Qual é a altura da escotilha, mesmo?

— Tente pensar em outra coisa. Você disse que ficou preso no fundo do oceano, certo?

— Tenho minhas dúvidas se lembrar de quando eu achava que ia morrer vai me ajudar agora, quando estou achando que vou morrer.

— Deixe para lá, então. Suas palmas estão suadas? A corda pode ficar bem escorregadia, às vezes.

— Rá-rá. Como você é engraçadinha! Eva, como eu digo "babaca" em espanhol?

— Não responde, Eva. Ele só quer chamar atenção. Por falar em babacas, Vincent, quer dizer que aquele nosso amiguinho, o sr. Simpatia, adiantou o assunto com você, é isso?

— É, ele conversou comigo. Acho que ele se sentiu mal por você ter ficado sabendo de tudo logo pelo Ryan.

— Ele que se foda.

— Eu falei que você ficaria bem zangada.

— Não estou zangada. Só não quero olhar para a cara daquele sujeito de novo. Nunca mais.

— O.k. Ainda bem que eu me enganei, então. Detesto quando você fica zangada.

— E você não está puto? Ele mentiu para você, também.

— Não exatamente... Quer saber? Você está sendo agressiva comigo. Vamos falar de outra coisa. Eva, eu não sei nadinha sobre você. Conte alguma coisa para mim, qualquer coisa.

[*Eu não...*]

Vamos lá! Isso vai distrair você enquanto sobe a escadinha. Bom, na verdade isso vai *me* distrair enquanto subo a escadinha. Não sei quanto a você, mas estou morrendo de medo, de um jeito... é... bem masculino. Conte alguma coisa interessante para mim.

[*Hmm... Quer saber por que me chamo Eva?*]

Eu diria que é por causa da Eva Perón.

— Eva é de Porto Rico, Vincent, não da Argentina.

[*Meus pais me deram esse nome por causa de um robô.*]

— Olha só, que interessante!

— Pode apostar. Você conseguiu atrair a atenção dele, agora, Eva.

[*Eu nasci bem no dia em que o CDT foi criado, quando teve aquele desfile. Meus pais eram supergeeks, sabe, bem fãs de ficção científica. Têmis era a coisa mais legal que já tinham visto na vida. Eles cogitaram me chamar de Têmis, mas pensaram que um monte de gente ia fazer a mesma coisa. Então, escolheram o nome de outro robozão.*]

Outro robô?

[*É. Eva é bem comum em espanhol, mas parece que também é o nome de um robô gigante de um anime japonês que eles amavam. Um anime antigo. Eu nunca vi.*]

— Eva vem de Evangelion? Caramba, isso é sensacional!

— Mas é claro... Vincent sabe tudo sobre isso.

— Com certeza! É incrível! Mas o nosso robô é maior.

— Eva, acho que você ganhou um fã.

— Eu... *nós* temos o DVD do Evangelion em casa, você sabe.

— Ah, sei?

— Pode apostar.

— Certo, certo! Já que Eva nunca viu, a gente pode assistir todo mundo junto... Ele está sorrindo, não está?

[*Sim. E você também.*]

Acho que estou, mesmo...

— Bem, não é tão legal quanto ter o nome de um robô gigante, mas minha mãe me deu o nome de Vincent por causa de um personagem de TV, também.

— É mesmo? Qual?

— Ron Perlman, com maquiagem. Minha mãe me disse uma vez que amava assistir ao seriado de *A Bela e a Fera* quando estava grávida de mim. Era dublado em francês, é claro, e a pessoa que fazia a voz de Linda Hamilton tinha um sotaque bem falso, mas minha mãe adorava quando ela chamava a Fera pelo nome. "Oh, Vincent!" Foi daí que ela pensou no meu nome.

— Como é que você nunca me contou isso?

— Para falar a verdade, eu meio que tinha esquecido.

— Seus pais colocaram o nome da Fera em você. Isso é bem esquisito.

— Ei, eu disse que *a minha mãe* me deu o nome por causa disso. Acho que ela nunca contou para o meu pai. Ele nunca teria concordado com uma coisa dessas. Seja como for, não consigo imaginar meu pai perdendo muito tempo procurando nomes de bebês. Era por conta de minha mãe, imagino.

[*Ei, pessoal. Tem algo branco entrando na sala, bem debaixo da gente.*]

Merda!

— Foi o que pensei. Vincent, acha que pode apressar o passo um pouquinho?

— Estou indo o mais rápido que consigo. Quanto tempo você acha que o gás leva para encher a sala?

— Bem, está cada vez mais alto. Eu diria que não vai demorar muito, não. Eva, tente ir um pouco mais…

[*AAAHHH!*]

Tudo bem, peguei você.

[*Você está bem?*]

Estou, sim. Seu sapato quase arrancou a minha orelha, mas vou sobreviver.

— Tudo bem por aí? Não quero olhar para baixo.

— Estamos bem, Vincent! Continue subindo! Vá, Eva! Vá! Pego você, se você cair.

[*Kara?*]

Diga.

[*Você deveria ir no meu lugar. Posso ir bem atrás de você.*]

Estamos quase lá, Eva. Vincent, só mais uns degraus e estaremos lá.

— Cheguei ao topo. Não consigo alcançar a escotilha.

— São só alguns metros para o lado. Você vai ter que segurar a escada com uma mão só.

— Não consigo!

— Claro que consegue! Segure com a mão esquerda e estique a direita ao máximo.

— Não alcanço.

— Você vai ter que olhar, Vincent. Depressa! Ali! Só mais um pouquinho para a direita. Você consegue. Agora, desce um degrau e agarre a borda.

— Estou com medo!

— Você consegue! Solte a mão esquerda e dê um impulso com as pernas. Com força! Isso! Conseguiu! Entre pela escotilha, que vou passar Eva para você!... Eva, quero que você se apoie naquela barra. Pise bem ali e me deixe passar entre você e a escada. Pronto, peguei você. Vincent, estamos ficando sem tempo. Vou segurar Eva com meu braço direito e passá-la para você. Você vai precisar pegá-la.

— Rápido, a fumaça está bem embaixo de nós.

— Eu sei! Está pronto? Pronta, Eva? Segure ela, Vincent! Segurou? Está com ela?

— Sim! Venha, Eva! Entre!

— Vincent, não dá mais tempo. Feche a escotilha assim que Eva passar.

— Kara, não seja estúpida! Vamos, Eva, se jogue aqui para dentro. Eu vou ter quer passar por você para buscar Kara. Segure firme, Kara, estou chegando.

— Não dá mais tempo.

— Dá tempo, sim! Só um segundo!

— Você é pai, agora. Tome conta dela.

— Não, NÃO!

— Eu te amo.

— Não feche a escotilha! KARA! NÃO!

[*Pare.*]

KARAAA! Eva, saia da frente!

[*Não. Não faça isso.*]

Eu disse para SAIR!

[*Nós dois vamos morrer se você abrir esta escotilha.*]

É a sua mãe lá fora!

[*Eu sei. Mas ela se foi.*]

PARTE 4

PARENTE PRÓXIMO

ARQUIVO Nº 1591

ENTRADA DE DIÁRIO — VINCENT COUTURE, CONSULTOR, CORPO DE DEFESA DA TERRA

Não seja estúpida.

Essas foram minhas últimas palavras para Kara, minhas últimas palavras para minha esposa. Não disse que a amava, disse que ela era estúpida. Não faz sentido… Não era assim que as coisas tinham que acabar. Ela não deveria ter morrido. Eu… eu só precisava ter entrado em Têmis um segundo antes, ter subido aquela escada um pouco mais depressa. Isso não podia ter acontecido assim… Eu jurei que não decepcionaria ninguém por não ser forte o suficiente. Só que, como estava com medo, não fui tão rápido quanto deveria, e agora Kara está morta. Ela sabia. Sabia antes mesmo de começar a subir a escada. Por isso insistiu em ir por último.

Eu nem deveria estar lá, para começo de conversa. Deveria ter ido com ela. Era eu que… era eu que vivia falando como queria um filho. E o que fiz? Nada. Descobri e simplesmente fiquei de braços cruzados. Não fui ajudar a minha esposa. Não fui procurar a minha filha. Avisaram que mandariam uma equipe atrás delas, e eu me limitei a dizer… o.k.! Sou um covarde, uma fraude.

Com certeza, não sou um pai. Que piada! Sou um zero à esquerda. Tudo o que se espera de um pai e de uma mãe é que eles protejam os filhos. Não consigo fazer isso. Não fui capaz de proteger minha esposa. Aliás, nunca fui capaz disso: era sempre ela que me protegia. Essa menina ficou órfã no momento em que Kara fechou aquela escotilha. O mais insano na situação é que eu abriria a escotilha de novo. Faria isso sem pensar duas vezes, e então teríamos nos juntado a Kara. Eu teria matado minha esposa *e* minha filha no mesmo dia. Mas Eva me impediu. Uma garota de dez anos… e foi *ela* que me salvou.

Não sei onde estava com a cabeça quando pensei que tinha condições para isso. Na minha cabeça, era tão…

Era sobre mim, na verdade. Eu seguraria minha filha nos braços e morreria de orgulho ao ver como ela se sentiria segura comigo. Contaria a ela as coisas que sei sobre o mundo, e ela escutaria tudo com os olhinhos arregalados e sorrindo para mim. Eu estaria presente sempre que minha filha precisasse de mim, e me sentiria incrível ao fazer isso. Nunca gritaria com ela: escutaria tudo o que ela teria a dizer. E ficaria feliz só de ver que ela também estava feliz. Eu seria um ótimo pai e teríamos uma família linda, como os Tremblay, que eram meus vizinhos quando eu tinha oito anos. O filho dos Tremblay tinha a minha idade e jogava muito bem beisebol. Os pais dele nunca brigavam, ou pelo menos eu achava que não, porque viviam sorrindo. Eu não era amigo do garoto, mas passei algumas horas na casa dos Tremblay em certo verão. Eles tinham uma piscina. Comemos frango frito do KFC no meio da tarde. Eu queria ser aquele garoto. Queria a família dele para mim. Talvez seja isso o que eu sempre quis, esse tempo todo.

Kara sabia como as coisas seriam de verdade. Sabia o que teríamos que fazer e também que eu ainda não estava pronto. Talvez tivesse sido melhor para Kara se ela tivesse ficado com Ryan. Odeio aquele babaca mais do que tudo no mundo, mas de repente é por saber que isso é verdade. Ele não teria demorado a subir aquela escada, nem em hipótese alguma teria ido na frente. Ryan teria carregado as duas nas costas, se necessário.

Agora, o mundo está acabando lá fora e consegui dar minha parcela de contribuição para isso. Milhões de pessoas estão mortas, então essa minha dor não tem nada de especial. Só que matei a única pessoa que ainda poderia salvar o planeta. Têmis não pode mais lutar. Agora ela não passa de um peso de papel gigante. Evito de todas as formas ir até lá. Não suportaria olhar para aquele robô. Não consigo nem imaginar como seria entrar naquela esfera e ver onde Kara costumava ficar, na estação superior. Quando estávamos dentro de Têmis, eu sempre ficava de costas para Kara, mas nunca deixei de sentir sua presença atrás de mim. Eu costumava seguir o som de sua voz, a sua respiração. Não existe Têmis sem Kara.

Sou inútil aqui. Não posso ajudar Rose. Não posso ajudar Eva. Não tenho ideia do que devo fazer a partir de agora.

ARQUIVO Nº 1593

DISCURSO PROFERIDO DIANTE DA ASSEMBLEIA GERAL DAS NAÇÕES UNIDAS — EUGENE GOVENDER, GENERAL DE BRIGADA, COMANDANTE DO CORPO DE DEFESA DA TERRA

Local: Quartel-General da ONU, Genebra, Suíça

Sr. presidente, sr. secretário-geral, membros da Assembleia Geral, senhoras e senhores. Compareço aqui hoje... Compareço aqui hoje... Ah, que se danem as minhas anotações.

Fui convidado para fazer um resumo da nossa situação atual, mas vocês já devem saber que estamos todos na merda! Tem merda por todo lado, e estamos afundando cada vez mais. Há treze robôs alienígenas na Terra, todos capazes de se teletransportar para qualquer lugar do planeta, em milésimos de segundo. Esses robôs também podem liberar uma substância gasosa letal, que tem 99,95% de eficácia contra seres humanos, matando em questão de minutos todos em um raio de trinta a trinta e cinco quilômetros. Vale lembrar que o gás afeta *apenas* seres humanos. Seres vivos como gatos, pássaros, insetos... não apresentam o menor problema. Cada robô já liberou o gás duas vezes nos últimos cinco dias, com exceção do que estava em Madri, que nem chegou a ter uma oportunidade. Até o momento, Londres, Tóquio, Jacarta, Nova Délhi, Cairo, Calcutá, Paris, Cidade do México, São Paulo, Johanesburgo... um segundo, preciso tomar fôlego antes de continuar... Pequim, Seul, Bombaim, Buenos Aires, Istambul, Karachi, Bangalore, Shenzhen, Santiago, Kinshasa, Riade, Kuala Lumpur, Sydney e Nova York... foram atingidas. Todas não passam de cidades-fantasma. Moscou está em ruínas, com a população reduzida a zero. Madri hoje é apenas uma cratera.

Vocês também devem ter escutado rumores sobre a morte de um dos nossos pilotos. Bom, os rumores são verdadeiros: a capitã Resnik não está mais entre nós. Ela morreu em Nova York, há dois dias. Estamos trabalhando em um plano de contingência, mas é praticamente um tiro no escuro. Pelo menos por enquanto, Têmis não pode ser usada para nada além de transporte: ela pode se teletransportar, mas é incapaz de andar. Como também não está apta para o combate, vem sendo mantida em uma área florestal, deitada e envolta em galhos e em uma complexa cobertura de camuflagem.

Os robôs alienígenas são imunes a... bem, a tudo o que temos disponível. Basta perguntar aos indianos se as tropas de operações terrestres que utilizaram tiveram alguma eficácia. A Rússia explodiu mais bombas em Moscou do que durante a Segunda Guerra Mundial inteira. Não adiantou nada. Uma bomba nuclear também não resolveu o problema. Aliás, se me permitem repetir: *uma bomba nuclear também não resolveu o problema.* Metade da Europa ainda vai brilhar no escuro pelos próximos dez anos ou mais, mas o robô de Madri continua lá, de pé. Lembro que alertei todos sobre isso na última vez em que nos reunimos aqui, mas ninguém me deu ouvidos. Vocês ficaram com medo e acabaram fazendo coisas estúpidas, como sempre fazem pessoas com medo. Precisam parar com isso, e agora. Parem de lutar. Vocês não podem vencer! Eles são melhores e mais fortes do que nós. A vantagem é toda deles.

Pelas expressões fechadas, vejo que vocês esperavam que eu trouxesse algo mais positivo ao encontro. Não há nada de cor-de-rosa na nossa situação. Mais de cem milhões de pessoas morreram até agora... Cem milhões de pessoas! É provável que esse número não pare de crescer. As liberdades civis foram reduzidas por toda parte. A maioria dos representantes dos governos locais impôs algum tipo de lei marcial em seus países. Estamos perdendo vidas. Estamos perdendo nosso modo de vida. Estamos *perdendo*, ponto.

Como vocês, eu também perdi... um amigo bem próximo. Graças a ele, hoje estou me dirigindo a vocês. Ele foi o responsável por me colocar no meio dessa enrascada. Eu não queria esse cargo. Também não queria ser general, mas eu ao menos sabia como um exército funciona. Já aqui não passo de um soldado. A última coisa que desejava na vida era ter que lidar com pessoas como vocês. Só que esse amigo achou que era uma boa ideia e acabou me convencendo. Aqueles que, entre vocês, sabem de quem estou falando podem confirmar o quanto ele era convincente. Para ser bem honesto com vocês, eu realmente achava que ele seria capaz de consertar as coisas. Não será. Ele está morto, como milhares pessoas.

Estive a um passo de perder minha família inteira, mas não perdi. Tive muita sorte, mas sei que alguns de vocês não podem dizer o mesmo. Ofereço minhas mais sinceras condolências. Muitos hoje choram por seus entes queridos, e não há nada que eu possa dizer para... consolá-los.

A única notícia aceitável que trago é que os alienígenas pararam de nos matar, pelo menos por enquanto. Há trinta e seis horas, nenhum robô soltou mais o gás tóxico. Todos estão parados, sem fazer nada.

Por quê? Não faço a menor ideia. Talvez estejam esperando para ver se nós mesmos não acabaremos com o mundo, soltando mais algumas bombas nucleares. Quanto tempo vão ficar assim? Também não sei.

Bem... mas então por que estou aqui? O que pretendo pedir a vocês? Antes de responder a essas questões, temos que falar de um problema delicado. Por que vocês deveriam me dar ouvidos? De que serve o CDT sem sua única arma? Bom, eu não sei se nós servimos para qualquer coisa! Na verdade, nem sei se tem alguém que serve. Só sei que, como disse em uma reunião anterior, se existe *alguma* maneira de escaparmos vivos dessa fria, a saída não envolve militares. A solução só pode vir da nossa equipe de cientistas. Não podemos mais usar um robô gigante contra os alienígenas, mas ainda temos o que mais importa: pessoas espertas. Mentes brilhantes! E todas estão lá, trabalhando neste momento em uma caverna, em busca de uma alternativa para salvar o planeta. Vamos deixar o pessoal trabalhar.

Talvez exista alguma forma de solucionar tudo isso. Talvez seja possível neutralizar os efeitos do gás. Aliás, mesmo que não seja possível, uma a cada duzentas pessoas é capaz de sobreviver. Por sinal, essas pessoas fizeram mais do que simplesmente sobreviver: elas são completamente imunes ao gás alienígena, embora não saibamos o porquê. Eu diria que os sobreviventes tiveram sorte, mas não podemos esquecer que a maioria presenciou a morte de seus entes queridos, diante dos próprios olhos. Enfim... Se for possível replicar e fabricar o que manteve essas pessoas... vivas... Bom, tenho certeza de que todos aqui gostariam de tomar um comprimido desses.

O... segurança da garagem do CDT, me fugiu o nome, comentou comigo hoje de manhã, um pouco antes de eu sair: "Senhor, de repente eles podem simplesmente ir embora...". Achei aquilo tão ingênuo... Tive vontade de dar um pescoção naquele homem. Acho que ele até se deu conta, porque deu uns passos para trás e ficou meio na defensiva, dizendo: "Mas é possível, sim!". E querem saber de uma coisa? Ele tem razão! Esses alienígenas podem simplesmente ir embora. A verdade é que não sabemos nada sobre eles. Não sabemos por que vieram, nem o que estão pensando. Aliás, não sabemos nem *como* os extraterrestres pensam e, mesmo se soubéssemos, provavelmente não entenderíamos nada. Prefiro continuar acreditando que eles não vão embora daqui, simplesmente porque não faria o menor sentido se fizessem as malas e dessem o fora da noite para o dia. Mas a verdade é que nada disso precisa fazer sentido. Se tivéssemos que tirar uma lição dessa história toda, seria que não somos os seres mais poderosos do universo, nem com certeza os mais espertos. Por isso, me parece lógico que existam mil coisas nesse mesmo universo que não somos capazes de compreender.

Eu ainda tenho esperanças. Acredito que a resposta esteja em algum lugar, esperando para ser descoberta. Sempre há uma saída, pelo menos é assim que penso. Se não sobrevivermos a esse conflito, terá sido por estupidez demais, egoísmo demais e ganância demais para encontrarmos a solução.

Hoje consigo perceber que, durante esse tempo todo, estive errado a respeito de uma coisa. Deixei meu ego atrapalhar minha visão. Eu achava... como ainda acho, que a nossa melhor chance de sobrevivência depende dos esforços do CDT. Mas achava que vocês estavam aqui apenas para atrapalhar o processo. Eu me esqueci de que o CDT deveria ser uma extensão desta assembleia, de que todos vocês fazem parte do CDT, de certa forma. Agi com estupidez quando pedi que vocês ficassem de lado e não tomassem nenhuma atitude. Só Deus sabe o quanto eu estava errado. Sei agora que todos nós estamos nessa barca, sem exceção, e que vocês querem ajudar de alguma maneira.

Na manhã de hoje, pedi aos membros da minha equipe que compartilhassem todas as informações coletadas a respeito do gás alienígena com os governos desta assembleia. Vocês já devem ter esses dados em mãos, e imagino que muitos já estejam procurando uma cura. Quem ainda não começou, deve deslocar as mentes mais brilhantes para essa tarefa. Bom, coloquem as *menos* brilhantes também. Nunca se sabe. Nós do CDT também vamos compartilhar tudo o que sabemos a respeito dos robôs, todos os registros. Vamos disponibilizar os dados a todos. As informações estarão no site do CDT no máximo até a noite de hoje. Espalhem a notícia. A chave para a nossa sobrevivência pode estar nas mãos de um moleque esperto qualquer, perdido em algum canto do mundo. Garantam que ele fique sabendo. É apenas isto que pretendo pedir a todos vocês: ajuda. Não enviem mais tropas, para que todos os soldados não morram em vão. Não lancem outros mísseis. Nos ajudem.

Eu *tenho* esperanças.

É tudo que tenho a dizer. Agora, voltem para casa e digam às suas famílias o quanto vocês amam cada um deles. Digam dez, cem vezes, enquanto ainda podem. Se de alguma forma conseguirmos sobreviver a tudo isso, continuem dizendo. No fim das contas, é só isso que importa.

ARQUIVO Nº 1594

ENTREVISTA COM VINCENT COUTURE, CONSULTOR, CORPO DE DEFESA DA TERRA

Local: Bunker do governo secreto, Lenexa, estado do Kansas, EUA

— Pode se sentar, Vincent.

— Obrigado, Rose. Ainda posso te chamar de Rose?

— Claro, por que não poderia?

— Sei lá... Você está aí, na cadeira dele, gravando a conversa. É estranho ver você sentada na minha frente, e não ele.

— Pode acreditar, é bem mais estranho estar do lado de cá da mesa.

— Tem certeza de que ele morreu?

— Tenho. Eu estava lá, Vincent.

— Eu sei. Só pensei que... pensei que ele pudesse ter escapado de alguma maneira. Dado uma chave de braço em Deus, ou dito a Ele que tinha uns nudes Dele escondidos e que poderia divulgar...

— No fim das contas, ele era bem humano. E realmente gostava de você, sabia?

— Sim… Eu imaginava. Ele… Quando eu acordei no hospital, depois de Ryan esmagar as minhas pernas contra a parede, ele estava lá, sentado na beirada da cama. Deve ter ficado ali por horas. Podia ter pedido que os funcionários do hospital ligassem, mas preferiu ficar. Por anos, tentei imaginar o que ele poderia ter ganhado com aquilo. Com o tempo, eu… acho que me acostumei com a ideia de que ele se importava mesmo comigo ou achava que ganhar a minha confiança fosse importante para o projeto. Quem sabe?

— Provavelmente tenha sido um pouco das duas coisas. Mas ele se importava. Pode parecer estranho, mas você foi o mais próximo que ele teve de uma família.

— Ele costumava me chamar de sr. Couture.

— Era um sinal de respeito.

— Sujeito estranho… Eu gostaria de ter descoberto mais coisas a respeito dele, quem ele era de verdade, sabe?

— … eu também.

— Rose, eu…

— O que foi? Vamos, pode falar.

— Não quero que me leve a mal… Estou muito feliz, aliviado mesmo, que você esteja aqui, sã e salva, mas como…

— Como eu sobrevivi ao gás? Não tenho certeza. Alyssa voltou de Londres e está fazendo análises com meu sangue neste momento. Imagino que eu tenha as mesmas anomalias genéticas que os outros sobreviventes.

— E isso significa que você é…

— Alienígena? Em parte? Não sei. Acho que sim. Eu já tinha bastante dificuldade em entender quem eu era antes. Agora, então…

— Será que eles podem ter alterado seu DNA quando… trouxeram você de volta?

— Há dez anos, eles disseram que meu perfil genético era idêntico ao... bom, ao meu, quer dizer, ao dela. Eles disseram que eu era eu mesma. Talvez tenham deixado passar alguma coisa, na época. Só vou saber quando Alyssa concluir os testes. Para ser honesta, seria um alívio, de certa forma. Digo, se eu não fosse Rose Franklin de verdade... Sei que isso parece estranho, mas...

— Você finalmente teria uma razão concreta para sentir o que sente. Você saberia, então, que não está... louca. Desculpe, não foi o que eu quis dizer.

— Não precisa pedir desculpas. Foi exatamente isso o que *eu* quis dizer. Obrigada. Em contrapartida, se eu fosse um deles, se eu tivesse um percentual de sangue alienígena desde o começo, isso explicaria por que quiseram me trazer de volta à vida.

— Tenho impressão de que seria trabalho demais só para salvar um primo distante. Acho que vocês estão enganados a respeito dessa coisa toda com os extraterrestres.

— Talvez. Eu gostaria muito de ter uma explicação melhor. Mas só falamos de mim: como *você* está?

— Eu... Não sei como estou, na verdade. É como se eu estivesse... anestesiado.

— Se me perguntassem se existiria alguém capaz de passar a perna na morte, eu responderia a Kara.

— Não é mesmo? Ela daria uma cusparada bem grande na cara da morte e um soco no queixo. A culpa é minha, sabe?

— Vincent, é...

— Não, não. A culpa é minha. Essa é a verdade. Se eu tivesse subido aquela escada um pouquinho mais rápido, se não tivesse medo de altura, se tivesse alcançado a escotilha de primeira... As coisas poderiam ter sido diferentes... Eu só precisava ter chegado lá, o quê?, dois, três segundos antes. Kara ainda estaria viva e eu teria minha esposa ao meu lado. Eva teria... alguém para chamar de mãe. Mas eu não fiz nada disso, e ela ficou para trás e caiu. E agora está morta.

"Eu tenho consciência para saber que ainda não superei o que aconteceu. Posso falar sobre isso, explicar tudo, sabe. Kara está morta. Minha esposa está morta. Mas ainda não caiu a ficha. Nem acredito que estou contando isso a você, e me sinto um babaca por pensar assim, mas o que mais me incomoda é não saber o que passou pela cabeça de Kara enquanto ela estava caindo. Será que ela me culpou pelo que aconteceu? Eu não gostaria que os últimos pensamentos da minha esposa tenham sido sobre como eu a deixei morrer. Péssimo, né? É bem egoísta. *Moi, moi, moi*!

"Quando eu matei você, dez anos atrás..."

— Vincent, não.

— Por favor, deixa eu terminar. Como matei você, essa sensação é de certa forma familiar. Só que naquela oportunidade eu senti tudo imediatamente. Estava lá: a culpa, a dor. A consciência de que jamais seria possível voltar a sentir o que tinha sentido ao lado daquela pessoa. Pode ser por causa do fim do mundo acontecendo lá fora, mas desta vez é como se eu estivesse em um filme. Está tudo... abafado.

"A imagem de Kara caindo fica martelando o tempo todo em minha cabeça, então eu sei que uma hora ou outra a ficha vai cair. Embora a escotilha estivesse fechada, eu consigo *ver* ela caindo. Acho que a imagem da queda não seria tão clara nem se eu tivesse visto com meus próprios olhos. Posso ver Kara caindo de costas no vazio, com os braços abertos, até sumir em meio à fumaça branca. Então, mais nada. A cena repete. Kara caindo de costas no vazio, com os braços abertos, até sumir em meio à fumaça branca. A cena repete."

— Você chorou?

— Se eu chorei? Eu chorei quando aconteceu, dentro de Têmis. Chorei por um bom tempo. Mas depois não derramei nem mais uma lágrima. Por quê?

— Eu também não chorei. Kara foi a pessoa que mais se aproximou de uma melhor amiga para mim. Eu poderia até tentar explicar o quanto ela significava para mim, mas não importa mais. Mesmo sabendo de tudo isso, eu não chorei. Ontem, vi um homem morrer bem na minha frente e pensei que seria a próxima. Quantos morreram em Nova York? Dois, três milhões de pessoas? Kara está morta. E hoje eu estou aqui, arrumando o laboratório. Nada parece real. Nada, mais.

"Por que você está sorrindo?"

— Estava pensando em Kara. É só... Deixa para lá. Lembranças bestas.

— Não, agora quero saber.

— Eu já contei sobre a noite do nosso casamento?

— Conte. Bom, não precisa contar *tudo*.

— Ah, tudo bem, dá para contar tudo, sim. Passei a noite com um vendedor, desses que vão de um lado para o outro oferecendo suas mercadorias. Bob. É sério, ele se chamava Bob. Depois da cerimônia, aconteceu uma festa no hotel. Assim que as pessoas começaram a ir embora, Kara me arrastou, junto com uns amigos de infância dela, para um bar que costumavam frequentar quando eram mais novos. Uma merda de lugar, mas nós nos divertimos. Eu dancei com os amigos dela.

— Kara não dança.

— Pois é, não dança mesmo. Mas em compensação ganhou de todo mundo na sinuca. Kara joga... Kara jogava bem. Ela adorava jogar sinuca. Os amigos pagaram drinques para ela, um atrás do outro e nunca o mesmo. Não preciso nem dizer o que acontece quando você pega um bando de adultos, com empregos, família e tudo direitinho, e deixa eles fingirem ser vinte anos mais novos, pelo menos por algumas horas. Fica todo mundo bem alto, e rápido. Kara vomitou em cima da mesa de sinuca, logo depois de beber uma dose de... nem sei o que era. Alguma coisa nojenta, lá. Ela foi expulsa do bar, é claro. Eu tive que usar a teoria da conspiração do vomitador para convencer os donos do bar a deixarem a gente voltar.

— Um minuto: "a teoria da conspiração do vomitador"?

— Ah, você não conhece essa?

— Nunca fui expulsa de um bar.

— Eu inventei que nós estávamos lá, nos divertindo, aproveitando a vida, quando veio um cara vestindo um boné do White Sox. Ele esbarrou na gente e vomitou no meu pé, bem em cima do meu sapato. Fui ao banheiro limpar o vômito, mas Kara ficou com tanto nojo que acabou vomitando também. Sabe como é. Que tipo de estabelecimento é este, hein? Tem gente vomitando no sapato dos outros aqui! E hoje é a minha noite de núpcias!

— Então eles deixaram vocês voltar?

— Claro que sim. Vinte minutos depois, Kara começou a brigar com dois sujeitos, porque eles estavam dando em cima de uma garota e perturbando. Kara nem conhecia a menina, mas aquilo tirou ela do sério. Como foram resolver do lado de fora, tecnicamente não chegamos a ser expulsos outra vez.

— Kara se saiu bem?

— O que você acha? Kara pode até ser fraca para bebida, mas é capaz de acabar com a raça de dois babacas a qualquer hora. *Era* capaz... Mas ela caiu em um caco de vidro e cortou a mão, um corte bem feio.

"Depois pegamos um táxi para o hotel. Já estava de bom tamanho, para nós dois. Kara mal conseguia andar. Estava sangrando. Ficamos um tempo tentando abrir a porta com aquele cartãozinho de merda, e acho que fizemos bastante barulho, porque conseguimos acordar o Bob, que estava no quarto ao lado. Ele parecia bem zangado no começo, até que viu a mão de Kara. Era um corte grande. Ele disse que devíamos desinfetar o ferimento e colocar uma gaze decente: Kara tinha prendido uns guardanapos com fita crepe, antes de sairmos do bar. Ficamos sentados no meio do corredor, enquanto Bob ia à recepção ver se os funcionários tinham um kit de primeiros socorros. Como eles não tinham nada, coloquei Kara no sofá do quarto de Bob enquanto ele pegava o próprio carro. Aí saímos os dois pela cidade, procurando uma farmácia vinte e quatro horas ou algo que estivesse aberto àquela hora. Quando voltamos para o hotel, Kara já estava no décimo sono. Tentei acordá-la, mas ela estava capotada. Bob e eu limpamos a mão dela, envolvemos... bom, Bob envolveu... o ferimento com uma gaze limpa e deixamos ela dormir. Eu fiquei ali com Bob, que não sabia nada sobre mim ou sobre Kara. Então nós dois acabamos esvaziando o frigobar do quarto, conversando sobre a venda de insumos para encanadores na região do Meio-Oeste americano. Foi uma noite divertida."

— Lamento que sua noite de núpcias não tenha saído como o planejado.

— Não, eu estava falando sério! Foi mesmo uma noite divertida.

— Sinto falta de Kara. Muita falta.

— Ela amava você como uma irmã.

— ... E Eva? Esse é o nome dela, certo? Como ela está?

— Eva está... Eva está bem... Acho. Ela sabia. De alguma maneira, ela sabia que Kara era a mãe dela.

— Como poderia saber?

— Não faço ideia. Não conversei com ela a respeito. Imagino que ela também saiba que eu sou o pai dela, mas simplesmente *não posso* ser. Não neste momento.

— Você precisa ser *alguma coisa* para ela, Vincent. Você é tudo o que ela tem.

— É sobre isso que... eu queria conversar com você. Eu...

— O quê?

— Eu gostaria que você tomasse conta dela para mim.

— Vincent, isso é...

— Só por um tempo. Preciso me afastar de tudo por um período.

— Ela precisa de você.

— Não vou fazer bem a ela, agora.

— Vincent, essa menina viu com os próprios olhos o assassinato dos únicos pais que conheceu na vida. Em seguida, descobriu de alguma forma que Kara era a sua mãe biológica e a perdeu da noite para o dia. Agora, o mundo está acabando e ela está completamente sozinha, no meio de uma base militar subterrânea. Eva precisa do pai, não de uma estranha que nunca viu. Essa garota precisa de você, e eu não acho que ela possa esperar até que você supere o seu luto por Kara. Não sabe como ser pai neste momento? Tudo bem! Aposto que ela também não sabe como ser filha. Vocês dois vão precisar descobrir isso juntos.

— Não estou dizendo que não vou trocar mais nenhuma palavra com ela para o resto da vida. Só não estou pronto para ser pai para Eva, neste momento.

— Vincent, acho que você não está me entendendo direito. Ninguém está nem aí se você está pronto ou não. Não é uma questão de escolha. Você é o pai desta garota e não pode mudar isso.

— ...

— O que Kara diria?

— Não é justo. Eu não sei como fazer isso! Não consigo! Acho até que a menina está se saindo melhor que eu.

— Como eu disse, ainda não conheci Eva.

— Você não pediu a ela para testar o capacete de Kara?

— Ela é menor de idade, Vincent. Eu precisaria da permissão dos pais primeiro. Da sua permissão.

— Mas você ainda não me pediu permissão nenhuma.

— Eu tinha medo que você desse.

— Não quer que ela tente?

— Ah, sim, quero que ela tente. Estou curiosa, como todo mundo. Uma parte de mim deseja que essa briga com os alienígenas seja comprada o quanto antes. Agora, se fosse a minha filha, eu nunca permitiria que ela chegasse perto daquele robô.

— Eu também adoraria enfrentar aqueles cretinos. Não quero que a gente fique aqui, de mãos atadas. Eu... quero vingar a morte de Kara, mais do que tudo no mundo. Mas não desejo que a vida de Eva se resuma à violência.

— O que pretende fazer?

— Não sei.

— Você disse que precisava se afastar um pouco. Leve Eva com você.

— Para onde?

— Para onde você for.

— Eu poderia…

— Hmm?

— De repente eu poderia ir com ela para o Canadá. Achar um lugar tranquilo por lá, bem longe das cidades. Sabe, tentar dar a ela uma vida que pareça normal, mesmo que por pouco tempo.

— É uma ótima ideia.

— Não é, não. É uma ideia estúpida. Parece cena de filme: uma cabaninha de madeira, ao lado de um riacho, uma menininha brincando no gramado. Eu não sou um homem do campo e, mesmo se fosse, não conseguiria comprar uma fazenda! Acabaria dormindo com Eva no carro, mendigando comida por aí.

— Você não tem carro.

— Também não tenho os documentos para atravessar a fronteira com uma criança de dez anos.

— Não tenho tanta certeza se as pessoas ainda se importam muito com isso.

— Ah, pode apostar que se importam. Não sou o único a achar que o Canadá poderia ser mais seguro do que os Estados Unidos. Dezenas de milhares de pessoas estão reunidas na fronteira. Por enquanto, as forças de ordem só estão usando gás lacrimogêneo e balas de borracha para dispersar a multidão. Umas doze pessoas já morreram. Não acho que vão deixar alguém passar, com ou sem documentos.

— Você pode ficar aqui. Não tem um riacho, nem um gramado, mas é seguro. Pelo menos até agora.

— Não acho que aqui seja um lugar seguro para ela. Eles simplesmente não vão deixar Eva sair.

— Quem são "eles"? Eugene está em Genebra, tentando convencer todos os líderes mundiais a não lançarem mais bombas no próprio povo. Estou sozinha no comando, agora.

— Tem um guarda na porta do quarto de Eva.

— Por quê?

— Não sei. Somos apenas visitantes aqui, Rose. Você pode até estar no comando do que sobrou do CDT, mas esta é uma base do exército americano, repleta de soldados americanos, e não acho que eles estão dispostos a receber ordens de nós dois.

ARQUIVO Nº 1597

ENTREVISTA COM SR. BURNS, OCUPAÇÃO DESCONHECIDA

Local: Restaurante chinês New Dynasty, Dupont Circle, Washington, DC, EUA

— Bom dia, sra. Franklin. Posso chamá-la de Rose? Já ouvi falar tanto de você!

— Claro, pode me chamar de Rose. E você, como devo chamá-lo?

— Sr. Burns me parece adequado. Eu gostaria de manter pelo menos metade do anonimato.

— Pelo jeito, você tem algo em comum com... com nosso amigo.

— Temos muito mais coisas em comum do que você pode imaginar. Ele vai fazer falta. Não sei exatamente a *quem*, mas vai fazer falta. Eu com certeza vou sentir saudade daquele senso de humor. Ele era um cara engraçado!

— Não tenho certeza se "um cara engraçado" é a melhor descrição.

— Talvez você precise melhorar seu senso de humor, então. Fiquei surpreso quando recebi sua ligação, e ainda mais surpreso por você conhecer este lugar.

— Estava nas anotações dele.

— Você leu as anotações? Que inveja! O que estava escrito?

— New Dynasty, Dupont Circle. Sr. Burns. Frango Kung Pao.

— Mais alguma coisa? Você descobriu quem matou o presidente Kennedy?

— Não achei nada na letra "K".

— Ah, que pena. Bom, você deveria dar uma olhada no cardápio. Nosso garçom vai chegar logo, logo.

— Imagino que eu deva pedir o frango Kung Pao.

— Não deve estar pronto, ainda. Nunca cheguei tão cedo ao restaurante. Nem sabia se estaria funcionando, considerando tudo o que vem acontecendo pelo mundo.

— Peço desculpas, mas eu realmente precisava ter essa conversa com você.

— Claro! Pode falar! O que posso fazer por você, Rose Franklin?

— Sou, mesmo? Digo, Rose Franklin?

— Bem, espero que sim! De verdade. Caso contrário, eu estaria na mesa errada, e aquela moça sentada ali tem cara de poucos amigos. Olhe lá, ela parece estar prestes a enfiar o garfo em alguém.

— Ela pode até ser uma pessoa legal. Tem um monte de gente por aí que parece a própria imagem da simpatia, mas não tem nada de bom.

— Acho que você tem razão. É muito fácil se enganar levando em conta apenas as primeiras impressões. Mas isso não vale para aquela moça. Ela é do mal, tenho certeza. Dá para ver nos olhos dela! Ah, finalmente!

[*Vocês gostariam de fazer o pedido?*]

Sim! Minha amiga aqui quer experimentar o frango Kung Pao. Eu vou querer... Ah, que se dane, pode trazer dois. E dois chás gelados.

[*Já trago para vocês!*]

Obrigado!

— Você não respondeu minha pergunta.

— Não era brincadeira?! Você quer saber se é Rose Franklin? Veio até Washington para me perguntar *isso*?

— Ele disse que você...

— O combinado é que teríamos uma conversa, e eu tentaria explicar o que aconteceu da melhor maneira possível a você. Só que isso foi antes de milhões e milhões de pessoas perderem a vida! Mas agora? Buuu! Eu não sou eu mesmaaa! Ah, francamente, ninguém está nem aí para isso.

— Eu estou.

— Sabe de uma coisa? Nosso "amigo" era bem mais divertido! Você sofreu um acidente de carro e acabou acordando um pouco mais tarde do que esperava. Foi isso o que aconteceu. Podemos seguir em frente?

— Ele disse que eu era uma cópia.

— Ah, droga. Eu pensava que ao menos você seria capaz de entender. Se isso deixa você mais tranquila, eu já usei o mesmo equipamento em mim pelo menos umas doze vezes, como meio de transporte. E não fico por aí, choramingando pelos cantos. Sou a cópia de uma cópia!

— É importante para mim. Eu preciso saber.

— Tudo bem... Você acha que tem uma alma, que é especial. Você já começa a se achar menos importante só de pensar que não passa de um amontoado de matéria. Bom, você não é especial, pelo menos não mais do que qualquer outra coisa igualmente magnífica no universo.

— Não é isso que...

— Não me interrompa. Só mais um segundinho. Quero mostrar uma coisa a você... Aqui! Sabe o que é isso?

— Uma imagem dos Pilares da Criação, gigantescos aglomerados de poeira e gás, que ficam na nebulosa da Águia. Essa fotografia foi tirada há alguns anos, pelo telescópio espacial Hubble.

— Então você conhece!

— Eu amo essa foto. Sempre me fascinou.

— O que você ama nela?

— É como se fosse um berço estelar. As nuvens de gás entram em colapso e se unem para formar novas estrelas.

— É grande, não é?

— Ah, bastante.

— De que tamanho?

— A nebulosa? Não tenho certeza. Provavelmente *trilhões* de quilômetros.

— Certo, então é uma pilha enorme de poeira. Por que você acha isso tão fascinante?

— Exatamente por isso! Embora seja uma nuvem imensa, maior que tudo que eu consiga imaginar, é apenas um pedacinho do universo. E cospe estrelas, que terão seu próprio sistema planetário depois!

— E alguns desses planetas abrigarão vidas! E algumas dessas vidas serão inteligentes.

— Pois é! Isso chega a ser deslumbrante. É algo...

— Divino?

— Talvez.

— E já não existem mais. Os Pilares da Criação, você sabe. Provavelmente já tinham desaparecido muito antes de a luz chegar ao telescópio que tirou essa foto.

— É provável, sim.

— Bom, Rose Franklin, saiba que você é feita da mesma matéria que os Pilares da Criação. Nem mais, nem menos. E é isso que faz de você essa coisa tão especial e insignificante.

— ...

— Não tenho mais nada a dizer sobre o assunto. Espero que seja o suficiente para que você se contente com esse seu corpo sem alma. Eu e alguns colegas escaneamos você na época do acidente de carro, criando uma imagem em altíssima resolução...

— Você estava lá?

— Eu segurei sua cabeça, impedindo que você batesse a cara na porta do carro. Depois que você morreu, usamos a imagem escaneada para fazer a reconstrução. Não faz a menor diferença se você existiu antes disso ou não. Posso garantir uma coisa: você é você tanto quanto já foi você algum dia.

— Eu...

— Pois não?

— Você sempre carrega uma foto da nebulosa da Águia na carteira?

— Carrego, sim!

— Por quê?

— Gosto das cores. Podemos falar de algo mais divertido, agora? Eu realmente sinto saudade do outro cara, sabe...

— Por que vocês me salvaram? Por que me trouxeram de volta?

— Hmm, deixa eu pensar. Acho que foi para deixar você menos morta. É, a ideia era essa.

— Mas por que *eu*?

— Estou começando a me fazer a mesma pergunta. Porque você é importante.

— Ele me disse mais ou menos a mesma coisa antes de morrer. Eu não sou importante! Não sou uma espécie de messias. Você acabou de me dizer que não tenho nada de especial. "Insignificante", você disse.

— Eu não quis dizer que você era como um novo Jesus. Tudo bem, acho que "importante" não é mesmo a melhor palavra. "Útil", talvez? Que tal essa? Você se sente mais confortável sendo útil?

— Útil como? Sei que tem alguma coisa a ver com a chegada dos alienígenas, mas... Eu não... não sou tão esperta para descobrir isso sozinha.

— Bom, você pode não ser *tão* esperta, mas é esperta o suficiente. O *suficiente*. Também não é um concurso para saber quem é o mais inteligente, certo? Se quiséssemos um gênio, poderíamos ter escolhido aquela sua colega, como ela se chama... Alyssa?

— Vocês me escolheram?

— Ah, meu Deus! Você não é muito esperta mesmo, hein? Não foi à toa que precisamos te dar aquele empurrãozinho.

— Um empurrãozinho? Como assim?

— Será que nunca parou para pensar na... *coincidência* de ter caído em uma mão gigante na infância e, depois, ter ido estudar essa mesma mão, inclusive como atribuição do seu primeiro emprego?

— O que está querendo dizer com isso?

— Estou querendo dizer que estudantes acostumados a tirar 9,5 em provas de escolas inexpressivas não costumam ingressar nas maiores universidades dos Estados Unidos.

— Então *vocês* me colocaram na Universidade de Chicago?

— Colocar você na universidade certa foi a parte fácil. Já convencê-la a estudar física...

— É mentira! Eu sempre gostei de ciência, desde que me entendo por gente.

— Você levava jeito, sim. Só garantimos que tivesse a oportunidade de se dar conta disso.

— ...

— Pode falar. Eu já terminei o que tinha para dizer.

— Você acabou de afirmar que eu não tenho alma, que não faz diferença se sou uma cópia ou não, que minha vida inteira foi orquestrada por vocês e que basicamente tudo aquilo que mais me dava orgulho na vida foi algo que eu não mereci receber. Eu... Eu não sei bem como devo reagir a isso.

— Tsc, merecer, desmerecer. Você pode continuar tendo orgulho. Tudo o que alcançou na vida foi por mérito próprio. Não fiz nenhum dever de casa no seu lugar. Não achei aquele robô. Você só precisava de um empurrãozinho de vez em quando, para voltar para a direção certa.

— Mas por que eu? Por que justamente eu sou... útil?

— Ah, eu já disse que não quero mais falar sobre esse assunto, mas você continua insistindo...

— ...

— Bom, você tem alguma coisa interessante de verdade para me perguntar? Sabe, algo que não seja apenas sobre o seu próprio umbigo?

— Por que os robôs pararam de se movimentar e não estão mais soltando gás?

— Essa *é* uma pergunta interessante.

— Então responda.

— Não faço ideia. Você vai ter que perguntar para eles. Talvez estejam fazendo um intervalo ou tenham recebido orientação de algum sindicato, sei lá. De repente estão dando a vocês uma oportunidade de resposta.

— Não entendo. Uma oportunidade de resposta ao quê?

— Como é que vou saber? Só sei que eles estão matando bastante gente, e deve existir alguma razão para isso.

— Talvez estejam irritados porque usamos Têmis na Coreia do Norte, daquela vez. Ele acreditava que os alienígenas não iriam querer que saíssemos por aí matando todo mundo com a arma que eles construíram. Quem sabe não estão nervosos só porque estamos com o robô deles? Talvez nunca devêssemos ter encontrado Têmis.

— Como eu tinha explicado ao nosso amigo, eles não estão nem aí se vocês ficarem se matando com um porrete ou com algo que eles construíram. Além do mais, seria bem estúpido matar milhões de pessoas sem motivo, porque existe a possibilidade de que vocês mesmos façam isso depois, no curso da história. Eles realmente não gostam de interferir nos assuntos dos outros.

— Ah, faça o favor! Então eles não gostam de interferir?! Nós estamos sendo varridos da face da Terra! Acho que dá para chamar isso de "interferência", sim!

— Talvez eles só estejam esperando uma desculpa para parar.

— Por que estou com a sensação de que você quer e não quer ajudar, ao mesmo tempo?

— Essa frase não faz o menor sentido. Você por acaso conhece a história do pescador e da gaivota?

— Não, mas adoraria que você contasse.

— Ah! Agora, sim, estou começando a gostar de você. Bem, vamos lá. Era uma vez um pescador de caranguejos que vivia no Alasca. Toda manhã, durante o outono, ele pegava seu barquinho de pesca e se lançava ao mar, para apanhar seus caranguejos, como faziam todos os pescadores. Ele costumava ir a cada um dos locais em que havia deixado uma armadilha, batizada pelos pescadores de "gaiola". Então levantava a armadilha, tirava os caranguejos que tivessem o tamanho certo, colocava mais um pouco de isca e jogava a gaiola de volta ao fundo do mar. Um belo dia, o pescador estava separando os caranguejos em uma das gaiolas e percebeu que um dos pequeninos, do tamanho daqueles que ele devolvia ao mar, não era um caranguejo, e sim uma ostra. O pescador abriu a ostra e, TCHARAM, tinha uma linda pérola dentro.

"Ele pensou em como a vida mudaria com aquela pérola. Imaginando tudo o que poderia comprar para a esposa e para os filhos, colocou a pérola numa caixinha ao lado do timão e seguiu em frente com as tarefas do dia. Enquanto separava os caranguejos de outra gaiola, uma gaivota pousou bem em cima do timão do barquinho, apanhou com o bico a pérola que estava na caixa e alçou voou, antes mesmo que o pescador tivesse tempo de fazer algo. Ele ficou... devastado. Todos os seus sonhos tinham sido destruídos por aquela gaivota. Em pouco tempo, o desespero se transformou em raiva. Ele se convenceu de que a gaivota tinha roubado aquela pérola só para magoar seus sentimentos, de que todas as gaivotas eram criaturas do mal, demônios alados cujo único propósito era roubar os sonhos dos homens.

"Desnecessário dizer que aquela gaivota só achou que a pérola era comida que poderia ser compartilhada com as gaivotinhas que tinham acabado de nascer. De volta ao ninho, nenhum dos filhotes conseguia mastigar a pérola, de modo que a mamãe gaivota resolveu deixá-la de lado, como um brinquedinho brilhante para distrair os filhotes enquanto mamãe e papai estivessem fora.

"Ainda enfurecido, o pescador começou a atirar nas aves. Só que o primeiro disparo, que ele errou, apenas afastou as gaivotas, que continuaram ali, sobrevoando o barco, mas mantiveram distância daquilo que tinha produzido aquele barulho todo. O pescador tentou então colocar armadilhas para apanhar as aves, mas, como não sabia fazer direito, as gaivotas sempre conseguiam dar um jeito de fugir sem sofrer nenhum arranhão... levando a isca, ainda por cima. O pescador tentou um estilingue, mas acabou machucando a própria mão. Depois arriscou até lançar fogos de artifício nas gaivotas. Pois é, eu sei, foi uma ideia bem estúpida.

"Por fim, depois de cuidar das queimaduras nas mãos, o pescador levou veneno para o barco. *Muito* veneno, veneno suficiente para matar cada criatura com penas do Alasca inteiro. Colocou um pouco do veneno dentro de peixinhos, pedaços de pão e até dos bolinhos que tinha trazido para o café da manhã — o que era uma pena, porque os bolinhos eram bem gostosos. Enfim, aplicou veneno em tudo o que conseguiu encontrar e jogou no mar, para que as gaivotas comessem. Algumas até comeram e acabaram morrendo, mas a maioria das iscas envenenadas afundou, indo parar no fundo do oceano. Você precisava ver como os caranguejos ficaram felizes com tanta fartura. 'Olha só, mamãe! Tem comida caindo do céu! Até bolinhos!' Os caranguejos se juntaram em volta das iscas e organizaram a maior festa de crustáceos que os mares já tinham visto. Até colocaram umas músicas de caranguejo para tocar e montaram uma pista de dança, bem comprida e estreita. Dançaram de ladinho até a madrugada chegar.

"Na manhã seguinte, o pescador se deu conta do que tinha acontecido, mas já era tarde demais. Todos os caranguejos estavam mortos, não tinha sobrado nem unzinho para ele pescar. Sua fonte de trabalho tinha se esgotado.

Ele não podia mais pôr comida à mesa da família. Por sinal, ninguém mais na vila tinha como se sustentar, e todos acabaram sendo obrigados a se mudar. As gaivotas, é claro, continuaram e continuam por lá. Em certa manhã de primavera, a mamãe-gaivota decidiu que era hora de limpar o ninho. Os filhotes já tinham crescido e andavam com as próprias patas. Ela olhou para alguns dos objetos espalhados por ali e se emocionou com as lembranças... De qualquer maneira, não teve dúvidas em relação a uma das tralhas: já estava farta daquela bolinha brilhante e inútil. A gaivota voou com a pérola no bico e jogou no convés de um dos barcos de pesca abandonados."

— ...

— E aí, o que achou?

— É uma história... bem triste, né?

— É mesmo, não? Talvez devesse ter um final feliz. Faz de conta que as gaivotas ficaram bravas por estarem levando tiro e começaram a jogar coisas, pedrinhas, bomba em todo mundo. Então, a mamãe-gaivota com os filhotes não conseguiu encontrar pedrinhas suficientes e resolveu jogar a pérola, que caiu bem na mão do pescador. Fica melhor assim?

— Eu não tenho certeza se... Isso é tudo o que você pretende fazer para me ajudar?

— Ajudar?! Só achei que você gostaria de escutar uma boa história! Você parecia meio estressada.

— Sou péssima para metáforas. Se fosse arriscar, diria que nós somos as gaivotas. Os alienígenas acham que a gente roubou Têmis deles?

— Ah, entendi. A pérola seria uma metáfora para Têmis. Bonitinho, até.

— Eles acham que a gente roubou *alguma coisa* deles?

— Não. E eles não sabem pescar, caso essa seja sua próxima pergunta. Embora eu tenha certeza de que eles iriam gostar de caranguejo, se por acaso experimentassem.

— Então temos esses alienígenas que não gostam de interferir na vida dos outros, mas que de alguma maneira decidiram que... precisavam fazer isso.

A única coisa que consigo depreender da sua história é que eles estão movidos pelo motivo errado. A não ser que nós sejamos os caranguejos, o que significa que eles não estão realmente tentando nos matar. Mas, nesse caso, quem são as gaivotas?

— Uau. Espero que perceba que está falando sozinha, neste momento. Já fiz muito mais do que deveria, então você vai ter que seguir sem a minha ajuda, daqui para a frente. Mas veja pelo lado positivo: você vai "merecer" todo sucesso que conseguir a partir de agora. Ah! Nossos pratos chegaram.

— Posso perguntar mais uma coisa?

— É uma coisa divertida?

— Nós dois somos... parentes?

— É divertido, sim. Nós parecemos da mesma família?

— Digo, eu sou alienígena? Em parte?

— E isso significa o quê, exatamente?

— Eu sou como você? Seus ancestrais, que chegaram há muito, muito tempo... não vieram do planeta Terra, vieram?

— E se não vieram? Isso faz de mim melhor ou pior?

— Eu... Não sei responder essa pergunta.

— Pois deveria. Deveria, *mesmo*.

ARQUIVO Nº 1600

REGISTRO PESSOAL — VINCENT COUTURE, CONSULTOR DO CORPO DE DEFESA DA TERRA, E EVA REYES

Local: Bunker do governo secreto, Lenexa, estado do Kansas, EUA

— Que desenho bonito, Eva. Você fez hoje?

— Ontem à noite. Não consegui dormir.

— E isso é…

— Sim. É você.

— Esse sou eu? Quando é que meu nariz ficou tão grande assim?

— É só um desenho.

— É bonito, Eva. Você desenha muito bem, sabia? E quem é esta do lado da sua cama?

— A mamãe.

— A mam…

— A minha mãe de Porto Rico. Não a…

— O nome dela é Kara.

— Eu sei.

— ... Você disse que não conseguiu dormir. Teve pesadelos?

— Tive.

— Eu também.

— Eu odeio este lugar. A cama é uma porcaria, e...

— E o quê?

— Nada. É bobagem.

— Pode falar.

— ...

— Vamos, pode contar para mim!

— Eu tinha...

— Sim?

— Eu tinha uma tartaruguinha de pelúcia. Falei que era bobagem...

— E a tartaruguinha era uma boa companheira de sono, mas não está mais com você.

— Não deixaram eu pegar nada. Digo, as pessoas que...

— Será que uma marmotinha meio velha serve?

— Quê?

— Uma marmota... de pelúcia, também. Mais ou menos desse tamanho.

— Não! Ganhei a tartaruguinha da minha mãe!

— Essa marmotinha... era da Kara. Não sei se tem alguma história por trás e tudo, mas Kara deixava o bichinho guardado numa caixa, junto com um monte de coisas. Está sem um olho e rasgada em alguns lugares, mas... enfim, continua sendo uma marmota. É sua, se você quiser.

— ...

— Bom, pode pensar um pouco antes de responder. Deixa eu perguntar uma coisa. Quando a gente estava dentro da Têmis... como você sabia que Kara era... sua mãe biológica?

— Eu não tinha certeza. Achei que ela pudesse ser a minha mãe, porque parecia... com a mãe que eu tinha imaginado para mim.

— E como descobriu que aquelas pessoas que criaram você em Porto Rico não eram seus pais de verdade?

— Eles *eram* meus pais de verdade!

— Claro que sim, me desculpe. Seus pais *biológicos*.

— Minha mãe era de Porto Rico, meu pai, de Belize. Eu tenho uma pele... muito branca. Mas eu não sabia que eles não eram meus pais biológicos. Quando eu tinha sete anos, cheguei a quebrar o braço da minha melhor amiga só porque ela disse umas coisas ofensivas sobre a minha mãe. E ela não foi a única: todas as crianças viviam dizendo que a minha mãe gostava de pular a cerca. Até eu acreditei nisso por um tempo. Depois que mandei essa amiga para o hospital, meus pais decidiram me explicar tudo, mas eu não consegui entender. Tinha visto fotos da minha mãe grávida, imagens do parto. Não sabia que dava para fazer bebês daquele jeito.

— ...

— O que você está olhando?

— Você tem os olhos de... de Kara.

— ...

— Perdão, Eva. Não quis deixar você sem graça.

— Posso também fazer uma pergunta?

— Qualquer uma.

— O que você quer?

— Só passei para ver como você estava.

— Não, me refiro ao que você quer comigo. Você não é meu pai "de verdade". Não precisa se preocupar comigo só porque pegaram uma amostra do seu...

— Eva, sei que você está chateada, e tem todo o direito. Você perdeu seus pais. Então conheceu Kara, e ela também morreu, mas...

— Ainda sobrou uma.

— Uma o quê?

— Uma mãe para mim. Ainda tenho outra.

— Outra mãe? Quem?

— Alyssa.

— Por q... Alyssa não é sua mãe! Quem disse isso para você?

— Não foi ela que me fez?

— Não estou acreditando no que estou ouvindo. Quem disse isso para você?

— Ela mesma!

— Quando você conversou com Alyssa?

— Ela veio enquanto você estava fora. Disse que tinha me gerado em laboratório, para que depois eu conseguisse pilotar Têmis, caso você ou Ka... caso um de vocês dois morresse. Ela me contou que você não queria que ela fizesse isso.

— Deixa eu ver se entendi: Alyssa veio até aqui e disse que foi ela que fez você? Isso?

— Isso.

— ...

— É verdade, não é?

— Em certo sentido... Mas é bem mais complicado que isso.

— Você ia me contar?

— Se eu ia contar? Não! Agora, não. Um dia, talvez. Sinto muito que você tenha ficado sabendo de tudo isso.

— Já eu não sinto. Alyssa foi a única pessoa que me falou a verdade.

— Olha, Eva, não tenho certeza do que você *acha* que sabe…

— Sei que você e Kara não queriam que eu nascesse.

— O que Kara não queria era apagar, ser amarrada a uma mesa e ter óvulos removidos sem dar consentimento. Foi exatamente isso que Alyssa fez com ela. Agora, isso não significa que ela não quisesse ter você. Kara nem fazia ideia de que você existia. Ninguém fazia, só Alyssa. Assim que Kara ficou sabendo, ela foi atrás de você. Desobedeceu as ordens, mas foi atrás de você! As coisas estavam um caos, muita gente morrendo, muita confusão, mas mesmo assim ela foi buscar você. Sabe onde eu estava quando ela foi atrás de você?

— Onde?

— Desaparecido. Estava preso no fundo do mar com Têmis, e ninguém sabia meu paradeiro. E mesmo assim Kara foi atrás de você, porque imaginou que você poderia estar correndo algum perigo. Entende o que estou tentando dizer? Ninguém era mais importante para ela. Kara nunca tinha te visto na *vida*, mas mesmo assim você era a coisa mais importante do mundo para ela.

— Ela não estava nem aí para mim. Só queria uma piloto para Têmis.

— Kara morreu para salvar a sua vida, pestinha ingrata! Um pouco de respeito seria bom.

— Eu vi a morte dela.

— Eu também vi a morte dela.

— Quis dizer que vi a morte dela, *antes*. Eu vi Kara morrer antes, nos meus sonhos. Vi uma mulher de metal, como Têmis, mas agora sei que era ela. Achei que ela estivesse caindo nas nuvens, o que não fazia o menor sentido.

Tive o mesmo sonho várias vezes. Acharam que tivesse alguma coisa errada comigo, que eu estava ficando doida.

— Você viu o rosto dela nos sonhos?

— Não exatamente... Era... era diferente, mas sei que era ela.

— Bom, deixa eu contar uma coisa para você, Eva. Na minha cabeça, eu também vi Kara cair. Uma, duas, diversas vezes. Ainda vejo. Ela está caindo de costas no vazio, com os braços abertos, até sumir em meio à fumaça branca. Foi isso que você viu, certo?

— Sim.

— Pois é, eu também. E era só isso que eu conseguia ver. Via uma vez, depois outra, e outra, e outra... Até que me dei conta de uma coisa na noite passada. Kara deixou *tudo* para trás, só para buscar você. Deixou o trabalho e todo o resto, inclusive eu, justamente quando o mundo mais precisava dela. E fez isso porque queria garantir que nada de mal acontecesse a você. Ela daria tudo, sacrificaria qualquer coisa para salvar você. E foi o que fez: Kara deu a vida dela para salvar a sua. Essa era a coisa mais importante para ela. Então, quando ela fechou aquela escotilha e caiu de costas, rumo ao mar de fumaça branca, tenho *certeza* de que estampava um sorriso no rosto. Kara morreu feliz, orgulhosa. Agora, feche os olhos.

— Não quero.

— Feche os olhos! Quero que você veja Kara, sua mãe. Veja como ela cai com um sorriso enorme no rosto. Ela venceu. Derrotou um grupo de mercenários russos, detonou um robô alienígena gigante, comprou a briga contra o universo inteiro e, mesmo assim, ganhou. Fez o que tinha programado na cabeça. Sua mãe era uma mulher incrível, Eva. Sei que você não teve a chance de conhecê-la muito bem, mas Kara abria o sorriso mais lindo do mundo quando ficava orgulhosa de si mesma. Você não faz ideia do quanto ela era convencida. Dava vontade de dar um soco naquela cara, mas era lindo mesmo assim.

— Você me odeia?

— Por que odiaria?

— Você disse que Kara morreu para me salvar. Você tem o direito de me odiar.

— Não odeio você, Eva. Kara teria conseguido sobreviver se eu tivesse subido mais rápido aquela escada. Ela ainda estaria viva se eu tivesse a coragem de vocês duas. Não é culpa sua, pode acreditar. Além disso, você não conhece Kara tão bem quanto eu. Pode apostar que ela daria um jeito de voltar do mundo dos mortos, se pensasse que eu estava bravo com você de alguma maneira. Ela escalaria pelas paredes da cova só para me dar um tabefe na cara.

— Fico triste que ela tenha morrido.

— Eu também.

— Teve um funeral?

— Não. Só hoje de manhã foi possível enviar uma equipe de resgate até o quartel-general da ONU. Me ligaram há uma hora, quando acharam o corpo dela.

— Onde vai ser o enterro?

— Não vai ter enterro. Eu até que gostaria, para ter um lugar para visitar depois. Só que Kara não queria ser enterrada, porque achava meio estranho. Também não gostava de assistir a filmes de zumbi comigo.

— Você pode guardar as cinzas dela. A minha amiga Angie guardava as cinzas da irmã dentro do quarto.

— Ah, nem pensar. Kara detestaria isso. Acho que ela ia querer que eu espalhasse as cinzas por aí e depois desse uma festa. Quer fazer isso comigo?

— Espalhar as cinzas?

— É. Vou tentar arrumar alguém para sobrevoar Detroit com a gente, de helicóptero. Parece adequado.

— Nunca andei de helicóptero.

— Nem eu. Tenho medo de altura, lembra? Bom, então está combinado. Só você e eu. E o piloto do helicóptero, claro.

— …

— Olha, estou tão perdido quanto você nisso tudo, mas estou tentando.

— …

— Isso é um sim, Eva?

— O.k.

— Maravilha. Vamos fazer isso antes de irmos embora.

— Para onde vamos?

— Não sei, ainda não pensei nisso. Para algum lugar seguro.

— Mas quando eu vou começar a treinar?

— Treinar o quê?

— Têmis! Quando vou começar o treinamento para pilotar Têmis? É isso que você quer que eu faça, certo?

— Que conversa é essa, menina? Eu não quero que você faça nada!

— Você não está entendendo. Tudo bem, eu *quero* fazer isso.

— Eva… Sei que você quer ajudar, mas…

— É o que eu preciso fazer!

— Eva, você só tem dez anos!

— Mas foi por isso que me fizeram! Foi por isso que Alyssa me concebeu. Eu… Eu sou uma ferramenta. É para isso que sirvo.

— Eu… Antes de mais nada, Alyssa não "concebeu" você. Pode parar de dizer isso. Ela passou, sei lá, vinte minutos em um laboratório. A mulher que carregou você na barriga por nove meses, essa sim concebeu você. Além do mais, ninguém está nem aí para o que Alyssa pensou ou deixou de pensar. Sua mãe… Kara morreu para salvar você. Eu não seria lá um pai muito exemplar se deixasse você correr algum tipo de risco, agora. Não vou deixar nada acontecer a você, Eva. Quero que fique o mais longe possível daquele robô.

— As pessoas vão morrer se a gente não fizer nada!

— As pessoas vão morrer de qualquer jeito.

— E você vai deixar isso acontecer? Não vai nem tentar fazer alguma coisa?

— Se isso significa manter você a salvo, então não, não vou tentar. Vou deixar as pessoas morrerem. Sou seu pai, Eva.

— Não, não é! Não pode ficar me dizendo o que eu devo fazer!

— Eva.

— Saia do meu quarto!

— Eva, eu…

— SAIA!

ARQUIVO Nº 1603

REGISTRO DE ESTAÇÃO — ADMINISTRAÇÃO OCEÂNICA E ATMOSFÉRICA NACIONAL (AOAN) CENTRO DE PREVISÕES METEOROLÓGICAS ESPACIAIS

Local: Silver Springs, estado de Maryland, EUA

— Chefe, dá um pulinho aqui um minuto. Nós perdemos o sol.

— O quê?

— Perdi o SXI.

— Como assim "perdeu"?

— É o que acabei de dizer: sumiu. Não estou recebendo nenhum sinal do Solar X-Ray Imager do GOES-13.

— Sem sinal vindo do satélite?

— Nada.

— Tem certeza de que não é algum problema na sua estação?

— Está tudo certo na estação. O satélite simplesmente parou de transmitir. O problema é lá em cima, senhor.

— Chegue para lá um instante, quero checar uma coisa e... O que foi, Clara?

[*Temos um problema.*]

Bom, aguarde só um momento, estamos um pouco ocupados por aqui. Volte para a sua estação: vou assim que terminar.

[*Perdi o sinal do meu satélite.*]

Você perdeu... Qual estava com você?

[*O* GOES-*15. Tem alguma coisa errada, senhor.*]

Sem essa de que tem alguma coisa errada. O problema deve estar aqui, com a gente. Dois satélites não param de funcionar assim, de uma hora para a outra, ao mesmo tempo. Verifique o receptor.

— São todos os satélites, senhor. Não estamos recebendo mais nada, de lugar nenhum. Nada em micro-ondas, nem VHF.

— Todos os satélites? Então com certeza é alguma coisa no nosso equipamento.

— Não é. Ainda estamos recebendo, mas só um monte de estática.

— Ah, que maravilha. Estou trabalhando aqui há apenas um mês! O que faço agora?

— Só um minuto, senhor...

— Não sei o que eu tenho que fazer.

— Um minuto! A Nasa quer saber se estamos recebendo dados dos satélites JPSS.

— Que droga! Isso não faz o menor sentido. Vou ligar para o Departamento de Defesa para ver se eles ainda estão recebendo sinal.

— A Europa também está fora do ar. Perderam o MetOp. Ninguém está recebendo sinal algum da órbita. *Todo mundo* está ligando para cá.

— Pode ser o efeito de alguma erupção solar?

— Estava tudo bem nas medições do espaço até agora há pouco, senhor.

[*Olhe só isso!*]

— O que foi agora, Clara?

[*Uma transmissão ao vivo do Mauna Kea.*]

O telescópio?

[*Isso. Pedi para eles rastrearem meu satélite. Deveria estar bem aqui.*]

Não estou vendo nada.

[*Pois é.*]

Está dizendo que o seu satélite sumiu? Digo, literalmente?

[*Não sei, senhor.*]

Bom, você está vendo o satélite ou não?

[*Não, senhor, mas...*]

Mas o quê?

[*Não é só o satélite que sumiu.*]

Como assim? O que quer dizer com isso?

— Senhor, ela quer dizer que as *estrelas* sumiram. Não dá mais para ver as estrelas.

ARQUIVO Nº 1604
ENTREVISTA COM EVA REYES

Local: Bunker do governo secreto, Lenexa, estado do Kansas, EUA

— Você pediu para falar comigo, Eva.

— Sim, dra. Franklin.

— Posso ajudar de alguma forma?

— Eu quero fazer isso. Quero pilotar Têmis.

— Não acho que seja uma boa ideia, Eva. Além do mais, você deveria discutir esse assunto com seu pai, não comigo. Sei que você ainda não teve muito tempo para se acostumar com a ideia, mas, tecnicamente, Vincent é seu pai e o responsável por você.

— Ele não vai fazer nada. Não quer nem me deixar tentar.

— Bem, isso me parece uma decisão bem sensata, Eva. Você é apenas uma criança. Se você fosse *minha* filha, eu também faria de tudo para proteger você.

— Mas você não entende! Ele não pode me proteger. Ninguém pode. Vou estar morta em alguns dias. Você também vai morrer.

— Sei que está com medo, Eva. Todos estamos.

— Não estou com medo. Estou afirmando: vamos todos morrer em breve.

— Ninguém pode ter certeza disso, Eva. Tudo parece bem complicado no momento, mas estamos fazendo o máximo para encontrar uma saída para a situação.

— Eu tenho certeza!

— Como você tem certeza, Eva?

— Só tenho. Você precisa confiar em mim, o.k.?

— Pode falar. Como você tem certeza?

— Você vai achar que eu sou doida.

— Eva, não conheço bem você para fazer esse tipo de julgamento. Do pouco que vi até agora, tenho impressão de que você é uma jovenzinha corajosa e inteligente. Nada que você me disser será capaz de mudar isso.

— Eu vi.

— Você... Como?

— Eu vejo coisas. Vi Kara morrer.

— Você...

— Sim! Vi Kara morrer. Meses atrás. E vi isso também. Vi acontecer.

— Conte para mim.

— Chuva. Eu vi uma chuva negra caindo do céu, não só aqui, mas em todos os lugares. Todo mundo morreu. Eu também morri.

— Sinto muito, Eva. Eu...

— Falei que você acharia que eu sou doida.

— Isso não passou pela minha cabeça nem um segundo. Eu só... Você também viu alguma forma de impedir que isso aconteça?

— Não.

— Então por que acha que seria diferente se eu deixasse você entrar na Têmis?

— Eu... Eu não sei. Mas...

— Como eu disse, Eva: não depende de mim. Você deveria falar com...

— Ele não quer me ouvir! Ele não entende!

— Vincent é seu pai.

— PARE DE REPETIR ISSO! Você também não entende, não é? Ele também vai morrer!

— Eva, volte aqui...

ARQUIVO Nº 1605

ENTREVISTA COM EUGENE GOVENDER, GENERAL DE BRIGADA, COMANDANTE DO CORPO DE DEFESA DA TERRA

Local: Bunker do governo secreto, Lenexa, estado do Kansas, EUA

— Que diabos, Rose! São três da manhã!

— Você precisa ver isso, senhor.

— Estou morto de cansaço, ainda me acostumando com o fuso horário. Seja breve.

— Perdemos o sinal de todos os satélites em órbita. Não estamos recebendo mais nada, de nenhum deles. Ninguém mais no planeta está. É um blecaute completo.

— Eles pararam de transmitir?

— Talvez continuem transmitindo, mas alguma coisa pode estar bloqueando o sinal.

— Algum tipo de interferência?

— Não, não é só interferência. O sinal está bloqueado, mesmo. Não está chegando nada lá de cima. Dê uma olhada nisso.

— O que é?

— São imagens de telescópios de diversos locais do planeta. O que você vê?

— Eu vejo... O que é esse ponto preto?

— Exatamente. Deveria estar cheio de estrelas aqui. Acho que é de lá que estão bloqueando o sinal. Seja o que for, é mais forte neste ponto. Está bloqueando tudo, até a luz.

— E onde fica isso?

— Fica em... bom, em toda parte. Até agora, já identificamos dezoito pontos desses, ao redor de todo o planeta. Pode haver mais.

— E qual o tamanho desses pontos pretos?

— Não sei. Centenas de quilômetros, talvez milhares. Depende da distância entre eles e nós.

— Alguma ideia do que está por trás dos pontos?

— Nenhuma. Só sei que alguém realmente pretende manter isso escondido da gente.

— Considerando a atual conjuntura, imagino que a possibilidade de um fenômeno natural esteja definitivamente descartada.

— Pode ser que sejam os mesmos seres que trouxeram os robôs para cá.

— Só que os pontos não estavam aqui antes. Talvez sejam... Ah, merda!

— O que foi?

— Acho que eles estão trazendo as armas de verdade desta vez.

— Por quê? Não está sendo tão difícil assim acabar com a gente.

— Pois é, dra. Franklin, não está. Mesmo assim, estamos morrendo *devagar*. Fico me perguntando por que eles resolveram mandar só uma dúzia de robôs para exterminar um planeta inteiro. Não faz sentido atacar um raio de pequena extensão de cada vez. A superfície da Terra é grande demais. O que eles estão fazendo, que mais parece um procedimento cirúrgico, deve ter algum objetivo específico, como se os alienígenas estivessem procurando alguma coisa. Por um momento, cheguei a cogitar que eles não tinham nada melhor para utilizar, mas logo pensei que quem é capaz de construir aquelas coisas, de sintetizar aquele gás... bom, é capaz também de fazer um estrago bem maior, se quiser.

— O gás é mais denso que o ar. Se os alienígenas o espalhassem na estratosfera, ele iria se misturar e...

— Tudo acabaria bem rápido.

— Sim, senhor.

— Alguma ideia, então?

— Só sei que não estou gostando dessa história.

— Não, não... Pergunto se tem alguma ideia sobre o que podemos fazer. Não consigo pensar em nada para atirar neles.

— Mas no que iríamos atirar? Não sabemos o que há lá em cima, nem o tamanho, nem a distância. Na verdade, não tenho certeza nem se podemos fazer *alguma coisa*.

— Então, dra. Franklin, sugiro que você volte para a cama. É isso o que vou fazer.

— Acho que não nos resta muito tempo.

— Quando foi a última vez que você dormiu?

— ...

— Foi o que pensei. Vá para a cama, Rose. Vou marcar uma reunião para você falar com os líderes da ONU de manhã bem cedo. Eles estão preparando um plano B, caso tudo dê errado.

— Você não pode ir lá falar com eles? Tenho uma série de coisas para resolver.

— Eu até poderia ir... Mas, se as coisas voltarem a piorar, eu serei um homem morto. Nessa reunião, eles querem alguém que pudesse sobreviver ao gás. Pretendem construir algum tipo de infraestrutura global, para que os futuros sobreviventes possam encontrar refúgio, buscar outras pessoas que continuem vivas depois dos ataques. A primeira medida é criar uma rede de comunicação via rádio, usando equipamentos movidos a algum tipo de energia mecânica. Colocaríamos um aparelho desses a cada um ou dois quilômetros, espalhando a rede por todo o território nacional, ajudando a montar pequenos bolsões de sobreviventes. As lideranças querem deixar uma espécie de planta dessa rede, para que as pessoas possam seguir e construir comunidades seguras. Tenho certeza de que suas ideias a respeito desse plano serão muito bem-vindas, dra. Franklin.

— Se todos forem expostos ao gás de uma só vez, e se a taxa de sobreviventes seguir a lógica anterior, então apenas cento e cinquenta mil pessoas continuarão vivas no país inteiro, depois de um ataque dessa magnitude, o que dá, em média, uma pessoa a cada sessenta e cinco quilômetros quadrados. Além disso, esses sobreviventes precisarão lidar com trezentos milhões de corpos em decomposição, espalhados por toda parte, atraindo ratos, insetos. A maior parte dessas pessoas estará concentrada em áreas urbanas, onde estará a maioria dos corpos. Doenças vão se espalhar mais rápido do que se possa imaginar. O primeiro passo precisa ser dar um jeito nos corpos. Depois, arrumar remédios. Hospitais seriam um bom lugar para montar uma comunidade segura. Como haveria comida por um tempo, essa seria uma preocupação para depois…

— Pare, pare. Como eu disse, você pode ajudar. Mas não vai servir para muita coisa se não descansar um pouco.

— Senhor?

— Sim?

— Não acho que… Já vi mortes demais para duas encarnações. Aparentemente, eu ainda tenho um papel a desempenhar, ajudando a impedir novas tragédias. Mas, se eu… se eu fracassar, não acho que terei estrutura para aguentar o que está por vir.

— Bom, sinto muito se o apocalipse não é muito conveniente para você. Agora, vá para a cama.

ARQUIVO Nº 1613

CARTA ESCRITA POR KARA RESNIK, CAPITÃ DO CDT, PARA VINCENT COUTURE, CONSULTOR DO CDT

Missiva recuperada junto ao corpo da capitã, no Quartel-General do Corpo de Defesa da Terra, Nova York, estado de Nova York, EUA

Oi, Vincent!

Minha ideia é destruir esta carta assim que eu chegar em casa. Então, se você estiver lendo estas palavras, bom, é porque as coisas não aconteceram do jeito que eu estava imaginando. Estou no Haiti. Eu sei, também fico me perguntando como é que vim parar aqui. Mas encontrei a nossa filha e sei onde ela está. Acho melhor começar do começo, já que é bem provável que você ainda nem saiba que ela existe.

O nome dela é Eva. Eles estavam escondendo a garota da gente. Quando estávamos em Porto Rico, a psicopata da Alyssa colocou nossa filha dentro de outra mulher. Outra família teve nosso bebê. Pelo que pude verificar, era uma boa família, mas que já não existe: uns mercenários do mal mataram os pais de criação dela, só para colocarem as garras na nossa filha. Os russos acham que Eva seria capaz de pilotar Têmis. Não sei se é verdade, mas também não importa. Eles estão com ela no momento e pretendem levá-la para bem longe daqui, para realizar uma série de experimentos. Não quero nem pensar nisso. Preciso impedir esses caras. Não interessa como, mas vou levar a garotinha comigo. Vou trazer a nossa filha para casa.

Pronto. Não pensei que fosse ser tão rápido explicar tudo a você. Imaginei que levaria a noite inteira escrevendo. Estou dormindo — quer dizer, não exatamente *dormindo*, mas tudo bem — em um carro de merda que arranjei. É uma porcaria, acho que você iria gostar. Está tudo colado com fita adesiva e fede! Como se tivesse um bicho morto aqui dentro. Bom, para dizer a verdade, eu também estou fedendo. Estou com cheiro daqueles bichos atropelados, que ficam apodrecendo no acostamento, misturado a óleo de motor bem velho.

É, acho que é um bom resumo das coisas! Todo mundo mentiu para a gente. Alyssa preparou um bebezinho no laboratório. Uma estranha deu à luz uma filha nossa. Os russos estão atrás dela. Eu estou fedendo. Acho que isso já deixa você por dentro das coisas.

Eu sei que é muita informação para digerir. Somos pais! Que medo, né? Eu tenho certeza de que você vai ficar bem, já que sempre levou jeito com crianças. Mas eu ainda vou ter que me acostumar. De certa forma, acho que os mercenários russos vão ser a parte mais fácil disso tudo. Como você sabe, eu sou excelente em distribuir socos e chutes. Agora, conhecer o primeiro namorado dela… Não sei se vou saber lidar. Acho que você vai ter que me segurar para eu não dar uns tabefes na cara do sujeito, mesmo sem motivo. Sabe, só para deixar claro como as coisas funcionam. Se ele voltar depois, talvez seja um cara que valha a pena. Sim, eu sei que já estou pensando muito para a frente. Não tenho nem certeza se nós dois poderemos adotar essa criança. Só sei de uma coisa: não vou abrir mão de Eva para *ninguém*. Ela não estaria segura. Vão continuar vindo atrás dela, Vincent. Vão procurar por ela até o fim do mundo, se for preciso. Preciso manter essa garotinha a salvo.

Com tudo o que vem acontecendo no planeta, é possível que ninguém vá dar a mínima para as leis de adoção, mas vamos passo a passo: tenho que sair viva daqui primeiro.

Ah, sempre me esqueço de que, se você estiver lendo esta carta, é bem provável que eu tenha morrido. É difícil escrever como se eu já estivesse morta, sabe? O que devo dizer nesta hora? "Oi, eu morri! Espero que você também não esteja morto. Fique bem. Assinado: Kara."

Quando eu saí, você ainda estava desaparecido, com Têmis. Espero que esteja tudo bem. Vincent, você não faz ideia de como desejo que você esteja bem. Acho que eu não conseguiria viver sem você ao meu lado. Espero que não fique irritado comigo por eu ter saído sem você. É que eu não sabia mais o que fazer. Você sabe muito bem que eu não sou boa nesse negócio de ficar sentada lá, de braços cruzados. Como não podia ajudá-lo, pensei que ao menos poderia salvar essa menininha.

Pode apostar que eu queria você aqui comigo. Sou melhor com você por perto. Você sabe melhor do que ninguém quando estou prestes a fazer alguma idiotice. Você coloca a mão no meu ombro e consegue me impedir... Ou não consegue, e a gente acaba fazendo alguma idiotice ainda maior, juntos. De qualquer maneira, tenho certeza de que as coisas vão dar certo no final. Eu daria tudo para ter você aqui do meu lado, para ver se você colocaria a mão no meu ombro agora. Eu me sentiria muito melhor se você estivesse aqui, me ajudando a colocar as ideias em ordem.

A boa notícia é que Eva está segura, por enquanto. Os russos vão me matar, se tiverem a oportunidade, mas não terão coragem de machucar a garota, a não ser que seja estritamente necessário. Então, se eu não sair desta, será a sua vez de encontrar nossa filha e trazê-la de volta para casa. Peça ajuda. Ao CDT, ao governo dos Estados Unidos, não importa. Eles vão querer descobrir se os capacetes funcionam em Eva. Ainda não sei como me sinto em relação a isso, mas eles vão protegê-la, o que é bom. Você precisa me prometer, Vincent Couture.

Precisa me prometer que vai encontrar nossa filha e que vai protegê-la.

Tem outra coisa que eu quero que você prometa. Quando encontrar nossa filha, e eu sei que você vai conseguir, não se torne uma pessoa diferente do que é. Sei que seu pai não era tudo o que você esperava que ele fosse. Não deixe isso mudar você, nem tente ficar parecido com seu pai. Seja você mesmo. Lembra como eu andava infeliz um tempo atrás? Eu nem sabia que estava infeliz, mas estava. E sentia essa tristeza porque eu achava que tinha que ser outra pessoa. Não era culpa sua. Você nunca me pediu para ser diferente. Na verdade, acho até que você não iria gostar muito se eu mudasse alguma coisa. Sei que a culpa foi toda minha. Só quero pedir para você não repetir meu erro. Não tente se tornar algo que você não é de verdade, só porque acha que é a coisa certa, ou a mais "normal", a se fazer. Eva tem um bom pai. Permita que ela conheça quem você é.

E tente não ser tão duro com ela. Se nossa filha se parecer um pouquinho que seja comigo, vai ser uma pessoinha meio difícil às vezes. Vai tentar colocar você no seu lugar de vez em quando. Isso é bom para ela. Você precisa de alguém assim. Agora, se ela for parecida com você... Pode apostar que você vai ter bastante problema para resolver. É possível que ela não queira você por perto. Não leve isso para o lado pessoal. Eva tinha pais que provavelmente a amavam muito e tomaram conta dela. São os pais dessa garotinha, que não deve explicação para a gente nem para ninguém. Então, tente só ser amigo dela, se sentir que ela ainda não está pronta para ter um pai. Esteja lá, ao lado dela.

Deixe Eva ser o que quiser. Talvez ela não tenha uma vida muito longa pela frente. Pelo rumo que as coisas estão tomando, ninguém tem muito futuro. Deixe que ela trilhe o caminho que lhe resta de acordo com as próprias regras. Permita que ela viva, porque essa menininha merece isso. Ela com certeza fez por merecer, posso garantir.

Bom, está na hora de fazer uma idiotice. Ei! O que eu estou dizendo?! Tudo vai dar certo. Você vai ficar bem. Vou voltar para casa e fazer uma surpresa para você no laboratório. Vou apresentar nossa filha e, então, destruir esta carta. Moleza.

Você sabe que eu te amo, não sabe? Não falo muito essas coisas porque seu ego poderia crescer tanto que acabaria implodindo e virando um buraco negro. Não quero ser a culpada por destruir o universo inteiro. Mas é verdade, eu te amo. Você é um filho da mãe metido e arrogante e eu te amo. É também o homem mais corajoso que eu já conheci. Não tenho certeza se já mencionei isso alguma vez. Nós nos divertimos bastante, não é? Bom, eu me diverti muito. Espero que eu não tenha aborrecido demais essa sua paciência canadense.

Você deve ter visto o outro envelope. É para Eva. Entregue para ela quando for o momento apropriado. Não agora, pois ela já tem preocupações suficientes. Mas um dia, na hora certa. Você vai saber quando.

Fique bem. Vejo você do outro lado.

Kara

ARQUIVO Nº 1614
REGISTRO DE TREINAMENTO — VINCENT COUTURE, CONSULTOR DO CORPO DE DEFESA DA TERRA, E EVA REYES

Local: Parque Shawnee Mission, Lenexa, estado do Kansas, EUA

[*Tem certeza de que quer fazer isso, Eva?*]

— Sim, dra. Franklin.

[*Pode me chamar de Rose. Só não tente fazer nada por conta própria. Sempre siga as instruções de Vincent, o.k.?*]

O.k.!

— Eva. Esta é... a sua estação.

— Está tudo bem, Vincent?

— Está, sim. É que...

— Você está chorando?! Eu fiz alguma coisa de errado?

— Não! Não tem nada a ver com você, Eva. É que é... mais difícil do que eu imaginava.

— Quer que eu saia?

— Não, não! Eu estou bem!... Vem, sobe aqui. Vou ajudar com o cinto.

— O que é isso?

— É uma... improvisação, para você alcançar os controles.

— É uma lista telefônica?

— Na verdade, são *duas* listas telefônicas. Prendi uma na outra com fita adesiva e depois colei no chão. Podemos arrumar alguma coisa mais bonita depois, se isso aqui funcionar. Tenho quase certeza de que está na altura certa.

— E você acha que eu vou conseguir?

— Não sei. Não faço a menor ideia, mas só tem um jeito de descobrir, e é por isso que estamos aqui. O capacete pode não funcionar com você. Não funciona com mais ninguém. Aqui, vista isto, como se fosse uma jaqueta. Viu, é a altura perfeita! Consegue colocar os dedos aqui? Está apertado ou frouxo demais? Acho até que essas luvas servem melhor em você do que serviam em Kara. Vou prender as luvas no seu antebraço. Essa coisa grande vai ao redor do peito. Pronto! Como você se sente?

— Tudo bem.

— Tente se mexer um pouco. Levante os braços até aqui em cima. Agora incline o corpo para a frente, o máximo que puder. Quanto você acha que consegue inclinar?... O que foi?

— Posso perguntar uma coisa, Vincent? Tudo bem se eu chamar você de Vincent? Eu ainda não...

— Ah, não tenha medo. Eu também não estou pronto ainda. Vamos devagar. O que você queria perguntar?

[*Tudo bem aí em cima, pessoal?*]

Sim, Rose. Só mais um minuto. Vamos lá, Eva. Rose não pode mais ouvir a gente agora.

— O que vai acontecer se eu não conseguir?

— Nada. Bom, nós provavelmente vamos cair no chão, mas nada de mais. Não tem importância.

— Claro que tem importância! As pessoas estão morrendo.

— Eva, a esta altura, acho que nenhum de nós dois é capaz de fazer alguma diferença. Mas estou aqui com você, aconteça o que acontecer.

— E se eu fizer alguma coisa errada?

— Confie em mim, garota: mesmo se você fizer uma bobagem, não existe a menor chance de ser pior que Kara e eu, quando a gente começou. Aliás, por enquanto, você não precisa ter nenhuma grande habilidade. É só uma questão de saber se vai dar certo ou não. É impossível fazer o capacete funcionar à força.

— Obrigada por mudar de ideia.

— Não me agradeça. Sou um péssimo pai. Vou deixar a minha filhinha de dez anos pilotar uma máquina de guerra gigante. Tenho a impressão de que vou direto para o inferno, talvez dando uma passadinha na prisão antes, caso algum assistente social fique sabendo. Para ser honesto com você, preciso admitir: estou torcendo para este capacete não funcionar. Só assim as pessoas vão deixar você em paz, e você finalmente poderá levar uma vida normal. Seja lá como isso for.

— E se funcionar?

— Se funcionar… Hmm, sua vida vai ficar ainda mais complicada do que já é. *Bem* mais complicada.

[*Pessoal? O que está acontecendo por aí?*]

O que me diz, Eva? Pronta para tentar?

— Sim.

— Certo, Rose! Estamos prontos. Vou colocar o capacete na cabeça dela agora. Eva, deixe os braços bem esticados para baixo. Assim, Têmis não vai se mexer se funcionar. Como não estou na minha estação, eu não conseguiria manter o robô em equilíbrio. Pronta? Lá vamos nós.

[*Funciona?*]

Eva, está funcionando? Eva?

— O quê?

— O capacete funcionou?

— Sei lá, você falou para eu não me mexer. Só estou olhando para a dra. Franklin.

— Você está olhando para... Consegue ver do lado de fora?

— Consigo. Você não?

[*Ei, está tudo bem?*]

— Sim, Rose, tudo bem. Ela conseguiu acionar o capacete.

— Quer dizer que está funcionando?

— Sim, Eva, está funcionando. Pode apostar que você é mesmo filha da sua mãe. Não se mexa! Quero que você fique bem paradinha, até eu chegar à minha estação. Depois vamos tentar alguns movimentos bem simples, certo?

— Certo. Isso é tão legal!

— Não é?! Mas não se mova! Vou quicar aqui dentro como se fosse uma bola, se você se mexer antes que eu me conecte à estação.

— Não estou me mexendo.

— Não se mexa! Estou quase lá!

— Não estou me mexendo!

— O.k. Estou conectado. Vamos tentar um passo de cada vez. Sei que vai parecer besteira, mas quero que imagine como você faz para andar. Quando levanta um dos pés, começa a virar os ombros na direção oposta. Se levanta o pé direito, vira os ombros para a esquerda, o que transfere o peso do corpo para a perna esquerda. Quando levanta a perna esquerda, vira os ombros para a direita, o que direciona o peso para a perna direita. Vamos lá, faz de conta que você está caminhando.

— Nós vamos cair?

— Provavelmente, quando for para valer. Por enquanto, não vou movimentar as pernas. Não tem problema se você mexer as suas. Eu vou mantendo o equilíbrio aqui, jogando meu peso para os lados. Pode ir.

— Assim?

— Não estou sentindo o peso ir de um lado para o outro. Você tem que exagerar um pouco. Faz de conta que você é modelo. Pode desfilar na passarela.

— Isso não ajuda muito.

— Hmmm. Faz de conta então que você está carregando alguma coisa bem pesada nas mãos. Isso! Assim está bom!

— Vamos andar de verdade!

— Hoje não. Vamos bem devagar com o treinamento.

— Por favor!

— ...

— *Por favor!*

— Ah, por que não?! Rose, pode voltar lá para dentro? Não quero esmagar você.

[*Vincent, tem certeza de que vale a pena tentar? Não se esqueça que Kara e você demoraram meses antes de dar os primeiros passos.*]

Sim, mas eu não conseguia segurar o peso naquela época. E não, não tenho certeza. Por isso pedi para você voltar lá para dentro... Não quero esmagar você. Como tem algumas árvores por aqui, elas podem amortecer um pouco a nossa queda. Ou não. Eva, acho que não é uma boa ideia...

— Você está com medo?

— Ah, sério que você vai jogar essa do Marty McFly para cima de mim?

— Quem é Marty McFly?

— Um cara que... Deixa para lá. Vamos assistir ao filme juntos, um dia desses. Se eu fosse esperar até ter uma ideia melhor, nunca faria nada nessa vida. Você está pronta para cair com vontade, se machucar, me ver quebrando o nariz na mesa de controle, sangue espirrando para todo lado?

— Sim!

— Então tudo bem. Vamos dar só alguns passos. Um passo, para começar. Você precisa olhar para mim. Veja as minhas pernas, meus ombros, como eu jogo o peso para um lado antes de levantar a perna. Você vai precisar se mexer *junto* comigo, não depois. Se você esperar muito para me acompanhar, será tarde demais, e nós vamos cair.

— Entendi!

— Vamos lá.

— Assim?

— Não. Assim não... Ooopa... Estamos caindo. Joga as mãos para cima!

— AHHH!

— Ai! Cacete. Isso dói. Tudo bem por aí?

— Não consigo mexer os braços! Estão presos ao meu peito!

— Sem problema! O peso de Têmis está prendendo seus braços, que vão se soltar assim que o capacete for retirado. Nós vamos sair daqui, enquanto Têmis vai ficar deitada no chão.

— Foi culpa sua! Eu não estava pronta!

— Está tudo bem, Eva. Nós podemos tentar outra vez depois.

— EU NÃO CONSIGO ME MEXER! Me tire daqui!

— Um segundo. Preciso sair da minha estação primeiro.

— ME TIRE DAQUI!

— Calma, cheguei. Você está tremendo mais que vara verde.

— Eu não consigo. Não sou boa o bastante.

— Eva, não se preocupe. Não dava para acertar logo de primeira. Vamos tentar de novo amanhã, se você quiser.

— Isso é besteira.

— Você decide, Eva. Não é *obrigada* a fazer nada, se não quiser.

— Você não entende. Todos terão morrido por nada, se eu não conseguir!

ARQUIVO Nº 1617

ENTREVISTA COM A DRA. ALYSSA PAPANTONIOU

Local: Bunker do governo secreto, Lenexa, estado do Kansas, EUA

— Bom dia, dra. Fr-Franklin. Achei que já tivéssemos passado dessa fase dos guardas.

— Não, não passamos dessa fase. Os guardas vão acompanhar você o tempo todo. Você pode ir daqui para o seu quarto e do seu quarto para cá. Mais nada. Quero você bem longe de Eva e Vincent. Não tente se aproximar outra vez. O que passou pela sua cabeça quando resolveu falar com aquela criança?

— Ela tinha o direito de saber.

— Você é que não tinha o direito de contar. Ela já tem bastante problema para resolver.

— Como que eu não tinha o direito?! Eu c-concebi aquela garota! Eu tenho *todo* direito de contar. Quando você pretendia fazer isso?

— Quando chegasse a hora certa.

— Q-Quando? Assim q-que as coisas se resolvessem de vez? Quando tudo ficasse bem? Não podemos nos dar ao luxo de esperar. A menina tinha o direito de saber o que ela é de verdade.

— Ela é uma criança! É isso o que ela é!

— Ela é a melhor esperança que temos de salvar este planeta! E vocês não teriam nem isso, se não fosse por mim.

— Você disse a Eva que era a mãe dela!

— Eu disse que eu tinha c-concebido ela. Nunca disse que era a mãe. Agora, ela pode até me chamar de mãe, se quiser.

— Você é completamente louca! Uma psicopata, Alyssa!

— Não v-vou deixar de ter razão só porque você resolveu me insultar assim.

— Não quero nem saber se você acha que tem razão ou não, Alyssa. Tudo o que me interessa agora é a ciência. Se dependesse de mim, você estaria em alguma cela imunda, em um lugar bem quente e úmido.

— Não são as palavras que eu esperaria que saíssem da sua boca. Seria melhor se você deixasse esse tipo de ameaças vazias para ele.

— Bom, ele não está mais aqui. Sabe, eu aprendo bem rápido. Pode acreditar: quando faço ameaças, não há nada de vazio nelas.

— Ele foi o r-responsável por me trazer para cá. Você deveria c-confiar no julgamento dele.

— Não se engane. Ele não confiava em você! Achava que você poderia ser de alguma ajuda, mas nunca confiou em você. Aliás, eu também não confio. Assim que isso tudo acabar, a primeira coisa que vou fazer é entregar você às autoridades.

— Então, por que me manter aqui? Por q-que acha que eu vou contribuir, já sabendo que serei mandada para a prisão mais cedo ou mais tarde?

— Porque no seu ego perverso e doentio eu confio. Tenho certeza de que você sempre dará o seu melhor, por causa da sua personalidade. Sei que você quer ser a responsável por encontrar uma saída para a situação atual. Sei que deseja estar entre os salvadores do planeta, não porque se importa com ele, mas porque quer sentir o gostinho da honra e da glória. Para ser sincera, acho que você não está nem aí se vai passar o resto da vida apodrecendo na cadeia.

— Continua muito parecido com o estilo dele.

— Como eu disse: aprendo rápido. Bom, que tal pararmos de desperdiçar o nosso tempo? Conte logo o que tem feito nesses últimos dias.

— Ele me pediu para c-comparar o DNA dos sobreviventes de Londres com o material genético coletado nos corpos dos alienígenas.

— E você fez isso?

— Sim e não. A genética dos alienígenas é tão d-diferente da nossa que nenhum dos meus testes funcionaria neles. Não sei como as duas genéticas poderiam se recombinar, se é que isso seria p-possível. P-para ir além, eu p-precisaria de espécimes vivos. De qualquer maneira, tanto faz, porque eu não conseguiria encontrar o que ele estava procurando. Ele achava que os sobreviventes...

— Descendiam de alienígenas que viveram na Terra, há cerca de três mil anos.

— Ele estava errado.

— Tem certeza?

— Sim.

— Certeza absoluta, Alyssa? Por quê?

— Não faz o menor sentido. Três mil anos é m-muito tempo. Todo mundo que vivia nessa época é antepassado de todo mundo que vive hoje.

— Como assim?

— As pessoas encaram as árvores genealógicas da m-maneira errada. Escolhem uma pessoa específica e vão ramificando a d-descendência dela para baixo, com os filhos e os netos e assim por diante. Não é assim que funciona. A árvore cresce para cima.

— E o que isso tem a ver com os sobreviventes?

— Vou dar um exemplo. Pense comigo. Você tem d-dois pais. Depois, quatro avós, oito bisavós e dezesseis tataravós. Isso há, o quê?, uns cem anos, considerando uma média de vinte e cinco, trinta anos p-por geração. Há duzentos anos, já estaríamos falando de dois mil antepassados. Quinhentos anos atrás, bem, já s-seriam... cinquenta milhões.

— E quantos seriam se voltássemos três mil anos?

— Basta dobrar o número a c-cada trinta anos, mais ou menos. Você chegaria a um bilhão de antepassados em pouco tempo. Em mil e duzentos anos atrás, alcançaríamos um trilhão de pessoas. Em três mil anos atrás... Em três mil anos... Não importa o número exato, só que é g-grande demais.

— Isso não faz sentido. Não havia um trilhão de pessoas na Terra há mil e duzentos anos. Não estamos nem perto disso agora!

— Isso porque a mesma p-pessoa aparece mais de uma vez na sua árvore genealógica. Seu tatata-vinte-e-cinco-vezes-ravô é também seu primo distante. A maioria das p-pessoas apareceria centenas, milhares de vezes na árvore. Quanto mais para trás no tempo você for, menos pessoas você vai encontrar na Terra e maior será o número de ramos na árvore da sua família. Assim, você v-vai precisar de todas as pessoas do planeta para p-preencher tantos r-ramos.

— Não tenho certeza se enten...

— Se você viveu naquele tempo, ou sua linha hereditária já desapareceu e você não tem mais nenhum d-descendente, ou você é antepassado de todas as pessoas no p-planeta. Nesse caso, cada indivíduo que viveu há alguns milhares de anos é um ancestral meu, seu e de todo o resto da humanidade, considerando que a linhagem dessa pessoa não tenha desaparecido com o tempo.

— ...

— Dra. Franklin?

— Então é isso, não é?

— É isso o q-quê?

— Se os alienígenas estiveram entre nós há três mil anos, não teriam apenas alguns descendentes vivos hoje. Eles não teriam mais nenhum, o que não se sustenta, já que conheci um ontem mesmo, ou...

— Você está dizendo que…

— É exatamente o que estou dizendo: ou eles seriam um antepassado distante de todas as pessoas na Terra. Eu sobrevivi ao gás não por ter DNA alienígena, mas justamente pelo contrário, porque sou uma das poucas pessoas neste planeta que não têm. Somos todos extraterrestres, pelo menos em parte. Cada pessoa na Terra tem algo de alienígena em sua genética… Quer dizer, pelo menos 99,95% das pessoas.

— Isso é louc-loucura.

— Obrigada, Alyssa. Seus serviços não serão mais necessários. Esses cavalheiros vão acompanhá-la até a saída e… Bom, vamos descobrir logo, logo. Adeus, Alyssa.

PARTE 5

NO SANGUE

ARQUIVO Nº 1619

ENTREVISTA COM SR. BURNS, OCUPAÇÃO DESCONHECIDA

Local: Restaurante chinês New Dynasty, Dupont Circle, Washington, DC, EUA

— Eles vieram atrás de vocês, não foi?

— O quê? Sem nem um "olá" antes? Nem um "que bom ver você de novo"?

— Eles estão aqui para matar vocês, não a gente!

— Tudo bem, então. Sem "olá".

— Fizeram aquele gás para matar quem tivesse material genético derivado do deles. Vieram até o planeta para exterminar *vocês*. Devem ter imaginado que afetariam apenas algumas pessoas, não muitas. Quando constataram que estava todo mundo morrendo, se deram conta de que todos na Terra, ou quase todos, tinham genes alienígenas. E por isso pararam.

— Bingo! Eu disse que você era esperta o suficiente! O *suficiente*.

— Você mentiu o tempo todo! Tudo o que você disse a nós… Tudo o que disse a ele, não passava de um monte de mentira!

— Primeiro, eu só contei uma historinha para ele. Nunca disse que era a verdade. Apesar disso, tudo o que eu disse *era* verdade, sim. Mais ou menos. Posso ter omitido algumas partes da história toda, mas nunca menti. Há alguns milênios, enviaram uma dúzia desses robôs à Terra, porque achavam que o planeta estava prestes a ser atacado por um dos inimigos deles, um grupo ameaçador, pelo que me disseram. Milhares de anos se passaram, e nenhum desses inimigos apareceu por aqui. Então, eles partiram.

— Você disse que Têmis foi deixada aqui para que a humanidade pudesse se defender.

— Sim! E foi isso mesmo, por um tempo. Também deixaram pilotos com o robô. Se não tivessem deixado, vocês não seriam capazes de pilotar Têmis.

— Por causa da nossa anatomia.

— Tenho certeza de que eles nunca imaginaram que vocês seriam doidos a ponto de mutilar as próprias pernas, mas existe uma razão mais simples, na verdade. Os controles não funcionam com humanos. Não deveriam funcionar, pelo menos. Mesmo hoje, apenas pouquíssimas pessoas têm o DNA adequado para essa função.

— Vincent e Kara.

— Entre outros. Por que você acha que nós mandamos eles dois para você?

— Vocês mandaram os dois para mim?

— É verdade que eles tiveram uma filha?

— Sim. O nome dela é Eva.

— Que lindo nome!

— Parece que você ficou bem feliz com a notícia.

— E por que não ficaria? Adoro crianças. Como ela é? O.k.?

— Ela é ótima. O que quer dizer com esse "o.k."?

— Foi só uma pergunta. Deixa para lá.

— Sem essa de "deixa para lá". O que você quer dizer com "como ela é"?

— Ela vê coisas?

— Vê, sim. Como sabe?

— Palpite. Os pais da menina tinham mais do nosso DNA que a maioria das pessoas. Às vezes, acontece dessas coisas entre a nossa gente... Essas visões.

— Vocês podem prever o futuro?

— Não exatamente. São mais... vislumbres do que vem pela frente. Parte das visões acontece, mas nem tudo. E nem todos da nossa espécie são capazes de ver essas coisas. Eu nunca vi nada. Quem apresenta esse dom muitas vezes tem dificuldade de se relacionar com os outros. Sem orientação adequada, as visões podem ser... meio avassaladoras.

— É, "avassaladoras" é uma boa descrição. A pobre menina está morrendo de medo.

— Ela vai superar. As crianças costumam ser bem mais resistentes do que a gente pensa. Bom, onde eu estava, mesmo?

— Não me lembro.

— Ah, sim! Pilotos! Eu ia dizendo que, naquela época, vocês não seriam capazes de pilotar Têmis. Então, eles deixaram um pequeno grupo de pessoas na Terra com essa habilidade.

— Seus antepassados.

— Não! Meus antepassados optaram por copular com humanos. Já tinham todos morrido quando os robôs saíram do planeta, mas seus descendentes estavam vivos. Era cerca de uma dúzia de famílias. Os alienígenas de sangue puro receberam ordens de garantir a linhagem.

— O que significa "garantir a linhagem"?

— Eles foram instruídos a matar todos os meio humanos, incluindo filhos e netos. Só então poderiam voltar para casa.

— Com Têmis?

— Claro. O que vocês poderiam fazer com ela? Enfim, os alienígenas de sangue puro seguiram com a missão, sem dúvida imaginando que os meio humanos não ofereceriam grande resistência. A questão é que eles resistiram e, de quebra, protegeram suas famílias. Mataram todos os alienígenas, desmontaram Têmis e enterraram as partes ao redor do mundo, para que nunca mais alguém pudesse descobrir o robô.

— E aqueles que enviaram Têmis para cá nunca perceberam que ela não voltou para casa?

— Tenho certeza de que perceberam. Sabiam que alguma coisa tinha acontecido com ela. Só que, veja bem, o universo é enorme. Muita coisa pode dar errado. A ideia dos meus antepassados era garantir que eles nunca chegassem a desconfiar que foi *isso* o que aconteceu.

— E o que eles fizeram?

— Quem?

— Seus antepassados.

— Ah, nada. Tentaram se afastar ao máximo da história da humanidade. Foram instruídos a copular apenas com pessoas que já pertencessem ao grupo, evitando... Bom, evitando exatamente o que acabou acontecendo. Eles eram bem rígidos em relação a essa regra. O problema é que, ao longo dos séculos, alguns conseguiram fugir. E, por isso, cá estamos!

— Por que eles iriam querer fugir?

— Imagino que tenham se apaixonado. As pessoas fazem as maiores loucuras por amor, o que inclui se recusar a casar com um primo ou uma prima qualquer. Talvez eles não fossem muito bonitos. Você acha seus primos atraentes?

— Mas e aquela câmara em que eu caí, quando era pequena? Ela estava lá para ser descoberta, não?

— De fato, estava. Os alienígenas de sangue puro queriam que vocês ficassem sabendo da existência deles, quando a humanidade estivesse evoluída o suficiente. Mas não era a mão que você deveria ter descoberto.

— O que era, então?

— Um comunicador. Com o dispositivo, vocês poderiam enviar uma mensagem ao mundo deles. Esse aparelho também é capaz de reorganizar matéria e, com o tempo, vocês poderiam usá-lo como meio de teletransporte e fazer uma visitinha. É uma coisa grande, redonda, com uma luz no meio. Há um desses equipamentos dentro de cada um dos robôs.

— É assim que Têmis consegue se teletransportar.

— Isso mesmo! Meus antepassados pegaram o dispositivo e colocaram a mão em seu lugar, para que vocês tivessem pelo menos alguma coisa para encontrar. Usando o equipamento, eles transportaram as peças do robô para as diversas partes do mundo. É o mesmo dispositivo que usamos para recriar você, para que nós dois pudéssemos enfim ter essa conversa, quando chegasse a hora certa.

— Como os alienígenas descobriram?

— Você encontrou Têmis! Não só descobriu o paradeiro, também usou ela. Encontrar o robô era uma coisa, mas ser capaz de operá-lo era outra completamente diferente. Eles perceberam que tinha alguma coisa errada. Devem ter se dado conta do que aconteceu com os pilotos enviados à Terra lá atrás, há milhares de anos, e resolveram voltar para concluir a missão.

— E aí, como nós todos morremos, eles viram que a genética deles agora fazia parte da nossa.

— Exatamente. Para eles, é uma verdadeira tragédia. Esse é o pior tipo de interferência possível. Eles não querem matar todo mundo, porque... porque não é certo, além de ser uma interferência ainda maior. Mas a alternativa seria negar a vocês o futuro que, para eles, não estava traçado! Mesmo sem querer, eles acreditam que roubaram o destino da humanidade.

— Então eles pararam de nos matar. E agora?

— Agora estão procurando um motivo para desistirem da missão. Como eu disse, eles não gostam de interferir. Vão matar todo mundo se acharem que, sem DNA deles, a humanidade não estaria onde está. Vão extirpar a genética deles da face da Terra, e vocês vão ganhar um recomeço.

— Eles vão exterminar a humanidade, deixando vivos apenas aqueles que não possuírem nenhum tipo de gene alienígena.

— Sim. E vocês vão poder reconstruir a Terra do zero, livres de qualquer influência externa.

— E quanto a você?

— Ah, meu povo vai morrer de qualquer maneira. Já nascemos condenados. A nossa própria existência é um crime passível de pena de morte. Nada vai mudar isso.

— E não vão nem tentar?

— Eu não disse isso...

— Então, como podemos impedi-los? Você falou que eles estão procurando um motivo para não concluírem a missão.

— Vocês precisam mostrar que teriam chegado a esta etapa mesmo sem a ajuda deles.

— E teríamos?

— Como é que eu vou saber? Aliás, faz alguma diferença? É possível, e isso é tudo o que importa. O DNA deles não passa de uma fração minúscula do de vocês. Vocês precisam convencê-los disso, dando uma desculpa para que a humanidade possa seguir seu caminho. Eles acreditam que, se a genética humana não tivesse sido contaminada pela nossa, vocês não teriam evoluído tanto, chegando a esse nível tecnológico. Não teriam conseguido manipular os átomos e, assim, não teriam descoberto o que eles deixaram para trás. Tudo o que vocês precisam fazer é provar que eles estão errados. Eles não querem simplesmente exterminar uma civilização inteira, a não ser que estejam cem por cento seguros de que essa é a coisa certa a se fazer.

— Uma dúvida razoável, eu diria.

— Se é assim que você quer chamar...

— E como podemos provar uma coisa que nós nem sabemos se é verdade?

— Mostrem a eles do que vocês são feitos. Mostrem que humanos puros podem ser melhores do que eles pensam.

— Você está se referindo a mim. É por isso que estou aqui, não é? Vocês me trouxeram de volta porque ainda sou cem por cento humana.

— "Ainda"? Você não é assim porque, por um passe de mágica, conseguiu escapar de três mil anos de mudanças genéticas. Seus pais provavelmente tinham DNA alienígena. Você está aqui por mera questão de sorte. Mas está. Agora, só precisa mostrar a eles o quão formidável você é.

— Mas, como?

— Precisa derrotá-los.

— Eu não posso derrotá-los! Nem todos os exércitos do mundo seriam capazes de vencer esses robôs. O que eu posso fazer sozinha? Nós não temos tecnologia para isso.

— Mesmo se tivessem, essa tecnologia teria sido criada por pessoas com genes alienígenas. Estaria... comprometida.

— É alguma brincadeira? Você está me dizendo que eu vou ter que vencer essas máquinas gigantes sem usar nada que tenha sido inventado nos últimos três mil anos?

— Bom, você pode até considerar que meus antepassados levaram alguns séculos para espalhar seus genes por aí... Mas, sim, a ideia é mais ou menos essa.

— Mas nós não tínhamos nada, três mil anos atrás! Nada! A roda, algumas ferramentas de metal. Com certeza não havia nada capaz de destruir um desses robôs.

— Nesse caso, eu diria que você está com sérios problemas, mocinha.

— Não consigo entender. Por que você não me diz o que fazer? Já me contou todo o resto. Por que não quer salvar a humanidade?

— Eu não contei nada que você não pudesse ter descoberto por si mesma.

— Por que não?

— Porque se eles acharem que eu… se acharem que meu povo ajudou vocês de alguma forma, vão matar o que encontrarem de vivo neste planeta, tendo DNA alienígena ou não, e vocês precisariam evoluir tudo de novo, desde os organismos unicelulares.

— Tem mais coisa por trás. Por mais esquisito que isso possa ser, você concorda um pouco com eles, não concorda?

— Concordo com o quê?

— Que não merecemos viver, caso a humanidade tenha sido… manipulada por vocês, de alguma forma.

— Olha, me desculpe, mas essa coisa de não interferência não é apenas uma frase de efeito. É algo arraigado na nossa cultura. No planeta deles, essa lei é ensinada a todos, desde o berço, e aqui esse costume também sobreviveu. Somos farinha do mesmo saco, como você pode ver.

— Mesmo depois de tanto tempo? Mesmo agora, quando eles estão tentando matar o seu povo por causa dessa lei?

— Eu não quero morrer, se é isso que você está perguntando. Agora, consigo entender por que eles pensam que eu *deveria* morrer.

— E quanto a nós? Você acha que nós deveríamos morrer?

— Eu não estaria aqui… orientando você, se achasse isso.

— Mas entende por que eles querem que a gente morra.

— Entendo por que eles acham que estão fazendo um favor a vocês.

— Que diferença faz se eu tenho o DNA de outra espécie? Isso me torna uma pessoa melhor ou pior do que outra?

— Agora você vê onde está o problema. Para eles, não é uma questão de ser pior ou melhor, mas de ter se tornado o que você *deveria* ser. Na cabeça deles, os humanos não seguiram o caminho traçado. Mas você, Rose, seguiu. E isso significa que eles vão prestar atenção em você.

— Por que a vinda de seus antepassados à Terra não pode ser considerada um acontecimento tão "natural" quanto qualquer outra coisa que, acidentalmente, tenha dado origem à vida no planeta? No que isso se difere das mutações que fizeram do homem o que ele é hoje? E se nosso destino não era justamente ter genes alienígenas em nosso DNA? Quem pode afirmar que esse não era o caminho traçado?

— Bom, *eles* estão afirmando! Não sei se têm razão ou não, mas é exatamente isso que estão dizendo. E é melhor você se apressar. Não acho que vão demorar muito para agir.

— Quanto tempo eu tenho?

— Não sei. Um dia, dois. Você tem ideia do que está neste momento na órbita da Terra, não tem?

— O general Govender acha que é a artilharia pesada.

— Ele é um homem esperto.

— Isso tudo me lembra de uma coisa. Sabe o quê?

— Não, mas tenho a sensação de que não é nada bom.

— Leis contra casamentos inter-raciais. Nós tínhamos dessas coisas nos Estados Unidos até o final da década de 1960.

— Eu sei, estava lá. Chamavam de "leis antimiscigenação".

— Os brancos não podiam, por lei, se casar ou ter relações sexuais com os negros. Era considerado crime. Em alguns estados, chegava a ser ilegal sequer celebrar a cerimônia.

— O estado da Louisiana proibiu o casamento entre indígenas e afrodescendentes. Maryland não permitia que negros se casassem com filipinos. Sei aonde você quer chegar, mas essas leis foram criadas assumindo que algumas raças eram superiores às outras.

— E não é isso que está acontecendo agora?

— Eles acham que existe um propósito específico para a vida, e que ninguém deve interferir nesse propósito: tudo deve ser como deve ser.

— Tenho certeza absoluta de que eles usaram esse mesmo argumento na Louisiana e em Maryland. Só alguém muito arrogante pode se achar no direito de determinar como a genética de outra pessoa deve ser. Esse alguém teria que se considerar muito superior aos outros.

— E se for superior?

— Não acho que isso tenha importância. Para mim, as formigas não precisam obedecer às ordens dos gatos. Os peixes não devem simplesmente fazer o que os golfinhos mandam. Os humanos não deveriam determinar o comportamento de todas as outras espécies do planeta.

— Às vezes os humanos tomam decisões que afetam as outras espécies.

— Pois é. E veja só no que deu.

ARQUIVO Nº 1620

COMUNICAÇÃO SATCOM VIA UHF SUBMARINO NUCLEAR LANÇADOR DE MÍSSEIS BALÍSTICOS USS *JIMMY CARTER*, DESIGNADO SSN-23

Local: Mar de Bering

ORDENS 774627-53N

SSN-23 — Rooke, Demetrius, CAP. 225-48-1627

Abortar missão. Retornar para águas americanas imediatamente. Manter posição em 48.498682, -125.143043, nas proximidades da ilha Vancouver.

Status de Alerta: Gamma Cinco. Mantenham-se preparados para o lançamento de mísseis balísticos em alvo doméstico. Aguardar ordens.

ARQUIVO Nº 1622

REGISTRO DE TREINAMENTO — VINCENT COUTURE, CONSULTOR DO CORPO DE DEFESA DA TERRA, E EVA REYES

Local: Parque Shawnee Mission, Lenexa, estado do Kansas, EUA

[…]

— Isso, Eva! Você está conseguindo!

— Estamos andando!

— Sim, estamos! E agora vamos cair de novo.

— O quê?! NÃO! O que você está fazendo? NÃO! NÃO! NÃO! AHHH! Isso doeu!

— Você fala sempre a mesma coisa.

— O que passou pela sua cabeça, hein? Estava funcionando. Não foi culpa minha! Eu nunca tinha conseguido até agora.

— Eu sei! Até agora. Sabe o que você ainda conseguiu?

— O quê?

— Se levantar. A gente cai, e você nunca tenta ficar de pé depois. E é essa a parte mais importante. Agora, se você quiser andar de novo, nós vamos ter que sair do chão. Já vou avisando: é bem difícil ficar de pé. Acha que consegue?

— Vou tentar.

— Tentativa não há.

— O quê?!

— Nada, apenas faça.

— Eu vou fazer, se você parar de falar!

— Não me provoque, Eva, ou vou deixar você aqui com essas mãozinhas coladas no peito, como se fosse um coelhinho.

"Certo. A disciplina é 'Ficando de pé 101'. Vou dobrar as pernas. Não tem peso nenhum apoiado nas pernas de Têmis, então só vou jogar os joelhos dela para cima. Você vai ter que empurrar um pouco com os cotovelos, dobrando o corpo ao mesmo tempo, como se Têmis fosse fazer um semicírculo com as pernas."

— Assim?

— Isso! Está indo bem! Empurre o chão com as mãos. Com força! Empurre! O.k., fique assim um pouco. Agora vem a parte complicada. Vou estender as pernas, o que vai levar a gente para o alto, mas você vai precisar esticar as costas ao mesmo tempo. Nem muito cedo, nem muito tarde, ou a gente vai mergulhar de cabeça para a frente e derrubar algumas árvores no caminho.

— Certo, certo! Pode ir! Meus braços estão doendo!

— Então vamos LÁ! Opa! Uau, estamos de pé. Não se mova. Não faça mais nada.

— Foi divertido.

— Ah, você gostou, é? Bom, o que me diz de encerrarmos o treinamento por hoje? Amanhã a gente tenta de novo... e vê se consegue se machucar *de verdade*.

— O.k.

— O.k.? Só isso?

— Estou com fome.

— Eu também, agora que você comentou. Certo. Vamos colocar Têmis no chão.

— No chão?

— Isso, no chão! Ela precisa estar deitada para a gente conseguir sair daqui.

— Quer dizer que a gente vai cair de novo?

— Não. Eu estou me agachando, então você só precisa manter o equilíbrio um pouquinho. Vou colocar a gente de frente, agora. Você vai ter que arquear as costas para trás, para apoiar as mãos no chão. Assim. Agora dobre para a frente, levante um pouco o traseiro de Têmis, enquanto eu... estico as pernas. Mantenha as costas retas, e Têmis... já pode tirar uma sonequinha. Fique quieta aí. Vou me soltar e depois tirar seu capacete.

— Eu consigo fazer isso sozinha!

— Não! Têmis vai parecer uma idiota, se você tentar tirar o capacete.

— O quê? Como assim?

— Ela continua seguindo seus movimentos. Vai levar os braços até a altura da cabeça, como se estivesse puxando os cabelos, algo assim. Deixa eu fazer isso, vamos manter certa dignidade em relação ela.

"Pronto. Agora só falta eu tirar esse colete de você."

— Posso perguntar uma coisa?

— Por que você sempre faz isso? Você sempre pergunta se pode, antes de perguntar. Alguma vez alguém já disse "não, não pode perguntar"?

— Eu...

— Pergunte logo!

— Você nunca me disse por que mudou de ideia.

— Sobre?

— Sobre eu experimentar os controles de Têmis.

— Foi por causa da sua mãe. Digo, de Kara. Por causa dela e do Luke.

— De quem?

— Do Skywalker... Deixa para lá. Eu planejava ter uma conversa com você a respeito disso. Sentar em algum lugar e tomar... sei lá, qualquer coisa que pessoas de dez anos tomem.

— Podemos conversar agora?

— Está certo. Kara me mandou uma carta quando... Acho que ela escreveu na véspera de resgatar você. Como ela não tinha certeza se sairia viva de lá, me fez prometer algumas coisas, caso tudo desse errado. É uma porcaria fazer esse tipo de coisa por carta, mas eu perderia a discussão de qualquer maneira, mesmo se fosse ao vivo. Bom, ela me pediu para... deixar você decidir as coisas sozinha. Para deixar você ser o que quiser.

"E eu estava disposto a fazer isso, tudo bem. Pelo menos até você me dizer que queria pilotar Têmis. Isso era tão, mas tão... errado. Antes de mais nada, Kara me fez prometer que eu sempre protegeria você. E a verdade é que você nunca estaria protegida aqui, Eva. Esse robô é provavelmente o lugar mais inseguro do planeta. E é o lugar *dela*. Kara e eu ficamos juntos bem aí, nesta estação, exatamente onde você está agora... Bom, sem as listas telefônicas, claro. Colocar alguém aí, no lugar dela... É como se eu estivesse deixando ela ir embora de vez. Não quero que ela vá embora..."

— Não precisa deixar ela ir.

— Não terminei. Havia também o problema do *porquê*. Você disse que queria entrar aqui porque foi por isso que Alyssa concebeu você. Disse que não passava de uma ferramenta. Isso me deixou bem zangado. Parecia tão... cruel. Você... você não é uma torradeira, uma chave de fenda. Não é algo que tenha sido concebido para cumprir um objetivo específico. Você é quem decide o que quer ser. É minha filha! Não é uma ferramenta!

"Num dia desses, de manhã cedo, eu estava tomando banho e dobrei meus joelhos para trás. Faço isso de vez em quando porque, se não fizer, acaba doendo bastante quando eu *realmente* preciso. Ao subir e descer a mão pela minha canela, senti o metal na rótula do joelho. Minhas pernas inteiras são de metal. Cada osso, cada junta. Eu... eu me senti como Luke Skywalker, olhando para a mão de metal, logo depois de cortar a mão do Darth Vader com o sabre de luz. Eu sou uma ferramenta, também. Alguém me fez assim.

"Não sei se eu tive escolha *de verdade*, mas prefiro acreditar que sim. E escolhi fazer o que estou fazendo. Escolhi o caminho que eles determinaram para mim, decidi cumprir meu objetivo aqui. Eles me transformaram em uma chave de fenda, e eu escolhi apertar e desapertar parafusos. Eu seria um belo de um hipócrita se não desse a você a mesma oportunidade de escolha. Seria como se eu dissesse: 'Faça o que eu digo, não faça o que eu faço'.

"Você tinha razão, garota. Você é mesmo uma ferramenta, alguém idealizou você assim. Foi *por isso* que você foi concebida. Mas você é muito mais do que isso, Eva, muito mais. É uma criança inteligente. Com alguns problemas emocionais sérios, mas nada que não possa ser superado. E você tem uma escolha. Pode decidir ser... pode entrar para o Exército, ou virar musicista. Pode ser cientista, uma chef, uma bailarina. Você foi feita com um objetivo específico, mas pode fazer o que quiser. *Qualquer coisa*, incluindo cumprir esse objetivo.

"Eu gostaria que você pudesse digerir tudo isso daqui a uns dez anos, mas acredito que não temos tanto tempo. Por isso, se você quiser ser bailarina, acho melhor começar o quanto antes as aulas de dança."

ARQUIVO Nº 1623
ENTRADA DE DIÁRIO — DRA. ROSE FRANKLIN, CHEFE DA DIVISÃO CIENTÍFICA, CORPO DE DEFESA DA TERRA

Eu sou importante. "Útil", foi a palavra que ele usou. É por isso que ainda estou viva. Esperam que eu faça alguma coisa. Não sei o que é, mas na atual conjuntura deve ser algo como... salvar o planeta. Foi o que ouvi. Pois é. Ele disse isso para mim, e no mesmo tom empregado para sugerir que talvez fosse cedo demais para pedir um prato de frango Kung Pao. Como é que eu vou processar uma informação dessas? Eu precisava mesmo saber disso? Será que não faria o que tenho que fazer, se não soubesse? E se ter ficado sabendo fizer diferença e me atrapalhar?

Eu queria acreditar nessa história de ser especial, de verdade. Mas não sou. Não sou nada importante, nem a salvadora do mundo. Gostaria de ser. Só não tirei minha própria vida porque milhões e milhões de pessoas estavam morrendo. Essa foi a única razão. Eu pensei que... sei lá, poderia fazer alguma coisa. Pensei que poderia ajudar. Nunca imaginei que fosse fazer algo sozinha, mas foi por isso que decidi permanecer viva. Eu achava... esperava que pudesse ser importante, de algum jeito.

Queria salvar o mundo inteiro, queria muito. Talvez porque não consiga arrancar de mim essa sensação de que tudo isso é culpa minha, por mais que tente. Caí em uma mão gigante e acabei deixando o mundo à beira da guerra. Quando me trouxeram de volta à vida, centenas de milhares de pessoas morreram. É como se eu fosse o arauto da morte.

Agora, estou aqui olhando para esta tela de computador. Pretendo rever cada informação que consegui coletar a respeito dos robôs alienígenas. Nem sei por onde começar e não faço ideia do que eu tenho que fazer. Se existe mesmo uma razão para que eu esteja viva, talvez tenha ligação com o que faço de melhor. Por isso, estou focando no metal, em sua composição, torcendo para que a solução de repente salte desta tela. Porém, é bem possível que minha tarefa não tenha relação com a física. Posso estar aqui perdendo meu tempo, que já é pouco, tentando me convencer de que sou uma boa cientista. Quem diria, agora estou tentando racionalizar as coisas, perdendo ainda mais tempo pensando se estou perdendo tempo.

Mas e se eles tiverem razão? E se o certo mesmo for varrer o planeta? Não posso negar que até existe uma lógica na história. Todas as pessoas importantes na minha vida acabariam morrendo no processo, e eu ficaria para trás, vivendo da forma mais horrível que se possa imaginar. Logo, é fácil entender de que lado eu ainda prefiro ficar. Só que esses alienígenas são muito mais evoluídos que nós. A tecnologia deles é incrivelmente mais avançada. No mínimo dá para imaginar que a compreensão que eles têm do universo está a anos-luz da nossa. É possível que eles saibam, sim, o que é o melhor.

Me sinto tão sozinha... Não fico muito bem quando estou sozinha. Preciso de pessoas que me apontem o caminho. Preciso de... preciso de Kara, de alguém para conversar sobre qualquer coisa. Qualquer coisa, menos *isso*. Alguém que não me julgue baseado na minha capacidade — ou incapacidade — de salvar o mundo. Na verdade, acho que ninguém me julgaria dessa forma, mas Kara era a única pessoa com quem eu simplesmente podia... ser eu mesma.

E eu também preciso de você, meu amigo sem nome. Posso chamá-lo de "amigo"? Você morreu com os braços em volta do meu ombro, então acho que isso conta. Na verdade, tenho impressão de que você ficaria desconfortável com a ideia. Por sinal, percebi que continuo bem irritada com você. Consigo perdoar Kara, mas você... Você não tinha o direito de morrer, de me deixar para trás. O que você diria se ainda estivesse aqui? Alguma coisa bem sarcástica, como: **Está falando sozinha, dra. Franklin?**

Sim, estou falando sozinha... Não tem mais ninguém para me escutar. Todo mundo morreu. O que você faria? O que diria, para me ajudar a compreender? Você não era cientista, mas teria sido um excelente. Era isento, metódico. Enxergaria esse problema como ele é de verdade. Eu só vejo... coisas que não fazem sentido algum. Como é que eu, sozinha, vou conseguir derrotar robôs alienígenas gigantes, capazes de resistir até a uma explosão nuclear, se não posso utilizar nada inventado nos últimos três mil anos? O que posso fazer sem qualquer ajuda tecnológica? Não posso chegar nem perto desses robôs. Você provavelmente diria: **E você acha que ficar aqui conversando com quem já morreu vai ajudar em alguma coisa?**

Provavelmente não. Mas eu... *posso* continuar conversando com meu amigo imaginário. Está nas regras. Já tinha gente louca neste planeta há três mil anos. Só que o problema é que não tinha mais nada ao redor dessa gente louca. Apenas pedras, sujeira e uns bichos. Tenho certeza de que eu não iria gostar muito do que você me diria neste momento. Seria algo bem seco, beirando o insulto, mas de grande ajuda nas entrelinhas.

Eu sei: **Se isso for verdade, dra. Franklin, sugiro que você pare de falar com os mortos e procure uma forma de derrotar esses robôs com pedras, sujeira e/ou uns bichos.**

Estou ficando doida... **Acho que essa é a ideia geral que estou tentando passar aqui.**

Por que será que esta frase parece estar me dizendo alguma coisa? Pedras, sujeira e/ou uns bichos. O que consigo fazer com isso? Pedras... Sujeira... Bichos... Posso jogar umas pedras neles... Talvez os alienígenas fiquem com pena de mim, ou decidam que não evoluímos nada, no fim das contas. Pense, Rose. Pense...

Pedras...

Sujeira...

Bichos...

Pedras, sujeira e...

Acho que... acho que já sei.

Obrigada. Não acredito em vida após a morte, mas obrigada, meu amigo. Onde quer que você esteja.

ARQUIVO Nº 1626
ENTREVISTA COM EUGENE GOVENDER, GENERAL DE BRIGADA, COMANDANTE DO CORPO DE DEFESA DA TERRA

Local: Bunker do governo secreto, Lenexa, estado do Kansas, EUA

— Pode se sentar, dra. Franklin. Você está me deixando nervoso, assim.

— Obrigada, general.

— O canadense disse que você tem um plano.

— Tenho. Bom, quase isso.

— "Quase isso" já nos deixa em uma situação bem melhor que uma hora atrás.

— Acho que sim.

— Bom, o que está esperando? Não temos o dia todo!

— Sim, senhor. Como sabe, tenho revisto toda informação disponível até agora a respeito do metal com que foram construídos esses robôs. Embora existam algumas diferenças, basicamente todos foram construídos com o mesmo material de Têmis: uma liga de metais pesados, formada principalmente por irídio. Essa liga tem uma série de propriedades que não consigo explicar, mas que estou começando a entender. Por exemplo, sabemos que o metal é capaz de armazenar energia. Não sei ao certo como isso funciona, mas já conseguimos fazer algumas coisas com propriedades semelhantes aqui, na Terra. Já trabalhamos com um tipo de liga metálica capaz de armazenar e liberar energia solar, de maneira controlada. Já transformamos amostras de rutênio em di-rutênio fulvaleno. Uma boa quantidade de energia solar pode ser armazenada nesse tipo de metal, sendo liberada depois com o uso de um catalisador.

— Rutênio... Tem um pouco disso na composição de Têmis, certo?

— Sim, mas em quantidades muito, muito pequenas. Não dá para explicar o que Têmis faz só por conta da presença de rutênio. Sem contar que o metal usado na fabricação de Têmis parece preferir energia nuclear, porque é capaz de armazenar uma quantidade monstruosa de energia. A coisa mais próxima que temos disso aqui é o urânio. Não dá para fazer com ele o que o metal de Têmis faz, mas o urânio armazena energia e vai liberando com o tempo. Sem interferência externa, é um processo lento, mas suficiente para manter a Terra inteira aquecida. Cerca de metade do calor no interior do planeta é proveniente de decaimento radioativo. Nós não temos muito controle sobre a quantidade de energia liberada pelo urânio, nem sobre a velocidade a que isso acontece, mas é possível liberar bastante energia, e bem rápido, se criarmos uma reação em cadeia. É o que acontece em um reator nuclear, por exemplo.

"Enfim, resolvi pensar nesse metal como se ele fosse urânio, só para ver aonde eu conseguiria chegar."

— E?

— Acabei tendo uma ideia. Existe um tipo especial de bactérias, as "geobactérias". Elas têm uns fiozinhos bem fininhos, chamados de nanofios microbianos, que são capazes de isolá-las do ambiente tóxico ao redor. Esses fiozinhos também conseguem transferir elétrons para certas ligas de metal radioativo, mudando suas propriedades. Basicamente, essas bactérias agem na limpeza do lixo radioativo, transformando em mineral o metal emissor de radioatividade, mudando sua estrutura molecular. O processo também é bem lento, lento demais. Essas coisinhas levam anos e anos só para digerir um pedacinho minúsculo de lixo radioativo.

"Existe um laboratório no estado do Michigan, sob a coordenação da dra. Lina Texera, em que eles estão brincando com uma dessas bactérias, a *Geobacter sulfurreducens*. A equipe da dra. Texera conseguiu aumentar a força dos nanofios das bactérias, ampliando a eficiência deles. É como se a equipe tivesse colocado uma armadura na bactéria, que assim ficou mais resistente e capaz de transformar o urânio em mineral muito mais depressa.

"Parece promissor. Agora, mesmo com uma superarmadura, demoraria uma eternidade até que essas coisinhas conseguissem estabelecer uma colônia em algo do tamanho dos robôs alienígenas. Apesar disso, achei que valia a pena dar uma olhada e resolvi ligar para a dra. Texera, só por desencargo de consciência. Ela foi bem gentil. Me chamou de Rose logo de saída, disse que tinha me encontrado em uma conferência... Deve ter sido antes de eu morrer. Pedi uma amostra para ela, que me mandou, de helicóptero.

"É um negócio bem nojento, verde, viscoso. Eu não tinha muita certeza do que deveria fazer com aquilo. Coloquei dois pares de luva, um por cima do outro, peguei uma lasquinha de metal que conseguimos tirar do painel de controle de Têmis e esfreguei nela um pouquinho daquela gosma, com um cotonete. O plano era expor o pedacinho de metal à radiação e ver se ele levaria mais tempo para saturar e descarregar. Talvez fosse liberar menos energia no final, sei lá. Deixei a amostra descansando em um bloco de plutônio por uma hora, mais ou menos, e não aconteceu nada, nenhuma liberação de energia. Na última vez que tinha tentado algo assim, acabei destruindo metade do meu laboratório em menos de dez minutos.

"Depois, resolvi jogar umas gotinhas da mistura em um dos painéis de controle de Têmis. Nada aconteceu. Coloquei um pouco no microscópio e vi que as bactérias estavam todas mortas. Então, peguei tudo o que tinha sobrado da gosma, mais ou menos uma caneca cheia, e espalhei pelo painel inteiro. Como eu esperava, não aconteceu nada, no começo. Resolvi deixar aquilo lá e voltar mais tarde, no mesmo dia. Desliguei a luz ao sair, e foi então que notei que os símbolos do painel, antes com aquela luminosidade turquesa, estavam oscilando. Só um pouquinho, de início, mas aquilo foi aumentando. Depois de mais ou menos cinco minutos, o painel estava totalmente no escuro. Voltei lá duas horas depois, e continuava apagado.

"Não sei ao certo como essa liga metálica faz as coisas que faz, mas parece que ela está em um estado de equilíbrio bem frágil. Acho que a bactéria tira o metal desse estado, pelo menos o bastante para que ele pare de funcionar."

— Então, qual é o plano? Pegar um pouco dessa gosma verde e jogar nos robôs?

— Sim. Não em todos, mas em um.

— Quando você voltou de Washington, comentou comigo que esses alienígenas queriam uma prova de que a humanidade teria evoluído da mesma forma, mesmo se eles não tivessem vindo até o planeta e interferido na nossa genética.

— Isso. Posso estar enganada, é claro.

— Pelo que entendi, a ideia é usar contra os extraterrestres alguma coisa que já existia antes que eles chegassem aqui, há milhares de ano. Certo?

— Sim. Por aí.

— Bom, você acabou de dizer que essas bactérias foram alteradas, ganhando uma espécie de armadura que melhora a capacidade de absorção do metal. Isso não é... trapacear um pouquinho? Quer dizer, eu não sei nada sobre esse assunto, mas me parece uma tecnologia bastante avançada. Acho que esses "superbichos" não existiriam sem a tecnologia moderna.

— Eu não acharia bactérias comuns, sem qualquer mutação. Essas coisas estão aqui na Terra há milhões de anos, mas só recentemente fomos capazes de descobri-las. Se os alienígenas forem exigentes com detalhes, estamos ferrados. De qualquer forma, não posso simplesmente desaprender tudo que eu sei. Na verdade, acredito que eles estejam só esperando um bom argumento da nossa parte. Como uma... prova de conceito.

— Tudo bem. Se você acha que vai funcionar.

— Não sei se vai. E, mesmo se funcionar, não tenho certeza se eles vão entender a mensagem.

— Estava prestes a comentar isso. Você quer chegar lá e jogar um monte de bichos neles. Será que não vão só ficar bem irritados com você?

— Não acho que tenhamos escolha. Se o sr. Burns está dizendo a verdade, daqui a vinte e quatro horas pode haver menos de três milhões de pessoas vivas neste planeta. Vincent e Eva serão os primeiros a morrer. Depois, o resto da humanidade. Bom, pelo menos todos que não têm essa porcaria de DNA como o meu.

— Sorte sua. E você precisa de mim para alguma coisa? Não sei absolutamente nada a respeito de bactérias.

— Eu preciso de mais, muito mais bactérias. A dra. Texera vai me mandar tudo o que tiver por lá, mas não é muito. Não há tempo suficiente para cultivar mais bactérias no laboratório dela. A doutora contou que um laboratório em Dalian, na China, também está trabalhando com esse tipo de micro-organismo. Os chineses já cultivam a bactéria há mais ou menos um ano, como parte de um projeto em uma estação de tratamento de esgoto. Eu gostaria que você enviasse Têmis até lá.

— Com Eva?

— Sim. Eles podem ir e voltar em apenas algumas horas. Não quero perder um dia inteiro voando até lá.

— Posso até mandar Vincent para lá, mas não posso esperar que uma criança de dez anos tope fazer isso.

— Não custa perguntar. Acho que eles vão querer ir. Se Vincent acreditar que Eva ainda não está pronta, ele vai dizer.

— Já que o mundo pode acabar nas próximas vinte e quatro horas, acho que ela não vai conseguir ficar mais pronta do que já está. Vou conversar com a garota.

— Obrigada. Ela estava brincando lá fora até agora há pouco.

— Eu ainda tenho *uma* perguntinha a respeito desse seu plano.

— Pode falar.

— Como você *vai* passar a gosma em um dos robôs do mal, se não pode tocar neles? Você mesma me mostrou a imagem dos pássaros caindo no chão, depois de tentarem se aproximar a uma distância menor que trinta centímetros. Kara e Vincent dispararam raios de energia em um desses robôs e não foram capazes de causar nem um arranhão. O campo de força vai vaporizar seus superbichos antes que eles consigam fazer qualquer coisa.

— Pois então, esse é o "quase"... a segunda metade do plano, a peça que ainda preciso encaixar. Não faço a menor ideia de como passar por aquele campo de força. Pensei em construir algo que conseguisse atravessar, quem sabe? Não sei que tipo de energia os alienígenas usam para criar uma barreira física como aquela, mas, se for algo como magnetismo, um dispositivo feito de material supercondutor talvez pudesse abrir um caminho pelo campo magnético. Enfim, não sei. De qualquer modo, um supercondutor assim teria que ser mantido a uma temperatura baixíssima. Não temos nada capaz de ser carregado para lá e para cá e, mesmo se tivéssemos, não daria para testar. Também não temos tempo para tudo isso. Acho que vamos ter que pensar em algo bem mais simples. Talvez o campo de força não chegue até o chão. Acredito que a parte inferior do pé dos robôs está exposta, deixando um espaço livre de alguns centímetros a partir do chão.

— Um calcanhar de aquiles? É esse o seu plano?! Me parece um pouco... conveniente demais, não acha?

— Seria *extremamente* conveniente se eu encontrasse uma forma de alcançar a sola do pé de um desses robôs. Só colocar alguns centímetros de cultura de bactérias em volta do pé não seria suficiente para desligar uma coisa daquele tamanho. Preciso de uma superfície maior, para garantir que as bactérias sobrevivam. A sola inteira do pé pode até ser o bastante, mas eu duvido que eles queiram cooperar, esperando uns minutinhos e se equilibrando numa perna só.

— Você pode levar um biscoito bem grande e ensinar o robô a dar a patinha. Não me entenda mal, dra. Franklin, mas essa deve ser a ideia mais estúpida que já ouvi em toda a minha vida. E olha que, como militar, já escutei muita ideia estúpida, viu?

— Eu poderia fazer o robô andar e pisar em… Você tem razão. Não tenho a menor ideia do que fazer. Mas só temos hoje para resolver o problema. Então, vou ter que improvisar alguma coisa, se não pensar em nada até que Vincent e Eva voltem com as bactérias. Vou levar uma pá na hora.

— Sete milhões de pessoas estão à beira da morte, e você vai "improvisar"?

— Queria ter pensado em alguma coisa melhor, mas…

— Dra. Franklin.

— Sim?

— Boa sorte.

ARQUIVO Nº 1629

DIÁRIO DE MISSÃO — VINCENT COUTURE, CONSULTOR DO CORPO DE DEFESA DA TERRA, E EVA REYES

Local: Bunker do governo secreto, Lenexa, estado do Kansas, EUA

— Aqui é Vincent Couture. Estou de volta à base, com Eva Reyes. Fizemos uma linda viagem à China. Eles disseram que precisavam de mais um tempinho para prepararem as bactérias para viagem. Tinham colocado tudo em um recipiente refrigerado, direitinho, mas ele não passou pela escotilha de Têmis, então... perguntei a Eva o que ela gostaria de conhecer no mundo, e ela me disse que sempre quis visitar as pirâmides do Egito. Já podemos tirar esse destino da lista. Só ficamos por lá cerca de três minutinhos, mas Eva ficou bem feliz. Ficou, sim, Eva! Bom, parecia feliz, de qualquer maneira. Ela está rindo, aqui. Eva se saiu muito bem. Nós não caímos nenhuma vez, e ela não surtou... O.k., surtou só um pouquinho, quando estávamos no fundo do mar. Chegamos a Dalian bem na hora. Colocamos a carga dentro do robô e voltamos para casa. Nosso pulinho na China durou exatamente duas horas e quarenta e sete minutos.

"Há mais ou menos uma hora, a dra. Franklin foi para Nova York, levando a cultura de bactérias. Pelo menos espero que aquilo seja a cultura de bactérias. Poderia muito bem ser chope, já que aquele pessoal bacana da Universidade Politécnica de Dalian colocou tudo em três barris. Pois é, três desses barris que o povo da faculdade usa para tomar chope direto da torneirinha, até cair. Então, se Rose não conseguir salvar a humanidade com os barris, pelo menos espero que a gente ainda possa fazer uma bela festinha de fim do mundo. Você não, Eva. Mas a gente acha algum suquinho de maçã do Exército para você, pode deixar."

— Ei!

— O.k., o.k. Talvez eu deixe você beber um golinho. Por sinal, uma cervejinha até que cairia bem agora. A dra. Franklin já deve ter chegado. O general Govender está lá, na sala de controle, com o resto da equipe. Colocaram um monte de drones para sobrevoar o local. São desses quadricópteros, sabe? Não deixaram eu brincar com eles. A ideia é acompanhar tudo, de todos os ângulos. Aquilo lá parece uma partida de futebol americano. Eva... Acho que Eva ficou um pouco assustada. Ela não queria ir, mas está segurando o nervoso. Acho que nós...

— Não vai funcionar.

— Como é? O que você disse?!

— NÃO VAI FUNCIONAR!

— O que você está dizendo, Eva?

— Rose! O plano dela! Não vai funcionar!

— Como você sabe?

— Eu... eu apenas sei.

— Você viu alguma coisa, não é?

— Vi.

— E o que foi?

— Vão pisar em cima dela. Ela vai morrer.

— Por que vão pisar em cima dela?

— Sei lá! Talvez seja um acidente. Talvez ela seja pequena demais a ponto de não ser vista. Só sei que ela vai morrer. Vai ficar lá, esmagada no chão. O corpo dela...

— Chega, já entendi! Rose disse que essas suas visões são... futuros *possíveis*, que podem não se materializar de verdade.

— Ela vai morrer! Não tente fazer eu me sentir melhor. Estou falando, ela vai morrer.

— ...

— Vincent, por favor!

— A gente vai morrer se for até lá, Eva. Você vai morrer!

— E todo mundo vai morrer, se a gente não for. Por favor, confie em mim.

— ...

— Fale alguma coisa!

— Merda.

— Isso é o quê?

— Isso é... Merda, ué! Pegue o seu controle! Não podemos simplesmente deixar ela morrer, certo? Quer saber, minha vida até que foi boa. E você conheceu as pirâmides, e o Kansas, além de ter comido três congelados por dia. O que mais a gente pode querer, não é?

— Obrigada.

— Rá-rá. Esse pode ser o maior erro que alguém já cometeu em toda a história da humanidade. Sorte que não há nenhum adulto responsável aqui por perto.

— Será que a gente avisa o general?

— Só se você quiser ficar trancada neste quarto, com meia dúzia de soldados montando guarda do lado de fora.

— Acha que ele faria isso?

— Eles estão planejando a operação o dia inteiro, envolvendo praticamente todo mundo, tanto do Exército quanto da Guarda Costeira dos Estados Unidos. Acho que não vão ficar muito felizes se a gente chegar lá e entrar de penetra na festa, só porque uma menina de dez anos com um chip no pescoço teve uma visão qualquer. E isso enquanto assistia a *The Walking Dead*, o que só piora a situação.

— Só estava perguntando. Não precisava ser grosseiro.

— Desculpe.

— Tudo bem.

— Não só por isso... Desculpe por sua vida ser assim. Você deveria estar brincando de boneca, sei lá.

— Não deveria. Eu odeio boneca.

ARQUIVO Nº 1631

DIÁRIO DE MISSÃO — EUGENE GOVENDER, GENERAL DE BRIGADA, COMANDANTE DO CORPO DE DEFESA DA TERRA

Local: Bunker do governo secreto, Lenexa, estado do Kansas, EUA

— Está faltando alguém. Cadê o Jamie?

[*Ele foi ao banheiro, general. Pronto, está voltando.*]

Ah, que bom que você resolveu se juntar a nós. Mais alguma coisa que queira fazer, ou podemos começar?

[*Lamento, senhor. Não vai se repetir.*]

Pode apostar que não. Certo, pessoal, vamos começar o show. Estamos com a casa cheia, hoje. Como todos sabem, não podemos contar com os satélites no momento. O FBI emprestou estes rapazes de camisa branca aqui, que vão nos ajudar com as unidades de vigilância aérea. Serão nossos olhos e ouvidos. Bem-vindos ao CDT. Quantos drones temos?

[*Quatro, senhor. Um está vigiando seu veículo. Três estão aguardando no Riverside Park.*]

Pode colocar esses três para voar também. Quero um no noroeste do parque, outro no nordeste, e o terceiro, no cruzamento com a 102nd Street.

Aquele robô tem que aparecer em cada uma das telas dessa sala, antes mesmo que a dra. Franklin chegue a menos de três quilômetros de distância. E como estamos no solo?

[*As forças especiais estão em posição, senhor, aguardando no Bellevue Hospital. Também temos uma equipe STS de prontidão com um helicóptero, caso seja preciso evacuar por via aérea.*]

— Cavalheiros, esse foi o tenente-general Alan A. Simms, que veio direto de Fort Bragg para nos fazer uma visita. Ele está no comando da equipe de evacuação. Obrigado por se juntar a nós.

[*Feliz em ajudar, general.*]

Não encontramos ninguém nas forças especiais que tivesse a estrutura genética adequada para sobreviver a um ataque com o gás. Por isso, esses homens irão manter certa distância do alvo. Em contrapartida, conseguimos encontrar alguém do Departamento de Polícia de Nova York com essas características, certo? Esqueci o nome do sujeito. Jamie?

[*É o guarda... alguma coisa.*]

Ah, obrigado... Jamie. Muito obrigado, mesmo... Bom, o guarda... alguma coisa... está em posição...

[*Langdon!*]

Ah, mas que droga, Jamie! Enfim, o guarda Langdon está em posição na esquina da... Park com a 110th Street. Podemos tirar a dra. Franklin de lá, caso os alienígenas resolvam soltar o gelo seco na festa.

A propósito... A dra. Franklin desceu no campo de pouso de Davison Army, na Virginia, hoje mais cedo, antes de embarcar em um UH-72 com destino a Nova York. O helicóptero pousou no heliporto do Bellevue Hospital há cerca de vinte minutos. No momento, a dra. Franklin está percorrendo de picape o restante do caminho até o alvo, sozinha. O plano é: ela vai se aproximar do robô pelo pé. Nós queremos que eles sejam capazes de enxergá-la. Ela vai espalhar as bactérias no robô, em toda e qualquer parte que encontrar exposta. Se a dra. Franklin tiver razão, essas coisas vão desabilitar o robô em alguns minutos. Se não tiver razão... Bom, vamos trabalhar apenas com a hipótese de que ela esteja certa. Por sinal, é ela ali na câmera 4?

[*Sim, senhor.*]

Jogue para essa tela maior. Ela vai sair do veículo na 96th Street... Bem aqui... Vai entrar no Central Park na altura da 97th. Coloquem ela no rádio. Dra. Franklin, consegue me ouvir?

{*Sim, senhor. Tive que desviar de uns carros abandonados, mas vou chegar lá. Dois minutos.*}

O.k. Estou vendo você na tela. Avise quando chegar lá.

Tudo bem, pessoal, vocês ouviram a doutora! Dois minutos! Não se esqueçam: o show é dela. Se a dra. Franklin pedir alguma coisa, nem precisam olhar para mim, podem fazer. Se virem alguma coisa, avisem a doutora.

{*General, estou entrando no Central Park.*}

Entendido. Estamos prontos. Quando quiser.

Todos vocês, fiquem alertas. Se aquele robô soltar um peido na direção dela, eu vou querer saber.

{*Chegando aqui, general.*}

Muito bem. A equipe de resgate está de prontidão. Se precisar de alguma coisa, é só falar.

{*Obrigada. Me deseje sorte.*}

Sorte é acreditar que você tem sorte. Vai lá e mostra para eles.

Ela está tendo dificuldade em retirar os barris da picape. Jamie, quanto pesa essa meleca de bactéria?

[*Cerca de setenta quilos.*]

Obrigado... Como é que você sabe?

[*É o peso de um barril de chope. Como aquele negócio é líquido também, imaginei que...*]

O.k. Temos muita sorte em ter você na equipe. Tudo bem, ela está indo em direção ao robô. Algum sinal de movimento?

[*Não, senhor. Nada no infraver...*]

Mas que merda é essa?! O que Têmis está fazendo aqui? Me passe este rádio! Couture, é você?

<*Sim, senhor. Eu e Eva.*>

Seu filho da puta maluco! Cai fora daqui antes que a menina acabe morta!

<*Eva, levanta o braço! Não posso falar agora, senhor. Tchau...*>

Não desligue na minha cara, rapaz! Não *se atreva* a desligar na minha cara! Jamie, ponha ele na linha de novo.

[*General, o robô alienígena está atirando em Têmis.*]

Eu sei, estou vendo! Vamos lá, Vincent, o escudo! Droga, levante o escudo! Isso, bom garoto! Eles vão ser massacrados. Dra. Franklin, você precisa sair daí, agora!

{*Sim, general, é o que estou tentando fazer!*}

Os alienígenas estão cobrindo os dois de pancada. Por acaso essa garota sabe usar a arma?

[*Que eu saiba, não, senhor. O treinamento que estavam fazendo era só para andar.*]

Droga, quanta estupidez! Por que a dra. Franklin continua lá? Não, não! Deixe esse barril para trás!

[*Ela está correndo, senhor.*]

Antes tarde do que nunca.

[Têmis está de pé.]

Que porcaria é essa que eles estão fazendo?

[*O que eles estão fazendo, senhor?*]

Tem eco nesta maldita sala? Eles estão... estão dando um abraço de urso no outro robô! Diabos, Couture! Eles não vão conseguir segurar por muito tempo, não com uma criança de dez anos controlando os braços de Têmis!

Jamie, mande o guarda Langdon dirigir na direção norte, o mais rápido possível. Tenho um mau pressentimento sobre isso.

[*Pode deixar, senhor. Ele estará...*]

O que foi isso?

[*Senhor, nós perdemos as imagens, a comunicação...*]

Droga! Todos vocês, prestem muita atenção! Estamos surdos e mudos. Isso é inaceitável. Jamie, ligue para o celular da dra. Franklin. Rapazes do FBI, vocês conseguem colocar outros drones no ar?

[*Dez minutos.*]

Nós não temos dez minutos. Isso vai acabar em dois. Jamie! E a ligação?!

[*Está caindo na caixa postal. As torres de cobertura devem estar fora do ar em volta do parque.*]

Continue tentando. General Simms, esse seu helicóptero tem alguma câmera que possamos usar?

[*Tem uma, mas só funciona via satélite.*]

Coloque no ar, de qualquer maneira. Um dos seus homens deve ter um celular com câmera. Não é possível que os alienígenas tenham cortado o sinal de todas as torres de cobertura de Manhattan. Jamie, pode colocar uma chamada de vídeo na tela grande?

[*No próximo minuto, não. Posso mostrar no meu laptop, que está no meu armário.*]

Então, o que é que você ainda está fazendo aqui, inferno?! Cavalheiros, quero imagens em dois minutos. Dois minutos!

Vou ligar para o presidente.

ARQUIVO Nº 1632

DIÁRIO DE MISSÃO — VINCENT COUTURE, CONSULTOR DO CORPO DE DEFESA DA TERRA, E EVA REYES

Local: Algum lugar do estado do Missouri, EUA

— Vincent! O que você está fazendo?

— O que você acha? Estou levando a gente para Nova York. Lá a gente vai... sei lá o que a gente vai fazer, mas a ideia é salvar a Rose.

— Estamos reaparecendo sempre na mesma rodovia.

— Sim, mas é assim... Estamos sem sinal de GPS. Se eu teletransportar Têmis para algum lugar que não conheça, então... bom, nós estaríamos em um lugar que eu não conheço. Não dá para simplesmente parar no posto de gasolina e pedir informações, sabe? Por isso estou seguindo a rodovia.

— Mas isso não vai levar, tipo, mil anos?

— Estou pulando a uma velocidade de pouco mais de três quilômetros a cada três segundos, o que é bem diferente de ficar parado.

— Acho que não vai dar tempo.

— Como não vai?... Isso dá quase quatro mil quilômetros por hora! Estaremos lá em trinta minutos.

— Precisa ir mais rápido.

— Como é que você sabe? Essas suas visões vêm com a marquinha do tempo, algo assim?

— Por favor!

— Quer ir mais rápido? Que tal... assim?

— AAAHHH! Onde nós estamos?

— Estamos... no fundo do oceano Atlântico, imagino. Pulei dois mil quilômetros para leste. Se não me enganei nos cálculos, estamos perto da costa, em algum lugar próximo de Atlantic City. Se me enganei, bom... aí já não sei. Pelo menos acertei a parte da água. Estamos no fundo do mar, com certeza.

— Não consigo ver nada! Estou...

— Você está dando uma surtadinha, não é?

— Pode tirar a gente daqui?

— Claro... Bom, acho que sim.

— Por favor! Por favor! Ande logo!

— Ei, só um pouquinho! Você que insistiu para ir mais rápido! Para mim estava tudo certo lá atrás, na rodovia, mas você achou que viajar a uma velocidade três vezes maior que a do som era... lerdeza.

— TIRE A GENTE DAQUI!

— Tudo bem, tudo bem! Estou dando a volta! Pronto! Estamos pulando de novo!

— Continuamos debaixo d'água!

— Pronto! Chegamos. Bom, não é Atlantic City, mas estamos na costa leste, ao sul do nosso destino. Vamos só seguir o litoral até Nova York. Pronto, pode aproveitar a vista. Vamos ver Nova York em alguns pulinhos... Lá! Aquela é a ilha de Manhattan.

— Onde estamos?

— Nova Jersey, nas partes mais altas. Aquela ilha lá é a Sandy Hook.

— Você já esteve aqui?

— Não, mas eu me lembro de uns folhetos turísticos que vi na infância. Eu devia ser um ou dois anos mais novo que você. Minha mãe sempre quis trazer a gente para cá, mas nunca deu certo. Ainda assim, eu gostava dos panfletos. Vamos ver se consigo levar a gente do outro lado daquela baía, calculando de olho. Não. Bom, na segunda tentativa sempre vai. Vamos seguir o rio Hudson até chegarmos na altura do Central Park, ao norte.

— Mas a gente não vai conseguir enxergar nada!

— Claro que vai. Basta ficarmos no raso. Olha só: até nosso traseiro está fora d'água! Não vou mais fundo que isso. De qualquer forma, estamos quase lá.

— Podemos andar o resto do caminho?

— Acho melhor não. Só Deus sabe o que tem no fundo desse rio. Há pelo menos alguns túneis, que eu saiba, no meio do caminho. Olha aqui um. E... Acho que tinha outro lá atrás, a gente nem viu. O que acha? Já pulamos o suficiente aqui embaixo?

— Sei lá! Por que não andamos, e em terra firme... como pessoas normais?

— Olha, pessoas normais não derrubam os fios e os postes enquanto caminham por aí. Não cabemos dentro da cidade. O robô acabaria preso, destruindo um monte de coisas. Vou tentar pular direto para dentro do parque. Pelo Google Maps, são uns oito quilômetros aqui do rio. Se estivermos no lugar certo...

— Você estava olhando no celular esse tempo todo?

— E por acaso você se lembrou de trazer um mapinha, Eva? Pois é, imaginei que não. Vamos lá. Está pronta?

— Vai, vai!

— E... Pronto, chegamos. Opa... O.k., talvez não.

— Estamos no rio de novo.

— Mais ou menos. Acho que estamos no que sobrou de uma ponte. Fomos longe demais, viemos parar no Harlem. Vou dar a volta. Mais um pulinho e a gente chega lá, dessa vez para valer. Pronta?

— Pode parar de perguntar. Só vai… Vixe! A gente veio parar bem atrás dele!

— Merda! Esse cara é *grande*!

— Dê a volta, Vincent! Dê a volta!

— Estou dando! Rose, você está me escutando? Não vai funcionar! Você precisar sair daí!

[*Vincent?! O que vocês estão fazendo aqui?*]

Eva teve uma visão. Não vai funcionar! Saia do meio do caminho!

[*Saia você, Vincent! Eles vão matar vocês dois!*]

Eu falei primeiro, Rose. Depressa, corra!

— Vincent, ele está se virando para cá! Dê a volta, dê a volta!

{*Couture, é você?*}

— Sim, senhor. Eu e Eva.

{*Seu filho da puta maluco! Cai fora daqui antes que a menina acabe morta!*}

— Vincent! Ele vai bater na gente. O que eu faço? Vincent?!

— Eva, levanta o braço! Não posso falar agora, senhor. Tchau… Vou ligar o escudo, Eva. Levante o braço esquerdo. Como se você fosse… Isso, assim!

— AAAHHH!

— Aquele babaca bateu na gente, caímos de bunda no chão. Tudo bem aí, Eva?

— Está doendo! Faz ele parar! Podemos ir embora?

— Não com o escudo ligado. Mas vamos ver se a gente consegue retribuir na mesma moeda. Levante o braço direito. Aponte para... Opa, você é boa nisso! Fogo! De novo! E de novo!

— Não está acontecendo nada! Vincent!

— Ainda não acabou. Rose, presta atenção! Vamos tentar desativar o campo de força do robô inimigo com uma rajada de energia de Têmis, como daquela vez do acidente em Denver. Entendeu?

[*Mas o quê... Eu preciso de mais tempo!*]

Não vai dar. Tenta sair daqui o mais rápido possível. Eva, segura o escudo no alto! Quando eu disser, empurre a gente para cima com o braço direito. Assim vamos conseguir ficar em pé de novo.

— O que vamos fazer?

— Uma coisinha que sua mãe e eu fizemos uma vez.

— E funcionou?

— Bem, Rose acabou morrendo por causa disso. Enfim... Agora, empurre! Certo, estamos de pé. Vou correr contra ele.

— Vamos bater nele!

— Exatamente. Você vai abraçar aquele cara e segurar bem firme.

— Assim? Estou com medo, Vincent!

— Só segure firme, Eva!

— Não dá!

— Você precisa segurar! Só mais um pouquinho!

— NÃO DÁ! Ele é forte demais. O que você está fazendo?

— Estou tirando meu capacete. Vou aí ajudar você. Não solte!

— Quem vai controlar as pernas?

— Não vamos precisar delas. Só precisamos segurar por um tempo. Têmis vai fazer o resto.

— Corre! Meus braços estão...

— Nós vamos morrer, se você soltar. Aguente só mais um pouco. Faz de conta que você está em alto-mar, no meio de uma tempestade, e esse robô é a única coisa que você tem para se segurar.

— Não tenho mais força! Desculpe...

— Cheguei! Cheguei, Eva! Vou passar meus braços ao redor dos seus, e nós dois vamos segurar juntos.

— Não consigo enxergar nada, com você parado aí na minha frente.

— Está tudo bem, não precisa enxergar. Só olhe para mim. Olhe para mim, Eva. Pronto. O maior abraço da história.

— O que é esse barulho?

— É Têmis ficando bem zangada. Ela está absorvendo energia do campo de força do outro robô. Esse assobio significa que ela está prestes a entrar em sobrecarga. Rose! Pronta ou não, lá vamos nós. Fecha os olhos, Eva. Vai surgir uma luz bem forte.

— AAAHHH! O que foi que aconteceu?

— O campo de força dele foi desativado. Fique com os braços ao redor do robô, enquanto eu volto para a minha estação. Depois a gente vai acabar com a raça dele.

— Não! Não vai! Eu não consigo... Ele saiu! Vincent! Soltei ele! Agora é ele que está segurando a gente! Vai jogar a gente no chão! Não consigo evitar!

— AAAAAHHHHHH!

— Vincent! Vincent, está tudo bem? Responde!

— Eu... não estou bem. Voei e bati na parede da esfera quando ele jogou a gente no chão. Meu ombro... Acho que quebrei o braço. Minha perna direita está... toda dobrada. Não consigo me mexer. Tente rolar e deixar Têmis de costas, o.k.? Não consigo enxergar nada.

— Como eu faço isso? Ah, consegui.

— Vou alcançar a mesa de controle e ligar o escudo de novo. Ele está vindo para cá.

— Consegue deixar a gente em pé?

— Não. Não consigo assumir os controles. Deixa eu pegar meu capacete aqui... Acho que esse robô está prestes a dar um soco na nossa cara. Ele está batendo bem na... AAAHHH! *Calver*! Consegue revidar?

— ...

— Eva, ouça! Sei que você está com medo, mas precisamos sair desta. Consegue revidar ou não?

— Ele prendeu nosso braço esquerdo com o pé. Posso bater com o direito.

— Então bate bem na garganta dele.

— Não consigo alcançar a garganta.

— Não importa, eu vou atirar quando você estiver perto. Agora! Rá! Essa doeu, hein?

— Continue atirando, Vincent! De novo!

— Esta é a minha filha acabando com a sua raça, maldito robô! Você mexeu com a garotinha errada!

— De novo! De novo! De novo... De novo! Vincent, continue atirando! Ele ainda está de pé!

— Eu...

— O quê?!

— Acabou o combustível. Quer dizer, nós demos aquela descarga de energia lá atrás, e agora gastamos tudo o que tinha sobrado de reserva. Não vamos conseguir mais atirar.

— Têmis não está mais seguindo meus movimentos.

— Eu sei. Não podemos mais nos mexer. Não dá para fazer mais nada.

— E agora?

— Agora... Agora a gente espera, acho.

— Quanto tempo?

— Não sei. Nunca tinha descarregado Têmis antes...

— Ele está voltando para cá! Veja! Vincent, tem... é tipo um disco de luz na mão dele.

— Merda.

— O que é isso?

— Tenho quase certeza de que foi isso que tirou metade de Londres do mapa.

— Faz alguma coisa!

— Não consigo!

— A gente vai morrer?

— Eva, eu...

— Eu não quero morrer... Quero sair daqui!

— Eva!

— COMO EU SAIO DAQUI?

— EVA!

— ME TIRE DESSA COISA!

— EVA, PARE COM ISSO!

— ...

— Você é uma boa garota, Eva. Adorei ter conhecido você.

— Será que você pode me abraçar de novo?

— Eu gostaria de dar um abraço bem forte em você, Eva. Você não faz ideia de quanto, mas não consigo, não neste estado.

— …

— Estou bem aqui, Eva. Olhe para mim.

— Pai…

— … Sim?

— Desculpe.

— Não precisa se…

— VEJA! Ele está indo embora!

— Não consigo ver nada, eu tirei o capacete.

— Ele está olhando para… Tem uma caminhonete vindo para cá!

— Ainda tem aquele disco na mão dele?

— Acho que não. Tem alguém saindo da caminhonete. Acho que é a dra. Franklin.

— VÁ EMBORA, ROSE!

— Tem um gás saindo de… algum lugar… de todos os lugares.

— O que você está vendo?

— …

— Eva! O que você está vendo?

— Nada. Está tudo branco lá fora.

ARQUIVO Nº 1633

DIÁRIO DE MISSÃO — DRA. ROSE FRANKLIN, CHEFE DA DIVISÃO CIENTÍFICA, CORPO DE DEFESA DA TERRA

Local: Central Park, Nova York, estado de Nova York, EUA

— General, estou entrando no Central Park.

[*Entendido. Estamos prontos. Quando quiser.*]

Isso aqui é horrível. Esses cadáveres espalhados na grama… por todo lado. É como se as pessoas estivessem tirando uma soneca. Ciclistas no acostamento. Alguém tinha que ter retirado os corpos. Vou parar aqui, acho que estou perto o suficiente. Devo estar a uns… trezentos metros do robô.

Chegando aqui, general.

[*Muito bem. A equipe de resgate está de prontidão. Se precisar de alguma coisa, é só falar.*]

Obrigada. Me deseje sorte.

[*Sorte é acreditar que você tem sorte. Vai lá e mostra para eles.*]

Eu acredito. De verdade. Bom… Estou saindo do veículo, agora. O robô está parado ali, bem na minha frente. O rosto dele está virado na minha direção, mas não tenho certeza se me avistaram. Devo parecer uma formiguinha lá de cima. Vou tirar as bactérias da picape. Um... Ai, esses barris são... bem... pesados. Vou ter que levar um de cada vez, com o carrinho. Dois... A bomba e a mangueira estão na minha mochila. Eu também trouxe... uma pazinha pequena, dessas que soldados usam. E com esse são três.

Estou caminhando em direção ao robô. Vou ligar meu projetor daqui a pouco. Não sei como os alienígenas vão reagir, mas preciso ter certeza de que vão me avistar. Eles precisam saber que eu sou a responsável por qualquer coisa que venha a acontecer com eles... Se é que vai acontecer alguma coisa. Merda. Os pés do robô estão na East Drive. Tem uma parte do pé direito na grama, mas só cerca de um metro e meio, dois metros. O resto é calçamento. Já não vou ter como usar a minha pá. Espero que tenha espaço suficiente entre o campo de força e o chão, para que eu possa...

Mas que m... Têmis acaba de aparecer bem aqui, mais ou menos trinta metros atrás do robô alienígena.

{*Rose, você está me escutando? Não vai funcionar! Você precisar sair daí!*}

Vincent?! O que vocês estão fazendo aqui?

{*Eva teve uma visão. Não vai funcionar! Sai do meio do caminho!*}

Sai você, Vincent! Eles vão matar vocês dois!

{*Eu falei primeiro, Rose. Vai, corre!*}

O robô está virando para trás. Eu não sei o que fazer... Estão atirando em Têmis! Vou voltar para a picape.

[*Dra. Franklin, você precisa sair daí, agora!*]

Sim, general, é o que estou tentando fazer! Não consigo... correr com essa coisa... Não dá para segurar o carrinho. Merda! Perdi o barril! Ele caiu do carrinho e saiu rolando... Peguei... Estou... trazendo... de volta...

{*Rose, presta atenção! Vamos tentar desativar o campo de força do robô inimigo com uma rajada de energia de Têmis, como daquela vez do acidente em Denver. Entendeu?*}

Mas o quê… Eu preciso de mais tempo!

{*Não vai dar. Tenta sair daqui o mais rápido possível.*}

Merda! Merda! Vou deixar esse barril para trás. Estou quase lá. Certo, cheguei à picape. Onde foi que eu deixei a… Ah, na ignição. Estou dando a volta… Indo para o sul, pelo caminho que peguei para chegar até aqui. Passando pelos campos de baseball agora. Preciso ficar a pelo menos oitocentos metros de distância de Têmis, antes que ela solte a descarga de energia… Ai, meu Deus! Acabei de ver um disparo passando por cima de mim e caindo bem na minha frente! Um pedação de asfalto… simplesmente desapareceu. Quase caí no buraco. Acabei de cruzar a 97th Street, ainda seguindo para o sul na East Drive.

{*Rose! Pronta ou não, lá vamos nós.*}

Não! Ainda não! AAAHHH!

…

Puxa, isso dói muito. Ficou tudo… branco. Eu… acabei de bater em um carro. E o air bag… Eu… Eu quebrei o nariz, acho. A picape já era. Estou tentando sair daqui. Se eu conseguir alcançar a maçaneta… Isso! Consegui. Droga! A estrada em que eu estava… simplesmente sumiu. O disparo passou raspando pelo carro, acho que uns quarenta metros ou menos. Não consigo ver Têmis, só o outro robô dando pancada em alguma coisa no chão, bem ao lado da cratera. Devem ser eles, Vincent e Eva.

General, mande os dois se teletransportarem daqui. Eles precisam sair, e agora! General, você está me ouvindo? Alguém? Preciso voltar lá. Bati em uma caminhonete abandonada. Deixa eu ver se as chaves estão aqui na ignição… Sim! Vou pegar um dos barris… e colocá-lo aqui… na caçamba…

Vincent, você consegue me ouvir? Estou chegando!

Preciso chamar a atenção deles. Estou entrando na cratera. Farol alto, farol baixo. Farol de neblina! Isso! Espero que estejam escutando a buzina. O robô está em pé, bem em cima de Têmis, que não está se movendo. Posso ver uma luz sair da mão esquerda do robô alienígena. É tipo um disco luminoso. Suponho que ele esteja prestes a fazer a mesma coisa de Londres, quando um desses robôs apareceu pela primeira vez. Mais rápido! Aqui!

Estou aqui! Vem me pegar! VEM ME PEGAR! Olhe para mim! Pronto, isso! Vire para cá!

Ele está olhando diretamente para mim. Vou sair da caminhonete. Devo estar a menos de cem metros do robô. Estou tirando o barril da traseira do veículo. Agora, vou pegar aqui a mangueira, que está na minha mochila e... conectar no barril. Acho que é assim, pronto. Agora, tudo o que preciso fazer é... arrastar... essa... coisa... por cem metros... nesse chão. O robô está me encarando. Acho que... Sim, a luz na mão dele está ficando cada vez mais forte. E ele está... soltando o gás. Não consigo ver de onde a fumaça está vindo. É como se estivesse se formando *em volta* do robô. Como se não estivesse vindo de lugar nenhum. O gás vai chegar aqui em menos de cinco segundos. Espero que seja o mesmo tipo de gás usado das outras vezes. Imagino que vou ficar sabendo logo, logo... Pronto, estou totalmente envolta pela fumaça branca. Não consigo ver um palmo à minha frente, nem sequer meus próprios pés.

Esse barril é tão pesado... Preciso... parar... Ficar aqui sentada um minutinho. Estou sentindo o gosto de sangue na boca. Esse gosto de ferro... Somos todos feitos da mesma coisa.

O gás está se dissipando. Consigo ver o céu outra vez. Dá para enxergar a luz do robô através da fumaça. Dá para ver meus pés, também. Em pouco tempo, eles vão conseguir me avistar. Melhor ficar de pé.

Estou na metade do caminho. Esse negócio é muito... pesado. Eu... eu imagino o que eles devem estar pensando. Provavelmente estão se perguntando quem é essa louca, arrastando um barril de chope na poeira do chão. Pelo menos agora sabem que eu... não sou como eles. Só tem mais um pouco de gás, rente ao solo, como resquícios de fumaça no fim de um show de rock. Meu pé vai se arrastando pelo gelo seco, formando redemoinhos no nevoeiro. É bem bonito... O barril não parece mais tão pesado. Acho que é a adrenalina. Nossa, esses pés são enormes, vistos assim tão de perto. Cheguei. Eu consigo... encostar no robô. O campo de força está desativado. Ele é... gelado. Mesmo onde tem luz, é gelado.

Estou pronta. Segurando a mangueira, agora. Comecei a bombear e... está funcionando. Consigo alcançar uma altura de... uns cinco metros. Dá para cobrir o pé inteiro e o tornozelo. Eu me sinto como um cachorrinho fazendo xixi em um poste. Estou com medo de levar um belo de um pontapé. Bom, esse lado já está bem coberto. Vou levar o barril para o outro lado. Os pés do robô estão bem juntinhos um do outro. Se eu ficar aqui, acho que consigo... Não, não foi uma boa ideia. Preciso chegar mais perto. Já estou ficando sem gosma de bactéria. Pronto, acabou. Agora, vou esperar um minuto ou dois.

Estou me afastando, devagar. Vou pegar o caminho de volta, andando de costas para que os alienígenas me vejam o tempo todo. Por enquanto, nada. Acho que não foi suficiente. Aquele barril parecia bem grandinho, pelo menos até eu chegar perto do robô. Foi como jogar tinta em um prédio enorme. Eu deveria ter trazido mais um barril comigo. Bom, ainda posso voltar para a caminhonete e buscar outro, se não funcionar.

Estou começando a desconfiar do plano. Se eles estavam esperando algo mais consistente, acho que só chegar lá e espalhar uma gosminha verde no pé do robô foi meio... insuficiente. Nem sei se era esse tipo de coisa que eles estavam querendo de nós. Na verdade, não sei nem se eles estavam querendo *alguma* coisa. Acho que isso tudo foi uma bela perda de tempo... Opa, espera... Espera aí...

Não dá para ter certeza, com a luminosidade do dia atrapalhando a visão, mas acho que a luz do pé direito está começando a oscilar. Pode ser só impressão. Não... A luz apagou por meio segundo, algo assim. Outra vez... Outra vez... Todas as luzes do pé estão apagadas. Será que vai ser o bastante para... Agora é a parte inferior da perna. O pé esquerdo começou a piscar. Eu mal joguei gosma naquele lado. Acho que já estão sem energia na perna direita, e... eu...

Quase não consegui sair a tempo. A parte inferior da perna direita acabou de se desprender e cair no chão. O robô está se equilibrando em uma perna só, e essa perna também está ficando sem energia. Acho que ele está prestes a cair sobre... sei lá como digo isso... seu joelho superior. Só consigo sair daqui correndo em linha reta, para a frente. Tem essas árvores para todo lado, e estou correndo o mais depressa que posso... Acho que não vou conseguir ser mais rápida que um edifício de vinte andares. Estou escutando o gigante desabar atrás de mim.

As bactérias devem ter afetado a estrutura molecular do robô inteiro! Ele está caindo. Dá para ver a sombra ficando cada vez maior, na minha frente. Acho que eu não vou... AAAAAHHHHH!

Alguma coisa caiu na minha perna. Uma pedra, talvez, mas acho que não é um pedaço do robô. Estou vendo a cabeça dele aqui, à minha esquerda. Acho que foi uma pedra bem grande. Meu joelho... Minha perna está... Estou vendo o osso para fora. Acho que vou desmaiar. Respire fundo, Rose. O pior já passou. Eu consegui. Não sei se era isso que eles queriam, mas funcionou. Aquele robô já era. Minha perna... Alguém consegue me ouvir? Vincent?! Vincent, você está me escutando?! General?! Preciso de ajuda. Preciso de um médico. Olá?! Tem alguém me escut... AI, MEU DEUS!

Um. Dois. Três. Quatro... Cinco. Seis, sete, oito. Eles... acho que estão todos aqui, agora. Os robôs alienígenas, todos apareceram do nada. AAAHHH! Mais um... Esse se materializou bem aqui, a uns trinta metros de onde estou. Não consigo me mover... Não consigo sair daqui... Alguém pode me ajudar?

É... É magnífico... Todos os robôs estão olhando para mim. É como... o meio da Times Square, na minha primeira vez por lá. Como um exército de deuses, cada um de uma cor. Acho que essas cores significam alguma coisa para eles. O mais perto de mim é laranja: Hipérion. O que ele está fazendo? Está se agachando, colocando a mão no chão, a mais ou menos dez metros à direita de onde estou. A cabeça... Ele está aproximando a cabeça de mim. Deus, por favor, me ajude. Ele está... bem perto de mim. Quase consigo encostar nele...

Eu... Eu sinto muito. Por favor, me perdoe.

Para onde ele foi? Estava bem aqui, olhando para mim, e do nada desapareceu. Mais um... Estão todos indo embora, um a um.

Estou sozinha... Acabou.

EPÍLOGO

ARQUIVO Nº 1641
REGISTRO DE FESTA — EVA REYES

Local: Dentro de Têmis, quartel-general do Corpo de Defesa da Terra, Nova York, estado de Nova York, EUA

— Aqui é Eva Reyes. Estamos a bordo de Têmis, comemorando. Estou com meu pai, com a dra. Franklin e com o general Govender. Eu... Sei lá o que devo falar aqui! Ei, Vincent?

[*Diga, Eva.*]

Por que eu tenho que usar esse fone de ouvido com microfone?

[*Porque nós estamos gravando isso. Rose gosta de gravar tudo.*]

Eu sei, mas por que logo eu? Por que vocês não estão usando também?

[*Deixa eu pensar. Talvez porque eu esteja com o ombro quebrado e uma perna dobrada para cima e porque Rose tenha quebrado a tíbia.*]

É um fone de ouvido. Você usa na cabeça.

[*Você pode caminhar por aqui, muito mais do que a gente. Pare de reclamar, o.k.?*]

O general poderia usar também.

[O general está um pouquinho... alto.]

{Eu escutei isso, Couture!}

[Desculpe, senhor. Só quis dizer que você está mais bêbado que um gambá.]

{É aquela porcaria de champanhe. Por que não me deram uma bebida de verdade? E por que está tão escuro aqui? Não consigo enxergar nem meu copo!}

Essa era a outra coisa que eu queria perguntar. Por que só eu estou tomando suco?

[Porque é você que precisa fazer a gravação. Ah, sim: e porque você só tem dez anos.]

Ah, Vincent, qual é?! Acabei com um robô gigante agorinha mesmo. Só quero tomar uma tacinha de champanhe.

[Tecnicamente, foi Rose quem acabou com o robô gigante...]

<Venha cá, Eva. Vou dar uma taça para você. Uma tacinha!>

Obrigada, dra. Franklin.

<Já disse que pode me chamar de Rose.>

Não tenho certeza se eu...

<Vincent me chama assim. Se você não começar a me chamar de Rose, vou chamar você de srta. Reyes.>

Está certo, Rose. E qual o gostinho disso tudo?

<Champanhe? Ah, é meio...>

Não, não. O gostinho de ter razão. Seu plano funcionou.

<É, acho que funcionou, mesmo. Por que você está com essa cara, general?>

{Mostrar a esses alienígenas que, mesmo se não tivessem interferido no nosso DNA, seríamos tão durões como somos... E isso tudo jogando uma gosminha verde cheia de bactérias, usando um barril de chope...}

O que você está insinuando, general?

{*Estou insinuando que… Sei lá, o que eu estava falando, mesmo?*}

<*O general estava falando que achou que meu plano não tinha a menor chance de dar certo.*>

É isso, general?

{*Nem uma chancezinha. Zero.*}

Rá-rá! E você, Vincent? Achou que daria certo?

[*Eu? Bom…*]

<*Você achou que era um plano estúpido. Vamos lá, Vincent! Pode confessar!*>

[*Não, Rose! Eu vi que tinha certa lógica por trás. Só não sabia se os alienígenas entenderiam a mensagem, caso as bactérias funcionassem.*]

<*Nós não sabemos se eles entenderam.*>

Por quê, dra. Franklin? Eles foram embora, não foram?

<*Já disse que é Rose, lembra? Eles foram embora, mas não sabemos ao certo o porquê. Não dá para saber se era isso que queriam da gente, foi só o que o sr. Burns me sugeriu fazer. Ele sabe mais a respeito dos alienígenas que nós, mas não conversou com eles. É bem possível que estivesse apenas dando um palpite.*>

Mas que outra razão eles teriam para ir embora?

{*Ué, porque a dra. Franklin espirrou aquela porcaria gosmenta neles!*}

[*General, acho que você poderia ficar agora só no suquinho da Eva, não?*]

É de maçã.

{*Cale a boca, Couture! É uma ordem!*}

Sério, Rose. Tem alguma outra razão para eles irem embora?

<*Pergunte para seu pai, vai que ele tem alguma suspeita.*>

Vincent?

[*Sei lá! Talvez eles tenham ficado com medo das bactérias. E se todos os robôs, as naves, até as casas deles forem feitos com essa mesma tecnologia? Imaginem só por um segundo o que aconteceria se um pouco dessa gosma chegasse até o planeta desses alienígenas?*]

...

O que foi isso?

[*Até esqueci o que estava falando. A luz aqui dentro ficou um pouco mais forte?*]

Talvez.

[*Acho que Têmis está ligada.*]

<*Mas sem os capacetes?*>

Ela pode fazer isso?

{*Eu é que não sei! Nunca tinha entrado nesse robô de vocês antes!*}

Vincent?

[A mesa de controle está ligada. Eva, suba lá e coloque o capacete.]

Por quê? Estamos dentro de um hangar! O que você quer que eu veja?

[*Não sei, Eva. É só um pressentimento.*]

O.k., estou colocando. Eu... Eu acho que...

[*O que foi, Eva?*]

<*Eva?*>

{*Conte logo, garota! O que você está vendo?*}

Pessoal? Acho que a gente não está mais no planeta Terra...

AGRADECIMENTOS

Se tem uma coisa que aprendi como escritor em início de carreira é que você está sempre um livro atrás, no que se refere aos agradecimentos. Você acaba escrevendo esta seção pelo menos um ano (no caso de *Gigantes adormecidos*, foi um ano e meio) antes da publicação do livro, e não faz ideia de que trinta mil pessoas ainda vão se dedicar a ele, antes que a edição chegue às prateleiras das livrarias.

Então, os agradecimentos que farei aqui valem para este e também para o próximo e último livro da trilogia. Obrigado, Seth. Você é um super-herói. Theo vive me pedindo fotos suas. Obrigado, Will Roberts e Rebecca Gardner, por fazerem meus livros serem traduzidos para mais línguas que o número de partes do corpo de Têmis e por me desafiarem a deixar ainda maior a minha coleção de uísques. Dezessete línguas, enquanto escrevo a seção de agradecimentos. Uma loucura! Obrigado, Mark Tavani, por acreditar neste livro. Ao meu mais novo e incrível editor, capaz de acabar com a raça de uns alienígenas por aí, Mike Braff: você é o melhor. Fico muito feliz em ter trabalhado ao seu lado neste projeto, e espero que possamos pilotar juntos muitas outras aventuras em robôs gigantes no futuro. Tanta gente a agradecer na Del Rey! Keith, David, Tricia: vocês são incríveis e incansáveis, incansáveis e incríveis. Emily, Ashley, Erika e Alexandra: UAU é tudo que tenho a dizer! Obrigado pela melhor campanha de marketing que um autor poderia querer. Ah, Erich! Escrevi para o cânone de Star Wars por sua causa! Star Wars! Cânone! Obrigado! Sei que estou esquecendo um milhão de pessoas que trabalharam no livro: preparadores, designers etc. Mesmo se seu nome não aparecer aqui, pode acreditar: sou muito grato a você.

Agradeço a Sheila, da Random House Canada, por todo o trabalho feito no lado canadense da fronteira (e por me mandar para o espaço sideral). Obrigado, Emad, Huw e todos os outros na Michael Joseph, pelo trabalho maravilhoso no Reino Unido. Espero que vocês não vivam em um dos bairros que eu exterminei neste livro. A todas as vozes que participaram da gravação do audiolivro em inglês: Andy Secombe, Charlie Anson, Christopher Ragland, Eric Meyers, Laurel Lefkow, Liza Rosse, William Hope, Adna Sablylich e Katharine Mangold. Bravo! Não sei o nome de todo mundo que marcou presença nos bastidores, mas vocês fizeram um trabalho muito especial.

Obrigado a todos os resenhistas, jornalistas e blogueiros que falaram de *Gigantes adormecidos* e ajudaram a promover o romance. Livreiros! Eu amo todos vocês! Tentei achar uma boa metáfora para vocês, mas não preciso de nenhuma. Vocês vendem livros! Quer coisa mais incrível que isso? Devo a todos vocês a minha gratidão... e uma cerveja.

Para as pessoas mais próximas de mim — amigos e familiares, que me deram tanto amor e apoio incondicional —, um abraço coletivo.

E a você! Sim, você! Eu ganhei de presente os leitores mais incríveis, desde o começo. Tudo neste mundo não faria o menor sentido sem vocês. Não tenho palavras para expressar minha gratidão por seu interesse, seu tempo, seus e-mails, seus tweets, suas cartas, seus posts. Esta tem sido uma viagem bem louca para mim, e fico muito feliz em ter todos você a bordo, ao meu lado.

ESTA OBRA FOI COMPOSTA PELA ABREU'S SYSTEM EM ADOBE GARAMOND
E IMPRESSA EM OFSETE PELA LIS GRÁFICA SOBRE PAPEL PÓLEN SOFT DA SUZANO
PAPEL E CELULOSE PARA A EDITORA SCHWARCZ EM JULHO DE 2017